AF279780

Der Tuniberg wird zum Schauplatz grausamer Verbrechen: Eine Reihe von Morden an Personen, die scheinbar keine Verbindung zueinander haben, hält die Freiburger Kriminalpolizei in Atem. Doch je tiefer der schrullige Hauptkommissar Bernhard Fieker in die Ermittlungen eintaucht, desto mehr wird klar, dass die Opfer alle eine gemeinsame Vergangenheit haben.

Im Fokus der Ereignisse steht eine elitäre Privatklinik und deren illustre Besitzerfamilie. Ein tödlicher Plan, längst vergessen geglaubte Verstrickungen und das düstere Erbe einer Familie verbergen sich hinter den ehrbaren Fassaden und führen Fieker auf die Spur eines alten Geheimnisses, das bis in die Zeit des Nationalsozialismus zurückreicht.

Über den Autor:

Jochen Pogrzeba, geb. 1967, lebt und arbeitet in Freiburg und schreibt seit mehreren Jahren Geschichten aus den Bereichen Mystery, Science-Fiction oder Krimi. „Fieker und die schlafenden Hunde" ist sein vierter Roman und nach „Fieker und der Teufelskreis" der Zweite aus der „Fieker-Reihe".

Jochen Pogrzeba

Fieker und die schlafenden Hunde

Breisgau-Krimi

Bibliografische Information der Deutschen Nationalbibliothek:
Die Deutsche Nationalbibliothek verzeichnet diese Publikation in der Deutschen Nationalbibliografie; detaillierte bibliografische Daten sind im Internet über www.dnb.de abrufbar.

Ungekürzte Taschenbuchausgabe
1. Auflage, Januar 2025

Verlag: BoD · Books on Demand GmbH, In de Tarpen 42, 22848 Norderstedt, bod@bod.de
Druck: Libri Plureos GmbH, Friedensallee 273, 22763 Hamburg
Umschlagfoto: Andre Rober, Merzhausen
Titelbildgestaltung: Dirk Pogrzeba, Berlin
Korrektorat: Irina Sehling (textodrom)
ISBN: 978-3-7693-2497-6

Ein festlicher Empfang

Das scharfe Knirschen unter den Vorderrädern zeigte an, dass ich die geteerte Straße in Richtung Gottenheim verlassen hatte und auf die gekieste Auffahrt des alten Gutes Hohenberg eingebogen war. Der dicke Maybach mit Baden-Badener Kennzeichen hatte sich schon in Umkirch vor meine Nase gesetzt. Seine Rücklichter hatten mir an diesem Märzabend den Weg durch die malerischen Weinberge des Tunibergs geleitet. Meine Vermutung wurde zur Gewissheit, der mir unbekannte Fahrer hatte offensichtlich das gleiche Ziel wie ich. Ein Blick in den Rückspiegel zeigte mir, dass eine weitere dunkle Karosse in die Auffahrt eingebogen war. Ungefähr hundert Meter vor mir konnte ich das hell erleuchtete Herrenhaus sehen. Die Gastgeber hatten das Anwesen ordentlich herausgeputzt, gelbe Scheinwerfer leuchteten die Fassade an und tauchten das herrschaftliche, leicht barock angehauchte Gebäude in ein helles, aber angenehmes Licht. Mein Mietwagen schlich jetzt im Schneckentempo die Auffahrt entlang, die auf beiden Seiten mit brennenden Fackeln gesäumt war. Die Familie Braunfels hatte für heute Abend nichts dem Zufall überlassen. Langsam fuhr ich an den akkurat geschnittenen Hecken vorbei zum kreisrunden Vorplatz, auf dem ein kleiner Springbrunnen einen zerstäubten Wasserstrahl in die beginnende Dunkelheit sprühte. Ein Diener in Livree wies die ankommenden Fahrzeuge ein. Mit einem kurzen Wink lotste er mich auf einen Parkplatz direkt neben dem Seitenflügel des Hauses, wo ich zwischen einem schneeweißen Lamborghini Aventador und einem, – wie sollte es anders sein? – knallroten Ferrari F12 parkte. Ich hatte den richtigen Riecher gehabt, als ich mir beim Leihwagenhändler einen relativ neuen Audi Q8 geben ließ, so fiel ich bei der Armada der hochpreisigen Luxuslimousinen nicht sofort negativ auf. Meine Krawatte zurechtzupfend, warf ich einen Blick in den Rückspiegel. Ich kam mir ein bisschen verkleidet vor, doch da ich die Einladung zum siebzigsten Geburtstag eines der bedeutendsten Firmenmagnaten der Region angenommen hatte, war mir nichts anderes übrig geblieben, als mich dem unausgesprochenen Protokoll zu beugen. Ich ging zur großen Vordertür, wo ein gutes Dutzend Menschen auf den Einlass wartete. Damen im eleganten Abendkleid sowie Herren im edlen Frack standen brav aufgereiht in einer Schlange. Ich meinte kurz das Gesicht des ehemaligen Regierungspräsidenten zu erkennen, der sich mit der Seniorchefin der Huber-Gruppe unterhielt. Etliche Pressefotografen hatten sich hinter einer dicken roten Kordel platziert, die zwischen zwei klobigen Ständern gespannt war. Die wartenden Gäste schienen sich nicht um die Damen und Herren der Presse zu kümmern, die auf ihren Kamerakoffern sitzend darauf warteten, ein oder zwei bekannte Gesichter der lokalen Prominenz vor die Linse zu bekommen. Am Eingang nahm ein seriös wirkender Herr meine Eintrittskarte entgegen. Er blätterte die gefaltete Karte auf, um den in der Innenseite gedruckten Namen zu lesen.

„Nick Reetmann, Kriminalpolizei Freiburg", las er laut vor. Ein anderer Herr hakte einen Eintrag auf einer Liste ab, die er auf ein Klemmbrett geheftet hatte. Mit ernstem Blick gab er mir den DIN-A6-großen Umschlag zurück und stammelte mir ein „Herzlich willkommen" entgegen. Ich grinste nur kurz und ersparte uns beiden die Erklärung, dass ich heute nicht dienstlich hier sei, sondern nur aufgrund einer rein privaten Einladung. Ein bulliger Personenschützer, der mit seiner Glatze und Sonnenbrille genau dem Klischee dieses Berufsstandes entsprach, starrte anteilslos in die Szenerie, ein überdimensioniertes Bluetooth-Headset auf seine rechte Ohrmuschel geklemmt.

Ich betrat das Haus und fand mich in einem großen Foyer wieder, in dem rechts eine Garderobe aufgebaut war. Meinen Mantel hatte ich im Auto gelassen, so dass ich direkt in den großen Saal durchging, der bereits gut gefüllt war. Der Raum war geschätzte dreißig Meter lang und zehn Meter hoch, gesäumt von einer Balustrade auf halber Höhe. Die Decke bestand aus einem kunstvoll gearbeiteten Glasdach, in dem sich das Licht der Kronleuchter spiegelte. Überall herrschte eine geschäftige Atmosphäre, Kellner und anderes Service-Personal liefen Slalom um plaudernde Gäste. Einen Diener, der mir ein Glas Sekt anbieten wollte, ignorierte ich fürs Erste. Ich schaute nach bekannten Gesichtern, konnte aber auf die Schnelle niemanden entdecken. Die hier versammelte Gesellschaft entsprach weder meiner Alters- noch Gehaltsklasse. Ich schlich am Büfett entlang und warf einen kurzen Blick darauf, auch wenn es noch nicht offiziell eröffnet war. Hier war nur das Beste vom Besten aufgefahren worden. Üppig belegte Canapés mit Anchovis und Granatapfelkernen, Unmengen von Wachtelbrüstchen auf geschnittener Drachenfrucht und verschiedene Terrinen in kleinen und großen Förmchen, angerichtet auf schwarzen Schieferplatten. Das Ambiente hatte etwas von einem mondänen Casino irgendwo an der Côte d'Azur, bevölkert von der heimischen Prominenz und solchen, die zu dieser dazugehören wollten. An der Stirnseite des großen Saales war eine Bühne aufgebaut, auf der sich nur ein einsamer Ständer mit Mikrofon befand. Das blaue Logo der Braunfels-Kliniken war auf eine weiße mannshohe Leinwand gedruckt, welche die Rückwand der Bühne bildete, die sie zur großen Treppe abgrenzte. Ich ging eine Runde durch den Saal, um das Ambiente auf mich wirken zu lassen. Zwischendurch machte ich einen kleinen Abstecher auf die Toilette, wo ein sanftes, stimmungsvolles Vogelgezwitscher aus einem Lautsprecher meine Verrichtung dezent begleitete. Als ich wieder in den Saal zurückging, sah ich, dass sich auf der Bühne etwas tat. Das Saallicht wurde leicht gedimmt und ein Techniker fuchtelte am eingeschalteten Mikrofon herum. Ich suchte mir einen Platz unter der Balustrade direkt neben dem Büfett. Hier hatte ich aus ungefähr zehn Metern Entfernung einen leicht schrägen, doch guten Blick auf das Geschehen.

Als der Veranstaltungstechniker seine Arbeit erledigt hatte, erschien kurz darauf das Geburtstagskind auf der

Bühne. Dr. Robert Braunfels war ein steinreicher Mann und Sprössling einer im Breisgau eingesessenen Unternehmerfamilie. Er hatte die Braunfels-Privatkliniken von seinem Vater geerbt, zu einem europaweiten Imperium ausgebaut und dieses vor drei Jahren an seinen ältesten Sohn übergeben. Auch wenn er von eher kleiner Statur war und mit einer im Kronleuchterlicht glänzenden Glatze gesegnet war, sprühte er doch die Eleganz und Weltgewandtheit eines wohlhabenden Mannes aus. Wie im Widerspruch zum edlen schwarzen Frack hing eine turnbeutelartige Tasche über seiner linken Schulter. Kurz darauf betrat seine Ehefrau, Camila Braunfels, die Bühne. Sie war knapp dreißig Jahre jünger als ihr Mann, eine bekannte Society-Lady und, das war hier jedem klar, der eigentliche Star der Veranstaltung. Sie trug ein enges, rotglitzerndes Abendkleid, das vermutlich den Wert eines Kleinwagens hatte und ihre schlanke Figur perfekt betonte. Ein donnernder Applaus begleitete die beiden. Robert Braunfels trat an das Mikrofon und hob lächelnd die Hände, um die Menge zur Ruhe zu bitten, doch diese quittierte diese Geste mit einem schiefen „Happy Birthday".

„Ich bitte euch, liebe Freunde."

Langsam verebbte der Gesang, als Braunfels' Worte über die leistungsstarke PA-Anlage in alle Ritzen des Saales drangen.

„Werte Gäste. Ihr wisst, ich bin kein Freund großer Worte, deswegen will ich meine Rede kurz halten, damit ihr nicht so lange auf das Büfett warten müsst."

Ein heiteres Lachen lag in der Luft. Es waren diese Art von harmlosen Bonmots, die jeder auf einer solchen Veranstaltung erwartete. Seine Frau hielt sich am Rand der Bühne auf und warf mit einem unechten Lachen ihre behandschuhten Hände in die Luft, als wollte sie die Heiterkeit des Publikums dirigieren.

„Siebzig Jahre bin ich heute alt, und ich kann sagen, liebe Freunde, es waren siebzig bewegte Jahre. Einige von euch konnten mich ja einen großen Teil davon begleiten. Gute vierundzwanzig Jahre davon durfte ich mit meiner lieben Frau Camila verbringen, die …“

Er kam nicht dazu, die Worte zu Ende zu sprechen, da sofort wieder ein donnernder Applaus den Saal erfüllte. Camila Braunfels schien diese Aufmerksamkeit zu genießen, winkte aber nur mit aufgesetztem Understatement in die Menge.

„Siebzig ereignisreiche Jahre liegen hinter mir und doch kamen sie mir vor wie im Flug. Es waren viele erfolgreiche Jahre dabei, privat wie beruflich. Taten, die mich mit Stolz und Glück zurückblicken lassen. Meine Frau und meine beiden Kinder aus erster Ehe, die meinem Leben, auch abseits der täglichen Arbeit, seinen Sinn geben.“

Er machte eine kurze Pause, bis der Saal wieder komplett zur Ruhe gekommen war.

„Und so habe ich einen Beschluss gefasst, an dem ich euch teilhaben lassen will. Heute wird ein neues Zeitalter in der Familienhistorie der Braunfels‘ geschrieben und ihr seid hier, um dies zu bezeugen.“

Er breitete beide Arme aus, wie ein Prediger auf einer Kanzel. Die Stofftasche hing reichlich schief über seiner Schulter und baumelte auf Hüfthöhe. Abermals brandete Applaus auf. Der kleine alte Mann auf der Bühne hatte die Menge perfekt im Griff. Es schien mir ein geschickter Schachzug zu sein, eine derartige Ankündigung mit solch einer überdimensionierten Geburtstagsfeier zu verbinden.

„Und deswegen, liebe Freunde, habe ich eine Entscheidung getroffen …“

Er beugte sich nach vorne und begann nun an seiner seltsamen Umhängetasche herumzunesteln. Er griff hinein und zog einen schwarzen Gegenstand heraus.

„… eine Aufgabe, die wirklich überfällig ist und die heute endlich zu Ende gebracht werden muss.“

In den vorderen Reihen machte sich ein Grummeln breit, durchsetzt von kurzen, spitzen Schreien. Nun konnte ich es auch erkennen, Dr. Robert Braunfels hatte eine Pistole in seiner Hand. Er warf die Tasche auf den Boden und richtete die Waffe auf ein imaginäres Ziel gegenüber der Bühne. Bevor die Menge verstand, was vor sich ging, drehte er die Pistole um und steckte den Lauf in seinen Mund. Ein lauter Knall hallte durch den Saal und im selben Moment, als Braunfels‘ Kopf nach hinten gerissen wurde, spritzte eine dunkelrote Fontäne auf die weiße Leinwand im Bühnenhintergrund und hinterließ auf dem Firmenlogo ein Muster, ähnlich einem aus dem Ruder gelaufenen Rorschach-Test. Der Körper sackte nach unten und blieb reglos neben dem Mikrofonständer liegen. Ein lauter Schrei aus

Dutzenden von Kehlen erfüllte den Saal, begleitet vom Klirren zerbrechender Gläser und dem Poltern umfallender Stühle. Camila Braunfels wurde von zwei Bodyguards von der Bühne eskortiert. Ich blieb inmitten des ganzen Tumults ruhig in meiner Ecke stehen und schaute auf die Szenerie. Ich fixierte den riesigen Blutfleck auf dem Logo, auf dem sich kleine Bröckchen Gehirnmasse den Weg Richtung Boden bahnten.
Ich konnte mir ein innerliches Grinsen nicht verkneifen. Das war wahrlich ein Abgang, eines großen Mannes würdig.

Die Straße nach Waltershofen

Die frühe Mittagssonne blendete mich durch den Rückspiegel, als Fieker und ich von Haslach kommend auf den Tuniberg zufuhren. Ich drehte den Spiegel von mir weg, um einen freien Blick auf die Straße vor uns zu haben, die sich am Rebberg vorbeischlängelte. Leichte Kumuluswolken hingen über dem kleinen, langgezogenen Berg zwischen Schwarzwald und Rhein, der seinen heutigen Bestimmungszweck als Weinanbaugebiet hinter jeder Straßenbiegung erkennen ließ.

Wie üblich fuhr ich das Dienstfahrzeug, Fieker saß stumm neben mir, in irgendwelche Papiere versunken, die er sich aus einer abgewetzten Ledertasche im Fußraum gezogen hatte. Fieker, soll heißen Hauptkommissar Bernhard Fieker vom Freiburger Morddezernat, war seit ungefähr einem Jahr mein Chef. Ein Jahr zwischen allen Höhen und Tiefen, zwischen Bewunderung ob seiner kriminalistischen Fähigkeiten und tiefer Verzweiflung wegen der oftmals nervigen Schrullen des alten Unikums. Knapp ein Jahr war es jetzt her, dass Fieker mit meiner bescheidenen Hilfe den Fall des Teufelskreises von Liebenau gelöst hatte. Ein Erfolg, der über die regionale Presse hinaus einige Aufmerksamkeit erregt hatte. Für manche der Verantwortlichen im Polizeipräsidium kam dieser Erfolg eher ungelegen, hatte Fieker doch durch seine mit der Polizeiverwaltung wenig kompatiblen Methoden mehr Feinde angehäuft als mancher der von ihm überführten

Verbrecher. Und das würde sich die paar Jahre, die ihm bis zu seiner Pensionierung blieben, auch nicht mehr ändern, da war ich mir sicher.

Als wir Opfingen hinter uns gelassen hatten, bog ich auf einen asphaltierten Feldweg oberhalb von Sankt Nikolaus ein. Die Landschaft des Tunibergs und auch des benachbarten Kaiserstuhls faszinierte mich sehr, eine Kulturlandschaft, die ich von meiner ursprünglichen Heimat, der Ostalb, so nicht kannte. Bisher hatte ich es noch nicht geschafft, Melanie zu einem Ausflug in den Kaiserstuhl zu bewegen. Wir waren seit gut einem Jahr ein Paar und bisher hatte sie mehr oder weniger über unsere Freizeitgestaltung bestimmt. Die Basler Museen und Straßburger Handwerkergassen waren eher in ihrem Sinne als die von Eidechsen bewohnten Hohlwege, die sich durch den Kaiserstuhl zogen. Melanie, genauer gesagt Kommissarin Melanie Urbanczyk, war eine der fähigsten Kolleginnen, die ich bisher in meinem jungen Berufsleben kennen lernen durfte. Auch wenn wir beide noch nicht so recht wussten, wohin uns diese Beziehung führen würde, war ich doch froh, sie an meiner Seite zu wissen.

Das letzte Mal, dass ich hier am Tuniberg unterwegs gewesen war, war nun ein halbes Jahr her. Anlass war die Geburtstagsfeier von Robert Braunfels gewesen, dessen theatralischer Suizid die lokalen Gazetten noch heute in Aufregung versetzte.

Ein Räuspern von Fieker riss mich aus meinen Gedanken.

„Ich hoffe, die Spurensicherung hat am Tatort keine Verwüstung angerichtet, wie sie das sonst immer so gerne tut. Manchmal denke ich, die machen das absichtlich, seit ich mich vor einigen Jahren diesbezüglich geäußert habe."

Ich musste innerlich grinsen. Fieker hatte vor wenigen Jahren tatsächlich einen Beschwerdebrief an den baden-württembergischen Innenminister geschrieben, weil ein Praktikant der Spusi ein aufgepilztes Projektil in den falschen Probebeutel gesteckt hatte. Eine Anekdote, die im Präsidium noch heute für Heiterkeit sorgte. Ich selbst empfand es als entspannend, an den Tatort zu kommen, wenn die Spusi bereits einen Teil ihrer Arbeit erledigt hatte und schon erste Ergebnisse übergeben konnte. Fieker sah das komplett anders – was er nicht selber gesehen oder herausgefunden hatte, dem stand er prinzipiell skeptisch gegenüber.

Bald darauf erreichten wir eine Biegung auf einem Höhenzug kurz vor der Merdinger Gemarkungsgrenze. Zwei Polizeiwagen standen an der Straßenseite, von der aus ein geschotterter Wirtschaftsweg in die Reben führte. Die meisten Rebstöcke waren bereits abgeerntet, nur in einzelnen Reihen hingen noch Trauben für die Spätlese. Der Einsatzort war von beiden Seiten mit Sicherheitsband abgesperrt, dazwischen ein kleiner Seitenweg, der zu einem Gartenhäuschen führte. Als wir aus dem Wagen stiegen, umwehte ein sachter Wind die

Szenerie. Fieker, mit seiner obligatorischen Schiebermütze auf dem Kopf, starrte gedankenversunken einen Weinberg hinauf. Manchmal kam mir Hauptkommissar Fieker wie ein verwirrter alter Mann vor, der irgendwie fehl am Platz war. Ein Rentner, der im Stadtpark die Tauben fütterte oder mit dem Kissen auf dem Fensterbrett die Falschparker aufschrieb. Nichts an seinem Äußeren deutete auf seine enormen Fähigkeiten als Ermittler hin.

Wir gingen auf eine junge Kollegin in einem blauen Overall zu, die mit einem freundlichen Lächeln das Absperrband hochhob. Fieker ließ ein kurzes „Guten Morgen" hören, als er, ohne den Kopf einziehen zu müssen, unter dem weiß-roten Plastik hindurchging. Zwei Männer, ebenfalls in blaue Overalls gekleidet, standen neben einem Fahrrad, das schräg an einen Rebstock gelehnt war. Einer davon hatte uns bemerkt und kam uns entgegen. Ich konnte Roland erkennen, den Leiter der Spusi, einen extrovertierten und leicht zynischen Kollegen, der mich äußerlich immer an den Schauspieler Steve Buscemi erinnerte.

„Hallo, ihr zwei. Ich muss euch bitten, Latex-Handschuhe anzuziehen. Ihr wisst schon, Kontaminierung und so."

Während ich die milchfarbenen Handschuhe entgegennahm, die Roland mir entgegenstreckte, ging Fieker wortlos auf das Fahrrad zu.

„Bernhard, dann fasse wenigstens nichts an!", schrie Roland hinter ihm her. Fieker griff seelenruhig an den

Lenker und betätigte wie zum Trotz die Bremse. Roland drehte sich zu mir um.

„Der Alte bringt mich noch ins Grab. Wie hältst du das bloß mit dem aus? Wäre er mein Chef, hätte ich so viele Versetzungsanträge geschrieben, dagegen wäre *Krieg und Frieden* ein dünnes Heftchen."

Fieker lehnte das Fahrrad wieder an den Rebstock an.

„Roland, beruhige dich. Ich mache hier schon nichts kaputt."

Roland ging den schmalen Feldweg entlang, der einige Meter weiter oben an einem kleinen Geräteschuppen endete, ich hinter ihm her.

„Dann lass mich dir wenigstens erzählen, was wir hier vorgefunden haben", sagte er, den Kopf in meine Richtung gedreht. „Wenn schon Bernhard mir nicht zuhören will. Dort oben befindet sich unser Kunde."

Roland zeigte kurz auf das Rebhäuschen. Es war ein kleiner, fensterloser Geräteschuppen aus Kunststoff mit ungefähr zwei mal zwei Quadratmetern Grundfläche. Der Schuppen war knapp zehn Meter von der Straße weg, rechts und links von Reben umrahmt. Die Tür stand weit offen und vor der Hütte lag reichlich Werkzeug wild auf dem Weg verteilt. Als wir uns näherten, konnte ich den beißenden Geruch von Rauch wahrnehmen. Roland hielt seinen Arm vor meine Brust.

„Passt ein bisschen auf. Der Winzer, der heute Morgen den Toten fand, liegt jetzt selbst mit einer Kohlenmonoxidvergiftung im Krankenhaus. Wir haben die Tür schon eine gute Stunde offen, der größte Teil des Gases müsste draußen sein. Trotzdem ist es mir lieber, wenn wir alle vorsichtig sind."

Ich blickte aus ungefähr zwei Metern Entfernung in den kleinen Plastikverschlag. Ein umgekippter Gartenstuhl lehnte neben einem Körper, der wie in einer Art stabiler Seitenlage in der Hütte lag. Daneben konnte ich vier handelsübliche Einweg-Kohlegrills erkennen, deren Aluminiumschalen in einer Pfütze lagen.

„Bei unserer Ankunft mussten wir die Grills mit einem gehörigen Schluck aus einem Wassereimer ausmachen. Ansonsten hätten wir uns der Hütte nicht gefahrlos nähern können."

Mittlerweile war Fieker zu uns gestoßen, der mit einer tief gerunzelten Stirn auf den Toten starrte. Der Mann, der in der kleinen Hütte vor uns lag, war groß, schlank und um die fünfzig, auch wenn das in dieser Situation schwer einzuschätzen war. Seine Kleidung hatte nichts, was auf irgendeinen besonderen Anlass schließen ließ, durchschnittliche Alltagskleidung an einem durchschnittlichen Menschen. Er war mit einer hellbraunen Stoffhose, einem weißen Hemd und braunen Lederschuhen bekleidet. Lockige und deutlich angegraute Haare saßen auf seinem Kopf.

„Eine Kohlenmonoxidvergiftung also", fuhr Roland fort. „Vermutlich Suizid und deswegen wahrscheinlich kein Fall für euch. Ich habe den Eindruck, dass er sich hier eingeschlossen, die vier Kohlegrills entzündet und dann auf seinen Tod gewartet hat, der, das könnt ihr mir glauben, zügig kam."

„Ich dachte immer, der klassische Fall eines Selbstmordes durch Kohlenmonoxid geschieht hinter dem Steuer eines Autos mit einem Schlauch in das Wageninnere", bemerkte Fieker.

Roland setzte zum Sprechen an, doch ich war schneller.

„Das war einmal. Aber seit die Autos mit einem Kat ausgerüstet sind, kommt da kaum genug CO heraus, als dass ein Suizid möglich wäre."

Fieker trat nun näher an den Toten heran. Roland warf beide Arme in die Höhe. „Bernhard, bitte pass ein bisschen auf!"

Wie zum Trotz beugte sich Fieker zu dem Toten hinunter und drehte seinen Kopf leicht zur Seite.

„Bleib ruhig, Roland. Wir achten alle aufeinander, dann passiert keinem was. Deine Kollegen dürfen die Leiche raustragen, so können wir ihn näher in Augenschein nehmen."

Roland winkte zwei seiner in weiße Schutzanzüge gekleideten Mitarbeiter zu sich her, um aber gleich wieder in seinem Vortrag fortzufahren. „Eine Kohlenstoffmonoxidintoxikation ist ein schneller Tod und war deswegen so beliebt unter Suizidanten, bis, Nick hat es gerade erwähnt, die Autos mit Katalysatoren ausgestattet wurden. Die Engländer nennen dieses Gas nicht umsonst den ‚Silent Killer'. Wenn die akuten Symptome beginnen, ist es schon zu spät. Als dieser kleine Raum voller Gas war, brauchte es vielleicht vier oder fünf Atemzüge, bis die Bewusstlosigkeit eintrat. Es gab keine Chance für ihn, es sich nochmal zu überlegen. Nach gut drei Minuten war er vermutlich tot. Doch dazu wird euch die Forensik mehr sagen. Ein klassischer Suizid, kein Futter für die Mordkommission."

Fieker trat wieder einen vorsichtigen Schritt Richtung Türöffnung vor. „Wenn das Gas so schnell wirkt, warum liegt er dann neben dem Stuhl? Der Gartenstuhl sieht relativ stabil aus, ebenso der betonierte Boden dieses Schuppens. Ich hätte nach deinen Ausführungen jetzt erwartet, dass er weiterhin im Stuhl sitzt."

„Nun ja", erwiderte Roland. „Wenn die Konzentration in der Luft noch nicht zu hoch ist, kommt es zu plötzlichen Krampfanfällen, bevor die Bewusstlosigkeit eintritt. Vermutlich hat das zu einem Umkippen des Stuhls geführt."

Die zwei Mitarbeiter der Spusi zogen den Toten aus der Hütte auf den Feldweg. Ich griff mir einen der nassen Grills und trug ihn nach draußen.

„Sind schon eine Umweltsauerei, diese Einweggrills. Einmal benutzt, und ab in den Müll. Passt aber zu dem Zeug, das die meisten Menschen damit zubereiten. Dabei geht nichts über ein paar geile Spareribs aus einem ordentlichen Smoker."

Fieker schaute mich wortlos an. Es hätte mich gewundert, wenn er darauf eingegangen wäre. Ich hatte ihn als einen Menschen kennengelernt, der sich voll und ganz seinem Beruf verschrieben hatte. Kulinarische Genüsse oder überhaupt Lebensfreude schienen ihm nicht viel zu bedeuten. Mit einer Beweglichkeit, die ein Außenstehender dem kleinen, leicht dicklichen Mann nicht zugetraut hätte, beugte er sich zu dem Toten hinab. Fieker nestelte in den Jackentaschen und drehte dabei das Futter auf links. „Mal schauen, was wir hier finden. Mit einem Abschiedsbrief ist eher nicht zu rechnen. Diese ‚Auf Wiedersehen, schnöde Welt'-Poesie ist doch nur ein Mythos. Wer so weit ist, sich das Leben zu nehmen, hat meist den Zurückgelassenen nichts mehr zu sagen. Wie ich dachte, keine Spuren von einem Portemonnaie oder einem Kassenzettel."

Ich schaute Fieker an. „Was für ein Kassenzettel?"

Ohne weiteren Blickkontakt fuhr Fieker mit der Untersuchung der Leiche fort, wobei er mittlerweile bei den Hosentaschen angekommen war.

„Für diese Einweggrills. Es wäre ja zu vermuten, dass unser Mann diese Sachen gestern erst gekauft hat. Dann könnte ein Kassenzettel hier in seinen Taschen stecken."

„Oder aber er hat den Kassenzettel nicht mitgenommen, mache ich meistens auch nicht. Vielleicht hatte er die Dinger noch im Keller."

„Nick, bringen Sie mir doch mal den Grill, den Sie gerade nach draußen getragen haben."

Ich hatte die Aluschale an den Wegrand gelegt, ohne sie sofort einer genaueren Untersuchung zu unterziehen. Ich hob sie wieder auf und reichte sie Fieker hinüber.

Der, immer noch neben der Leiche kniend, schüttete die Asche und die Reste an unverbrannter Kohle aus und hielt sich die Aluschale direkt vor das Gesicht. „Nick, kennen Sie sich mit solchen Einweggrills aus?"

„Eher nicht, wieso fragen Sie?"

„Weil hier ein Haltbarkeitsdatum in das Aluminium eingestanzt ist. Kohle müsste doch ewig halten?"

„Das kann sich eigentlich nur auf den enthaltenen Grillanzünder beziehen. Das ist meistens ein mit irgendeiner Flüssigkeit getränktes Papierstückchen. Wenn man diese Dinger zu lange im Keller hat, brennt das nicht mehr und man muss einen neuen Anzünder benutzen."

Fieker hielt mir die Grillschale entgegen und zeigte mit seinem Finger auf eine Stanzung, die ich aber aus der Entfernung nicht erkennen konnte. „Ablaufdatum, Oktober nächsten Jahres. Daneben das Logo der Firma REWE. Ich vermute, die Grills sind neu. Und dann liegt nahe, dass sie extra für diese Aktion hier angeschafft wurden."

Fieker drehte sich zu Roland um.

„Roland!" Der Gerufene stand einige Meter entfernt am Fahrrad und unterhielt sich mit seinen beiden Mitarbeitern. Er drehte sich sofort zu uns um.

„Roland, habt ihr in der Umgebung irgendwas gefunden, was auf die Identität unseres Mannes hier hindeutet?"

Ein wortloses Kopfschütteln war die Antwort.

„Ach, und, Roland, wie sieht es mit der Tür des Geräteschuppens aus? Wurde sie aufgebrochen?"

Roland ging nun wieder einige Schritte auf uns zu.

„Ja. Wir haben einen Schraubenschlüssel neben der Tür gefunden. Ist schon verpackt und liegt im Auto. Diese Hüttchen sind ja schnell aufgebrochen. Die sind meistens schlecht gesichert, weil außer einigen Werkzeugen kaum was Wertvolles dort aufbewahrt wird. Die richtig teuren Gerätschaften bringen die Arbeiter morgens mit herauf in den Weinberg.“

Fieker drehte sich wortlos weg, was Roland dazu veranlasste, sich seinem Kollegen zuzuwenden.

„Ach, Roland, nochmal!“, rief Fieker den Weg hinunter.

Roland drehte sich abermals mit einem Augenrollen zu uns herum.

„Gibt es hier jemanden, der über Ortskenntnisse verfügt? Wir suchen einen REWE-Markt in der Nähe.“

Ohne Rolands Antwort abzuwarten, griff ich in die Jackentasche, zog mein Smartphone heraus und hielt es Fieker unter die Nase. „Wir brauchen keine Ortskenntnisse, Chef, wir haben das hier.“

Für einen kurzen Moment starrte er mich an, bevor er sich mit einem gemurmelten „Dann schauen Sie halt nach!“ wieder dem Toten zuwendete. Ich durchsuchte einen bekannten Kartendienst, der mir zügig drei Treffer präsentierte.

„Die Märkte in Bötzingen, Munzingen und Merdingen sind hier in unmittelbarer Nähe.“

„Dort werden wir auf dem Weg nach Freiburg mal vorbeischauen. Nick, ich habe hier ein seltsames Gefühl.“

Fieker war mittlerweile aufgestanden und hatte sich direkt neben mich gestellt, um mir in fast verschwörerischer Manier ins Ohr zu flüstern. „Hier stimmt etwas nicht. Es scheint, als hätte der Tote keine Spuren hinterlassen wollen, wer er ist oder woher er kam. Keine Papiere, kein Schlüssel, keine weiteren Hinweise, absolut nichts."

„Warum hätte er Dokumente oder Ähnliches dabeihaben sollen, wenn er vorhatte, sich umzubringen?"

„Vordergründig könnte man das meinen, doch funktioniert ein Selbstmord nicht immer so perfekt, wie man sich das vorstellen mag. Menschen, die in suizidaler Absicht unterwegs sind, durchleben emotionale Höhen und Tiefen. Es wäre ungewöhnlich, wenn jemand so nüchtern seinen Suizid durchführt. Hier seelenruhig mit dem Fahrrad hochfährt, vier Einweggrills auf dem Gepäckträger, sich in eine Hütte setzt und auf seinen Tod wartet. Das wirkt einfach zu glatt. Ich möchte definitiv, dass der Tote in die Rechtsmedizin kommt. Bitte leiten Sie das in die Wege, und dann sind wir hier fertig. Machen Sie außerdem ein Porträtfoto des Mannes. Ich gehe davon aus, dass Ihr Telefondingens das auch kann."

„Sicher, aber hat nicht Roland bereits …"

„Das nützt uns nichts, da wir gleich ein Foto zur Identifizierung benötigen. Lassen Sie uns aufbrechen."

Ich telefonierte mit dem Kommissariat und bestellte einen Leichenwagen, um den Toten in die Rechtsmedizin des Freiburger Universitätsklinikums bringen zu lassen. Sollten Indizien für einen gewaltsamen Tod sprechen, wäre es Sache der Staatsanwaltschaft, für eine Obduktion zu sorgen.

Mittlerweile war es kurz vor Mittag, als wir die Straße Richtung Opfingen nahmen, um über Tiengen nach

Munzingen zu fahren. Inzwischen war es ein schöner Herbsttag geworden, der noch leichte Züge des Spätsommers in sich trug. Fieker machte sich einige Notizen in seine abgegriffene braune Lederkladde und es schien mir, als kritzelte er gedankenverloren vor sich hin.

Kurze Zeit später fuhren wir auf den Parkplatz des REWE-Marktes in Munzingen. Es war ein typischer Flachbau, wie er auch im Gewerbegebiet jedes anderen Dorfes in der Republik hätte stehen können. Wir gingen in den Laden, vorbei am Bäcker im Eingangsbereich in Richtung des Kassenbereichs. Es war wenig los, so dass nur eine Kasse besetzt war. Eine junge Kassiererin schob einige verpackte Wurstwaren über den Infrarotsensor. Im Augenwinkel konnte ich erkennen, dass ein Kunde, bekleidet mit einer braunen Jacke und versehen mit einer kurzen Raspelfrisur, uns den Rücken zugewandt, an den aufgereihten Einkaufswagen stehen blieb und etwas in seinem Geldbeutel suchte.

Zwischen Fieker und mir hatte sich im Laufe unserer Zusammenarbeit die Vorgehensweise herauskristallisiert, dass er mir in diesen Fällen das Reden überließ. Ich wartete kurz ab, bis die junge Frau, offensichtlich südländischer Abstammung, eine Kundin abgefertigt hatte. Ich zückte den Dienstausweis und hielt ihn ihr unter die Nase.

„Mein Name ist Kommissar Reetmann, das ist mein Kollege Hauptkommissar Fieker, Kripo Freiburg. Wir hätten einige Fragen zu einem Produkt, das womöglich in den letzten Tagen bei Ihnen gekauft wurde. Ist Ihre Marktleitung zu sprechen?"

Die junge Frau schaute uns leicht irritiert an und führte ihr Gesicht zum Standmikrofon, ohne mich aus den Augen zu lassen. „Frau Kleber, Kasse zwei. Frau Kleber bitte."

Sofort drang eine laute Stimme aus einer der Regalschluchten zu uns herüber. „Eylül, was ist denn jetzt schon wieder? Ich muss hier diese Müsli-Lieferung einräumen."

Die junge Frau, die, wie wir jetzt wussten, auf den türkischen Namen Eylül hörte, griff nochmal zum Mikrofon.

„Die Polizei ist hier. Ich glaube, es wurde jemand ermordet."

Eine Kundin, die wenige Meter von uns entfernt in einer Zeitschrift blätterte, ließ vor Schreck eine Werbebeilage aus dem Heftchen fallen.

„Von Mord haben wir nichts gesagt, kein Grund zur Aufregung. Es geht um Einweggrills, die, wie wir annehmen, in Ihrem Markt verkauft wurden."

Die gerufene Frau Kleber kam um die Ecke, sich die Hände an einem Lappen abwischend, den sie hinter Eylül unter die Kasse warf.

„Um was geht es denn, meine Herren?"

Ich wollte gerade meine Frage stellen, als Eylül mir zuvorkam.

„Es geht um die Einweggrills, Frau Kleber, vielleicht ist damit jemand verbrannt."

„Nein, niemand ist verbrannt." Ich merkte, wie das Mädchen mir so langsam auf die Nerven ging. Ich wandte mich demonstrativ Frau Kleber zu. „Wir sind auf der Suche nach einer Person, die vermutlich in den letzten Tagen, vielleicht gestern, vier Einweggrills der REWE-Eigenmarke gekauft hat. Können Sie uns sagen, ob dies hier der Fall war?"

„Oh, da haben Sie Glück."

Ich warf einen Blick zu Fieker, der sofort alle Kanäle auf Empfang stellte. Ich drehte mich um und konnte erkennen, dass der kurzhaarige Kunde immer noch bei den Einkaufswagen stand. Eylül fiel ihrer Chefin ins Wort. „Das war doch gestern, ein paar Stück davon hat der gekauft. Ich weiß noch, dass ich mich gewundert habe, was der jetzt im Oktober mit diesen Grills macht."

„Ich kann mich deswegen gut erinnern, weil er eigentlich fünf davon wollte, wir aber nur vier dahatten", sagte Frau Kleber. „Jetzt im Herbst werden die ausgelistet."

„Ich habe ihn gefragt, was er damit wollte", fuhr Eylül fort, „aber er hat mir keine Antwort gegeben. Voll weird, der Typ."

„War er alleine?"

„Ich denke schon, ich habe sonst niemanden bei ihm gesehen."

Frau Kleber schüttelte ebenfalls den Kopf.

„Eylül, können Sie ihn mir näher beschreiben? Wie hat er ausgesehen?"

„Ziemlich groß mit Glatze, normale Kleidung, nichts Auffälliges. Aber muskulös war er, das hat man sofort gesehen. Oberarme wie Schenkel, der geht bestimmt jeden Tag pumpen."

Ich schaute zu Fieker, der sofort Augenkontakt zu mir suchte. Für einen kurzen Moment meinte ich ein Blitzen in seinen Augen zu sehen, wie bei einem alten Wolf, der die Fährte eines Beutetieres aufgenommen hat. Diese Beschreibung passte überhaupt nicht zu unserer Leiche.

„Eylül, ich habe hier ein Handyfoto eines Mannes, das ich Ihnen gerne zeigen würde. Mich interessiert, ob Sie ihn im Zusammenhang mit dem Grillkauf gesehen haben. Ich muss Sie aber vorwarnen, es handelt sich um das Bild eines Toten."

„Ein Toter? Krass. Keine Sorge, ich halt das aus, ich schaue ‚Walking Dead' und solche Sachen."

Ich zückte mein Handy und hielt ihr das Display mit dem vorher aufgenommenen Bild unter die Nase. Sie kniff die Augen zusammen und starrte auf den kleinen Bildschirm. Sie schüttelte heftig den Kopf. „Nö, das war er nicht. Der Typ von gestern war ein richtiger Macker und auch viel jünger als der hier. Und der ist echt tot? Wie wurde er denn umgebracht?"

Frau Kleber, die immer noch neben der Kasse stand, rollte mit den Augen. Ein kurzer Blick zu den Einkaufswagen zeigte mir, dass der Kunde mit der braunen Jacke nun verschwunden war.

„Das sind ein paar Fragen zu viel, liebe Eylül", würgte ich die junge Frau ab. „Warten wir es erstmal ab. Aber trotzdem würde ich Sie um Ihre Kontaktdaten bitten. Ich möchte gerne, dass unsere Phantomzeichnerin mit Ihnen einen Termin ausmacht, damit wir ein Bild von dem

Mann bekommen. Sie müssen ihn genau beschreiben und dann wird ein digitales Abbild von dem Mann erstellt."

Eylül drehte sich blitzschnell zu ihrer Chefin um. „Krass, Alter. Frau Kleber, haben Sie gehört, ich soll zur Polizei!"

Sofort drehte sie sich wieder zu mir. „Geht das an einem Dienstag oder Donnerstag? Dann muss ich nicht in die Berufsschule."

Als wir wieder im Wagen saßen, war mir sofort klar, dass Fieker Redebedarf hatte. Ich spürte, wie nun Bewegung in die Sache gekommen war.

„Wir haben vier Einweggrills, die gestern hier in Munzingen gekauft wurden. In der folgenden Nacht kommt jemand vermutlich durch vier solcher Grills zu Tode. Und der Käufer und der Tote sind nicht die gleiche Person. Das ist im einfachsten Fall ein dummer Zufall, im schwersten Fall aber ein durch einen zweiten Beteiligten vorgetäuschter Suizid. Und das wäre dann eine waschechte Mordermittlung. Wir müssen die Identitäten zweier Personen klären. Von einem schlanken, älteren Grauhaarigen und einem jungen, muskulösen Glatzkopf. Die müssen doch zu finden sein. In einer Gegend wie dem Tuniberg muss die jemand kennen."

„Vielleicht müssen wir noch nach einer dritten Person fahnden, Chef. Ist Ihnen der Kunde mit der Raspelfrisur und der braunen Jacke aufgefallen?"

Fieker nickte. „Kam er Ihnen merkwürdig vor?"

„Ich habe den Verdacht, dass er uns zugehört hat. Und sich dann, ohne den Verkaufsbereich zu betreten, vom Acker gemacht hat.“

Wilhelm (Oktober 1940)

Es war spät geworden, doch Wilhelm Braunfels hatte noch nicht vor, das Fest zu beenden. Der große Salon seines Anwesens am Tuniberg war mittlerweile mit dem Rauch der teuersten Zigarren gefüllt. Er blickte voller Stolz um sich, die gesamte NSDAP-Führungsriege, die hier im Südwesten eine Rolle spielte, war seiner Einladung gefolgt, dazu weitere hohe Persönlichkeiten. Robert Wagner, Gauleiter in Baden, oder Arthur Seyß-Inquart, erst kürzlich zum Reichskommissar für die Niederlande ernannt. Wilhelm nippte an seinem Cognacschwenker, als ihm jemand von hinten auf die Schulter klopfte.

„Komm, Wilhelm, setz dich zu uns. Der Reichskommissar möchte dich gerne kennenlernen."

Hinter ihm stand SS-Obersturmbannführer Franz Albert, ein alter Freund aus Studientagen, der seit der Machtübernahme der NSDAP eine rasante Karriere hingelegt hatte. Mit einem sanften Griff an der Schulter zog er Wilhelm zu einer Sitzgruppe, die sich um einen Mann in einem schwarzen Anzug, mit einer kleinen ovalen Brille auf der Nase und glatten, zurückgekämmten Haaren, die deutliche Geheimrats-ecken offenbarten, geschart hatte. Andere hochrangige Vertreter aus Partei und SS hatten sich in die mit rotem Samt überzogenen Sessel gesetzt. Ein heiteres Gespräch lag in der Luft, untermalt vom Klirren der vollen Weingläser.

„Arthur, ich möchte dir Wilhelm Braunfels vorstellen. Er ist hier der Hausherr und ein alter Freund von mir. Wir haben uns im Medizinstudium kennengelernt, doch im Gegensatz zu mir ist er der Quacksalberei treu geblieben.“

Seyß-Inquart stand auf und streckte Wilhelm die Hand entgegen. „Setzen Sie sich zu uns, verehrter Braunfels. Wir sprechen gerade über den Luftkrieg gegen England. Ein glänzendes Bild, das die Luftwaffe in diesen Tagen abgibt, finden Sie nicht?“

Wilhelm setzte sich und hielt einem Diener ein leeres Glas entgegen, das dieser wortlos mit einem Gutedel auffüllte.

„Natürlich, Herr Reichskommissar. Der Führer weiß, was er tut. Den Engländern wird es noch leidtun, dass sie das großzügige Friedensangebot abgelehnt haben. Und genau wie kürzlich in Paris, wird der Führer dann über die Themse marschieren und den dicken Churchill aus dem Land jagen.“

„Ich mag, wie Sie sprechen, Braunfels. Ein wenig vulgär zwar, doch immer auf den Punkt. Sie gefallen mir. Ebenso wie dieser exzellente Tropfen.“

Die Männer in der Sofaecke lachten schallend und hoben zu einem Prost an.

„Wissen Sie, Herr Reichskommissar, es liegt an der besonderen Natur der Menschen dieser Region. Wir haben Herz und Zunge auf dem rechten Fleck.“

„So muss das sein, Braunfels. Ich sehe, wir verstehen uns.“

Eine gute Stunde später, einige der Gäste hatten sich schon verabschiedet, stand Wilhelm vor dem teilweise abgeräumten Büfett und wies einen Diener an, die Getränke ein letztes Mal aufzufüllen. Seyß-Inquart stand direkt hinter ihm und blies Wilhelm seinen rauchgeschwängerten Atem in den Nacken. „Braunfels, können wir uns auf eine Zigarre unter vier Augen zurückziehen? Ich habe etwas mit Ihnen zu bereden."

„Sicher. Wir können nach nebenan in den kleinen Salon gehen."

Wilhelm führte den großgewachsenen Mann in ein Kaminzimmer, welches bis zur Hüfthöhe mit einem dezent rötlichen Nussbaumholz ausgekleidet war. „Setzen Sie sich bitte, Herr Reichskommissar."

„Ich sehe, dass Gauleiter Wagner nicht übertrieben hat, als er Sie mir als eifrigen Verfechter unserer Sache beschrieb. Menschen wie Sie werden gebraucht, Braunfels. Der Krieg steht erst am Anfang, es warten einige wichtige Pflichten auf uns. Manche dieser Aufgaben sind nicht für die Öffentlichkeit bestimmt, weder für inländische noch für feindliche Intelligenz. Und dabei können Sie helfen. Ihre Klinik liegt abgeschieden, in einem Teil des Reiches, der weit weg ist von den Kriegswirren um uns herum. Hier gibt es die Sicherheit, Dinge erledigen zu können, die erledigt werden müssen. Und zwar ohne dass fremde Augen und Ohren davon Wind bekommen. Braunfels, verstehen Sie, was ich meine?"

„Nicht ganz, Herr Reichskommissar. Welche Aufgaben werden mir zugedacht?"

„Sachte, sachte, mein lieber Braunfels. Dazu kann ich noch nichts sagen. Kommt Zeit, kommt Rat. Es geht mir darum, mich Ihrer Loyalität zu versichern. Es reicht mir zu wissen, dass ich auf Sie zählen kann, wenn uns die Abgeschiedenheit des Breisgaus von Vorteil sein sollte."
„Aber natürlich können Sie das. Auf jeden Fall."
Seyß-Inquart drückte seine Zigarre in einem kleinen Aschenbecher aus, der auf einem Beistelltisch stand.
„Ich habe nächste Woche ein Treffen mit dem Reichsmarschall."
„Mit Göring?"
„Genau. Ich werde ihm von Ihnen erzählen. Er ist immer auf der Suche nach wichtigen Persönlichkeiten, die unserer Sache verpflichtet sind. Ihre Klinik wird ihm sicher gefallen, vielleicht wird er ihr bald einen Besuch abstatten. Sie wissen ja, dass er einen Bezug zu Freiburg hat."
„Das wäre natürlich äußerst lukrativ für meine Klinik. Ein Mann von dieser Prominenz in unserem Haus!"
„Dann wissen Sie, was zu tun ist, Braunfels. Wir bleiben in Kontakt. Und wenn ich Sie und Ihre Klinik brauche, zähle ich auf Sie."

Kurze Zeit später stand Wilhelm auf der großen steinernen Treppe, die auf die gekieste Auffahrt führte. Der Tross mit den schweren Karossen setzte sich in Bewegung. Seyß-Inquart saß auf dem Rücksitz eines Horch 850 Pullman. Die Silhouette seines kantigen Gesichtes war durch das Seitenfenster zu erkennen. Wilhelm hob die Hand, um ihn zu verabschieden. Doch

Seyß-Inquart drehte sich nicht mehr um. Wilhelm stand noch einige Zeit reglos auf der Treppe, bis die Rücklichter der Wagen zwischen den Bäumen des kleinen Wäldchens verschwunden waren.

Die Braunfels-Klinik

Ich erkannte an den leicht rasselnden Schlafgeräuschen, dass Melanie neben mir im Begriff war aufzuwachen. Seit gut einer Stunde lag ich wach und schmökerte in meinem Smartphone durch die Nachrichten des gestrigen Tages. Ich versuchte, dies möglichst leise zu tun. Seit ich Melanie vor wenigen Wochen mit dem versehentlichen Abspielen eines Werbejingles aus dem Schlaf geschreckt hatte, wusste ich, dass jegliche ungeplante Geräuschkulisse einem gemütlichen Aufstehen abträglich war. Melanie drehte ihren Kopf zu mir, ohne die Augen zu öffnen.

„Guten Morgen", flüsterte ich ihr leise zu. Ein nicht zu deutendes Brummeln war die Antwort.

„Es ist kurz vor sieben, der Wecker geht gleich hoch." Kaum hatte ich diesen Satz zu Ende gesprochen, meldete sich das Gerät mit einem impertinenten Piepsen. Ich griff nach dem rechteckigen Kasten und schaltete den Ton mit einem Druck auf die silbergraue Taste aus. Melanie hatte sich jetzt aufgesetzt. „Der Ton deines alten Weckers war nicht ganz so nervig."

„Offenbar lästig genug, dass du ihn letzte Woche gegen die Wand gedonnert hast und ich gestern losziehen musste, um im Kaufhof einen neuen zu besorgen."

„Falls du drauf bestehst, gebe ich dir das Geld dafür."

„Es würde mir schon reichen, wenn du mein Inventar aus deinen gelegentlichen Wutausbrüchen heraushalten könntest."

Melanies Schlaf-Shirt war leicht verrutscht. Auf ihrem Brustbein konnte ich die Narben der Schnittwunden sehen, eine unliebsame Erinnerung an den Liebenauer Fall. Die äußeren Spuren würden Melanie bis an ihr Lebensende begleiten, doch innerlich war sie schon längst wieder die Alte. Sie hatte die schlimmen Erlebnisse bald abgehakt und selbst der Gang zum Polizeipsychologen war von ihr abgelehnt worden.

Ich stand auf und ging in die Küche, um zwei Tassen Kaffee aufzusetzen. Neben den Herd hatte ich die Jura-Kaffeemaschine gestellt, so ziemlich der einzige Luxusgegenstand in meiner kleinen Zwei-Zimmer-Wohnung am Schlossbergring, die sonst eher an eine Studentenbude erinnerte. Das Verpackungspapier der Zartbitterschokolade, die wir gestern verputzt hatten, lag auf einem alten, vor dem Sperrmüll geretteten Barhocker neben einem abgegriffenen Prospekt der Seenotrettung, welchen ich vorgestern aus dem Briefkasten gefischt hatte. Meine Bude benötigte dringend wieder eine Grundreinigung, doch momentan kam ich nicht dazu. Melanies Wohnung in der Beurbarung war zwar ähnlich klein, sie hatte aber die Unordnung besser im Griff. Wir hatten nie darüber gesprochen, zusammenzuziehen, und ich war mir sicher, dass dieses Thema auch mittelfristig nicht auf die Tagesordnung kommen würde.

Melanie ging ins Bad, was ich am Vogelgezwitscher der Toilettenprinzessin erkennen konnte. Ein Kumpel hatte mir dieses Gerät aus Japan mitgebracht, das mögliche Körpergeräusche eines Toilettenganges mit lauten, aber sanften Naturklängen übertönte. In Ostasien waren diese Geräte ein absolutes Muss, hier war ich mir jedoch sicher, dass auch dieses Utensil demnächst einer von Melanies Launen zum Opfer fallen würde.

Das Klingeln meines Handys riss mich aus den morgendlichen Gedanken. Am gewählten Klingelton, dem gequakten *Angie* von den Rolling Stones, konnte ich erkennen, dass es Angelika Leibinger war, Aktenführerin und gute Seele unserer Truppe.

„Guten Morgen, was gibt's?"

„Morgen, Nick. Wann wolltest du denn kommen? Der Chef fragt nach dir."

„Es ist gerade mal kurz nach sieben. Ich wollte so langsam los und mich aufs Fahrrad schwingen. Was soll denn der Stress?"

„Ich verstehe es ja auch nicht, aber der Chef hat mich gestern Abend angerufen. Ich soll dir gleich heute Morgen sagen, dass du das Auto klarmachen und ihn dann zuhause abholen sollst. Den Schlüssel habe ich schon hier, ich hinterlege ihn an der Pforte. Ihr fahrt an den Tuniberg, wegen dieses Johannes Frick."

„Wer bitte?"

„Johannes Frick. Das ist der Todesfall, den ihr letzte Woche untersucht habt."

„Ach, dann hat er mittlerweile einen Namen? Alles klar, ich hole das Auto und fahre beim Chef vorbei."

Hastig zog ich meine Morgenroutine durch. Melanie lehnte an der Küchenzeile und schlürfte laut ihren Kaffee.

„Ich muss gleich los", sagte ich. „Es scheint eine Spur wegen unseres Selbst- oder Nichtselbstmörders zu geben. Sehen wir uns heute Abend?"
„Ich denke nicht. Ich muss unbedingt mal wieder ins Spinning. Sonst habe ich die Kursgebühr umsonst gezahlt."
„Okay, viel Spaß dabei. Du kannst die Tür hinter dir zuziehen. Wie üblich."
„Wie üblich", flüsterte Melanie in ihre Tasse. „Wie üblich, wenn der Alte ruft."

Kurze Zeit später fuhr ich mit dem Auto die Carl-Kistner-Straße entlang Richtung Haslach, um Fieker von zuhause abzuholen. Wie immer stand er bereits vor dem Haus in der Staufener Straße, als ich dort eintraf. Ich wusste nie, ob er ein überpünktlicher Mensch war oder er dies mit Absicht tat, damit ich nicht in seine Wohnung musste. Zu neugierig war ich, wie dieser Mann so lebt, ganz alleine ohne Familie. Doch da ich die Unordnung in seinem Büro kannte, wollte ich mir nicht vorstellen, wie es in seiner Wohnung aussehen mochte. Dort hatte er keine Angelika Leibinger, die versuchte, das Chaos einigermaßen im Zaum zu halten.
„Wo bleiben Sie denn so lange?", raunzte er zur Begrüßung in das Wageninnere.
„Ich musste erst noch den Wagen holen."
Ohne darauf einzugehen, stieg er ein und hielt sich dabei umständlich an der Dachrehling fest. Als er dann saß, nestelte er ungeduldig am Gurtschloss neben seinem Sitz herum. Wie üblich hatte er Schwierigkeiten

mit der doch filigranen Technik eines handelsüblichen Sitzgurtes. Als er schließlich sicher auf dem Beifahrersitz saß, starrte er mich mit einem fragenden Blick an. „Na los, Nick, fahren Sie!"

Ich schaute ihn an. „Wohin, Chef?"

Für einen kurzen Moment herrschte ein Schweigen im Wagen, bis Fieker wieder das Wort ergriff.

„Ach, ich habe ganz vergessen, dass Sie die letzten vier Tage Urlaub hatten. Ich werde Sie auf der Fahrt über die neuesten Entwicklungen informieren, die Sie verpasst haben."

„Ich war nicht im Urlaub, ich war auf einer Fortbildung."

„Ach ja, was war denn das Thema?"

„Neue psychologische Methoden der Vernehmungstaktik."

Ein lautes verächtliches Schnauben war Fiekers Reaktion.

„Ich sage doch, Urlaub."

Ich kapitulierte und wechselte das Thema. „Und wo fahren wir jetzt hin?"

„Nach Merdingen zur Braunfels-Klinik. Unser Selbstmörder war dort Patient."

Ich startete den Wagen und fuhr langsam in Richtung der Carl-Kistner-Straße.

„Die Braunfels-Kliniken also", sagte ich. „Seit dem theatralischen Tod des alten Braunfels kommt diese Familie nicht aus den Schlagzeilen."

„Waren Sie damals nicht dabei? Wie lange ist das jetzt her?"

„Ein gutes halbes Jahr. Ich hatte über das Präsidium eine Einladung abstauben können. Ich dachte, schau dir mal die Hautevolee der Gegend an und fahr mal vorbei. Ich ahnte natürlich nicht, welche Show mir da letztendlich geboten werden sollte. Das war wirklich sehr … skurril."

Ich zögerte mit dem letzten Wort, da ich mir nicht sicher war, ob man mir deswegen einen Mangel an gebotener Pietät unterstellen könnte. Doch wusste ich auch, dass mir von Fieker mit seiner Abscheu gegen jede Autorität kein negatives Urteil drohte.

„Und wie sieht es aus mit unserem Selbstmörder?", fragte ich. „Wie war sein Name?"

„Frick. Johannes Frick. Die Kollegen aus Breisach waren fleißig. Sie haben mit einem Foto des Mannes die Dörfer am Tuniberg abgeklappert und landeten noch am selben Tag einen Treffer. Eine Pflegekraft der Braunfels-Klinik konnte sich an ihn erinnern. Und dann ging alles ganz schnell. Eine eindeutige Beschreibung, ein verschwundener Patient, diverse Unterlagen … und wir hatten unseren Mann. Johannes Frick, wohnhaft irgendwo in den neuen Bundesländern. Doch jetzt werden wir uns erstmal vor Ort umschauen."

„Und was ist mit dem Glatzkopf, der die Grills gekauft hat?"

„Keine Neuigkeiten. Das wird eine harte Nuss, Kahlrasierte mit Muskeln gibt es wie Sand am Meer. Und da Gebelhoff noch keinen offiziellen Ermittlungsauftrag erteilt hat, kommen wir da erstmal nicht weiter."

Oberkriminalrat Gebelhoff war Fiekers direkter Vorgesetzter und damit in der Rolle des Lieblingsfeindes gesetzt.

Wir hatten mittlerweile Opfingen hinter uns gelassen und der Tuniberg lag direkt vor uns. Ich wusste nicht, was ich von diesem Fall halten sollte, wollte ich die Ereignisse zu diesem Zeitpunkt überhaupt als Fall bezeichnen. Die Vehemenz, mit der Fieker voranging, wunderte mich sehr. Ich musste an den Fall im Frühjahr denken, als ein toter Mountainbiker bei Oberried in den Bergen gefunden worden war. Wir wurden routinemäßig dazugeholt, doch es zeigte sich bald, dass es sich um einen tragischen Sportunfall handelte. Fieker hatte sich damals überhaupt nicht dafür interessiert, als ob er geahnt hätte, dass es dort nichts zu holen gab. Doch hier und jetzt sah das völlig anders aus. Ein vermutlicher Suizid in den Weinbergen bekam seit einigen Tagen seine volle Aufmerksamkeit. Dieser Umstand gab mir sehr zu denken, war doch die Intuition des alten Fuchses etwas, auf das man sich zumeist verlassen konnte.
„Ich möchte, dass Sie eine komplette Personenrecherche durchführen", riss mich Fieker aus meinen Gedanken. „Am besten heute, damit wir zumindest bald Klarheit über die persönlichen Hintergründe haben."
„Sind Sie immer noch der Meinung, dass wir es hier nicht mit einem gewöhnlichen Suizid zu tun haben?"
Fieker zögerte mit einer Antwort. Sollte ich den Alten dabei erwischt haben, zu sehr auf sein Bauchgefühl gehört zu haben?

„Wissen Sie, Nick, ein Suizid ist eine emotional hochkomplexe Sache. Vielleicht sollten Sie dazu mal eine Fortbildung besuchen."

Ich zuckte kurz zusammen, bemerkte aber gleich, dass diese Bemerkung keine Spitzfindigkeit war, wie ich zuerst vermutete. Es gehörte zu Fiekers mangelhafter Sozialkompetenz, Äußerungen unbedarft rauszuhauen, ohne jegliches Gefühl dafür, wie das Gesagte beim Gegenüber ankommt.

„Man begeht keinen Selbstmord, als ob man mal um die Ecke zum Einkaufen gehen würde. Wenn er hier zur Kur war, war er vermutlich ortsfremd. Und dann mutet es äußerst seltsam an, dass er mit einem Fahrrad in den Weinberg fährt, einen Geräteschuppen aufbricht, sich gemütlich in einen vorhandenen Gartenstuhl setzt und vier Einweggrills anzündet, die er, die Vermutung liegt nahe, nicht mal selber gekauft hat. Ich habe da starke Bedenken, dass es sich so abgespielt hat, wie uns jemand glauben machen will. Die Sache ist es wert, näher unter die Lupe genommen zu werden."

Über Gottenheim fuhren wir nach Merdingen und bogen dann in die Weinberge zur Braunfels-Klinik ab. Hinter einer Kurve präsentierte sich das Gebäude in seiner ganzen Pracht. Ein vierstöckiges Haus mit mehreren Giebeln und einem Seitenflügel, dessen weiße Farbe in der Mittagssonne glänzte. Weinrote Fensterläden gaben dem Gebäude etwas Verspieltes und nahmen ihm so seine Mächtigkeit. Trotzdem schien irgendein Schleier über dem Haus zu liegen. Diese Institution war untrennbar mit dem Namen der Familie Braunfels verbunden, deren Patriarch, Robert Braunfels, vor einem halben Jahr den Freitod gewählt hatte. Ich musste an den Abend zurückdenken und die Szene schwirrte wieder in meinem Kopf umher. Ich war mittlerweile einiges gewohnt, was den Anblick von Leichen anging, doch war das damals eine andere Hausnummer. Ich war weit genug von der Bühne entfernt gewesen, so dass ich keinen direkten Blick auf die Leiche hatte. Ein hellroter Nebel, der im Fallen aus seinem Hinterkopf austrat, war alles, was damals in meinem Blickfeld zu sehen war. Im Tohuwabohu nach dem tödlichen Schuss war nicht daran zu denken, die Leiche von Robert Braunfels näher in Augenschein zu nehmen. Jedem der geladenen Gäste stand damals nur der Sinn danach, so schnell wie möglich den Saal verlassen zu können. Ich hatte mich als Polizist zu erkennen gegeben und dem Wachpersonal geholfen, die Evakuierung über die Bühne zu bringen, bis der Notarzt und die Kollegen eingetroffen waren. Bald darauf war ein Kurzfilmchen im Internet aufgetaucht, das den Selbstmord in allen Facetten zeigte, inklusive des letzten Zuckens von Robert Braunfels, der mit offenen Augen in der Kulisse lag, den Kopf noch einmal hin- und herbewegend, während das Blut wie ein Sturzbach aus Nase und Mund rann. Der Verbreiter des Filmchens wurde zu einer hohen Geldstrafe verurteilt, doch war die Ausbreitung nicht mehr aufzuhalten. Der schreckliche Tod des Firmenpatriarchen war zu einem billigen Gruselfilmchen verkommen, welches sich pubertierende

Jugendliche feixend und kichernd auf den Schulhöfen weiterleiteten. Viel war in der Presse geschrieben worden, von Verwicklungen in illegale Geschäfte, Spielschulden oder ernsthaften Eheproblemen. Auch wenn nichts davon nachgewiesen werden konnte, hatte sich die Boulevardpresse wie Hyänen auf die Familie gestürzt. Diese jedoch hatte sich in Schweigen gehüllt. Der älteste Sohn Daniel führte wie bisher unauffällig die Geschäfte weiter, ebenso wie seine Schwester Konstanze. Die frischgebackene Witwe Camila Braunfels hatte sich weitgehend aus der Öffentlichkeit zurückgezogen und ihre Auftritte in der feinen Gesellschaft des Dreiländerecks auf ein Minimum beschränkt.

Ich stellte den Wagen auf dem Besucherparkplatz ab, der gut zwanzig Meter vom Eingang entfernt lag. Wir betraten das Gebäude, dessen Marmorfußboden auf das Niveau dieser Einrichtung hinwies. Eine Klinik, in der sich Hinz und Kunz die Mandeln rausnehmen lässt, war das hier sicherlich nicht. Hier ging es um mehr als nur schnöde Kassenleistungen für die arbeitende Bevölkerung, das strahlte schon der Eingangsbereich aus. Eine Staffelei mit einer großen Schwarz-Weiß-Fotografie des kürzlich verstorbenen Robert Braunfels war mitten in der Aula aufgestellt. Fieker stand, offenbar vom Ambiente unbeeindruckt, an der Pforte und diskutierte wild gestikulierend mit der älteren Dame hinter dem Tresen.

„Ficker?", hörte ich sie flüstern, doch laut genug, dass man sie im Foyer deutlich wahrnehmen konnte.

„Nein, mit ‚ie', langgezogen. Das ist doch nicht so schwer zu verstehen."

Ich musste innerlich grinsen. Es kam immer wieder vor, dass einfache Gemüter über den Nachnamen des Chefs stolperten und, anstatt höflich darüber hinwegzugehen, das verbotene F-Wort aussprachen. Fieker war nicht unbedingt als Choleriker bekannt, doch konnte er in solchen Augenblicken schnell seine Contenance verlieren. Als ich zu ihm an die Pforte trat, sah ich, dass sein Dienstausweis auf der Theke lag und die Dame wieder an einem kleinen Tisch saß, wo sie eine Telefonanlage bediente. Nach kurzer Zeit schien sie jemanden am anderen Ende der Leitung zu haben.

„Ich habe hier einen Hauptkommissar Fieker von der Kripo Freiburg mit einem Kollegen. Sie haben einen Termin bei Herrn Dr. Braunfels. Außerdem möchten sie mit der Pflegekraft sprechen, die diesen Selbstmörder aus den Reben identifiziert hat."

Dieses Mal hatte sie pingelig darauf geachtet, das ‚ie' fast schon übertrieben langgezogen auszusprechen, gefolgt von einigen „Mmh" und „Ja". Mit einer hektischen Bewegung warf sie das Mobilteil des Telefons vor sich auf die Schreibtischunterlage. Sie stieß sich mit ihren Füßen von einer unter dem Tisch versteckten Fußablage ab und rollte hin zum Tresen.

„Sie können schon mal zu Herrn Braunfels gehen, der Weg zur Geschäftsführung ist ausgeschildert." Sie zeigte quer durch die Aula in Richtung eines

Personenaufzugs. „Und wenn Sie fertig sind, wird die Kollegin hier auf Sie warten."

Ein lautes Bing teilte uns mit, dass der Aufzug im Erdgeschoss angekommen war. Mit einem sanften Geräusch öffnete sich die Schiebetür und ließ uns in die auf zwei Seiten verspiegelte Kabine eintreten. ‚Verwaltung' stand neben dem quadratischen Knopf mit der großen Vier. Der Aufzug setzte sich in Bewegung, bis er nach wenigen Augenblicken wieder mit einem sanften Ruck stehen blieb. Die Tür öffnete sich und gab den Blick auf eine großzügig gestaltete Theke frei, hinter der eine junge Frau mit einem Headset saß. Sie deutete nach links, wo sich eine gläserne Tür befand. „Sie können durchgehen, Herr Dr. Braunfels erwartet Sie bereits."

Durch das milchige Glas konnte ich die Umrisse eines Mannes erkennen, der mit festen Schritten auf uns zukam. Mit einem Lächeln öffnete er die Tür. „Sie müssen die Herren von der Kriminalpolizei sein. Kommen Sie bitte herein. Ich dachte mir, wenn Sie schon im Haus sind, wäre das eine gute Gelegenheit für ein kurzes Gespräch."

Fieker hatte sich seine Schiebermütze vom Kopf gezogen. „Auch wenn es uns eigentlich um die Aussage Ihrer Mitarbeiterin geht, nehmen wir das gerne an. Mein Name ist Fieker, Hauptkommissar. Das ist mein Kollege Kommissar Reetmann."

Daniel Braunfels stand vor uns, ein leicht dicklicher Mittvierziger mit einer perfekt gescheitelten blonden

Frisur und blendend weißen Zähnen. „Kommen Sie, ich nehme Sie mit in mein Büro.“

Vor uns öffnete sich ein Flur, der mit dem dezenten Licht aus mehreren Deckenflutern beleuchtet war. Am Ende angekommen, standen wir vor einer gläsernen Wand, die den Blick in ein großes, modern eingerichtetes Besprechungszimmer freigab. Gegenüber hingen drei große Gemälde, die vom warmen Licht der Morgensonne angestrahlt wurden. Die Bilder waren ungefähr einen Meter hoch und vielleicht sechzig bis siebzig Zentimeter breit. Es waren Ölgemälde, die jeweils einen älteren Mann zeigten. Unwillkürlich blieb ich stehen und unterzog die Gemälde einer näheren Betrachtung. Daniel Braunfels stellte sich neben mich. „In ein paar Jahren werde ich auch hier hängen … oder zumindest ein Porträt von mir. Was Sie hier sehen, ist unsere bescheidene Ahnengalerie. Alle drei Braunfels‘, die vor mir das Unternehmen geführt haben, sind hier verewigt.“

Die drei Bilder waren in einem ähnlichen Stil gemalt und zeigten die dargestellten Männer in festlicher oder militärischer Kleidung. Die Modelle waren von der Hüfte an aufwärts zu sehen, in Sesseln oder auf Stühlen sitzend. Das linke Bild stellte einen verschmitzt grinsenden Mann dar, mit einem glatten grauen Haarkranz auf dem Kopf und einem weißen Schnurrbart unter der Nase. Er hielt einen Spazierstock in der Hand, dessen silberner Knauf vom Künstler wie ein Reichsapfel auf einem Kaiserbildnis in den Vordergrund gestellt worden war.

„Das ist Wilhelm Braunfels, mein Urgroßvater“, erklärte Daniel. „Er hat die Braunfels-Klinik genau an dieser Stelle hier in Merdingen gegründet. Er war der erste in einer Reihe von Medizinern aus unserer Familie.“

Fieker trat nahe an das Bild heran, bis er fast seine Nasenspitze auf die Leinwand drückte.

„Wilhelm wird in unserer Familie sehr geschätzt, auch wenn es natürlich besondere Zeiten waren, in denen er seine Klinik aufgebaut hat. Er musste sich im Dritten Reich mit den Machthabern arrangieren, was anderes blieb ihm auch nicht übrig. Er teilte damit das Los all derjenigen, die in den Fokus der Nazis gerückt waren. Die hohe Politikprominenz ging damals bei ihm ein und aus, etwas, worauf man heute nicht mehr stolz sein kann. Er war Mediziner, aber auch Unternehmer durch und durch. Bis heute verbindet das die männlichen Braunfels‘ miteinander. Er verstand es prächtig, sein medizinisches Fachwissen mit gesundem Unternehmergeist zu verbinden.“ Daniel ging einen Schritt nach rechts und zeigte auf das mittlere Bild. „Das ist mein Großvater Lothar Braunfels, der bald nach dem Krieg die Führung der Klinik übernahm.“ Das Gemälde zeigte einen großen, streng blickenden Mann mit dichtem schwarzem Haar und einem glattrasierten Gesicht. Er trug eine Uniform im Stile alter preußischer Offiziere, was dem Bild etwas Anachronistisches verlieh.

„Haben Sie Ihren Großvater persönlich gekannt?“, warf Fieker ein.

„Ja, tatsächlich. Als er starb, war ich erst elf Jahre alt, so dass meine Erinnerungen an ihn eher vage sind. Lothar war ein schwieriger Mensch, zumindest, wenn man nach den Erzählungen meines Vaters geht. Die beiden hatten wohl sehr große Probleme miteinander. Lothar war in die Nazizeit hineingewachsen und hatte den Krieg als Jugendlicher miterlebt. Offenbar hatte er Schwierigkeiten damit, sich in der Nachkriegszeit zurechtzufinden. Es ist ein Widerspruch, dass in seiner Zeit einerseits unser Unternehmen prosperierte, aber andererseits der Ruf der Braunfels-Kliniken durch seinen autoritären Führungsstil deutlich litt. Es waren schwierige Zeiten mit meinem Großvater. Ältere Menschen in unserer Gegend können sich noch gut daran erinnern. Meinem Vater gelang es dann, die Braunfels-Gruppe zu modernisieren und auch von den Geistern der Vergangenheit zu befreien.“ Daniel zeigte auf das dritte Gemälde. „Das ist Robert Braunfels, mein Vater. Ich denke, Sie haben von seinem tragischen Tod vor einem halben Jahr gehört?“

Ich hielt es in dem Moment für eine gute Idee zu verschweigen, dass ich damals Zeuge des Selbstmordes geworden war. Daniel schob ein leise genuscheltes ‚Wer hat das denn nicht?‘ hinterher. Das Gemälde zeigte einen Mann in einem modernen Anzug mit Krawatte. Er wirkte streng, fast herrisch und hatte so gar nichts von dem fröhlichen Menschen, den man aus den Zeitungsberichten gekannt hatte. Ich musste wieder an die große Feier vor einem halben Jahr denken, bei der Robert Braunfels seinem Leben ein Ende gesetzt hatte.

Mir kam dieser fröhliche, gutgelaunte Mann an jenem Abend in den Sinn, der eine Lebenslust ausstrahlte, die dadurch konterkariert wurde, dass er sich wenige Augenblicke später eine Kugel in den Kopf jagte.

„Das Unternehmen, wie es heute dasteht, ist letztendlich das Lebenswerk meines Vaters. Er hat aus den Braunfels-Kliniken das gemacht, was sie jetzt sind. Und ich werde die Firma in seinem Sinne weiterführen."

Fieker stand immer noch vor den Porträts und starrte auf die Texturen der Ölgemälde. „Wie alt sind die Bilder denn?"

Daniel kratzte sich am Kinn. „Schwierig zu sagen. Die Porträts von meinem Urgroßvater und Großvater sind wohl in den Siebzigern entstanden. Das Bild meines Vaters müsste so um die fünf Jahre alt sein. Ich weiß auch nicht, was ihn bewogen hat, sich in Öl verewigen zu lassen. Solche Rituale oder Traditionen haben ihn normalerweise nicht interessiert. Als er dann gestorben ist, habe ich alle drei Bilder aus dem Keller holen und hier aufhängen lassen."

Wir betraten das Büro von Daniel Braunfels, ein großzügiger Raum mit einem riesigen Schreibtisch vor einer mächtigen Regalwand, die aber nur spärlich mit Büchern und Utensilien bestückt war. Neben dem Eingang stand eine Couchgarnitur, drapiert um einen flachen Tisch. Daniel gab uns mit einer kurzen Handbewegung zu verstehen, Platz zu nehmen. Wir kamen der Aufforderung nach.

„Ein wenig Gebäck?", fragte Daniel und öffnete eine blecherne Keksdose. Wir winkten beide ab.

„Sie haben noch eine Schwester, Herr Braunfels?",
führte Fieker das Gespräch fort.

„Ja, Konstanze. Sie ist zwei Jahre jünger als ich."

„Und sie hatte kein Interesse an der Leitung der
Klinik?"

Daniel schüttelte grinsend den Kopf. „Nein, absolut
nicht. Nach ihrem Studium der Kunstgeschichte hat sie
in der Marketingbranche Fuß gefasst. Ihre Agentur
arbeitet ab und an für uns. In ihrer Rolle als stille
Teilhaberin greift sie nicht in das operative Geschäft ein.
Vater war da auch sehr eindeutig, das Unternehmen
sollte der Sohn weiterführen, so wie es in unserer
Familie immer war." Daniel griff jetzt selbst in die
Keksdose und förderte einen Spekulatius zu Tage, den
er sich fast gierig in den Mund schob. „Aber genug vom
Familiengeplänkel. Kommen wir zum Grund Ihres
Besuchs", fuhr er fort, nachdem er fertig gekaut hatte.
„Mir wurde zugetragen, dass eine Kollegin unseres
Pflegeteams einen Toten identifizieren konnte, dessen
Identität Sie aufzuklären haben? Schön, dass wir Ihnen
hier weiterhelfen konnten. Können Sie mir sagen, um
wen es sich bei dem Toten handelt?"

„Sein Name wird momentan der Öffentlichkeit noch
nicht bekanntgegeben", antwortete Fieker. „Wir können
Ihnen aber sagen, dass er wohl Patient Ihrer Klinik war.
Näheres werden wir gleich mit Ihrer Mitarbeiterin
klären." Daniel schien sich eine Weile in Gedanken zu
verlieren, bevor er tief durchatmete und den
Gesprächsfaden wieder aufnahm. „Wir sind natürlich
interessiert daran, dass wir nicht in polizeiliche

Ermittlungen hineingezogen werden, die unserem guten Ruf schaden könnten. Verstehen Sie mich nicht falsch, ich möchte Sie in keiner Weise bei Ihrer Arbeit behindern, doch bitte ich Sie, so diskret wie möglich vorzugehen. Wir haben aktuell schon genug schlechte Presse, da können wir Mordermittlungen in unserem Haus überhaupt nicht brauchen."

„Von Mord wollen wir hier nicht sprechen", entgegnete Fieker. „Dazu gibt es aktuell keinen Anlass. Es handelt sich um ein Todesursachenermittlungsverfahren. Wir gehen momentan jeder Spur nach, die uns über die Identität der Person und die Umstände deren Ablebens Auskunft gibt. Dabei lassen wir uns nicht von Vermutungen oder Nebensächlichkeiten beeinflussen. Ich nehme an, Sie spielen mit den genannten Schwierigkeiten auf die rechtlichen Auseinander-setzungen mit Ihrer Stiefmutter an?"

Daniel Braunfels prustete verächtlich. Ich wunderte mich, dass Fieker ohne Not dieses Thema ansprach.

„Mutter … Das Wort empfinde ich als Hohn bei dieser Person. Ich werde diese Frau niemals als Mitglied unserer Familie akzeptieren. Weiß Gott, warum Vater sie geheiratet hat. Meine Schwester sieht das mittlerweile genauso, ich bin mit dieser Meinung nicht alleine."

„Sie sagen ‚mittlerweile'?"

„Als Camila in unsere Familie kam, war Konstanze ihrer neuen Stiefmutter sehr zugetan. Sie war ja kaum älter als wir und ihr Auftreten hatte damals einen großen Einfluss auf sie. Konstanze sah so etwas wie ein Vorbild in Camila. Aber jetzt, als erwachsene Frau, hat auch meine Schwester begriffen, was von ihr zu halten ist."

„Sie müssen schon zugeben, dass Camila Braunfels mit ihrer Präsenz in den Boulevardmedien Ihrer Familie viel Aufmerksamkeit bringt", sagte Fieker.

„Aber zu welchem Preis? Haben Sie eine Ahnung, was über sie gesprochen wird? Welche Wellen ihr Lebensstil schlägt und wie sie das Geld meines Vaters aus dem Fenster wirft? Camila ist eine notorische Fremdgängerin und das kann ich auch beweisen. Es würde mich sehr wundern, wenn das nicht der Grund für den Suizid meines Vaters gewesen wäre." Daniel schien plötzlich in sich zusammenzusacken und spielte verlegen mit seinen Händen. Nach einer gefühlten Ewigkeit sprach er weiter. „Entschuldigen Sie bitte, dass ich ausfällig geworden bin. Das ist normalerweise nicht meine Art und gehört auch gar nicht hierher. Aber diese Frau bringt mich immer wieder an die Grenze. Sie hat Vater nicht gutgetan, diese Ehe war ein einziges Chaos. Ich bin überzeugt, dass hinter den Kulissen mehr lief, als meine Schwester und ich von außen mitbekommen haben. Und selbst jetzt, nachdem sie unseren Vater in den Tod getrieben hat, gibt sie keine Ruhe. Sie hat eine Menge Dreck am Stecken, das kommt jetzt nach Vaters Tod immer mehr ans Tageslicht."

Fieker und ich mussten nichts weiter sagen, eine hochgezogene Augenbraue meinerseits reichte aus, um Daniels Redefluss aufrechtzuerhalten. „Die überhastete Bestattung, die heimliche Wohnung in Düsseldorf, von der mein Vater nichts wusste, ein seltsamer Freundeskreis, der uns immer suspekt war …"

„Was war das für ein Freundeskreis?"

„Ich weiß nichts Genaueres, ich habe wenig davon mitbekommen. Doch zwischen Camila und meinem Vater war das immer ein Zankapfel. Er sprach von irgendwelchen halbseidenen Typen aus Düsseldorf. Offenbar führte Camila ein Doppelleben. Ich hoffe, dass der Spuk bald vorbei ist und diese Frau aus unserer Familie und am besten auch aus dieser Gegend verschwindet. Immerhin sind die Klinik und die Stiftung vor ihren finanziellen Ansprüchen geschützt, doch greift sie mit ihren gierigen Händen nach dem immensen Privatvermögen meines Vaters. Ich gehe davon aus, dass Sie über die ganze Angelegenheit durch die Presse informiert sind?"

„Nicht wirklich", sagte Fieker. „Ich weiß nur oberflächlich Bescheid. Die ganze Sache ist doch mehr ein Thema der Boulevardmedien geworden und tangiert daher unsere tägliche Arbeit nicht so sehr."

Daniel griff nach der Keksdose, zog aber seine Hand wieder zurück, ohne sich einen Keks herauszunehmen.

„Auch das ist Camilas Schuld. Sie versteht es, alles zu bagatellisieren oder aufzubauschen, gerade so, wie es ihr in den Kram passt. Es geht um den letzten Willen meines Vaters. Er hatte diesen kurz vor seinem Tod heimlich angepasst, zu Ungunsten seiner Frau. Dies will sie nun anfechten lassen. Sie plädiert darauf, dass ihr das komplette Vermögen zugesprochen wird. Momentan liegt das Ganze bei den Anwälten, die sich auf eine gerichtliche Auseinandersetzung vorbereiten. Auf meine Schwester und mich wird ein weiteres Kapitel der Schlammschlacht zukommen."

Kurz darauf verabschiedeten wir uns von Daniel Braunfels und machten uns auf den Weg zurück zur Pforte. Im Foyer wartete eine übergewichtige Frau auf uns, gekleidet in einen weißen Kittel. Mit großen Augen und deutlich sichtbaren Schweißperlen auf der Stirn stand sie neben einem Gummibaum im Eingangsbereich, als hätte sie sich dort verstecken wollen. Die Frau, die ich vielleicht auf die Mitte ihrer Zwanziger geschätzt hätte, sah beschämt auf den Boden. Es fiel ihr schwer, den Augenkontakt zu halten, als sie uns mit einem kraftlosen Händedruck begrüßte. Fieker zückte abermals seinen Dienstausweis und hielt diesen der verunsicherten Frau unter die Nase. Ich tat es ihm gleich.

„Ihr Name ist Sabine Nowacky, ist das korrekt?", begann Fieker das Gespräch. Sie bejahte mit einem Nicken.

„Frau Nowacky, können wir uns irgendwo in Ruhe unterhalten?"

Sie warf einen Blick zur Dame an der Pforte, die mit einem heftigen Kopfnicken in Richtung einer geöffneten Tür in ihrem Rücken zeigte.

„Das Personal der Pforte hat einen Aufenthaltsraum. Dort können wir sprechen."

Wir gingen um die Ecke und betraten einen kleinen Raum, in dem ein runder Tisch sowie eine alte Anrichte standen. Mehrere Topfpflanzen bevölkerten das Fensterbrett und versuchten, dem schmucklosen Zimmer ein wohnliches Ambiente zu geben. Ich bemerkte, dass die Tür zur Pforte einen Glaseinsatz hatte. Wir mussten somit damit rechnen, dass man vom Nebenraum aus unsere Unterredung mitverfolgen konnte.

„Frau Nowacky, Sie haben den Kollegen aus Breisach gemeldet, dass Sie auf einer Fotografie den Patienten Johannes Frick erkannt haben. Entspricht das der Wahrheit?"

Für einen Moment herrschte Stille in dem kleinen Raum. Sie nickte langsam und schaute schüchtern zu Boden.

„Ja, das stimmt. Ich bin mir aber jetzt nicht mehr so sicher. Vielleicht habe ich letzte Woche vorschnell geantwortet und das war gar nicht unser Herr Frick. Ich weiß es wirklich nicht mehr."

Fieker legte seine Stirn in Falten. „Soll ich Ihnen das Bild nochmal zeigen?"

Ohne ein weiteres Wort schüttelte sie heftig den Kopf.

„Sie hatten ausgesagt, dass auf dem Bild der Patient Johannes Frick abgebildet ist."

„Da wusste ich aber noch nicht, dass es hier um eine Morduntersuchung geht."

„Das tut es nicht", warf Fieker ein. „Es handelt sich um ein Todesursachenermittlungsverfahren. Das ist etwas völlig anderes. Außerdem sollten Ihre Aussagen stets vollständig und korrekt sein, egal, um welche Art von Ermittlung es sich handelt."

„Ich meine nur, weil mir nicht klar war, welche Ausmaße das annimmt. Der Polizist hat uns das Bild gezeigt, und da habe ich gesagt: ‚Ja, das ist Herr Frick.‘ Und dann habe ich am nächsten Tag erfahren, dass er sich vielleicht gar nicht umgebracht hat und dass die Polizei ermittelt. Und da habe ich Angst bekommen, weil ich damit nichts zu tun haben will.“

„Beruhigen Sie sich, Sie sollten nichts auf Gerüchte geben. Wir müssen die Identität der Leiche feststellen, wobei Sie uns weitergeholfen haben.“

Sabine Nowacky nestelte nervös an dem Saum ihres weißen Kittels.

„Ja, aber wie ich schon sagte, ich bin mir nicht mehr ganz sicher, ob er das wirklich war.“

„Wann haben Sie Herrn Frick zum letzten Mal gesehen?“

„Das muss letzte Woche Dienstag gewesen sein, oder vielleicht auch Montag.“

„Wurde er entlassen oder verschwand er einfach?“

„Ich bin davon ausgegangen, dass er ordentlich entlassen wurde, als ich am Mittwoch zu Beginn meiner Frühschicht sein Bett leer vorgefunden habe. Ich werde nicht über jede Patientenbewegung informiert. Ich hatte seine Entlassung vermutet, weil seine Sachen weg waren.“

„Sie hatten Kontakt zu Herrn Frick. Was können Sie uns über ihn sagen?“

„Nichts Besonderes. Ein Patient wie jeder andere. Ich hatte nicht viel mit ihm zu tun. Er war eher ruhig, unauffällig.“

„Hat irgendetwas darauf hingewiesen, dass er zu Depressionen neigte oder womöglich einen Suizid plante?"

Sie schüttelte den Kopf. Nervös blickte sie zur Tür, die zur Pforte führte. Wir konnten laut und deutlich die Stimme der Kollegin nebenan hören, die ein Telefonat führte.

„Nein, nichts dergleichen. Aber man kann den Leuten halt nicht in den Kopf schauen."

Plötzlich sah ich einen Schatten an der Glasscheibe vorbeihuschen. Blitzschnell öffnete ich die Tür und stand vor einer mittelalten blonden Frau, die mich mit großen Augen anstarrte.

„Wenn ich es nicht besser wüsste, könnte man den Eindruck bekommen, Sie hätten gelauscht", sagte ich zu der Frau und gab mir Mühe, einen herrischen Ton an den Tag zu legen. Ihre Kollegin saß am Schreibtisch und versuchte, durch konsequentes Tippen auf der Computertastatur den Anschein zu erregen, damit nichts zu tun zu haben. Die uns bisher unbekannte Frau stand mit hochrotem Kopf vor mir. „Ich … ich wollte nur einen Aktenordner holen, der …"

Ich blickte neben die Tür und konnte nur eine große Zimmerpflanze und eine Geschirrspülmaschine in einer kleinen Küchenzeile sehen. Keine Spur von einem Aktenschrank. „Welche Akten? Wollen Sie mich auf den Arm nehmen?"

Sie stand vor mir und strich sich verlegen ihre Leggins glatt, die sie unter ihrem Schwesternkleid trug. Auf dem Kopf baumelte ein nach oben gebundener Zopf, der von manchen einfach gestrickten Zeitgenossen als ‚Ibiza-Palme' bezeichnet wurde.

„Hören Sie, ich kann nichts dafür. Ich wurde angewiesen, mitzuhören, was Nowi, ich meine Sabine, zu Ihnen sagt."

„Wer hat Sie angewiesen?" Die Frau blickte sich zu ihrer Kollegin um, die immer noch angestrengt weitertippte. „Ich kann es nicht sagen."

„Ich muss darauf bestehen."

Sie wusste nicht, wo sie mit ihren Armen hinsollte, und zappelte hilflos in der Luft herum. „Es war Herr Dr. Braunfels. Aber verpetzen Sie mich nicht, sonst kriege ich Ärger. Ich habe auch gar nichts gehört."

„Machen Sie das nie wieder!", herrschte ich sie an, als ich ohne Gruß die Tür vor ihr zuknallte. Fieker wandte sich wieder Sabine Nowacky zu. „Kontaktieren Sie uns, wenn Ihnen noch etwas einfällt."

Ich griff in meine Jackentasche, holte eine Visitenkarte heraus und reichte sie ihr. Sie nahm sie an, ohne einen Blick darauf zu werfen. Wir verließen den Raum, Fieker vorweg und Frau Nowacky hinter mir. Plötzlich hörte ich hinter mir ein lautes Schluchzen. Als ich mich umdrehte, starrte mich Sabine Nowacky aus glasigen Augen an. Bevor ich verstand, was mit ihr geschah, fiel sie direkt in meine Richtung nach vorne. Es gelang mir, die massige Frau aufzufangen, die wie ein nasser Sack in meinen Armen lag. „Chef, warten Sie!" Ich rief Fieker hinterher, der von Sabines Schwächeanfall nichts mitbekommen hatte. Als er sah, dass ich die ohnmächtige Sabine auf einen Stuhl drapierte, riss er die

Tür zur Pforte auf und rief den beiden Damen zu: „Wir haben hier einen Notfall! Wir brauchen Hilfe!“

Sabine kam gleich wieder zu sich, bewegte ihren Kopf in seltsamen kreisförmigen Bewegungen, die Augen geschlossen, begleitet von einem unverständlichen Gemurmel. „Frau Nowacky, hören Sie mich?“ Ihre Kollegin kam nun in das kleine Aufenthaltszimmer gestürmt und hielt sich die Hände vor das Gesicht. „Nowi, was ist los?“

„Sie kommt wieder zu sich“, entgegnete ich. „Können Sie uns ein Glas Wasser bringen?“, ergänzte Fieker. Sofort war sie hinter der Glastür verschwunden.

„Ich kann das nicht“, stammelte Sabine. „Das geht nicht. Ich darf Sie nicht anlügen.“

„Beruhigen Sie sich, es wird alles gut“, redete ich auf die junge Frau ein. „Was wollen Sie uns sagen?“

Die Kollegin aus der Pforte stand mit einem Glas Wasser vor mir. Ich nahm es ihr ab und reichte es Sabine, die es mit beiden Händen zum Mund führte und einen kräftigen Schluck nahm.

„Sagen Sie nichts. Ruhen Sie sich aus“, warf Fieker ein. Sabine fing nun laut zu schluchzen an. Fieker drehte sich zur Kollegin um. „Danke, wir brauchen Sie nicht mehr. Richten Sie bitte der Pflegedienstleitung aus, dass wir Frau Nowacky nach Hause fahren, sie ist heute nicht mehr arbeitsfähig.“ Die Frau verschwand wortlos in den Nebenraum. Fieker schloss hinter ihr die Tür und wandte sich der heulenden Frau zu, die schlaff auf ihrem Stuhl saß. „Wo wohnen Sie denn, Frau Nowacky?“

Das Wort „Niederrimsingen" war aus den durch ständiges Schluchzen unterbrochenen Worten herauszuhören.

„Wir bringen Sie nach Hause. Können Sie gehen?" Sie nickte, stand auf und ging langsam Richtung Tür.

Fieker drehte sich zu mir um. „Wir werden sie im Auto befragen, hier sind für mich zu viele Augen und Ohren."

Langsam fuhr ich den Passat vom Parkplatz, Fieker wie üblich auf dem Beifahrersitz, Sabine Nowacky auf der Rückbank. Ich steuerte den Wagen Richtung Merdingen-Ortsmitte. Im Rückspiegel konnte ich sehen, wie Sabine nervös an ihren Fingernägeln kaute. Fieker drehte sich, so gut es ging, zu der Frau um. Doch sie kam ihm zuvor und ergriff das Wort. „Bevor Sie mich fragen, es tut mir leid, dass ich Sie angelogen habe, aber ich hatte wirklich Angst."

„Sie haben ja nochmal die Kurve gekriegt. Erzählen Sie uns, was Sie wissen, dann wird Ihnen niemand böse sein."

„Herr Frick schien wegen irgendetwas besorgt zu sein. Es ist normal, dass verunsicherte Patienten den persönlichen Kontakt zum Pflegepersonal suchen, um ein bisschen Beistand zu bekommen. Herr Frick war allerdings sehr anhänglich. Und am Morgen, als er die Klinik verließ, bat er mich um einen seltsamen Gefallen. Er drückte mir ein Kuvert in die Hand und sagte mir, ich solle das aufbewahren, bis jemand kommt und es abholt."

Fieker blickte zu mir herüber. „Das hört sich an, als ob Johannes Frick vor etwas Angst oder eine dunkle Vorahnung gehabt hätte."

„Zuerst war ich verwirrt und wollte diese Bitte abschlagen. Aber ich habe dann doch gemerkt, dass er besorgt war. Deshalb habe ich mich erweichen lassen. Hätte ich geahnt, o Gott, auf was ich mich da einlasse … Als ich von seinem Tod gehört habe, wollte ich das Kuvert vernichten, deshalb habe ich Sie vorhin angelogen. Ich wollte damit nichts zu tun haben."

„Beruhigen Sie sich, Frau Nowacky. Haben Sie in das Kuvert reingeschaut?"

„Nein, es war zugeklebt und unbeschriftet."

„Wo ist es jetzt?"

„Ich habe es zuhause, gut versteckt."

„Dann werden wir es mitnehmen. Es ist ein wichtiges Beweisstück in einem Todesermittlungsverfahren. Weiß sonst noch jemand davon?"

„Ich glaube nicht. Das heißt, ich weiß es nicht genau. Ich habe niemandem etwas darüber erzählt."

„Und der Adressat des Kuverts? Hat Ihnen Johannes Frick gesagt, wer es abholen wird?"

„Nein, darüber weiß ich gar nichts."

Wir bogen nach Niederrimsingen ein, wo uns Sabine Nowacky zu ihrem Haus führte. Es war ein doppelstöckiges Mehrfamilienhaus, in dem vermutlich zwei oder drei Parteien wohnten. Wir parkten das Auto etwas abseits und gingen auf das Haus zu. Eine kleine Steintreppe führte zu dem Hauseingang, den Sabine aufschloss. Ein kühles Treppenhaus empfing uns. Eine typische Wohnung mit einem langgezogenen Flur erwartete uns im ersten Obergeschoss. Rechter Hand ging es ins Wohnzimmer, in dem Sabine Nowacky sofort verschwand. Wir folgten ihr. Sie griff in eine Schublade, aus der sie ein hellbraunes DIN-A4-Kuvert herauszog. Sie drehte sich um und hielt es mir entgegen. Am Umschlag war nichts Außergewöhnliches zu sehen. Er war nicht beschriftet und ordentlich zugeklebt. Ich nahm ihn an mich.

„Ich bin so froh, dass ich das Ding los bin. Beinahe hätte ich eine Dummheit gemacht. Wird das Konsequenzen für mich haben?"

Ich versuchte, einer Antwort auszuweichen. Fieker war bereits wieder in den Flur zurückgegangen.

„Ich schreibe Ihnen auf jeden Fall meine Handynummer auf. Bitte kontaktieren Sie mich unbedingt, wenn sich in dieser Sache etwas Neues ergibt."

„Was halten Sie davon, Chef?", eröffnete ich das Gespräch, als wir wieder im Auto saßen. „Hier liegt etwas ganz gehörig im Argen. Sie hat wirklich Angst. Oder aber sie hat einfach nur einen an der Klatsche."

Fieker schaute mich fragend an.

„Ich meine, psychische Probleme, Verfolgungswahn, irgendwas in der Richtung", sagte ich.

„Sicherlich, das kann eine Rolle spielen. Doch müssen wir vorerst mal davon ausgehen, dass die junge Frau es ernst meint und sie sich tatsächlich in Gefahr wähnt. Und dieser kleine Lauschangriff vorhin in der Klinik zeigt, dass es mit dem Arbeitsklima dort nicht zum Besten bestellt zu sein scheint."

„Eine andere Frage drängt sich mir auf, Chef. Warum haben Sie im Gespräch mit Daniel Braunfels dessen Streit mit der Stiefmutter angesprochen?"

„Ganz einfach, weil er es uns erzählen wollte. Haben Sie gesehen, wie unruhig er war, bevor wir die Unterhaltung auf Braunfels' Witwe gebracht haben? Und wie entspannt er sich gab, als es dann raus war? Er wollte uns das mitteilen und ich habe ihm den Gefallen getan, es anzusprechen. Trotzdem umgibt ihn ein Geheimnis. Irgendetwas will er verbergen und doch fühlt er sich sicher genug, sonst hätte er nicht so dreist eine Mitarbeiterin beauftragt, unser Gespräch mit Sabine Nowacky zu belauschen."

„Vielleicht ist er einer dieser Chefs, die einfach nur über alles Kontrolle haben wollen. Nichts darf geschehen, über das er nicht Bescheid weiß. Vielleicht hat er nichts zu verbergen, sondern ist ein Kontrollfreak."

Fieker schwieg zu meinem Einwand. Nach einer gefühlten Ewigkeit setzte er das Gespräch fort. „Ach, eins noch, Nick! Können Sie ein bisschen schneller fahren? Die Kantine macht in einer halben Stunde zu, und ich würde gerne noch etwas bekommen."

Zwillinge

„Das ist jetzt aber nicht Ihr Ernst, Herr Kollege Fieker. Sie wollen eine offizielle Mordermittlung einleiten ohne irgendeinen konkreten Hinweis, dass wir es überhaupt mit einem Mord zu tun haben?"
Oberkriminalrat Frank Gebelhoff war in seinem Element. Der drahtige Mittvierziger saß hinter einem klobigen Schreibtisch und klopfte genervt mit einem alten Kugelschreiber auf eine Schreibtischunterlage. Normalerweise versuchte Fieker seinem direkten Vorgesetzten so gut es ging aus dem Weg zu gehen. Die zwei waren wie Feuer und Wasser, eine fast leidenschaftliche Feindschaft verband die beiden vom ersten Tag an, an dem Gebelhoff die oberste Leitung der Mordkommissionen übernommen hatte. Während Gebelhoff Fiekers kriminalistische Fähigkeiten anerkannte, war die Wertschätzung von Seiten Fiekers nahezu nicht vorhanden. Der gescheitelte Vorgesetzte in seinem graublauen Anzug verkörperte für ihn alles, was er an der Verwaltung hasste.
„Ich habe Ihnen klar dargestellt, was mich dazu bewegt, ein Mordverfahren für notwendig zu erachten", entgegnete Fieker.
„Es überzeugt mich nicht", unterbrach ihn Gebelhoff. „Schließen Sie das Todesermittlungsverfahren ab, aber wirbeln Sie keinen Staub auf, den Sie nicht mehr einfangen können."
„Aber das Ganze stinkt zum Himmel, das müssen Sie doch sehen." Fieker stand vor dem Schreibtisch und

stützte sich mit seinen Fäusten auf der massiven Tischplatte auf.

„Was meinen Sie denn dazu, Herr Reetmann?"

Ich saß relativ entspannt auf dem Besuchersofa und erkannte in Gebelhoffs Aufforderung sofort den Versuch, etwas Feuer aus dem Gespräch zu nehmen. Ich wusste, dass er meinen Rat schätzte und mir zugetan war, auch wenn er das nicht immer zeigte.

„Sicherlich haben wir es mit einem Fall zu tun, bei dem uns sowohl das Motiv als auch die Beweise für einen Mordfall fehlen. Jedoch sprechen aus meiner Sicht die Indizien dafür, dass wir es hier mit einem kriminellen Hintergrund zu tun haben. Wir sehen hier einen atypischen Verlauf eines Suizids. Daher lassen die äußeren Umstände doch den Schluss zu, dass Dritte involviert sein könnten. Ich denke da an die Person, die die Einweggrills gekauft hat. Es ist zu vermuten, dass der Tod des Patienten in irgendeinen größeren Zusammenhang gebracht werden kann."

Gebelhoff hatte sich nun wieder in seinen viel zu großen Sessel zurückgelehnt. Offenbar war es mir gelungen, die Spannung aus dem Gespräch zu nehmen. Er starrte kurz an die Decke, als wollte er dort nach der richtigen Formulierung für den nächsten Satz suchen.

„Wenn die Braunfels' involviert sind, bewegen wir uns in Sphären, die wir nicht überschauen können. Wir müssen hier wirklich aufpassen, wir haben es mit einer sehr mächtigen Familie zu tun."

Ich konnte sehen, wie Fieker die Augen rollte.

„Bevor Sie sich wieder echauffieren, Herr Kollege Fieker ... Ich wollte damit nicht aussagen, dass die Braunfels' gegen polizeiliche Ermittlung gefeit sind. Aber wir müssen beachten, dass diese Familie seit dem öffentlichen Suizid des Familienpatriarchen wie angeschossen wirkt. Ich denke, es ist in unser aller Interesse, dass eine Mordermittlung, sofern ich diese denn zulasse, unter Wahrung höchster Diskretion über die Bühne laufen muss. Können Sie das garantieren, Herr Fieker?"

Fieker blieb stumm, nickte aber zustimmend.

„Gut, dann will ich Ihnen versprechen, darüber nachzudenken und mir wohlwollend Ihre Berichte durchzulesen. Bitte lassen Sie mir diese zukommen, sobald Sie fertig sind."

Kurz darauf stand ich in der kleinen Kaffeeküche in den Räumen unserer Abteilung. Melanie war zurzeit nicht anwesend, da sie momentan einer Sonderkommission zugeordnet war und deshalb öfter außerhalb Freiburgs eingesetzt wurde. Ohne wirklich darüber zu sprechen, waren wir beide froh, dass wir bei der Arbeit voneinander getrennt waren. Wir hatten uns vor gut einem Jahr hier in diesen Räumen kennengelernt und begannen eine Beziehung, etwas, was wir eigentlich nie wollten. ,Nie intim im Team' war der Spruch, den Melanie in ihrer unschlagbaren Art immer parat hatte. Wir beide schienen auf den ersten Blick nicht wirklich zusammenzupassen. Wir hatten die gleichen Interessen und auch den gleichen beruflichen Werdegang. Doch war ich völlig anders als der Typ von Mann, mit dem sie bisher Beziehungen geführt hatte. Und für mich galt dasselbe. Wenn ich an meine Ex-Freundinnen zurückdachte, sah ich immer diese Püppchen, ladylike und irgendwie zerbrechlich. Melanie war da ganz anders – groß und sportlich, so gut wie immer ungeschminkt. Diese frauentypischen Themen, wenn man sie so nennen will, interessierten sie kaum. Ihr Interesse galt dem Kampfsport oder der Bewegung in der freien Natur.

Gedankenversunken schüttete ich etwas Milch in einen Standmixer und warf zwei geschälte Bananen hinein. Eine Bananenmilch war jetzt genau das Richtige für ein verspätetes Frühstück. Melanie und Angelika hatten diese Küche zu einem wahren Kleinod ausgestattet, mit allen Utensilien, die man unter Umständen gebrauchen könnte. Neben üblichen Geräten wie Kühlschrank oder Spülmaschine gab es auch Exoten wie Waffeleisen oder Eiscrusher, die irgendwo in den weißen Schränken auf ihren Einsatz warteten. Der Kühlschrank war gut gefüllt, von veganer Wurst bis hin zu Stracciatella-Eis im Gefrierfach war dort immer etwas Leckeres zu finden. Ich nahm den Mixbecher und schüttete mir die frisch gemixte Bananenmilch in ein großes Glas, als Angelika die Küche betrat.

„Da bist du ja, ich habe auf dich gewartet. Wo warst du denn?"

„Wir waren oben beim Gebelhoff."

„Oje, gab es Streit?"

„Ist der Papst katholisch? Natürlich, das kannst du dir doch denken. Der Chef ist wieder an die Decke und Gebelhoff hinterher."

„Dabei kann man mit dem Gebelhoff so gut, wenn man weiß, wie man mit ihm umgehen muss", sagte Angelika.

„Der Chef weiß das schon, nur interessiert es ihn halt nicht."

Ich hielt ihr mein Glas unter die Nase. „Möchtest du auch einen Schluck?"

„Bist du verrückt? Das versaut mir mein ganzes Punktekonto bei den Weight Watchers. Heute gibt's nur Hühnchen und Erbsen."

Seit ich Angelika kannte, war sie mit Abnehmen beschäftigt, obwohl sie das gar nicht nötig hatte. Es schien eine Obsession zu sein, monatlich mit einer neuen Diät um die Ecke zu kommen. Wir lachten oft über Angelikas Ideen und Schrullen, sei es ihre ausgeprägte Liebe zu Zimmerpflanzen jeglicher Art oder das Verteilen von Duftbäumchen in den Räumen des Kommissariats. Doch hatte sie die einzigartige Fähigkeit, unseren bunten Haufen zu einer Einheit zu verschweißen. Wenn Fieker das Hirn der Truppe war, dann war sie die Seele.

„Na ja, anyway, du hast vorhin einen Anruf bekommen mit der Bitte um Rückruf."

Ich stutzte. „Was hast du gerade gesagt?"

„Dass vorhin jemand für dich angerufen hat."

„Nein, davor. Anyway oder so was."

„Ja, das ist Englisch und heißt …"

„Ich weiß schon, was das heißt", unterbrach ich sie. „Aber seit wann hast du dir denn dieses furchtbare Denglisch angewöhnt?"

„Meine Nichte sagt das immer und irgendwie ist das auf mich und meinen Mann übergeschwappt."

„Ich empfehle, dass du dir das schnell wieder abgewöhnst."

Angelika hatte kürzlich geheiratet, pünktlich zu ihrem fünfunddreißigsten Geburtstag. Ich nahm einen Schluck von meiner Bananenmilch und verzog das Gesicht. Es fehlte eindeutig ein bisschen Süße, die Bananen waren noch nicht reif gewesen.

„Was war das für ein Anruf?"

„Eine Hauptkommissarin Elbing aus Heidelberg. Sie hat mitbekommen, dass ich vorgestern die Anfrage wegen Johannes Frick nach Neuruppin gestellt habe. Sie wollte mit dir darüber sprechen."

„Heidelberg? Was haben die denn damit zu tun?"

Angelika zuckte mit den Schultern. „Mehr weiß ich auch nicht. Ich vermute mal, du wirst es erfahren, wenn du dort mal anrufst. Ach ja, bevor ich es vergesse: Den Standmixer machst du sauber, aber heute noch."

Ich trottete zu meinem Schreibtisch. Das Kuvert, das wir gestern von Sabine Nowacky ausgehändigt bekommen hatten, lag in Fiekers Büro. Anscheinend hatte er noch keinen Blick hineingeworfen, ansonsten hätte er mir wohl davon erzählt. Auf der Tastatur lag ein Zettel mit einer 06221er-Nummer. Das musste die von Angelika angekündigte Notiz sein. Schnell wählte ich die Rufnummer und nach mehrmaligem Tuten wurde am anderen Ende der Hörer abgenommen.

„Elbing, Kommissariat Heidelberg."

„Guten Tag, mein Name ist Reetmann von der Kripo Freiburg. Mir wurde gesagt, Sie wollten mich vorhin telefonisch erreichen."

„Ach ja, Herr Reetmann. Schön, dass Sie zurückrufen. Ich bin da auf eine Sache gestoßen, bei der Sie mir sicherlich behilflich sein können. Haben Sie kurz Zeit, damit ich Ihnen den Sachverhalt schildern kann?"

Die Stimme am Telefon erschien mir sehr sympathisch. Ich hatte das Bild einer attraktiven Mittdreißigerin vor Augen. „Aber sicher. Legen Sie los."

„Danke. Wir ermitteln seit ein paar Tagen zu einem außergewöhnlichen Autounfall. Ein hochalkoholisierter Autofahrer ist auf der Bundesstraße zwischen Sandhausen und Walldorf in ein Baustellenfahrzeug gerast und war sofort tot. Das Besondere dabei ist, dass es sich um eine nur leicht kurvige Straße handelt, die auch bei Nacht gut einsehbar ist, und der Fahrer, so ergaben unsere Messungen, einen exorbitant hohen Blutalkoholspiegel von über drei Promille hatte. Zeugen, die vorher mit dem Unfallopfer zu tun hatten, schilderten aber, dass ihnen an dem Abend kein Alkoholgenuss aufgefallen sei. Da wurden wir hellhörig und haben begonnen, zu dieser Personalie zu recherchieren. So habe ich dann bei der zuständigen Polizeistelle in der Heimatgemeinde des Mannes angerufen. Und raten Sie mal, was ich dort erfahren habe! Die Kripo Freiburg hat bereits ein

Todesursachenermittlungsverfahren bezüglich seines Zwillingsbruders laufen."

„Bitte was? Zwillingsbruder?"

„Ja, so ist es. Unser Unfallopfer heißt Markus Frick aus Neuruppin. Und Ihr Kandidat hörte wohl auf den Namen Johannes?"

„Exakt."

„Ich denke, wir sollten uns unbedingt vernetzen. Ich will Ihnen nicht verschweigen, dass wir hier im Falle des Markus Frick von einer Gewalttat ausgehen und planen, eine Mordermittlung zu starten. Gegenüber der Staatsanwaltschaft würde uns die Argumentation leichter fallen, wenn wir einige Indizien sammeln könnten."

Nebenher hatte ich über das Internet nach der Telefonnummer der Kripo Heidelberg gesucht und somit die Bestätigung erhalten, dass der Anruf wirklich aus der Polizeizentrale in Heidelberg stammte.

„Ich denke, wir beide haben da einen Volltreffer gelandet", fuhr ich fort. „Das ähnelt doch sehr dem, was wir vorgefunden haben. Johannes Frick, also unser Zwillingsbruder, wurde tot aufgefunden, offensichtlich Suizid durch eine Kohlenmonoxidvergiftung. Allerdings haben wir große Zweifel an der Selbstmordthese. Mein Chef, Hauptkommissar Fieker, geht sogar stark von einem Mord …"

„Wie heißt Ihr Chef?", unterbrach mich Frau Elbing mit einem prustenden Lachen.

„Fieker, Bernhard Fieker."

„Sie können sich ja vorstellen, was ich gerade verstanden habe.“

„Sollten Sie ihm mal persönlich begegnen, lassen Sie sich bloß nichts anmerken.“

„Es tut mir leid, ich wollte nicht beleidigend werden.“

„Auf jeden Fall geht mein Chef von einem Mord aus“, fuhr ich fort. „Die Umstände weisen darauf hin, dass tatsächlich Dritte beteiligt waren, über die wir aber noch nicht viel wissen.“

„Vielleicht sind das dieselben Menschen, die auch wir suchen. Auch wir gehen von einer Beteiligung Dritter aus. Unsere bisherigen Ermittlungen legen es nahe, dass der Tote die nötige Alkoholmenge vermutlich nicht oral zu sich genommen hatte. Die Gerichtsmediziner überprüfen, ob der Alkohol womöglich injiziert wurde. Auch haben Spuren am Tatort ergeben, dass der Hubsteiger, gegen den er gefahren ist, vorher bewegt wurde. Zeugen, die auf der anderen Fahrbahnseite unterwegs waren, berichteten von einem kurzen grellen Licht, das die Straße erhellte. Womöglich sollte das Opfer abgelenkt werden. Es liegt nahe, dass hier ein Unfall konstruiert wurde. Wenn auch eher dilettantisch, muss ich sagen.“

„Immerhin haben sie ihr Ziel erreicht, wenn die Täter auch nicht sehr geschickt bei der Vertuschung waren“, sagte ich. „Das zeigt mir, dass wir es zumindest nicht mit einem Nachrichtendienst zu tun haben.“

„Wir suchen nach denselben Personen, davon können wir wohl ausgehen. Hier wurde ein Zwillingspaar ausgeschaltet und wir müssen herausfinden, wer es war und warum. Ich hoffe, ich weiß demnächst mehr, dann hören wir uns wieder."

Gleich darauf griff ich zum Telefonhörer und rief in Gebelhoffs Vorzimmer an, das mich direkt zu ihm durchstellte. Da ich wusste, dass er kurze, prägnante Briefings vorzog, schilderte ich ihm in aller Kürze die neuesten Entwicklungen.

„Das gibt der Sache einen völlig anderen Schwung. Das überzeugt mich, ein Mordermittlungsverfahren mit allen damit verbundenen Konsequenzen einzuleiten. Es könnte nur sein, dass das BKA die Angelegenheit an sich zieht."

„Das können Sie Herrn Fieker nicht antun. Ich merke, wie er beginnt, sich in den Fall reinzubeißen."

„Nun gut, ich will keine schlafenden Hunde wecken. Legen Sie los, Sie haben einen Mord aufzuklären."

Als ich in der kleinen Küche stand und versuchte, so gut es ging den alten Standmixer zu reinigen, betrat Rudi Orlacher den Raum. Rudi war Hauptkommissar und offiziell Fiekers Vize. Er war ein gemütlicher, allseits geschätzter Kollege, der in seinen späten Fünfzigern angekommen war und jetzt mehr oder weniger offensichtlich seine letzten Jahre im Polizeidienst abstrampelte. Er war vor einiger Zeit Melanies Mentor gewesen, so dass die beiden eine ganz besondere Freundschaft verband. Sie teilten sich ein Büro, das immer wieder für spontane Abteilungstreffen herhalten musste, da es dort mit Abstand am lustigsten zuging.

„Weißt du, wann Melanie wiederkommt?", begann Rudi sein Gespräch. „Ich vermisse sie."

„Das kann noch eine Weile dauern. Die ist an der Sache mit dem ermordeten Waldarbeiter in Waldshut-Tiengen dran."

„Deine Freundin ist eine verdammt gute Kommissarin. Ich hoffe, du wirst damit klarkommen, wenn sie eines Tages karrieretechnisch an dir vorbeizieht."

Ich musste innerlich grinsen. Melanie und ich machten uns über unsere gemeinsame Zukunft so wenige Vorstellungen, dass mir dieser Gedanke nie gekommen war. Und er löste auch keine negativen Gefühle in mir aus. Trotzdem beschloss ich, Rudis Bemerkung unkommentiert zu lassen.

„Was weißt du denn über die Familie Braunfels?", fragte ich und wechselte damit das Thema. Rudi war ein alteingesessener Freiburger, der immer Bescheid wusste, was in der Stadt los war. Seine Kenntnisse der Stadtgeschichte waren erstaunlich. Erst im Frühjahr hatte er mich und Melanie zu einer Wanderung auf den Schauinsland mitgenommen, bei der er uns auf spannende und kurzweilige Weise alles zum Engländerunglück von 1936 erzählt hatte.

„Die Braunfelsens, sagst du? Da hast du dir eine schöne Sippe ausgesucht. Wo soll man denn da anfangen?"

„Ich höre immer, wie bedeutend diese Familie für die Region ist."

„Bedeutend durchaus, aber auch berüchtigt. Das waren damals stramme Nazis. Wilhelm Braunfels war der Großvater des kürzlich verstorbenen

Familienpatriarchen. Er hat in den Zwanzigerjahren die Braunfels-Klinik am Tuniberg gegründet. Ein Arzt, der irgendwie sein Vermögen durch die Hyperinflation gerettet hatte. Der war damals schon Nazi durch und durch."

„Wir waren heute beim jungen Braunfels in der Klinik. Er hat uns erzählt, dass sein Urgroßvater sich leider mit den Nationalsozialisten arrangieren musste."

Rudi stieß ein prustendes Lachen aus. „Das ist ja wohl ein Witz. Er hat maßgeblich dabei geholfen, hier in Südbaden eine Parteistruktur aufzubauen. Und das, obwohl Freiburg als Beamten- und Rentnerstadt nicht als Nazihochburg bekannt war. Nach der Machtübernahme hat er dann alle Scheu verloren. Seine Villa bei Gottenheim war damals ein Schauplatz für Stelldicheins oberster Parteigrößen. Göring, Himmler und Seyß-Inquart sollen regelmäßige Gäste, sowohl im Privathaus als auch in der Klinik, gewesen sein. Wilhelm Braunfels' Frau hat sich damals wie eine First Lady aufgespielt, so eine Art südbadischer Abklatsch von Magda Goebbels."

„Wirklich sehr sympathisch, diese Leute."

„Und die Geschichte geht noch weiter." Rudi rückte nun einen Schritt näher zu mir. „Was ich jetzt sage, führt uns in den juristischen Bereich. Die Familie tut heute noch alles, um diese Informationen zu unterdrücken. Es gibt zahlreiche Gerüchte, die darauf hindeuten, dass die Braunfels-Klinik an der Aktion T4 beteiligt war."

„Aktion T4?", fragte ich und holte mir einen Schokoriegel aus dem Kühlschrank.

„‚T4‘ ist die Bezeichnung für die sogenannten Euthanasie-Morde der Nationalsozialisten, also die systematische Ermordung Tausender kranker und behinderter Menschen. Man munkelt, dass in den Kellern der altehrwürdigen Braunfels-Klinik in den Vierzigerjahren Dutzende Personen vergast wurden.“

„Da fällt mir sofort unser Johannes Frick ein, der auf eine ähnliche Weise zu Tode gebracht wurde.“

„Das Perverse ist“, fuhr Rudi fort, „dass Euthanasie wörtlich übersetzt ‚schöner Tod‘ bedeutet. Was für ein furchtbarer Euphemismus.“

Rudi hatte es mir nachgemacht und sich ebenfalls einen Schokoriegel aus dem Türfach des Kühlschrankes geangelt. Laut schmatzend stand er an die Arbeitsplatte gelehnt. „Aber das Thema wird von der Familie Braunfels komplett unter den Teppich gekehrt. Wer dieses Kapitel anspricht, wird im schlimmsten Falle mit einer Prozesslawine überrollt.“

„Wie ging es nach dem Krieg mit der Familie weiter?“

„Genauso wie es davor angefangen hatte. Einmal Nazi, immer Nazi. Und der Sohn, der dann in die Führung eingestiegen ist, war keinesfalls besser. Ich meine mich zu erinnern, dass er Lothar hieß.“

„Das war der Vater des kürzlich Verstorbenen. Ich hatte heute Morgen die Gelegenheit, die Ahnengalerie der Braunfels‘ im Verwaltungstrakt der Klinik zu besichtigen.“

„Dieser Lothar muss nach Ende des Krieges knappe zwanzig Jahre alt gewesen sein, er war also zeit seines Lebens völlig in der Nazi-Ideologie aufgegangen.“

„Trotzdem verstehe ich das nur bedingt. Die Menschen haben doch gesehen, was diese Verbrecher und der durch sie verursachte Krieg angerichtet hatten."

„Das hätte einen Lothar Braunfels nicht überzeugt. Er war nach wie vor eingefleischter Nazi und hat in den Fünfziger- und Sechzigerjahren zusammen mit seinem Vater Wilhelm das Unternehmen in diesem Geiste geführt. Man sprach hinter vorgehaltener Hand von heimlichen Ariernachweisen der Angestellten und Hitlerbüsten in den Büros. Angeblich war Lothar sogar in einen Mord verwickelt, doch man konnte ihm nichts nachweisen."

„Ein Mord?"

Rudi öffnete den Kühlschrank, wo er sich noch einen zweiten Schokoriegel aus dem Fach in der Tür angelte. „Irgendeiner seiner Bediensteten kam gewaltsam zu Tode, und Lothar Braunfels' Rolle dabei war sehr dubios. Trotzdem ist es ihm gelungen, im ganzen Bundesgebiet weitere Kliniken zu eröffnen und das Unternehmen kräftig zu erweitern. Auch wenn jeder wusste, dass sich die Altnazis der noch jungen Bundesrepublik dort die Klinke in die Hand gaben. Er ist dann irgendwann an Krebs gestorben. Anfang der Neunzigerjahre muss das gewesen sein, ungefähr zehn Jahre nach seinem Vater. Ich kann mich noch an das Theater erinnern, das damals um die Beisetzungen der beiden gemacht wurde. ‚Über die Toten nichts Schlechtes', sagt man so leicht. In den Himmel gehoben hat man sie, dabei waren sie bis zum Schluss verbissene, unverbesserliche Nazis gewesen. Erst

Robert Braunfels, der sich kürzlich die Pistole in den Mund gesteckt hat, hat mit dieser furchtbaren Firmentradition gebrochen. Er musste mit nicht mal vierzig Jahren ein Krankenhaus-Imperium leiten und hat das wohl ganz gut gemacht. Er war ein freundlich auftretender Patriarch, kein Vergleich mit der polternden Art seines Vaters und Großvaters. Politisch hat man von ihm wenig wahrgenommen, aber seine vielfältigen sozialen Projekte wiesen darauf hin, dass er mit dem Gedankengut seiner Vorgänger wohl nichts gemein hatte. Trotzdem hat auch unter seiner Führung keine Aufarbeitung der Vergangenheit stattgefunden. Er hatte zwei Kinder aus erster Ehe. Der älteste Sohn, Daniel, leitet mittlerweile die Firmengruppe. Aber den hast du ja heute Morgen kennengelernt."

„Was weiß man über seine Schwester, diese Konstanze? Daniel erzählte uns, sie führe eine Werbeagentur."

Rudi zuckte die Schultern. „Keine Ahnung. Sie tritt kaum in der Öffentlichkeit auf. Ich habe sie mal im Großen Meyerhof mit ihrer Familie gesehen. Keine besonders hübsche Frau. Groß und dürr, mit einem Pferdegesicht."

Ich musste lachen. „Rudi, das ist nicht nett."

„Das ist mir egal. Es juckt mich nicht, was dieser Inzuchthaufen von mir hält. Das ist wie bei den Royals. Auch wenn es nur selbsternannte südbadische Royals sind."

„Was war Robert Braunfels für ein Mensch? Ich kannte ihn nur von wenigen Zeitungsberichten und natürlich von dem Ereignis, als er zehn Meter von mir entfernt sein Gehirn in die Auslage schoss."

„Wie gesagt, ein freundlicher Zeitgenosse. Es gelang ihm, das Familienimperium über schwierige Zeiten hinwegzuretten. Er hat die Öffentlichkeit gesucht, aber dabei immer darauf geachtet, dass er und sein Unternehmen positiv und sympathisch dargestellt wurden. Das änderte sich dann dramatisch, als sie auftauchte."

„Sie?"

„Camila Braunfels, seine zweite Ehefrau. Robert Braunfels hat sie Ende der Neunziger auf einer Geschäftsreise kennengelernt und vom Fleck weg geheiratet. Er war damals frisch geschieden und kam nach Freiburg zurück mit einer Gemahlin im Gepäck, die kaum älter war als seine Kinder. Manche sagen, sie stamme aus einem alten spanischen Adelsgeschlecht, das entfernt mit der Königsfamilie verwandt sei. Andere sagen, er habe sie in einem Bordell in Tanger aufgegabelt, je nachdem ob man der Familie gewogen ist oder nicht."

Ich musste lachen. Rudi schaffte es immer wieder, mit seinem trockenen Humor auch ernste Themen zu konterkarieren.

„Auf jeden Fall wurde sie bald der Society-Star der Familie, wenn man hier in Freiburg überhaupt von Society sprechen kann. Camila Braunfels wurde das Gesicht der Familie und verlieh den Braunfelsens etwas Mondänes. Sie liebt das Bad in der Öffentlichkeit und hat auch niemals Zurückhaltung gezeigt, wenn es darum ging, den Reichtum der Familie zur Schau zu stellen. Sie versteht es perfekt, sich zu verkaufen und sich wie ein Schmetterling auf einem Misthaufen darzustellen. Ich würde sie gerne mal kennenlernen."

„Ach ja? Für mich klingt deine Beschreibung nicht nach einem Menschen, den ich in meinen Bekanntenkreis aufnehmen wollte."

„Ich auch nicht. Aber sie sieht mit Mitte vierzig immer noch richtig scharf aus."

Attilafelsen

Der Spielfilm war noch nicht bis zur ersten Werbepause gelangt, da war Melanie schon neben mir auf der Couch eingeschlafen. Wir hatten vor gut einer Stunde eine ordentliche Portion Spaghetti Carbonara verschlungen. Plötzlich klingelte mein Handy, Melanie schreckte auf.

„Es ist gleich halb zehn, wer ruft denn jetzt noch an?" Eine mir unbekannte Nummer mit der Vorwahl 07667 erschien auf dem Display. Ich ging ran.

„Hallo, sind Sie Herr Reetmann?" Eine atemlose, fast gehetzte weibliche Stimme drang aus dem Gerät. „Sie müssen mir helfen, sie sind hinter mir her."

„Hallo, wer ist da?" Ich stand jetzt senkrecht im Zimmer und auch Melanie schaute mich erschrocken mit müden Augen an.

„Hier ist Sabine Nowacky. Sie müssen mir helfen, ich habe solche Angst. Den Umschlag, den ich Ihnen gegeben habe … Sie haben es bemerkt."

„Wer sind ,sie'? Wen meinen Sie?"

„Ich weiß es nicht. Ich habe nicht viel Zeit, ich muss hier raus, sie sind schon vor dem Haus. Der Glatzkopf und noch so ein Typ."

„Der Glatzkopf", raunte ich zu Melanie, die mich fragend anschaute.

„Wo sind Sie jetzt, Frau Nowacky?"

„Zuhause, in Niederrimsingen. Bitte helfen Sie mir."

„Wir sind gleich bei Ihnen, bleiben Sie ruhig. Öffnen Sie auf keinen Fall die Tür."

„Wir?", hörte ich Melanie flüstern.

Ein lautes Schluchzen war das Letzte, was ich von Sabine Nowacky vernahm, bevor ich auflegte.

„Ich fahre jetzt an den Tuniberg, da ist etwas im Gange. Ich würde es zu schätzen wissen, wenn du mitkämst. Hast du deine Dienstwaffe griffbereit?"

„Ja, die ist im kleinen Safe im Schlafzimmer. Dann lass uns schnell machen, ich ziehe meine Uniform an."

„Das heißt, du kommst mit?"

„Ja klar, wann unternehmen wir denn sonst etwas gemeinsam?"

Kurze Zeit später saßen wir in Melanies Wagen und fuhren Richtung Tuniberg. Da ich direkt vom Kommissariat zu Melanies Wohnung aufgebrochen war, hatte ich meine Dienstwaffe dabei. Die Kevlarweste allerdings hatte ich im Büro gelassen, doch war ich froh, dass wenigstens Melanie ihre angezogen hatte. Sie saß am Steuer und ich nutzte die Chance, Fieker über unsere unerwartete Mission zu informieren. Ich wählte seine Nummer und nach wenigen Piepstönen ging er an das Telefon. Die Tageszeiten schienen für ihn keinen Unterschied zu machen. Ich wusste, dass ich ihn in dringenden Fällen immer anrufen konnte. Allerdings bedeutete dies auch, dass er selbst keinerlei Scheu kannte, zu Unzeiten bei mir anzurufen. Ich berichtete von dem eingegangenen Hilferuf sowie unserem Aufbruch nach Niederrimsingen. Einige kurze „Ja" und „Mmh", gefolgt von „Passen Sie auf sich auf. Beide!", waren seine Antwort auf das Geschilderte.

Wir fuhren in die Straße ein, die ich schon heute Morgen besucht hatte. Da sie nur aus wenigen Häusern bestand, hatte ich keine Probleme, das richtige Gebäude wiederzufinden. Im oberen Stockwerk brannte Licht, ansonsten war es im ganzen Haus dunkel.

„Sieht alles friedlich aus", flüsterte mir Melanie zu. Ich antwortete nicht und blickte nach oben. Plötzlich hörte ich Geräusche, die aus der Wohnung im ersten Obergeschoss zu kommen schienen. Ich hielt Melanie an der Schulter fest und zeigte nach oben.

„Da streitet jemand", wisperte sie leise. Und tatsächlich drangen eine dominante Männerstimme und ein Wimmern zu uns, gefolgt vom Klirren von Glas.

„Da passiert etwas. Wir sind nicht umsonst gekommen. Wir müssen sehr vorsichtig sein."

Drei Namen klebten an dem Metallpaneel neben den Klingelknöpfen.

„Nowacky. Das ist unsere Frau", sagte ich leise und zeigte auf das mittlere Schild. Ich ging am Hauseingang vorbei und warf einen Blick in den Garten. Eine Terrasse schien zur unteren Wohnung zu gehören, darüber ein kleiner schmuckloser Balkon. Eines der Fenster im oberen Stockwerk war gekippt, so dass ich die Geräusche nun deutlicher hören konnte. Dort oben schien ein Streit im Gange zu sein. Mit Handzeichen bedeutete ich Melanie, an der Tür zu klingen. Sie verstand meine Gesten und betätigte den Klingelknopf. Ein schriller Klang drang aus dem gekippten Fenster. Sofort war es still in der Wohnung. Leise Stimmen waren kurz darauf zu hören. Melanie klingelte ein zweites Mal, abermals gefolgt von einer unheimlichen Stille. Offenbar wollte jemand den spontanen Besuch aussitzen und hoffte, dass der späte Zaungast wieder von selbst verschwand. Ich gab Melanie ein Zeichen abzuwarten, indem ich mit meiner flachen Hand Richtung Boden zeigte. Ich wartete gut eine halbe Minute. Falls sich dort oben Verbrecher in der Wohnung aufhielten, wollte ich sie vorübergehend in Sicherheit wiegen. Dann gab ich ein erneutes Zeichen zum Klingeln, gefolgt von einer geballten Faust. Melanie verstand und klingelte Sturm. Plötzlich tat sich etwas im Wohnzimmer. Ich ging hinter einem Busch in Deckung, als von innen die Balkontür aufgerissen wurde. Ein Mann trat heraus und sprang über die Brüstung auf den darunterliegenden Rasen. Sofort kam eine zweite Gestalt hinterher, die ebenfalls auf den Grünstreifen sprang und bei der Landung einen unfreiwilligen Purzelbaum machte. Ich stürmte aus meiner Deckung. „Halt, stehen bleiben! Polizei!"

Für einen kurzen Moment schauten die beiden Männer erstaunt in meine Richtung. Ich konnte in der Dunkelheit ihre Gesichter nicht erkennen, doch ich sah sofort, dass der hintere der beiden einen kahlgeschorenen Kopf hatte. Der Gedanke, den Gesuchten aus dem Munzinger Supermarkt vor mir zu haben, ließ mir das Adrenalin bis in die Haarspitzen schießen. Der vordere hatte volles Haar und war ein bisschen schmächtiger. Beide stürmten in den hinteren Teil des Gartens. Ich warf einen Blick auf den Balkon, um sicherzugehen, dass keine dritte Person hinter meinem Rücken auftauchen konnte. Melanie kam nun in den Garten gerannt. „Wie viele sind es? Sind sie bewaffnet?“

„Zwei Männer, unbekannt“, bellte ich ihr zu, als wir zwischen die mannshohen Büsche sprangen, in denen die beiden verschwunden waren. In der Dunkelheit konnte ich erkennen, dass der hintere der Männer über einen hüfthohen Zaun kletterte, während der vordere schon dabei war, einen kleinen Wirtschaftsweg hoch in die Reben entlangzurennen.

„Stehen bleiben, oder ich schieße!“ Ich zog meine Pistole und gab einen Warnschuss in die Luft ab, mit dem ich vermutlich alle Einwohner des kleinen Dorfes aus der Abendruhe schreckte. Melanie rannte an mir vorbei und sprang mit einem Satz über den Maschendrahtzaun. Der hintere der beiden Männer war nur ungefähr zehn Meter vor uns. Plötzlich drehte er sich um und zeigte mit einem Gegenstand auf uns.

„Melanie, er hat eine Waffe!“

Sie verstand sofort und ließ sich auf eine Wiese neben dem Weg fallen. Ein Schuss peitschte durch die Dunkelheit. Mit meiner Pistole zielte ich auf die beiden fliehenden Personen, sah aber, dass Melanie wieder aufgestanden war. „Bleib unten!“, rief ich laut, gab aber keinen Schuss ab. Ich sprang über den Zaun und lief Melanie hinterher, die entgegen meinem Ruf ebenfalls wieder die Verfolgung aufgenommen hatte.

„Bleib zurück, du hast keine Weste an!“, rief sie mir zu. Der Glatzkopf rannte jetzt mitten durch die Reben in Richtung Attilafelsen. Spontan beschloss ich, ihm zu folgen, und sprang auf den weichen Untergrund des begrasten Bodens. Im Sternenlicht konnte ich die schemenhafte Gestalt erkennen, die vor mir die enge Rebgasse hochrannte. Ich merkte, dass ich ihn allmählich einholte, mittlerweile war ich bis auf zwanzig Meter an ihn herangekommen. Im Laufen blickte ich nach links, wo ich plötzlich oben auf dem Hügel eine weitere Gestalt ausmachen konnte. Sie stand fast stoisch am Berg und schien die Szenerie zu beobachten. Ich stockte kurz. Es war unmöglich, dass der Jüngere der beiden so schnell den Weg auf den Hügel gefunden hatte. Ich vermutete ihn auf dem Wirtschaftsweg oberhalb des Dorfes. War es womöglich ein dritter Mann? Das hatte mir gerade noch gefehlt. Wo kam er so plötzlich her? Der Glatzkopf rannte immer weiter die Rebgasse hoch und ich konnte an seinen schlackernden Armen erkennen, dass er zunehmend außer Puste geriet. Ich blickte nochmal nach links oben, wo der unbekannte Dritte weiterhin unter dem fahlen Sternenhimmel stand. Ich ließ mich zurückfallen, kniete mich auf den weichen Boden und rief laut „Stehen bleiben, Polizei!" nach vorne. Ich konnte sehen, wie sich der Glatzkopf im Laufen umdrehte. Sofort ließ ich mich fallen und ein lauter Knall hallte durch die Dunkelheit. Im Liegen gab ich einen Schuss ab, doch die Gestalt wechselte auf einen Querweg nach links. Ich sprang wieder auf und folgte dem Weg. Ein paar Schritte weiter konnte ich die Öffnung in den Reben erkennen, durch die der Glatzkopf geschlüpft war. Ich verstaute meine Waffe im Halfter und sprang hindurch.

90

Einige Meter vor mir konnte ich einen Landwirtschaftsweg ausmachen. Wissend, dass ich jegliche Deckung aufgeben würde, verließ ich den Sichtschutz, den mir die Reben boten. So konnte ich sehen, wie der Mann über die Straße huschte und direkt vor mir wieder in einer Rebgasse verschwand, die weiter in Richtung Attilafelsen führte. Ich war nun wenige Meter hinter ihm und konnte sein schweres Atmen hören. Offenbar konnte er mit meiner Fitness nicht mithalten. Ich musste jetzt schnell sein und höllisch aufpassen. Mit vier bis fünf großen Schritten war ich hinter ihm und warf mich mit einem weiten Hechtsprung in seine Beine. Ich bekam seine Waden zu fassen, so dass er mit einem lauten Schrei vornüber zu Boden fiel. Ich fingerte nach meiner Pistole, doch mein Kontrahent war schneller. Mit einer raschen Bewegung drehte er sich auf den Rücken und trat mir mit seiner Schuhsohle ins Gesicht. Er erwischte mich nicht komplett, doch reichte es aus, um mich für einen Moment benommen zu machen. Ich lag auf der Seite und versuchte, schnell hochzukommen, als der Mann schon neben mir stand. Nun konnte ich auch seine Umrisse erkennen. Ein bulliger, gedrungener Kerl mit breiten Schultern und Glatze stand über mir. Er packte mich am Kragen und zog mich zu sich herauf. In einem direkten Zweikampf würde ich den Kürzeren ziehen müssen. Als er mich auf den Knien hatte, ließ ich meine Faust gegen seine Weichteile schnellen. Er zuckte kurz zusammen, doch schien dies keine weiteren Auswirkungen auf ihn zu haben. Seine Faust knallte auf meine Stirn und für einen Moment wurde mir schwarz vor Augen. Ich fiel nach hinten und sah, wie er seine Pistole auf mich richtete. Sofort begriff ich, dass ich in großen Schwierigkeiten steckte. Ich drehte mich blitzschnell zur Seite und kroch unter einem Drahtgebinde hindurch in den benachbarten Rebgang. Da peitschte in einiger Entfernung ein Schuss durch die Dunkelheit. Ich hörte meinen Gegner laut in einer mir unverständlichen Sprache fluchen. Sofort konnte ich einen zweiten Schuss hören. Es bestand kein Zweifel, der mysteriöse dritte Mann oben auf dem Hügel hatte den Glatzkopf unter Beschuss genommen. Ich blieb liegen, als mich eine Euphorie überkam. Wer auch immer dieser Mann war, er war mein Schutzengel. Mein Widersacher war nun einige Meter vor mir in Deckung gegangen und kletterte auf allen vieren die Rebgasse hoch. Ich konnte nur hoffen, dass ich unten auf dem Boden schlecht auszumachen war, während seine Silhouette im blassen Mondlicht deutlich zu sehen war. Ich bekam meine Pistole zu greifen und schoss auf die Gestalt vor mir. Wieder hallte ein lauter Schuss durch die Reben. Der Mann duckte sich nach rechts weg und hechtete zwischen zwei Drahtgebinden hindurch auf die benachbarte Rebgasse. Offensichtlich hatte ich ihn nicht getroffen.

„Bleiben Sie stehen! Ich warne Sie ein letztes Mal." Meine Worte machten keinen Eindruck auf ihn, er war fest entschlossen, vor mir zu fliehen. Ein Blick nach links zeigte mir, dass mein mysteriöser Schutzengel jetzt verschwunden war. Gute zwanzig Meter weiter konnte ich ein deutliches Rascheln an einem hochgewachsenen Rebstock wahrnehmen. Ich wechselte wieder die Rebgasse, blieb aber an einem Stück Draht hängen. Für einen kurzen Moment fühlte ich mich gefangen, doch es gelang mir mit einem Ruck, meinen rechten Fuß aus der Schlinge zu befreien. Das Gesicht des armen Winzers wollte ich mir nicht vorstellen, der morgen früh seinen Weinberg in dieser Verfassung vorfinden würde. Ich hastete jetzt den Berg hinauf, als ich in einiger Entfernung die Geräusche eines Wagens wahrnehmen konnte. Kein Scheinwerferlicht war zu sehen, offenbar fuhr das Auto mit abgeschaltetem Licht durch den nachtschwarzen Weinberg. Ich warf mich auf den Boden, um fürs Erste unentdeckt zu bleiben. Die schwarze Silhouette des Wagens schlich langsam den asphaltierten Weg hinauf, offenbar auf der Suche nach etwas oder jemandem. Ich wartete, bis das Auto meine Rebgasse passiert hatte, und sprang dann wieder auf. In ungefähr zwanzig Metern Entfernung konnte ich den Glatzkopf ausmachen, als ich den Landwirtschaftsweg entlangrannte. Das Auto hielt an und die Beifahrertür öffnete sich. Offensichtlich hatte es sein jüngerer Komplize geschafft, einen Wagen zu holen, und war jetzt auf der Suche nach seinem Kompagnon. Der bullige Mann sprang auf den Beifahrersitz und das Auto fuhr scharf an. Ich rannte in die Mitte des Weges, nahm mit ruhiger Hand meine HK P2000 in beide Hände und visierte das linke Hinterrad an. Auch wenn ich den Reifen im Dunkeln nicht richtig erkennen konnte, feuerte ich eine Dublette ab. Der Wagen gab nun Gas.

Ein weiterer Schuss verfehlte ebenfalls sein Ziel und gleich darauf war das Auto hinter einer Biegung verschwunden. Nach einigen Metern zeigte mir ein Lichtschein, dass der Fahrer nun die Scheinwerfer angestellt hatte. Das Aufheulen des Motors wurde langsam leiser, als der Wagen mit großem Tempo den asphaltierten Weg Richtung Tiengen entlangraste.

Ich stand jetzt alleine im Dunkeln kurz vor dem Attilafelsen oberhalb von Rimsingen. Es hatte keinen Sinn, die Verfolgung aufzunehmen, die beiden waren längst über alle Berge. Erst jetzt spürte ich, wie erschöpft ich war. Meine Wange pochte wie verrückt an der Stelle, an der mich der Mann mit der Schuhsohle im Gesicht getroffen hatte. Unter mir konnte ich die schwache Straßenbeleuchtung von Niederrimsingen erkennen. Ich blickte mich um, von meinem unbekannten Helfer war nun nichts mehr zu sehen. Er war genauso schnell verschwunden, wie er aufgetaucht war. Sofort schoss mir Melanie in den Kopf. Sie hatte den zweiten Mann verfolgt, der offensichtlich ebenfalls entkommen war. Panik ergriff mich. Ich drehte mich um und rannte durch den Weinberg in Richtung der Lichter. Meine Erschöpfung schien wie weggeblasen, ich lief, so schnell ich konnte.

Als ich die ersten Häuser erreichte, konnte ich die Rückseite von Sabine Nowackys Wohnhaus erkennen, von wo aus wir unsere Verfolgungsjagd gestartet hatten. Ich konnte ein Blaulicht sehen, offenbar hatten

Anwohner, durch die Schüsse aufgeschreckt, die örtliche Polizei verständigt.

„Melanie!" Ich rief, so laut ich konnte. Die Nachtruhe war mir nun völlig egal. „Melanie!" Abermals schrie ich in den Weinberg hinein.

„Nick, ich bin hier." Ein schwaches Stimmchen drang zu mir durch. „Hier unten!"

Ich lief zu einem Eisengitter, welches einen Spazierweg von einem Landwirtschaftsweg abgrenzte. „Melanie!"

„Ja, hier." Ihre Stimme wurde nun deutlicher. Ich stützte mich auf dem Gitter ab und konnte auf einen asphaltierten Weg blicken, der gute anderthalb Meter unter mir lag. In einigen Schritten Entfernung konnte ich eine Gestalt ausmachen, die zusammengekauert an einer Natursteinmauer lag. „Melanie!" Ich sprang über das Gitter und lief zu ihr. Ich kniete mich neben sie und griff nach ihrer Hand. „Was ist passiert?"

„Nick, was ist mit den beiden Typen?" Es war so typisch für sie, dass sie zuerst an den Dienst dachte.

„Sind leider über alle Berge. Komm, ich helfe dir auf."

„Oh nein, bitte nicht. Mir tut alles weh, ich glaube, ich habe mir was gebrochen."

„Was ist denn passiert?"

„Ich wollte mich in Sicherheit bringen und bin über dieses Geländer gesprungen. Ich habe aber nicht gesehen, dass es auf der anderen Seite fast zwei Meter nach unten geht. Zu allem Überfluss bin ich mit meiner Montur irgendwo hängen geblieben und kopfüber mit ausgestreckten Armen aufgekommen. Und jetzt bringen mich meine Schmerzen in der Schulter um."

„Das hört sich nach Schlüsselbeinbruch an. Oje, du Arme. Kannst du aufstehen?"

„Ich versuche es, aber rühr mich nicht an." Es dauerte eine gefühlte Ewigkeit, bis es Melanie gelang, sich auf ihren Hintern zu setzen und dann, ohne die Arme zu benutzen, auf die Knie zu gehen. Begleitet von mühsam unterdrückten Schmerzensschreien stand sie schließlich in einer seltsam gekrümmten Haltung vor mir. Ihre Uniform war von oben bis unten verdreckt. Ich klopfte sie vorsichtig ab.

„Lass deine Finger von mir!", herrschte sie mich an. „Die paar Hasenköttel sind jetzt egal. Bring mich lieber zum Einsatzwagen."

„Dann lass uns langsam nach vorne gehen. Die Kollegen scheinen schon da zu sein. Wir holen dir einen Notarzt."

„Mist, tut das weh. Das kommt natürlich gerade zum richtigen Zeitpunkt, schöne Scheiße."

Als wir wieder am Haus von Sabine Nowacky angekommen waren, stand bereits ein Einsatzwagen der Polizeidienststelle in Breisach mit zwei Beamten vor dem Haus. Anhand von Melanies Polizeimontur konnten sie uns als Kollegen erkennen.

„Das ist Kommissarin Urbanczyk, ich bin Kommissar Reetmann, Kripo Freiburg. Ich nehme an, Sie wurden wegen der Schüsse alarmiert?"

Ein junger Kollege mit der Körpergröße eines Basketballers und einem gepflegten Vollbart stand neben dem Einsatzfahrzeug.

„Ein Hauptkommissar Fieker hat uns telefonisch hierhergeschickt. Ist bei Ihnen alles in Ordnung?"

„Nein, wir brauchen einen Notarzt. Meine Kollegin ist einen Mauervorsprung heruntergefallen. Ich tippe auf einen Schlüsselbeinbruch. Wenn wir Pech haben, beidseitig."

Der ältere der beiden Kollegen setzte sich in das Auto und bediente das Funkgerät.

„Außerdem müssen wir schnellstens nach Frau Nowacky schauen." Ich nickte mit meinem Kopf in Richtung des Hauses. „Sie ist der Grund, warum wir hier sind. Wir vermuteten, dass sie in Gefahr ist, und haben die beiden Männer verfolgt, die sie bedrohten. Dabei kam es zu diesem Schusswechsel, doch leider konnten sie unerkannt fliehen."

Ich ging mit dem Kollegen, der sich mir als Polizeimeister Wittemann vorstellte, zur Eingangstür des Wohnhauses. Auf unser Klingeln folgte keinerlei Reaktion.

„Dann müssen wir uns gewaltsam Zutritt verschaffen. Es liegt die Vermutung nahe, dass eine Gewalttat verübt wurde."

Ich betätigte die beiden anderen Klingeln und kurz darauf wurde uns aufgedrückt. Im Erdgeschoss hatte eine ältere Frau, die schon in Schlafmontur war, ihre Wohnungstür einen Spalt geöffnet und schaute missmutig in das Treppenhaus.

„Reetmann, Kripo Freiburg. Wir müssen in die Wohnung von Frau Nowacky, haben Sie zufälligerweise einen Schlüssel?"

Ein knappes „Nein" wurde uns als Antwort entgegengeworfen.

„Das wird vielleicht nicht nötig sein", entgegnete Wittemann und zeigte auf einen kleinen schwarzen Rucksack, den er über seiner Schulter trug. „Ich habe immer einige Spezialwerkzeuge dabei, mit denen ich normalerweise alle Türen aufkriege. Lassen Sie uns mal schauen."

Als wir vor der Tür im Stockwerk darüber standen, fingerte der Kollege mit einem Gegenstand, der aussah wie ein übergroßes Schweizer Taschenmesser, im Türschloss herum. Es dauerte nicht lange, bis ein sanftes Knacken anzeigte, dass die Öffnungsaktion gelungen war. Ich drückte die Tür nach innen auf. „Frau Nowacky?", rief ich in die Wohnung hinein. Keine Antwort. Ich betrat den Flur und warf einen Blick in das Wohnzimmer, das ich heute Morgen schon betreten hatte. Doch außer der offenen Balkontür war nichts Außergewöhnliches zu sehen. Wittemann hatte mittlerweile die Tür gegenüber geöffnet, hinter der sich das Schlafzimmer befand, doch nur ein sauber bezogenes Bett war zu sehen. „Was auch immer die Typen hier wollten, gesucht haben sie anscheinend nichts."

„Oh doch, Herr Kollege. Sie haben definitiv etwas gesucht, doch nichts gefunden, weil es bei meinem Chef auf dem Schreibtisch liegt. Anstatt die Wohnung zu durchwühlen, haben sie vermutlich versucht, das Geheimnis aus Frau Nowacky herauszubekommen. Ich befürchte Schlimmes."

Neben dem Schlafzimmer war eine weitere Tür zu sehen, die einen Spalt offen stand. Licht drang zu uns in den Flur. Ich zeigte mit einem leichten Nicken in Richtung des Lichtscheins. „Ich vermute, hinter dieser Tür werden wir die Antwort finden, und ich befürchte, sie wird uns nicht gefallen."

Wittemann stand neben mir. Ich stieß die Tür auf und blickte in ein kleines Badezimmer. Unter dem Fenster war eine Badewanne eingebaut, aus der ein nacktes Bein herausragte. An der leicht schimmernden Lichtspiegelung an der Decke konnte ich erkennen, dass sie mit Wasser gefüllt war. „Frau Nowacky!" Ich trat zwei Schritte zur Badewanne hin und konnte nun das Ausmaß sehen. Der Oberkörper der jungen Frau war komplett unter Wasser, ihre Augen weit aufgerissen, das Haar schwamm wie Seegras um ihren Kopf. Sie war nur mit Unterwäsche bekleidet. Ich griff sie an den Schultern und zog ihren Oberkörper aus dem Wasser.

„Da ist wohl nichts mehr zu machen", sagte Polizeimeister Wittemann neben mir.

„Ich wollte nur sichergehen", meinte ich resignierend. „Packen Sie mal mit an."

Zusammen hievten wir den toten Körper aus der Wanne.

„Das Wasser lassen wir mal drin, wer weiß, was die Spusi damit anfangen kann."

Schweigend standen wir im Bad und starrten auf die Frau, mit der ich vor gut zwei Stunden noch telefoniert hatte. Die Haare und das Unterhemd, die gerade eben noch leicht um ihren Körper geschwommen waren, klebten nun nass an der Leiche, als sie triefend auf dem flauschigen Badvorleger lag.

„Sie wurde ertränkt, das ist offensichtlich", sagte ich. „Einer oder beide der Männer hielten sie so lange unter Wasser, bis sie keinen Pieps mehr machte. Was für ein grausamer Tod."

Sowohl der Badezimmerteppich als auch der Halter mit dem Toilettenpapier neben der Badewanne waren klitschnass. Stumme Zeugen des Todeskampfes, der sich hier abgespielt haben musste.

„Ich entnehme Ihren Anmerkungen, dass Sie diese Frau kannten, Herr Kommissar?"

„Ja, oberflächlich. Ich und mein Chef hatten sie heute im Zuge einer Morduntersuchung befragt. Wir wussten, dass sie Angst hatte, aber dass es so ernst war, konnten wir nicht ahnen. Wenn wir ein bisschen früher gekommen wären, hätten wir das verhindern können."

Wittemann zeigte auf einen Föhn, der vor der Badewanne am Boden und dessen Stecker lose auf dem nassen Vorleger lag.

„Schauen Sie sich mal diesen Föhn an", sagte er. „Es sieht fast so aus, als hätte hier ein Suizid inszeniert werden sollen."

„Das sehe ich auch so. Das passt absolut ins Bild. Eine einsame junge Frau, die sich in die Badewanne legt und einen am Strom angeschlossenen Föhn zu sich in die Wanne wirft. Offensichtlich hat man sie gezwungen, sich hineinzulegen, mit der Absicht, den angeschalteten

Föhn in die Wanne zu werfen. Doch dann ertönte unser Klingeln und der Plan war nicht mehr durchführbar. So musste umdisponiert werden, und aus dem vorgetäuschten Selbstmord wurde ein offensichtlicher Mord."

„Das wird für ordentlich Rummel sorgen in diesem Dörfchen. Das kann ich Ihnen leider versprechen."

„Das lässt sich wohl nicht verhindern. Und es liegt nun an Fieker herauszufinden, was das alles hier soll."

„Ficker?"

„Fieker. Mit einem langen ‚ie'. Das ist der leitende Hauptkommissar unserer Mordkommission. Und seien Sie froh, dass er nicht da ist. Er mag solche Versprecher überhaupt nicht."

Blüten und Barbecue

Ich saß schon eine gute halbe Stunde auf einem unbequemen Stuhl im kalten Flur der Pathologie im Keller des rechtsmedizinischen Instituts. Fieker war am Morgen nach Niederrimsingen gefahren und hatte sich zusammen mit der Spusi den Tatort angeschaut. Mittlerweile schon zum dritten Mal steckte Dr. Roth seinen Kopf mit dem ergrauten Haarkranz aus der Türöffnung. „Wie sieht es aus, Herr Reetmann? Wann taucht Ihr Chef denn endlich auf?" Der Leiter der Pathologie war ein eher ruhiger Zeitgenosse, der sich normalerweise selten aus dem Konzept bringen ließ. Er konnte aber ungehalten werden, wenn Fieker durch Unpünktlichkeit seinen Tagesablauf durcheinanderbrachte. Ich blickte kurz auf die Uhr. „Er müsste gleich kommen, er sollte schon seit einer halben Stunde hier sein."

„Lange habe ich nicht mehr Zeit, wir haben einiges zu besprechen. Sie hatten mir ja schon am Telefon von Ihrer Mordthese erzählt, und ich denke, ich kann da etwas dazu beitragen. Außerdem habe ich vorgestern den Bericht der Pathologie Heidelberg bekommen, über den wir auch sprechen sollten."

Ich schmiegte mich an die unbequeme Lehne des alten Stuhls. Ich war todmüde, hatte ich doch die ganze Nacht kein Auge zugetan. Immer wenn ich am Wegdämmern war, sah ich den grimmigen Blick eines bulligen Glatzkopfes, der den Lauf einer Waffe in meine Richtung hielt. Gestern war keine Zeit gewesen, mir den

Kopf zu zerbrechen. Die Sorge um Melanie hatte mich davor bewahrt, darüber nachdenken zu müssen, was die letzte Nacht im Weinberg passiert war. Doch als ich dann alleine in meiner Wohnung war, überkam es mich umso heftiger. Ich stand zitternd und frierend unter der Dusche, obwohl ich den Temperaturregler deutlich auf Rot gedreht hatte. Ich hatte gestern das Gefühl, die Situation im Griff zu haben, doch jetzt, einen Tag später, wusste ich, dass das ein Trugschluss war. Ich könnte hinter der eisernen Tür liegen, tot auf einer Metallbahre, eine Kugel in Brust oder Kopf. Ich beschloss, den Weg zu gehen, dem sich Melanie immer verweigert hatte – ich würde einen Termin bei Dr. Albrecht, dem Polizeipsychologen, vereinbaren.

Die Tür zum Treppenhaus öffnete sich und riss mich aus meinen Gedanken. Fieker trat herein. „Ich sehe, Sie haben gewartet. Dann können wir ja loslegen.“

Dr. Roth schaute mich verdutzt an. Offensichtlich war ihm nicht bewusst, dass man von Fieker keine Entschuldigung erwarten durfte. „Gut, dann folgen Sie mir, Sie kennen ja den Weg.“

Fieker drehte sich im Gehen zu mir um. „Wie geht es Melanie?“

„Ich konnte sie gestern nicht mehr sehen. Als ich um halb eins in der Notaufnahme der Uniklinik ankam, war sie bereits auf die Station gebracht worden. Ich konnte nicht mehr zu ihr. Die Schwester am Empfang konnte sich aber noch gut an sie erinnern. Offenbar hat sie wieder Rabatz gemacht. Typisch Melanie. Ich werde sie heute nach unserem Meeting gleich besuchen.“

„Haben Sie die Unterlagen schon gesichtet, die wir von Sabine Nowacky bekommen haben?“

„Ja, gestern Nachmittag. Ich werde nachher in der Besprechung davon berichten.“

„Gut. Ich erhoffe mir einige neue Erkenntnisse durch diese Papiere. Schließlich liegt es nahe, dass zwei oder drei Menschen wegen dieses Umschlags ermordet wurden.“

„Ich befürchte, da muss ich Sie enttäuschen, Chef“, unterbrach ich ihn. „Der Inhalt war doch eher nichtssagend. Gekritzel, Landkarten, Kassenbelege. Irgendwie nichts Brauchbares.“

Ein leises Grummeln war Fiekers Antwort. Dr. Roth drückte mit beiden Händen eine Doppeltür auf, die in den Obduktionsraum führte. Zwei Fenster auf der rechten Seite, die bereits unter der Grasnarbe lagen, ließen Tageslicht in den sonst steril wirkenden Raum ein. Seine Assistentinnen hatten versucht, mit ein paar an den Spinden angeklebten bunten Postkarten für ein wenig Auflockerung zu sorgen. Dr. Roth ging gezielt zu einer Schublade und zog diese auf. Leise fuhr sie auf der Schienenkonstruktion in das Rauminnere. Auf der Bahre lag der komplett nackte Johannes Frick, den Brustkorb bereits wieder mit dickem Garn zugenäht.

„Meine Herren, ich kann mit ziemlicher Sicherheit sagen, dass unser Opfer an einer Kohlenmonoxidvergiftung verstorben ist. Strukturelle Veränderung der Lunge, Schädigung des Herzmuskels und Hirnschwellung passen zu dieser Todesursache. Doch besonders charakteristisch ist die Färbung der Totenflecken, schauen Sie hier."

Dr. Roth zog die Beine des Toten ein wenig auseinander und gab so den Blick auf die Innenschenkel frei. „Die gehäufte Anordnung der Totenflecken im Beinbereich deutet darauf hin, dass er nach dem Tod lange Zeit in einer hängenden oder sitzenden Position verblieben ist. Viel interessanter ist aber die Farbe dieser Flecken. Normalerweise haben sie eine bläuliche Färbung, doch wie Sie hier deutlich sehen können, sind diese hier eher rötlich. Dies kann drei Ursachen haben: eine extreme Kältedisposition des Leichnams nach dem Tod, eine Vergiftung mit Blausäure oder eben mit Kohlenmonoxid. Das Erste möchte ich mal ausschließen, erfroren ist unser Toter sicherlich nicht. Zu dieser Jahreszeit kommt es am Tuniberg normalerweise nicht zu Minusgraden. Außerdem weist die Färbung der Totenflecken unter den Zehennägeln nicht auf eine Erfrierung hin. Diese müssten sonst ebenfalls rötlich sein, sind aber eher blauviolett. Gegen eine Intoxikation mit Blausäure spricht das Blutbild. Sie hatten mir von den gefundenen Einweggrills berichtet, das passt tatsächlich ins Bild. Eine derartige Vergiftung ist ein heimtückischer Tod. Das Kohlenstoffmonoxid geht eine Verbindung mit dem Hämoglobin ein. Das sind Moleküle, die für den Sauerstofftransport im Blut zuständig sind. Vereinfacht gesagt, funktioniert dadurch die Versorgung des Gewebes nicht mehr. Die Pumpkraft des Herzens wird eingeschränkt, die Muskelkraft wird unkontrollierbar, so dass es kurz vor Eintritt des Todes zu Spasmen kommen kann. Deshalb ist es den Opfern nicht möglich, den kontaminierten Ort zu verlassen. Dies wird begünstigt durch die Geruchlosigkeit des Gases. Wenn man es bemerkt, ist es schon zu spät."

„Sie nannten vorhin Hinweise, die die Mordtheorie stützen?", unterbrach ich Dr. Roths Ausführungen.

„Ach ja?", sagte Fieker erstaunt. „Dann können Sie unsere Hypothese bestätigen?"

„Ja, ich denke, das kann ich. Auch weil ich eine äußere Gewaltanwendung durch Waffengewalt oder Tod durch Strangulation ausschließen kann. Dafür spricht die Abwesenheit von Petechien im Bereich der Augen. Ich habe aber klare Indizien, dass unser Opfer leicht sediert war. Wir haben eine kleine Konzentration an Benzodiazepinen im Blut gefunden. Das könnte auf die Verwendung sogenannter ‚K.-o.-Tropfen' hinweisen. Es war wenig, aber noch nachweisbar. Sollte ihm das durch Fremdeinwirkung verabreicht worden sein, war der Täter sehr vorsichtig. Die Menge an Benzodiazepinen war so minimal, dass man diese hätte übersehen können. Aber es kommt noch besser. Ich bin der Überzeugung, dass das Opfer während des Vergiftungsvorgangs gefesselt war. Schauen Sie sich die Innenseiten der Ellenbogen an."

Dr. Roth hob den linken Arm des Toten hoch. „Wenn Sie genau hinschauen, sehen Sie dort kleine punktförmige Blutergüsse. Und solche Punkte haben wir am Ellenbogen des anderen Armes ebenfalls gefunden. Und ebenso an beiden Fußgelenken. Ich vermute, das Opfer war mit einem Band oder Tuch fixiert. Dazu reicht auch ein Nylontuch oder Ähnliches, was nicht in das Fleisch einschneidet. Kunstfaser bekommen Sie nicht so leicht auseinandergerissen, schon gar nicht, wenn Sie sediert sind. Meine These wird auch von einer Ruptur der Rotatorenmanschette gestützt. Das sind Bänder, die sich im Schulterbereich befinden und das Schultergelenk umgeben. Ein Riss eines dieser Bänder kann auf einen Sturz nach hinten hindeuten."

„Das könnte beim Umfallen des Campingstuhls im Todeskampf passiert sein", sagte Fieker.

„Gut möglich. Ein nicht gefesselter Mensch hätte sich vielleicht abrollen können. Auch hier sehe ich einen Hinweis darauf, dass der Mann fixiert war."

Dr. Roth schob die Schublade wieder zu. „Kommen wir abschließend zum Bericht meines Kollegen aus Heidelberg. Ich werde Ihnen diesen zusammen mit meinem Bericht morgen zukommen lassen. Ich denke, es ist Ihnen recht, wenn ich die wichtigsten Erkenntnisse zusammenfasse. Der Zwillingsbruder … Wie war nochmal der Name?"

„Markus Frick", antwortete ich.

„Todesursache war eine massive Einwirkung der Lenksäule auf den Oberkörper und Kopf. Der Aufprall muss so schwerwiegend gewesen sein, dass die üblichen Sicherheitsmechanismen im Fahrgastraum ihre Wirkung nicht entfalten konnten. Zudem wurde ein Blutalkoholanteil von drei Promille festgestellt. Ich brauche Ihnen nicht zu sagen, wie heftig das ist. Da müssen Sie schon über einen gewissen Zeitraum richtig starkes Zeug zu sich nehmen. Die Kollegen haben

frische Einstichstellen an den Beinvenen gefunden, die
nahelegen, dass der Alkohol intravenös verabreicht
wurde. Wir haben hier also dasselbe Muster. Einen
vorgetäuschten Unfall oder fingierten Selbstmord. Was
das bedeutet, müssen Sie herausfinden. Ich kann Ihnen
nur sagen, dass ich aus medizinischer Sicht bei der
Mordtheorie voll und ganz mitgehen kann."
„Das Bild wird langsam rund", sagte Fieker. „Eine
Frage noch, Dr. Roth. Haben wir es hier mit Profis zu
tun?"
Dr. Roth zögerte kurz. „Ich nehme an, Sie spielen auf
medizinisches Fachwissen an, wie man es bei
Geheimdienstoperationen vorfinden kann? Meines
Erachtens eher nicht. Ein Profi hätte die nötige Menge
an Alkohol besser dosieren können oder, wie in unserem
Fall, wissen müssen, dass jegliche gewaltsame
Fixierung des Körpers erkennbar ist. Ich bin der
Meinung, da war jemand am Werk, der wusste, was er
will, aber niemand mit einem profunden Wissen in
Pathologie. Da lege ich mich fest."

Auf der Fahrt zurück ins Präsidium sprach Fieker kein
Wort. Er schien angespannt zu sein. Ich musste an den
Fall der getöteten Kinder von Liebenau denken. Ein
Fall, der zu Beginn wie Routine aussah, der aber dann
für Fieker immer mehr zu einem persönlichen Anliegen
wurde. Manchmal schlugen zwei Herzen in seiner
Brust. Das des aufgeklärten Analysten mit einem Hauch
von Zynismus und das eines Menschen, der sehr wohl

um die inneren Gefühlswelten von Tätern und Opfern wusste.

Bewaffnet mit meinem Tablet-PC und einer Flasche Mineralwasser betrat ich den Besprechungsraum. Ich hatte den gestrigen Spätnachmittag damit verbracht, an den zwei Magnetwänden alle bisher aufgelaufenen Fakten und Fragen zu visualisieren. Ein buntes Sammelsurium aus Kärtchen, kopierten Fotos und farbigen Strichen bevölkerte die Stellwand. Anfangs wurde ich dafür belächelt, doch mittlerweile war diese Methode sehr geschätzt. Rudi Orlacher saß bereits auf seinem angestammten Platz neben der großen Zimmerpflanze, eine Tasse Tee und ein angebissenes Wurstbrötchen vor sich. Der Standventilator, der uns im Hochsommer willkommene Dienste leistete, stand mit einer dünnen Staubschicht bedeckt in der Ecke.
„Wo ist denn der Chef?", fragte Rudi in den Raum hinein. Ich blickte auf die Uhr. „Oben bei Gebelhoff. Wir haben das ‚Go' bekommen, aus der Todesermittlungsuntersuchung ist jetzt eine waschechte Mordermittlung geworden. Vermutlich wird Gebelhoff ihn auf Diskretion und Sachlichkeit einschwören, ist doch schließlich die Familie Braunfels vom ganzen Schlamassel direkt betroffen."
„Na klasse", sagte Rudi Orlacher und klatschte sich die letzten Krumen seines Wurstbrotes von den Händen. „Schon alleine der Versuch, Bernhard in seine Ermittlungsmethoden reinreden zu wollen, wird normalerweise mit einem mittelschweren

Tobsuchtsanfall bestraft. Ich hoffe, der junge Oberkriminalrat weiß, was er da tut." Rudi blätterte in den Unterlagen.

„Mmh, der Tuniberg … Warst du vorher schon mal dort, Nick?"

Ich schüttelte den Kopf, und ohne meine Antwort abzuwarten, fuhr Rudi fort. „Der kleine Bruder vom Kaiserstuhl, wie man im Volksmund sagt. Wie geschaffen für die Familie Braunfels und ihre Klinik. Nahe genug an Freiburg, doch auch weit genug draußen, um Abstand zum hektischen Stadtleben zu bekommen. Eines der vielen Naherholungsgebiete, die diese Ecke so lebenswert machen. Praktischerweise erstreckt der Tuniberg sich in Nord-Süd-Richtung, so dass er zu jeder Tageszeit ordentlich Sonne abbekommt. Das macht ihn für den Weinbau interessant. Die Qualität kann definitiv mit den Weinen des Kaiserstuhls mithalten. Hauptsächlich wird Müller-Thurgau angebaut, aber auch Spätburgunder. Und nicht zu vergessen, der Spargel. Der lockere Lössboden ist wie gemacht für dieses Gemüse."

„Ich habe den Tuniberg eher mit Naherholung in Verbindung gebracht. Radfahren, Spazierengehen und Ähnliches."

„Durchaus. Das kann aber böse ausgehen. Ein Kumpel von mir wurde dort mal beim Joggen von einem brütenden Bussardpärchen angegriffen. Das war nicht lustig, kann ich dir sagen."

In dem Moment betrat Fieker den Raum, Angelika Leibinger, mit einigen Akten vor die Brust geklemmt,

hinter ihm her. „Ich sehe, wir sind vollständig. Dann können wir gleich loslegen. Meine Damen und Herren, Oberkriminalrat Gebelhoff hat mir alle Kompetenzen übertragen, wir ermitteln ab sofort in zwei Mordfällen. Den Mord an Markus Frick übernehmen vorerst die Kollegen aus Heidelberg. Aber von vorne."
Fiekers Besprechungen waren immer eine Überraschungstüte, man wusste nie, was letztlich dabei herauskam. Manchmal blieb er passiv und erteilte das Wort jemandem aus dem Team, der darauf überhaupt nicht vorbereitet war. Es gab nie wirklich einen nachvollziehbaren roten Faden, seine Gedanken schlugen Kapriolen, so dass es für jeden Zuhörenden eine Herausforderung war, seinen Ausführungen zu folgen. Fieker machte keine Anstalten, sich zu setzen, und stand am Kopfende des Tisches, den Stuhl schräg von sich weggeschoben.
„Unsere Ermittlungen begannen mit einem vermeintlichen Selbstmord. Das Opfer war Johannes Frick, Insasse der Braunfels-Kliniken."
„Patient", raunte ich von unten herauf. Sein fragender Blick traf mich.
„Patient. Man nennt die Kunden eines Krankenhauses Patienten, nicht Insassen."
Fieker wischte meine Bemerkung mit einer stillen Handbewegung weg. „Ein Selbstmord scheint mittlerweile ausgeschlossen, auch wenn dieser durch die Anordnung am Tatort suggeriert werden sollte. Irgendjemand wollte ein Zwillingspaar geräuschlos aus der Welt schaffen und hat dafür einen Selbstmord und

einen Autounfall konstruiert. Durchaus mit viel Aufwand und Planung, letztendlich aber nicht zu Ende gedacht."

Rudi meldete sich. „Ich habe mich jetzt noch nicht in den Fall eingelesen, aber für mich klingt das weder nach einem politischen Mord noch nach einem emotional aufgeladenen Verbrechen aus Leidenschaft. Vielleicht Habgier, Rache oder Verschleierung einer weiteren Straftat, aber das sind im Moment nur erste Bauchgefühle."

„Über die Motive lassen sich tatsächlich keine Schlüsse ziehen. Da stehen wir noch ganz am Anfang", fuhr Fieker fort. „Ebenso wenig wissen wir über den Hintergrund der Frick-Brüder Bescheid. Wir wissen nur, beide Brüder kamen aus Neuruppin in Brandenburg und hatten dort bis zuletzt ihren Wohnsitz. Bis zum Mauerfall haben sie aber im Westen gelebt, sind also keine geborenen Ostdeutschen. Beide hatten keine eigenen Familien. Markus hatte vor einigen Jahren einen Gefängnisaufenthalt abzusitzen, über Johannes ist dergleichen nichts bekannt. Sie waren immer mal wieder als Handelsvertreter für verschiedene Firmen unterwegs, hatten aber auch längere Auszeiten. Johannes Frick war Kurgast in der Braunfels-Klinik am Tuniberg, eine tiefergehende medizinische Indikation lag nicht vor. Nach den bisherigen Informationen der Klinik war es keine von einer Krankenkasse genehmigte Reha-Maßnahme, die ihn zu seinem Besuch hier veranlasste, er hat den Aufenthalt privat bezahlt."

„Nicht schlecht“, warf Angelika ein. „Dafür braucht man einen großen Geldbeutel.“

„Trotzdem wissen wir nicht, ob er gezielt nach Freiburg gekommen ist oder es eher Zufall war. Es hätte auch eine der anderen Braunfels-Kliniken irgendwo im Bundesgebiet sein können. Fest steht, dass seine Ermordung geplant war. Man treibt nicht solchen Aufwand mit einem vorgetäuschten Selbstmord, wenn es keinen guten Grund dafür gibt. Wir können einigermaßen genau rekonstruieren, was im Weinberg passiert ist. Ein bulliger junger Mann hat beim REWE-Markt in Munzingen vier handelsübliche Einweggrills mit Holzkohle gekauft. Nick, wissen wir inzwischen mehr über ihn?“

„Ein wenig. Die Auszubildende des Marktes war vor drei Tagen bei unserer Phantomzeichnerin. Heraus kam ein eher nichtssagendes Bild eines Mannes mit sportlicher Figur und Glatze. Also der Typ Mann, wie es Tausende gibt. Angelika hat euch jeweils eine Kopie davon in die Mappe gelegt.“

Ein Rascheln war die Folge, als jeder der Teilnehmer nach dem Bild suchte.

Rudi hielt das Foto gegen das Licht.

„Das könnte Serdar Somuncu sein oder Vin Diesel. Oder irgendein anderer dieser Typen, die sich in den Fitnessstudios dieser Republik herumtreiben.“

„Anhand der Beschreibung der Augenzeugin und auch meiner Begegnung mit ihm im Weinberg war nichts über irgendeine Nationalität zu erfahren“, fuhr ich fort. „Weder nennenswerte physische Besonderheiten noch ein Akzent geben darüber Aufschluss. Die Polizeidienststellen in Breisach und Freiburg-West haben Phantombilder des Mannes in Sonntagszeitungen veröffentlicht und in Tankstellen und Supermärkten ausgehängt, bislang ohne Erfolg. Der muskulöse Glatzkopf ist vorerst noch ein Phantom."

„Danke, Nick. Wir wissen, dass dieser Mann die vier Einweggrills in einem kleinen Geräteschuppen ausgelegt, unser leicht sediertes Opfer an einen Gartenstuhl gefesselt hat und dem Kohlenmonoxid seinen Lauf ließ. Ob er Johannes Frick dort oben traf, dann überwältigte und betäubte oder ob das woanders geschah, ist unklar. Deshalb wissen wir auch nicht, was das alte Fahrrad soll, das unangeschlossen neben dem Geräteschuppen stand. Entweder Frick ist damit auf den Berg gefahren, was eine sportliche Leistung wäre, oder es wurde dort drapiert, um den Eindruck zu erwecken, das Opfer sei aus eigenem Antrieb hingefahren. Nach dem Erstickungstod muss ihm sein Mörder die Fesseln wieder abgenommen haben."

„Was aber saugefährlich wäre", warf ich ein. „Ein kleiner Raum voll giftigen Gases kann jedem den Tod bringen, der sich dort hineinbegibt."

„Das stimmt so nicht, Nick", meldete sich Rudi. „Eine halbe Minute die Luft anhalten, schnell rein, Fesseln durchschneiden und wieder raus. Das ist absolut im Bereich des Möglichen. Kohlenstoffmonoxid ist kein Gas, welches mit deinen Schleimhäuten reagiert. Wenn du das Einatmen verhinderst, kannst du dich problemlos dort aufhalten. Natürlich nur so lange, wie man die Luft anhalten kann. Von einer möglicherweise benutzten Gasmaske ganz abgesehen."

Fieker blätterte in seinen Unterlagen, was ihn schließlich dazu veranlasste, sich nun doch hinzusetzen.

„Interessant ist, wie sich Frick verhalten hat, als er in der Klinik war. Sabine Nowacky, das zweite Todesopfer, hat ihn dort betreut und schilderte Nick, dass er sich sehr geheimnisvoll benommen habe. So übergab er einige Unterlagen an sie. Frau Nowacky hatte diese an sich genommen und konnte sie vor ihrem Tod an uns aushändigen. Sie wurde von Johannes aufgefordert, die Dokumente an jemanden zu übergeben, sollte ihm etwas passieren. Doch dazu kam es nicht mehr."

Ich winkte mit einer Klarsichthülle in die Runde, in der sich einige Zettel befanden.

„Ein buntes Sammelsurium an irgendwelchen Dokumenten. Zwei Wanderkarten, eine davon hier aus der Region Kaiserstuhl-Tuniberg, die andere aus dem Salzkammergut. Zugfahrkarten, ein Werbeflyer der Braunfels-Kliniken. Daneben alte Zeitungsartikel, die sich mit Robert Braunfels' Selbstmord beschäftigen. Interessant ist dieser kleine Zettel hier."

Rudi hielt eine Kopie in den Händen und las leise die in einer krakeligen Schrift geschriebenen Zahlen vor. „402299.659 5318241.902. Das müsste doch herauszufinden sein, was das ist! Irgendwelche Telefonnummern?"

„Nein, schon probiert. Sowohl mit Freiburger Vorwahl als auch in Neuruppin. Nichts. Ich habe es in Google eingegeben, ebenfalls ohne Ergebnis."

„Irgendwelche Geokoordinaten vielleicht?"

„Daran habe ich auch gedacht. Aber Google Maps sagt ‚Falsche Eingabe'."

„Seltsam, wirklich seltsam", sagte Fieker. „Was haben wir noch?"

Ich zog weitere Papiere aus der Klarsichthülle.

„Hier haben wir eine Zeichnung, die der Grundriss eines Gebäudes sein könnte."

Fieker und die anderen Teilnehmer blätterten die Mappe um und starrten für einige Sekunden auf die Skizze.

„Mein Gott, was für ein Geschmiere", warf Rudi ein.

„Und das soll ein Grundriss sein? Bist du sicher, Nick?"

„Ich wüsste auf jeden Fall nicht, was es sonst sein sollte. Ich erkenne einen langen Flur mit Zimmern, die links und rechts abgehen."

„Ein Wohnheim vielleicht?", grübelte Rudi.

„Oder doch ein Krankenhaus?", antwortete Fieker, ohne den Blick von dem gekritzelten Bild zu lassen.

„Das hier ist ebenfalls seltsam", fuhr ich fort. „Die Fotokopie eines Geldscheins, eine britische Fünf-Pfund-Note." Rudi schob seine Brille auf die Stirn und hielt sich das Papier vor die Nase. „Das ist eindeutig ein älteres Exemplar. Diese Noten sind schon lange nicht mehr im Umlauf."

„Warum trägt jemand so etwas mit sich rum?", warf ich ein. „Haben wir es hier womöglich mit einer Geldfälscherbande zu tun?"

„Eine Bande, die alte Pfundnoten druckt? Das macht doch gar keinen Sinn", sagte Rudi.

„Aktion Bernhard", flüsterte Fieker. Langsam normalisierte sich der Geräuschpegel im Besprechungsraum wieder.

„Aktion Bernhard war eine Operation während des Zweiten Weltkriegs, in der große Mengen an gefälschten Pfundnoten hergestellt und in Umlauf gebracht werden sollten. Ziel war es, die englische Kriegswirtschaft entscheidend zu schwächen."

Für einen Moment lag ein Schweigen im Raum, als die Kollegen konzentriert die kopierte Pfundnote musterten.

„Und Sie meinen, unser Fall hat etwas damit zu tun, Chef?", fragte ich.

„So weit möchte ich nicht gehen. Noch nicht. Bezüglich der Nazivergangenheit der Braunfels-Klinik treiben die Gerüchte ja seltsame Blüten."

„Immerhin wurden wegen dieser Unterlagen mutmaßlich drei Menschen ermordet."

„So ist es", antwortete Fieker. „Auch wenn wir nicht wissen, was diese ganzen Dokumente bedeuten, scheinen sie doch wichtig zu sein."

„Es gibt in dem Fall ziemlich viel, was wir nicht verstehen", sagte Rudolf Orlacher.

„Dann wissen wir schon, wo man anfangen muss zu suchen", antwortete Fieker leicht schnippisch. „Diese Unterlagen werden uns wohl noch beschäftigen, doch kommen wir zum zweiten Teil dieses Falls. Dieser ist weniger rätselhaft. Das Mordopfer heißt Sabine Nowacky und war besagte Pflegerin in der Braunfels-Klinik. Als Nick und ich sie dort befragten, wirkte sie sehr verschlossen, ja geradezu ängstlich. Offensichtlich aus gutem Grund, wie wir mittlerweile wissen. Nick, übernehmen Sie bitte."

„Gerne. Frau Nowacky hat mich gestern Abend privat angerufen und hatte panische Angst. Jemand wäre hinter ihr her. Auf einen davon passt die Beschreibung zu unserem muskulösen Glatzkopf. Ich bin dann sofort mit Melanie nach Rimsingen gefahren und wir haben dort ein Chaos vorgefunden. Zwei Männer flohen in die Weinberge, wo sie uns aber entwischt sind. Es kam zu einem Schusswechsel, der zum Glück glimpflich für mich ausging. Wie ihr schon mitbekommen habt, hat sich Melanie bei diesem Einsatz verletzt. Sie wird eine Weile ausfallen."

„Das wird den Kollegen aus Waldshut-Tiengen überhaupt nicht gefallen", warf Fieker ein. „Eine ihrer besten Mitarbeiterinnen fällt krank aus. Und die Verletzung hat sie sich bei einer Aktion zugezogen, für die sie gar nicht zuständig war. Das könnte Ärger geben. Aber da müssen wir durch. Wie ging es dann weiter, Nick?"

„Ich muss euch von einer seltsamen Begebenheit erzählen, die mich immer noch beschäftigt. Während meiner Verfolgungsjagd hatte ich unerwartete Hilfe. Als ich den Glatzkopf im Weinberg verfolgte, tauchte in einiger Entfernung ein fremder Mann auf, der meinen Gegner unter Beschuss nahm und mir so die nötige Sicherheit und Rückzugsmöglichkeit verschaffte."

Fieker schaute angestrengt zu mir herüber. „Er hat Ihnen geholfen? Sind Sie sicher?"

„Ganz sicher. Zuerst dachte ich, ich würde von einem dritten Mann eingekreist, doch dann bemerkte ich, dass er auf mich aufzupassen schien."

„Haben Sie den Kerl erkannt? Können Sie ihn beschreiben?"

„Nein, ich habe nur seine Silhouette wahrnehmen können. Er war von eher kleiner Statur, mehr kann ich nicht sagen."

Fieker klopfte sich gedankenversunken mit seinem Stift auf die Stirn. „Dieser Fall wird immer verworrener. Die Anzahl von Personen, die darin verwickelt scheinen, steigt rasant. Und was geschah danach?"

Ich war irritiert, dass Fieker mit keinem Wort auf meinen Kampf im Weinberg einging. „Ich habe dann mit einem Kollegen von der Polizeimeisterei Breisach Sabine Nowacky tot in ihrer Badewanne gefunden, offenbar mit Gewalt ertränkt."

„O mein Gott, wie furchtbar!", sagte Angelika.

„Das Muster ist das gleiche", fuhr Fieker fort. „Ich war heute Morgen vor Ort und habe mir den Tatort angeschaut. Jemand sollte aus der Welt geschaffen werden, indem abermals ein Selbstmord vorgetäuscht wurde. Der Föhn lag neben der Badewanne bereit, doch dann wurden die Täter von Nick und Melanie gestört und mussten schnell handeln. Damit waren sie gezwungen, ihren Plan fallen zu lassen, und haben ihre offene Flanke offenbart. Wenn man so will, eine Art Gambit, wie beim Schach. Man opfert eine Figur, um sich eine vermeintlich bessere Ausgangssituation zu verschaffen. Ich denke aber eher, dass in Wahrheit der Vorteil jetzt auf unserer Seite liegt."

Fieker nahm einen kräftigen Schluck aus dem bereitgestellten Wasserglas und fuhr fort.

„Ich hatte heute Morgen bei meiner Begehung den Eindruck, dass die Täter etwas gesucht haben, zumindest anfänglich. An geschlossene Schränke sind sie nicht gegangen, aber Schreibtisch, Küchenablage und einige offen liegende Unterlagen wurden gründlich durchwühlt. Sie vermuteten etwas in der Wohnung."

Rudolf zeigte auf die Kopie des kleinen Zettels, die ich allen in die Infomappe gelegt hatte.

„Dieses seltsame Gekritzel? Könnte sie das hier auf den Plan gerufen haben?"

„Möglich, das macht es noch ärgerlicher, dass wir nicht wissen, was das zu bedeuten hat. Die Täter hatten einen ähnlichen Zettel offenbar nicht beim toten Zwillingsbruder in der Kurpfalz gefunden. Es wäre deshalb denkbar, dass Sabine Nowacky sterben musste, weil die Täter sie als letzte Möglichkeit sahen, an diese Unterlagen zu kommen."

Fieker schwieg einen Augenblick. „Wenn sie die arme Frau genötigt oder sogar gefoltert haben sollten, ist davon auszugehen, dass sie erzählt hat, dass sich die Papiere jetzt bei der Polizei befinden. Das könnte ihr Todesurteil gewesen sein. Ich beginne zu glauben, dass diese Notizen eine wichtige Rolle spielen könnten. Ich fordere deswegen alle hier Beteiligten auf, absolutes Stillschweigen über Existenz und Inhalt dieser Unterlagen zu wahren. Wir haben es hier mit einer

Bande zu tun, die völlig skrupellos und brutal vorgeht. Ein Menschenleben zählt für sie nichts."

Für einen Moment herrschte eine angestrengte Stille im Besprechungsraum.

„Wir hätten Frau Nowacky beschützen müssen", unterbrach ich das Schweigen. „Sie hätte unsere Hilfe gebraucht."

„Mach dir keine Vorwürfe, Nick", sagte Angelika. „Ihr habt alles getan, was in eurer Macht stand. Für ein Zeugenschutzprogramm gab es bis gestern keinerlei Grundlage."

„Was sind eure nächsten Schritte?", fragte Rudi und lenkte das Thema wieder in eine andere Richtung. Ich musste an die Frau denken und daran, wie sie tot in der Badewanne lag. Es kam selten vor, dass man es mit einer Leiche zu tun bekam, die man zuvor als lebenden Menschen erlebt hatte.

„Ich möchte nicht verhehlen, dass wir an einem Scheideweg stehen", fuhr Fieker fort. „Die nächste Zeit wird es um Recherche und trockene Schreibtischarbeit gehen. Wir brauchen Hintergrundchecks aller beteiligten Opfer. Daneben müssen wir die Suche nach unserem glatzköpfigen Muskelmann intensivieren. Auch wenn ich glaube, dass er nur ein Handlanger für eine größere Organisation sein könnte, sehe ich in seiner Identität momentan den Schlüssel für den weiteren Ermittlungsweg. Allerdings wird er durch die Schießerei beim Attilafelsen aufgeschreckt worden sein. Es ist zu befürchten, dass er und sein Komplize erstmal abtauchen. Zusätzlich werden wir uns nochmal in der

Braunfels-Klinik umschauen, auch wenn das Gebelhoff nicht passen mag. Irgendetwas stimmt mit dieser Klinik nicht."

Eine Stunde später betrat ich die Station „Alfred Ullweg" der Freiburger Uniklinik. Eine junge Krankenschwester verwies mich auf ein Zimmer in der Mitte des Flurs. Nach einem kurzen Klopfen öffnete ich vorsichtig die Tür und blickte hinein. Ich betrat das Zweibettzimmer, in dem momentan nur ein Bett belegt war. Melanie saß darin, aufrecht eingespannt in eine Vorrichtung, die ihre eingegipsten Arme in Schulterhöhe fixierte. Vor sich hatte sie eine Art Buchstütze, auf der eine Zeitschrift befestigt war. Als sie mich erblickte, setzte sie einen Blick auf, der irgendwo zwischen liebevoller Freude und zurückgestauter Aggression lag. Ich musste mit allem rechnen. Dass sie mich sehnlichst erwartete, ebenso wie damit, dass sie gleich ihre Laune an mir auslassen würde.

„Wie geht es dir denn?", eröffnete ich das Gespräch.

„Schau mich an, ich komm mir vor wie Jesus am Kreuz. Was meinst du, wie es mir geht? Hast du mir was mitgebracht?"

„Ich habe darüber nachgedacht, dir ein paar Blümchen mitzubringen, habe aber auf die Schnelle keinen Blumenladen gefunden. Dafür habe ich dir alles aus deiner Wohnung mitgebracht, was du mir vorhin am Telefon genannt hast."

„Das ist das Wichtigste. Irgendein Hasenfutter kannst du selber behalten." Melanie blickte mich angestrengt an.

„Du hast aber auch eine ordentliche Schramme. Bist du gestern am Attilafelsen irgendwo dagegengerannt?"

Ich griff mir unwillkürlich an die Wange. „Nein, einer der beiden hat mir mit seinen Stiefeln ins Gesicht getreten."

Melanie schaute mich erschrocken an. „So nah warst du an ihnen dran?"

Ich schwieg eine Weile, ich wusste nicht, wie ich das Unaussprechliche beschreiben sollte. „Zu nah, einer hat sogar auf mich geschossen, als ich am Boden lag. Es war aber zu dunkel, und so konnte ich mich rechtzeitig in Sicherheit bringen."

„O Gott, Nick. Das ist es nicht wert. Und ich jammere hier wegen ein paar gebrochener Knochen rum. Versprich mir, dass du auf dich aufpasst."

„Ja, ich verspreche es. Doch jetzt wieder zu dir. Wie ergeht es dir hier?"

„Es wird sich rührend um mich gekümmert. Es hat sich flugs herumgesprochen, dass ich Polizistin bin, die bei einer wilden Schießerei verletzt wurde. Unser Intermezzo am Tuniberg stand ja groß in der ‚Badischen Zeitung'. Deswegen sind alle bemüht, mir es so angenehm wie möglich zu machen. Ich behalte aber für mich, dass meine Verletzung nur durch eine selbstverschuldete Slapstickeinlage zustande kam. Heute Morgen hatte ich sogar ein Frühstücksei, das bekomme ich bei dir nie. Aber trotzdem ist es elend langweilig. Ich lese schon zum fünften Mal den Testbericht über Barbecue-Smoker, weil ich nicht alleine umblättern kann. Vorhin musste ich eine

Schwester rufen, weil es mich so am Nasenflügel gejuckt hat, ich bin fast verrückt geworden."

„Du tust mir so leid, ich kann nachfühlen, wie es dir ergeht. Kann ich was für dich tun?"

„Allerdings. Da drüben steht das Abendessen. Ich habe der Schwester gesagt, dass sie sich nicht kümmern muss. Mein Freund käme gleich, der mich füttert. Also, zeig was du kannst."

Ich griff nach dem Tablett, welches auf einem kleinen Tisch in der Ecke des Zimmers stand, und hob den Kunststoffdeckel, der das Essen abdeckte. Zwei Stücke dunkles Brot mit mehreren Scheiben Wurst und Käse kamen zum Vorschein. Daneben lagen ein kleines Päckchen Butter und ein Becher Fruchtjoghurt.

„Du meine Güte, ist das viel. Wer soll das denn essen?", stöhnte Melanie.

„Wir schauen, was geht. Ich schmiere dir ein Brot. Mit Butter? Käse oder Wurst?"

„Mit Butter, aber dünn. Was für Käse ist es denn?"

„Sieht nach irgendeinem handelsüblichen Butterkäse aus, vermutlich kalorienreduziert."

„Gut, dann mach Käse drauf. Als ich gestern auf den Krankenwagen gewartet habe, habe ich mitbekommen, dass unsere Frau Nowacky tot aufgefunden wurde?"

„Ja, in der Tat. Auch hier sollte ein Suizid vorgetäuscht werden. Diesmal mit einem Föhn in der Badewanne. Fieker und Rudi gehen davon aus, dass die Täter die Unterlagen gesucht haben, die sie uns vorher übergeben hatte."

„Rudi und Fieker waren sich einig? Kaum bin ich mal weg, geschehen Weltwunder.“

„Dafür, dass du gerade voll in meiner Hand bist, bist du ganz schön frech. Aber im Ernst, so makaber es klingt, ich rechne damit, dass die Ermittlungen einen großen Schritt nach vorne gemacht haben. Unsere bisher unsichtbaren Gegner haben sich ein wenig entblößt. Die versteckten Geheimoperationen, bei denen man unbemerkt ein paar Mitwisser aus dem Weg schaffen wollte, sind gescheitert. Wenn man so will, haben wir schlafende Hunde geweckt.“

„Schlafende Hunde, ein schöner Vergleich. Wann kriege ich denn endlich mein Käsebrot?“

„Kommt sofort.“

Ich fummelte die weiche Butter aus dem Papier und suchte nach dem kleinen Streichmesser, das unter der Serviette versteckt war. Ich hielt das Tablett auf meinem Schoß, was das Verstreichen der Butter zu einer wackligen Angelegenheit machte.

„Jetzt mach hin. Was massierst du die Butter auch so gekünstelt ein? Du musst doch das Schmieren eines blöden Butterbrotes nicht so zelebrieren.“ Melanie war wieder in ihrem Element.

„Sei nicht so garstig, sonst drehe ich mich um und gehe.“

Melanie ließ ihren Kopf auf das Kissen zurückfallen.

„Ja, ich weiß. Es tut mir leid. Ich habe mich da nicht immer im Griff und in dieser Situation ist einfach alles Scheiße. Am liebsten würde ich dich umarmen.“

Ich stellte für einen Moment das Tablett zur Seite und beugte mich langsam über Melanie. „Vorsichtig!", jammerte sie mir entgegen. Ohne näher darauf einzugehen, umfasste ich sie an der Hüfte und drückte ihr einen Kuss auf den Mund.

„Und jetzt das Käsebrot. Mach auf das Mündchen." Ich hatte das belegte Brot in kleine, mundgerechte Happen geschnitten und hielt ihr den ersten davon vor den Mund. „Ein Bissen für Rudi."

„Lass den Quatsch, ich bin kein kleines Kind."

„Nein, denn ein kleines Kind könnte seine Arme benutzen. Also weiter. Ein Bissen für Angelika." Melanie nahm den Bissen in den Mund und kaute, begleitet von einem säuerlichen Blick, auf dem Stück Brot herum. „Ich schwöre, wenn du nicht damit aufhörst, spucke ich dir alles ins Gesicht. Dazu brauche ich keine Arme."

„Mit vollem Mund spricht man nicht." Ich hielt ihr das nächste Stück hin. „Ein Bissen für Fieker."

Ich hatte den Spruch noch nicht zu Ende gebracht, als ich wie in Zeitlupe sah, dass sich Melanies Mund zu einem runden Kanonenrohr formte und ein brauner Essensbrei aus ihrem Mund schoss. Ich beugte mich schnell zurück, so dass sich der größte Teil des Schwalls über die Bettdecke ergoss. Bevor ich etwas sagen konnte, wurde die Tür geöffnet und die Schwester trat herein. „Kann ich schon abräumen?" Mit großen Augen starrte sie auf die völlig verdreckte Decke. „Meine Güte, was ist denn hier passiert?"

„Es gab ein minimales Malheur beim Abendessen“, sagte ich und versuchte damit, die Situation herunterzuspielen. Melanie schwieg und setzte einen Blick auf wie ein kleines Mädchen, das beim Stehlen von Süßigkeiten erwischt worden war.

„Das kann man so nicht lassen. Da müssen wir das Bett nochmal neu beziehen.“ Mit einem tiefen Seufzer drehte sich die Schwester um. „Es ist ja nicht so, dass wir hier nichts anderes zu tun hätten.“

„Tschuldigung!“, presste Melanie leise hervor. „Kommt nicht wieder vor.“

Wilhelm (August 1944)

Die Zigarre schmeckte wie ein frisch gemähtes Blumenfeld, als Wilhelm einen ersten festen Zug nahm. Er schüttelte das brennende Streichholz aus und warf es noch leicht rauchend auf einen kleinen Blechteller, der auf seinem Sekretär stand. Die Schlechtwetterlage der letzten Tage hatte ihm aufs Gemüt gedrückt, ebenso wie die unerfreulichen Nachrichten von der Front. Der Feind stand vor den Grenzen des Reiches, sowohl im Westen als auch im Osten. Doch es würde alles gut werden, da war sich Wilhelm sicher. Der Volkssturm würde losbrechen und mithilfe der vom Führer angekündigten Wunderwaffe würde das Reich seine Feinde in alle Himmelsrichtungen vertreiben. Doch trotzdem würde er sich Gedanken machen müssen, wie es für ihn und seine Klinik nach dem Krieg weitergehen würde. Weichen mussten gestellt werden, egal ob in die eine oder in die andere Richtung.

Von draußen hörte er ein Motorengeräusch, erst ganz leise, dann deutlich vernehmbar. Er stand auf und trat auf den Balkon hinaus. Er hatte richtig gehört, mehrere Autos waren auf die gekieste Auffahrt des riesigen Familienanwesens aufgefahren. Nun waren sie also angekommen. Wilhelm Braunfels wusste nicht, worauf er sich einließ, doch sein Pflichtbewusstsein ließ jeden Zweifel in ihm ersticken. Er konnte in der Dunkelheit einen Lastkraftwagen vom Typ Borgward erkennen, dazu einen Kübelwagen mit geschlossenem Dach und eine Limousine. Wilhelm verließ den Balkon und schritt langsam auf der großen Freitreppe in das Erdgeschoss der Villa. Er hatte es nicht eilig, er wusste, dass ihm mit dem heutigen Tag eine Menge Menschen einen Gefallen schuldeten.

Er betrat die Terrasse über den großen Haupteingang. Neben einer steinernen Vogelattrappe stehen bleibend, schaute er auf die Szenerie. Mehrere Soldaten sprangen aus dem LKW und dem Kübelwagen. Aus der Limousine schälte sich ein fettleibiger Fahrer, der sich beeilte, die Tür zur Rückbank zu öffnen. Ein SS-Obersturmbannführer in einer perfekt sitzenden Uniform entstieg dem hinteren Wagenteil. Mit festen Schritten ging er auf Wilhelm Braunfels zu und ließ seinen Unterarm zackig nach oben schnellen. „Heil Hitler!“

Wilhelm erwiderte den Gruß. Der ihm unbekannte SS-Mann ließ ihn nicht weiter zu Wort kommen. „Wie ich hörte, sind Sie über unsere Lieferung informiert?“

„Ja, das bin ich. Wer außer uns beiden und dem Reichskommissar weiß noch Bescheid?“

„Niemand. Auch die mich begleitenden Soldaten sind nicht eingeweiht. Der Reichskommissar legt sehr großen Wert auf strikte Geheimhaltung. Wo sollen wir abladen?“

„Nicht hier. Ich zeige Ihnen den Weg, wenn Sie mich in Ihrem Fahrzeug mitnehmen.“

Der SS-Obersturmbannführer zeigte wortlos auf die hintere Tür der großen Limousine. Wilhelm bediente den Türgriff und ließ sich auf den Rücksitz fallen. Als der Wagen anfuhr, spürte er plötzlich eine unbeschreibliche

Last auf seinen Schultern. Aus einem kleinen Gefallen unter Bekannten war nun eine Bürde geworden, von der er nicht wusste, wie das enden könnte. Er würde Vorkehrungen treffen müssen. Hinter ihm hatte sich der LKW ebenfalls in Bewegung gesetzt. Kurz darauf hatten sie das Anwesen verlassen und fuhren nun über die Hänge des Tunibergs direkt in die Dunkelheit.

Colombi

Es war kurz vor sechs, als sich langsam der Abend über Freiburg senkte. Ich befestigte mein Mountainbike mit einer dicken Kette an dem Fahrradständer, der leicht deplatziert auf dem Platz vor dem Colombi Hotel stand. An der Seite Richtung Predigertor hatte sich ein mobiler Verkaufsstand aufgestellt. ‚Der Honigmann‘ war auf die Markise geschrieben, garniert mit zwei lustigen Bildchen von grinsenden Bienen im verkitschten Disney-Stil. Kinder hatten mit Straßenkreide ein paar Kreise auf den Boden gemalt, über die Passanten mit ihren späten Einkäufen unter dem Arm gleichgültig Richtung Rotteckring schlenderten. Um die Ecke musste ein Straßenmusiker stehen. Ich konnte ihn nicht sehen, doch seine Darbietung von „Wonderwall“ klang für mich wie ein missglückter Jodelversuch eines Teenagers im Stimmbruch. Ich betrat das Colombi Hotel durch den Vordereingang, dessen gläserne Doppeltüren sich automatisch mit einem sanften Zischen öffneten. Einige Personen hielten sich in der Aula auf und unterhielten sich angeregt. Auf einer Couch saß ein Mann mit kurzen Haaren und einer braunen Lederjacke, der in die Tagesausgabe der ‚Badischen Zeitung‘ vertieft war. Die Rezeptionistin führte ein Telefongespräch und schien mich nicht zu beachten, als ich direkt weiter in Richtung Bar ging. Ein dunkler Raum empfing mich. Auf der rechten Seite standen mehrere kleine Tische, die aber heute zum größten Teil unbesetzt waren. Der Gastraum bekam durch die hölzerne Wandvertäfelung etwas Düsteres, so dass er wie ein Kellerraum wirkte. Auf der rechten Seite befand sich eine Bar, umringt von mehreren Barhockern, auf der Rückseite abgeschlossen durch ein verspiegeltes Regal, auf dem Unmengen von Spirituosen standen. Ein älterer Barkeeper nickte mir zu, als er ein Glas mit einem Tuch abtrocknete. Leise Lounge-Musik quoll aus den Lautsprechern. In Sekundenschnelle fand ich mich in einer Stimmung wieder, die mich an „Casablanca" und ähnliche Schmonzetten erinnerte.

An einem Ecktisch, in der Nähe zur Terrassentür, saß sie, einen Cocktail, garniert mit Obst und Schirmchen, vor sich. Camila Braunfels. Sie winkte mir zu und auch wenn wir uns noch nie zuvor begegnet waren, schien sie mich erkannt zu haben. Entweder hatte meine Pünktlichkeit ihr verraten, dass nur ich ihre Verabredung sein konnte, oder meine äußere Erscheinung konnte meinen Beruf nicht verbergen. Sie hatte sich den einzigen Ort in der Bar ausgesucht, der noch einigermaßen ausreichend vom schwindenden Tageslicht erhellt wurde. Sie trug ein enges rotes Abendkleid, etwas übertrieben für den profanen Anlass, doch absolut passend zum Ambiente. Ich stellte mich vor und setzte mich ihr gegenüber. „Frau Braunfels, ich war sehr überrascht darüber, dass Sie um dieses Treffen gebeten haben."

„Ach bitte, nennen Sie mich doch Camila. Ich freue mich, dass Sie es möglich machen konnten, Herr Reetmann." Sie fiel mit der Stimme leicht ab, offensichtlich rechnete sie damit, dass ich ebenfalls meinen Vornamen nannte, doch ich ging nicht darauf ein.

„Wir sind neugierig, was Sie uns zu sagen haben. Deswegen bin ich heute hier. Und natürlich freut es mich, Sie persönlich kennenzulernen, man hört und liest ja sehr viel über Sie."

„Ich bitte Sie." Mit einer Handbewegung spielte sie eine Bescheidenheit vor, die in dem Moment völlig affektiert wirkte. „Es bleibt nicht aus, dass man über eine gewisse Bekanntheit verfügt, wenn man sich in bestimmten Kreisen bewegt, so wie ich es tue. Und Freiburg ist ein Nest, da kann man schnell in den Fokus der Öffentlichkeit geraten."

Ein Kellner stand nun neben unserem Tisch. „Was darf ich Ihnen bringen?"

Ich drehte mich nach hinten. „Ein Bier, bitte. Ein Hefeweizen."

Der Kellner wirkte leicht pikiert, vermutlich hatte er nicht damit gerechnet, dass ich so etwas Profanes wie ein handelsübliches Bier bestellen würde. „Wir führen Hefeweizen von Paulaner, Franziskaner und Erdinger. Daneben führen wir Craft-Biere von lokalen Brauereien."

„Bringen Sie mir ein Erdinger", unterbrach ich ihn, indem ich einfach die zuletzt genannte Marke wiederholte. In dem Moment war es mir völlig egal, was er mir servieren würde. Als der Kellner wieder hinter seiner Bar im schummrigen Licht verschwunden war, nippte Camila an ihrem Glas.

„Und was trinken Sie?“, fragte ich sie und zeigte auf den Cocktail. Sie nahm das übergroße Glas in die Hand und führte den kurzen Strohhalm an ihre bordeauxrot geschminkten Lippen. „Einen Coconut Kiss. Sehr lecker.“ Sie grinste mich durch das Gestrüpp auf ihrem Glas an, hinter welchem für einen Moment ihr Gesicht verschwand. Ich hatte sie vor einem halben Jahr auf der fatalen Familienfeier der Braunfels‘ nur aus einiger Entfernung gesehen, doch jetzt, aus der Nähe, wurde mir bewusst, was für eine äußerst attraktive Frau die Mittvierzigerin war. Auch wenn sie die Eleganz und Klasse ihres Alters hatte, strahlte sie doch eine spitzbübische Jugendlichkeit aus. Kein Fältchen befand sich in ihrem Gesicht, die wachen Augen funkelten im Dämmerlicht der Bar. Obwohl sie stark geschminkt war, wirkte sie nicht stillos. Das Shady-Eyes-Make-up und rote Lippen unterstrichen die damenhafte Erscheinung, die durch die dezente Perlenkette um ihren Hals vervollständigt wurde. Sie hatte ihre langen Haare mit einer dunklen Spange zu einem Seitenscheitel zurechtgelegt. Ich hatte den Eindruck, mir saß eine Frau gegenüber, die wusste, was sie will. Ich blickte in der Bar umher. Um diese Tageszeit war sie kaum besucht, lediglich der Mann in der braunen Lederjacke hatte sich jetzt mit seiner Zeitung und einem Bier auf eine Chaiselongue gesetzt. Als Camila Braunfels sich leicht zur Seite drehte, konnte ich im Halbdunkel erkennen, dass das Make-up um das linke Auge ein Veilchen zu verstecken schien.

„Sie sind im Gesicht verletzt? Ich hoffe, nichts Schlimmes." Sie lächelte schüchtern, offenbar war ihr meine Entdeckung peinlich. „Das ist nicht der Rede wert. Ich bin aus Versehen gegen einen Türrahmen gelaufen. Wenn man einmal nicht aufpasst …"

„Warum bin ich heute hier, Frau Braunfels?"

„Ich sagte doch, mein lieber Herr Kommissar, nennen Sie mich Camila. Tun Sie mir den Gefallen."

„Gut, Camila. Warum haben Sie mich herbestellt?"

„Von ‚herbestellt' kann keine Rede sein. Ich bat Sie lediglich um ein Treffen. Der ermittelnde Kommissar ist Herr Fieker, ist das so?"

„In der Tat. Doch Herr Fieker war heute verhindert."

Das war glatt gelogen. Er hätte sich niemals auf ein Treffen im privaten Umfeld eingelassen. Ich hingegen ergriff die Chance, als eine Anfrage für eine Verabredung mit Camila Braunfels hereinflatterte. Ich fand es zwar etwas befremdlich, dass sie die Bar im besten Hotel der Stadt als Treffpunkt vorgeschlagen hatte, doch da es sich um keine offizielle Befragung handelte, ließ ich mich darauf ein.

„Warum haben Sie das Colombi ausgewählt?"

„Ich steige hier gelegentlich ab, wenn ich in der Stadt unterwegs bin. Ich fahre nicht immer nach Hause an den Tuniberg, vor allem wenn mein Chauffeur schon Feierabend hat. Und dann nehme ich mir eine Suite zur Übernachtung."

Der Kellner kam an unseren Tisch und stellte mir wortlos das Bier hin.

„Eine Suite also. Als Mitglied der Familie Braunfels hat man da so seine Ansprüche."

„Ja, da haben Sie durchaus recht. Und dazu stehe ich auch."

Ich wusste nicht, ob sie meine leicht lakonische Anspielung nicht verstanden oder absichtlich überhört hatte.

„Und weil Herr Fieker heute nicht kann, sind Sie vorbeigekommen?", wechselte sie das Thema. „Ich muss sagen, ich bin zufrieden mit dieser Planänderung. Sie gefallen mir, Sie gefallen mir wirklich."

„Das ist schön, doch interessiert mich, warum Sie den Kontakt zur Polizei gesucht haben."

„Wissen Sie, Sie erinnern mich ein wenig an den jungen Hardy Krüger. Sie haben irgendwie diese Wildheit." Ihr Blick fiel kurz nach unten auf meine Hände. Ich hatte das Gefühl, als wollte sie diese nach einem Ehering absuchen.

„Sie haben mir immer noch nicht beantwortet, warum wir uns hier treffen."

„Es ist in meinem Interesse zu erfahren, weshalb im Umfeld der Klinik ermittelt wird. Das ist doch eine sehr große Einmischung in mein derzeitiges Leben."

„Das kann ich nicht nachvollziehen, Camila. Wir sind uns im Rahmen unserer Ermittlungen noch nicht über den Weg gelaufen. So sehr können wir Sie also gar nicht stören."

„Es geht nicht darum, dass ich mich in irgendeiner Art und Weise gestört fühle. Mir ist bewusst, dass Sie nur Ihrer Arbeit nachgehen. Ich muss aber sichergehen, dass das Renommee der Kliniken und damit auch der Ruf unserer Familie nicht beschädigt wird."

Sie lehnte sich nun zurück und warf ihre langen dunklen Haare nach hinten, als würde sie diese neu sortieren wollen. Ich fragte mich, ob ihre doch glatte Gesichtshaut noch natürlich oder bereits durch teure Messerarbeit eines Schönheitschirurgen zurechtgeschnitten war.

„Aber, Camila, es ist der Job Ihres Stiefsohnes, für das Marketing des Klinik-Imperiums zu sorgen. Was kümmert es Sie?"

„Es betrifft mich sehr", fiel sie mir ins Wort und rutschte unruhig in dem samtbeschlagenen Sessel hin und her. „Daniel kümmert sich um die Zahlen, doch für die Außenwirkung bin ich zuständig. Dazu ist Daniel, sagen wir mal, zu blass. Ihm fehlen diese Noblesse und das Charisma, die dafür benötigt werden."

„Und Sie haben das alles, Camila?"

Zum ersten Mal ließ sie sich zu einem deutlichen Lachen hinreißen. „Haben Sie da Zweifel?" Sie lachte laut auf und entblößte eine perfekt weiße Zahnreihe.

„Eigentlich nicht, Sie wirken sehr selbstsicher auf mich. Sie sind sich Ihrer Wirkung durchaus bewusst. Ich vermute auch stark, dass die negative Presse, die Sie derzeit umweht, Ihnen relativ wenig ausmacht."

Sie stieß ein verächtliches Schnauben aus, gefolgt von einem kurzen Schweigen. Sie warf sich in ihren Sessel zurück und zog eine Schnute wie ein beleidigtes kleines Mädchen. Doch gleich darauf fasste sie sich wieder und setzte ein gekünsteltes Lächeln auf.

„Es ist mir egal, was diese Schmierfinken in ihrem Provinzblättchen über mich schreiben. Der Suizid meines Mannes hat mich sehr mitgenommen, wie sich jeder denken kann. Es ist pietätlos, eine Witwe dermaßen mit Spott zu überziehen. Robert hatte psychische Probleme, schon längere Zeit. Nichts, was in der Presse steht, ist auch nur ansatzweise wahr.“

„Man schrieb von einer Verwicklung in illegale Geschäfte.“

„Blödsinn!“, fauchte sie mich sofort an. „Dafür gibt es keinerlei Hinweise. Das hat sich irgendjemand ausgedacht, der unserer Familie nur Böses will.“

Ich beschloss jetzt, Camila Braunfels herauszufordern. Es war zu offensichtlich, dass sie mich herbestellt hatte, um mich über unsere Nachforschungen auszuhorchen. Ich musste jetzt den Spieß herumdrehen.

„Dann waren es doch die Eheprobleme, von denen man ebenso gelesen hat?“ Zu meiner Überraschung blieb Camila ruhig. „Wir hatten einen großen Altersunterschied. Außerdem waren wir in unseren Wesenszügen sehr unterschiedlich. Wir waren immer ein gutes Team, doch natürlich haben wir uns mit den Jahren auseinandergelebt. Im rauen Alltag kann eine Liebe langsam erkalten. Für Robert war immer die Klinik wichtig, doch ich hatte auch andere Wünsche.“

„Sie hatten Affären?“

Sie wollte gerade einen Schluck von ihrem Cocktail nehmen, hielt jedoch inne und schaute mich erstaunt an. „Ist das ein Verhör?“

„Nein, aber wenn wir gerade darüber sprechen, was man so über Sie schreibt …"

„Finden Sie das nicht ein wenig beleidigend? Ich habe mir nichts vorzuwerfen." Sie knallte das Cocktailglas auf den Tisch. „Natürlich gab es da Situationen, aber das ist nichts, was in die Öffentlichkeit gehört. Robert wusste damit umzugehen."

„Sind Sie sich da sicher? Schließlich hat Ihr Mann Suizid begangen."

„Glauben Sie, dass ich mir darüber keine Gedanken gemacht habe? Ich wusste nicht, was ihn umtrieb."

„Könnten Sie sich vorstellen, dass Ihre Eheprobleme ihn zu diesem Schritt getrieben haben könnten? Es gibt da diesen Spruch: ‚Eine Frau leidet während der Beziehung, ein Mann danach.' Vielleicht haben Sie es nicht gemerkt, wie wenig er mit der Situation umgehen konnte."

Camila zögerte kurz. „Sie kannten Robert nicht. Irgendwie war er eine verlorene Seele. Er passte nicht in diese Familie und die Bürde, die er zu tragen hatte, war enorm. Die Vergangenheit seines Vaters und Großvaters belastete ihn sein ganzes Leben lang. Es mag so gewirkt haben, als ob er sich und auch die Braunfels-Kliniken aus dem Sumpf, in den seine Vorgänger verstrickt waren, erfolgreich herausgeholt hätte, doch das geschah zu einem hohen Preis. Robert war nie mit sich im Reinen, sein ganzes Leben lang nicht. Trotzdem war sein Selbstmord für uns alle ein Schock. Aber es passt zu ihm, dass er uns ein bestelltes Feld hinterlassen hat.

Die Firma für seinen Sohn Daniel, das Privatvermögen für mich."

Sie nahm einen Schluck aus ihrem fast leeren Cocktailglas und lächelte mich mit den Augen durch die Minzblätter provokativ an. Ich spürte ihren Versuch, die Ernsthaftigkeit aus dem Gespräch zu nehmen.

„Die Sache mit dem Privatvermögen sehen Ihre Stiefkinder allerdings anders."

„Das sollen sie von mir aus. Das werden die Gerichte klären. Ich bin guter Dinge, dass mir als rechtmäßiger Erbin und Witwe das Privatvermögen zugestanden wird. Und dann ist Schluss mit den Gehässigkeiten, die Daniel und seine Schwester über mich ausschütten."

„Ich gehe davon aus, dass Sie damit ausgesorgt hätten. Auch jetzt scheint es Ihnen nicht schlecht zu gehen, Camila. Wenn Sie sich einfach mal so die Suite im Colombi buchen können."

„Mir geht es gut, machen Sie sich da mal keine Sorgen. Apropos Suite, wollen Sie sich diese anschauen? Man hat dort einen tollen Blick auf den Colombipark. Dabei kann ich Ihnen auch ein Dokument der ermordeten Krankenschwester zeigen, welches Sie interessieren dürfte."

Ich war von der plötzlichen Wendung überrascht. „Ein Dokument von Sabine Nowacky? Was meinen Sie damit?"

„Eigentlich hätte es Ihnen mein Stiefsohn Daniel geben müssen, doch offenbar hat er das versäumt oder wollte das versäumen. Also, kommen Sie mit?" Sie stand auf und griff nach ihrer Handtasche. „Lassen Sie Ihr

Portemonnaie stecken, das Bier nehme ich auf meine Rechnung.“

„Jetzt bin ich doch gespannt, was für ein Dokument Sie mir zeigen wollen.“

„Kommen Sie mit, es lohnt sich.“

Sie führte mich durch die Aula und wir gingen eine der beiden Freitreppen hinauf ins erste Obergeschoss. Ich konnte von dort oben erkennen, dass einige Personen an der Theke standen und auf die Zuwendung der Rezeptionistin warteten, unter anderem der Mann in der braunen Lederjacke. Dort oben stiegen wir in einen Fahrstuhl, der uns in das vierte Stockwerk brachte. Keiner von uns beiden sprach ein Wort, bis sich die Tür wieder öffnete und den Blick auf einen langen Flur freigab. Camila ging voran und kramte während des Gehens eine Schlüsselkarte aus ihrer Handtasche. Ihre Stilettos gaben ihr einen leicht federnden Gang und ihr enges Kleid betonte die Silhouette ihrer perfekten Figur. Sie ging auf eine doppelflügelige Tür am Ende des Flurs zu. Mit einem kurzen Piepsen zeigte die Elektronik an, dass die Karte erkannt wurde. Sie öffnete die Tür, betätigte den Lichtschalter und wir betraten einen freundlich hellen Vorraum. Drei Türen führten zu zwei weiteren Räumen und dem Badezimmer.

„Das ist nur die Junior-Suite. Für eine Nacht reicht das, man muss es ja nicht übertreiben.“

Sie stand vor dem großen Fenster, das Richtung Colombischlösschen zeigte, und griff hinter sich, um einen der beiden Stilettos vom Fuß zu ziehen. Als sie das Prozedere mit dem anderen Fuß wiederholt hatte, stieß sie ein leises Seufzen aus. „Wollen Sie einen Drink aus der Minibar?"

„Nein danke, aber was ist jetzt mit dem Dokument?"

„Sofort", rief sie, als sie bereits im Badezimmer verschwunden war. Ich hörte es kurz klappern, dann trat sie wieder in den Vorraum, beide Hände in den Haaren. Sie hatte die Spange entfernt, so dass die Haare nun in einem Pony ins Gesicht hingen.

„Das Dokument?"

„Ach, Nick." Sie kam mit langsamen Schritten und einem spitzbübischen Grinsen auf mich zu. „Du weißt doch nur zu gut, dass es kein Dokument gibt." Sie ergriff meine Hände und schmiegte sich plötzlich eng an meinen Oberkörper. Ihr Gesicht war nur wenige Zentimeter von meinem entfernt. „Du bist doch nicht mit hochgekommen, um ein blödes Blatt Papier zu sehen. Ich habe etwas Besseres für dich."

Bevor ich mich versah, hatte sie ihre Lippen auf meine gepresst. Ich stand wie versteinert, zu plötzlich kam diese Attacke. Wie von einer unsichtbaren Macht gelenkt, erwiderte ich ihren Kuss. Sie schlang ihre Arme um mich, begleitet von einem leichten Seufzen. In einem ewig langen Moment der Fassungslosigkeit schnellten die Gedanken in meinem Kopf hin und her. Dann ergriff ich ihre Unterarme und drückte sie von mir weg. „Camila, das geht nicht."

„Nick, lass es zu. Wir beide können uns heute hier einen schönen Abend machen."

„Nein, ich kann das nicht. Ich werde jetzt besser gehen."

„Bist du verheiratet? Oder hast du eine Freundin?"

„Ja, tatsächlich."

„Vergiss das für einen Moment. Keine Angst, ich bin diskret, du wirst es nicht bereuen."

Ich hatte sie mittlerweile einen guten Meter von mir weggeschoben. Ich wunderte mich selbst darüber, wie attraktiv ich diese Frau fand, war aber auch erschrocken, dass ich mich zuerst nicht gegen ihren Kuss gewährt hatte.

„Lassen Sie es gut sein, Camila. Das wird nichts." So langsam erlangte ich meine Fassung wieder. „Sie sind eine attraktive Frau, das wissen Sie auch. Doch ich bin gebunden und außerdem verbindet uns dieser seltsame Fall miteinander. Das wäre also in jeder Hinsicht keine gute Idee."

„Ach, Nick, bleib doch." Sie kam wieder auf mich zu, doch ich ging ein paar Schritte zurück und bekam die Klinke der Tür zu fassen. Ich öffnete diese und schuf so Tatsachen. „Camila, ich werde jetzt gehen. Ich danke Ihnen für das Gespräch, aber mehr ist nicht drin."

Ihr Blick verfinsterte sich. „Das ist nicht dein Ernst, du lässt mich jetzt hier stehen. Das haben noch nicht viele Männer gewagt."

„Aber ich werde es wagen. Machen Sie es gut, Camila. Wenn Ihnen noch etwas Erhellendes einfällt, freue ich mich über eine Kontaktaufnahme. Ich schlage vor, dass diese rein dienstlich bleibt."

„Dann geh doch, du Affe!", raunzte sie mir hinterher, als ich mich durch die Tür, mit dem Rücken voran, nach draußen zwängte. Sie sprang zur Tür und schmiss diese mit einer heftigen Bewegung zu. Ich stand nun in einem leeren Flur, in dem noch der laute Knall der schweren Doppeltür hallte. Für einen Moment blickte ich fassungslos den Gang hinunter. Erst jetzt merkte ich, dass ich eine Erektion hatte.

Äpfel und Fleischwunden

Die Dokumente durchblätternd, die uns Sabine Nowacky vor ihrem Tod übergeben hatte, saß ich an meinem Schreibtisch im Revier. Ich konnte mir keinen Reim auf das bunte Sammelsurium an Zetteln machen, das hier vor mir lag. Über den Gang konnte ich Fieker rufen hören. „Nick!"

Zuerst war ich mir nicht sicher, ob ich richtig gehört hatte, doch ein zweites „Nick!" gab mir die Gewissheit. Ich stand auf und ging den Gang hinunter zu Fiekers Büro. Das längliche Zimmer gab einen wahrhaftig traurigen Anblick. Rings um seinen Schreibtisch türmten sich die Akten, die er zu kleinen Häufchen gestapelt hatte. Auf manche hatte er Aktenlocher oder Ähnliches gelegt, damit der Wind die losen Blätter nicht wegwehen konnte. Da er aber so gut wie nie ein Fenster öffnete, war die Angst vor allzu heftigem Durchzug äußerst unbegründet. Auch auf dem kleinen Besuchersofa am Ende des Raumes lagen Kartons in mehreren Schichten. Daneben stand der gelbe Sack, der mittlerweile im gesamten Revier Berühmtheit erlangt hatte. Vor gut zwei Jahren hatte Angelika alles, was sich auf Fiekers Büroboden befand, in einen Müllsack gepackt, da wegen einer Teppichputzaktion die Büros freigeräumt werden mussten. Dieser gelbe Sack stand heute noch in der Ecke, unberührt und ungeöffnet. Ich konnte nie verstehen, dass Fieker in diesem selbst verursachten Chaos zu einem klaren Gedanken fähig war. Doch ihn schien das nicht zu stören, auch nicht jetzt, als er mir, an seinem Schreibtisch sitzend, grinsend mit einem Stück Papier entgegenwinkte. „Schauen Sie mal, was eben in der Post war." Er warf den Zettel vor sich auf die Ablage, so dass ich erkennen konnte, dass es sich um ein Foto handelte. Ich setzte mich auf den Besucherstuhl und griff nach dem postkartengroßen Bild. Auf dem grobkörnigen Foto waren zwei Frauen abgebildet, die an einem kleinen runden Tisch saßen, vor sich jeweils ein Gedeck mit Kaffee und Kuchen. Die Frau auf der rechten Seite war sofort als Camila Braunfels zu erkennen, die andere Person war mir nicht bekannt. Beide schienen in eine heitere Unterhaltung verstrickt zu sein. „Und das war in der Post? Und was soll das bedeuten?", fragte ich.

„Kennen Sie die andere Frau?"

Ich schaute das Foto nochmal genauer an und schüttelte den Kopf.

„Das ist Konstanze Braunfels", erklärte Fieker, „Camilas Stieftochter, mit der sie sich derzeit vor Gericht um das Erbe ihres Vaters streitet. Für mich sieht das nicht allzu sehr nach Streit aus."

„Vielleicht ein älteres Foto?" Mit einer kreisenden Handbewegung signalisierte Fieker mir, das Papier umzudrehen. Auf der Rückseite stand in einer krakeligen Schrift ‚Restaurant Niwano, Bad Krozingen, vergangene Woche, demnächst mehr‘.

„Interessant. Wer schickt so was?"

„Der Brief kam anonym. Offenbar wollte uns hier jemand mit der Nase auf eine Spur stoßen."

„Meinen Sie, dass das eine neue Spur ist?"

„Sie müssen zugeben, Nick, dass es äußerst merkwürdig
ist, dass sich zwei Frauen vor Gericht streiten, sich aber
privat fröhlich zu Kaffee und Kuchen treffen. Offenbar
sind die Dinge doch anders, als sie nach außen erscheinen sollen."
„Die Geschichte der bösen Stiefmutter, die Hänsel und
Gretel Braunfels in den dunklen Wald schickt, können
wir mal direkt als Märchen abstempeln."
„Sie sagen es, Nick. Aber für uns könnte es ein Anlass
sein, der jungen Frau Braunfels mal einen Besuch
abzustatten."
„Sie wollen sie damit konfrontieren?"
„Sicher, das könnte sehr aufschlussreich werden."

Wenig später betrat ich einen hellen Flur in einem Teil
des Präsidiums, den ich bis dahin noch nie beachtet
hatte. Ich hatte mit einem vollbesetzten Büro gerechnet,
in dem mehrere Vorzimmerdamen meinen Termin
prüften und mich zum Warten aufforderten. Doch nichts
davon traf zu. Eine schmucklose Tür mit einem
einfachen Plastikschild war das Einzige, was mir zeigte,
hier richtig zu sein. ‚Dr. Marcel Albrecht, Polizei-
psychologischer Dienst. Termine nach Vereinbarung'.
Ich klopfte und ein fröhlich lächelnder, schlanker Mann,
den ich auf ungefähr Ende dreißig geschätzt hätte,
öffnete mir die Tür.
„Sie müssen Herr Reetmann sein. Treten Sie doch ein."
Ich betrat den kleinen hellen Raum, in dem eine lange
Bücherwand, zwei Sessel mit einem kleinen
Beistelltisch, ein Schreibtisch hinter einem Paravent

sowie, wie aus dem Klischee entsprungen, ein Liegesofa die Inneneinrichtung darstellten. Auf dem Tisch standen zwei Gläser bereit sowie eine Flasche Sprudelwasser.

„Bitte setzen Sie sich doch, Herr Reetmann."

„Vielen Dank. Ich weiß gar nicht, wie das hier funktioniert. Was muss ich denn jetzt machen?" Ich ließ mich in den bequemen Sessel fallen. Dr. Albrecht hatte sich nun ein Klemmbrett gegriffen und grinste mich breit an. „Was denken Sie denn, was Sie hier machen müssen?"

„Ich weiß nicht. Vielleicht wie beim Arzt Symptome aufzählen und Sie sagen mir dann, was ich dagegen tun muss."

Dr. Albrecht hatte jetzt begonnen, sich auf seinem Klemmbrett Notizen zu machen. „Nichts dergleichen wird passieren. Außer natürlich Sie wollen das so."

„Nicht?"

„Wir beide werden uns zuerst kennenlernen, auch um zu sehen, ob eine Zusammenarbeit überhaupt Sinn macht. Das wird heute passieren. Dazu werde ich Ihnen einige Fragen stellen, die Sie beantworten können, wie Sie wollen. Darf ich loslegen?"

„Ja, natürlich."

„Kam der Anstoß zum Besuch bei mir von Ihnen oder hat Sie jemand dazu motiviert?"

Ich zögerte einen kurzen Moment und verschränkte die Arme hinter meinem Nacken. „Irgendwie beides. Meine Freundin wurde letztes Jahr von einem durchgeknallten Mörder mit einem Messer aufgeschlitzt und die hat das psychisch weggesteckt, als hätte sie sich nur an einem

Holzspreißel geschnitten. Sie müssen wissen, dass sie ebenfalls Kriminalkommissarin ist."

„Ist ihr etwas Ernsthaftes passiert?"

„Nicht wirklich, es waren letztendlich nur Fleischwunden. Aber der Täter hat ihr ordentlich zugesetzt, es stand auf der Kippe, ob er ihr nicht etwas Schlimmes antut. Doch sie ist mittlerweile absolut darüber hinweg. Die Erinnerung daran verursacht ihr gerade mal ein Schulterzucken. Ich habe ihr oft vorgeschlagen, den Polizeipsychologischen Dienst aufzusuchen, doch sie sagte immer, dass letztendlich alles gut ging und deswegen kein Grund zur Sorge besteht. Da wurde mir klar, dass ich da anders bin. Mir würde das so niemals gelingen. Richtig bewusst wurde mir das, als ich kürzlich bei einem Einsatz tatsächlich in den Lauf einer Pistole blickte. Es war oben in den Weinbergen am Tuniberg. Für einen kurzen Moment dachte ich, das war es, jetzt macht er dich alle. Dieser Moment lässt mich nicht los, ganz anders als bei meiner Freundin. Und deswegen habe ich beschlossen, meinen eigenen Ratschlag umzusetzen und Sie einfach mal zu besuchen. Nicht mehr und nicht weniger."

„Hört sich für mich nach einer guten Basis für einige intensive und hoffentlich erkenntnisbringende Gespräche an. Ich schlage vor, Sie erzählen mir von Ihrem Erlebnis im Weinberg. Doch bevor Sie loslegen, nehmen Sie einen Schluck Wasser, dann redet es sich leichter."

Eine gute Stunde später verließ ich Dr. Albrechts kleines Büro und schlenderte gemütlich durch das Gebäude zurück zu meinem Arbeitsplatz. Eine beschwingte Stimmung umfing mich. Ich hatte eine Stunde erzählt, fast wie ein Schwall war es aus mir herausgebrochen. Dr. Albrecht hatte geduldig zugehört und mich ab und an mit ein paar gezielten Fragen in eine bestimmte Richtung gestoßen. Ich hatte aber immer das Gefühl, selbst Herr der Lage zu sein. Und vor allem: endlich hatte mir mal jemand zugehört.

Fieker empfing mich auf dem Flur und hatte bereits seine Jacke und die obligatorische Schieberkappe aufgezogen. „Da sind Sie ja. Machen Sie sich fertig, wir haben einen Termin. Wir fahren zur jungen Frau Braunfels.“
„Ach ja, das ging so schnell?“
„Sie wissen ja, dass ich überzeugend sein kann.“
Ich ging nicht weiter auf diese Bemerkung ein. „Und wo müssen wir hin?“
„Nicht weit. Nach Merzhausen. Dort hat sie ihre Werbeagentur.“

Nachdem wir uns durch das beginnende Verkehrschaos an der Kreuzung Basler und Merzhauser Straße gequält hatten, ließen wir kurze Zeit später den Paula-Modersohn-Platz hinter uns und überquerten die Gemarkungsgrenze nach Merzhausen. ,AdVisionize‘ stand in großen grünen Buchstaben auf der Hauswand eines modernen Gebäudes. Nachdem ich den alten

Passat am Straßenrand geparkt hatte, gingen wir auf das Haus zu, dessen Vorderfront von einem ungefähr einen Meter breiten Steingarten umgeben war. Fieker klingelte und ein tiefes Brummen lud uns in das Innere ein. Ein steriles Interieur, ähnlich einer Arztpraxis, empfing uns. Der Empfangsbereich war komplett in Weiß gehalten, lediglich einige Bilder mit künstlerisch fotografierten Lebensmitteln wie Äpfeln oder Tomaten gaben dem Raum ein paar Farbkleckse. Eine junge Frau, in ein – wie konnte es anders sein? – weißes Hemd gekleidet, saß hinter einer Theke aus milchigem Glas. Sie stand auf, als sie uns sah.

„Sind Sie die Herren, mit denen Frau Braunfels einen Termin hat?"

Fieker ergriff das Wort. „Richtig, Hauptkommissar Fieker. Das ist mein Kollege Kommissar Reetmann. Kriminalpolizei Freiburg."

„Ich wollte Sie nicht fragen, ob Sie die Polizisten sind. Wenn Sie jetzt doch Kunden gewesen wären, käme das blöd rüber. Man könnte meinen, wir hätten etwas mit der Polizei zu tun."

„Wir sind das durchaus gewohnt, dass man uns nicht gerne im Haus hat", ergänzte Fieker. „Doch manchmal lässt sich das nicht vermeiden."

Die junge Frau ging nicht weiter darauf ein und griff zum Mobilteil eines drahtlosen Telefons. Nach einem kurzen Schweigen sprach sie ohne Gruß in den Hörer. „Die Herren von der Polizei sind da", gefolgt von einem knappen „Mmh". Ohne ein weiteres Wort setzte sie sich wieder hin und zeigte auf eine Tür im hinteren Bereich des offenen Raums. Die Tür öffnete sich und eine große schlanke Frau trat heraus. Sie blieb vor der Tür stehen und fixierte uns. Offenbar wartete sie darauf, dass wir zu ihr gingen. Wir taten ihr den Gefallen. Mit einem weichen Handschlag und einem aufgesetzten Lächeln empfing sie uns und führte uns in ihr großes Büro. Sie zeigte auf eine Sesselgruppe in der Ecke. „Setzen Sie sich, meine Herren. Darf ich etwas zu trinken anbieten?" Ohne unsere Antwort abzuwarten, stellte sie ein Tablett auf einen Beistelltisch. Kleine Flaschen mit Orangen- und Apfelsaft waren im Kreis um eine hellblaue Wasserflasche drapiert. Konstanze Braunfels stand vor uns und wirkte nun ein wenig lockerer. Sie trug einen dunklen Hosenanzug, was ihr maskulines Aussehen noch verstärkte. Ich schätzte sie auf vielleicht Ende dreißig oder Anfang vierzig. Sie hatte ihre Haare nach oben zu einem Dutt gebunden. Ihr markantes, kantiges Gesicht wirkte sehr streng, was auch der dezente Einsatz von Make-up nicht verschleiern konnte. Sie setzte sich auf einen freien, allein stehenden Sessel und legte ihre langen Beine übereinander. „Ich war sehr erstaunt, Herr Fieker, als vorhin Ihr Anruf kam. Ich weiß von meinem Bruder Daniel, dass Sie im Mordfall eines Patienten seiner Klinik ermitteln. Mir ist aber nicht klar, wie ich Ihnen dabei helfen kann."

„Sie sprechen von ‚seiner' Klinik", sagte Fieker. „In der Öffentlichkeit werden die Braunfels-Kliniken aber als Familienunternehmen wahrgenommen."

„Durchaus. Tatsache ist, dass Daniel das Unternehmen alleine leitet. Ich bin im Aufsichtsrat vertreten, mische mich aber nicht in das operative Management ein. Da herrscht in unserer Familie ein klarer Konsens. Ich habe mir hier mit meiner Agentur ein eigenes Standbein aufgebaut. Die Verbindung zur Braunfels-Klinik kann da eher hinderlich sein, auch wenn wir schon Aufträge für das Unternehmen ausführen durften."

Fieker schaute sich um. „Ich weiß nicht gut über Werbung oder ähnliche Dinge Bescheid, aber zumindest die Inneneinrichtung Ihrer Firma sieht sehr beeindruckend aus."

„Wir können uns über fehlenden Zuspruch unserer Kunden nicht beklagen. Wir verstehen uns mehr als Marketingberatung. Wir unterstützen die Kunden in allen Managementprozessen, die das Marketing betreffen. Profane Dinge, wie das Entwerfen von Flyern, gehören nicht zu unserem Portfolio."

„Ihr Bruder hat uns erzählt, Sie haben Geschichte studiert?"

„Kunstgeschichte, um genau zu sein. Doch ich konnte mir nicht vorstellen, in einem Museum oder in einer Galerie zu versauern. Unser Vater hat mir und meinem Bruder ein Unternehmer-Gen mit in die Wiege gelegt. Daher war mir klar, dass ich meinen Weg in die Selbstständigkeit gehen würde. Das Studium habe ich aber erfolgreich abgeschlossen, auch wenn mir klar war, dass ich mit diesen Themen nichts mehr zu tun haben würde. Auch das war unser Vater, er hätte niemals zugelassen, dass wir eine Ausbildung abbrechen. Scheitern kam in seiner Welt nicht vor. Das galt für seine Kinder, aber auch für ihn selber. Das Zerbrechen seiner zweiten Ehe hat ihn mehr angegriffen, als er das nach außen gezeigt hat.“

„Das ist ein gutes Stichwort, Frau Braunfels. Ihre Beziehung zu Ihrer Stiefmutter ist ja derzeit Thema in allen Gazetten.“

Sie zögerte einen Augenblick.

„Dann sind Sie ja informiert und wir brauchen das Thema nicht weiter zu vertiefen. Ich denke, Daniel hat Ihnen alles gesagt, was Sie dazu wissen müssen. Unsere Standpunkte sind klar und auch ich schaue voller Zuversicht auf den kommenden Gerichtstermin.“

„Daniel scheint Ihre Stiefmutter ja richtig zu hassen.“

„Nun ja, Sie gibt uns ja auch einigen Grund dazu.“

„Sie scheinen diesen Hass nicht zu teilen.“

Ein kurzes heftiges Blinzeln zeigte eine gewisse Nervosität.

„Wie kommen Sie darauf?“

„Ich habe den Eindruck, dass Sie sich nach wie vor mit Camila Braunfels gut verstehen.“

Sie ließ ihren Blick in die Runde schweifen, deutlich nach Worten ringend.

„Camila ist nur wenige Jahre älter als ich. Ich war damals sechzehn Jahre alt und im Gegensatz zu meinem Bruder, der mit einer fast gleichaltrigen Stiefmutter nichts anfangen konnte, war die Begegnung mit ihr so was wie ein Erweckungserlebnis für mich als Frau. War ich vorher ein schüchternes Mauerblümchen, das sich nur für Pferde interessierte, hat sie mich in eine völlig andere Welt eingeführt. Reisen nach Monaco, Schmuck, teure Kleidung, sie hat das Leben in vollen Zügen aufgesogen und ich habe sie dafür bewundert. Und da mein Vater die finanziellen Mittel dazu hatte, haben wir beide das Leben genossen. Daniel konnte das nie verstehen, doch ich hatte einfach eine besondere Beziehung zu ihr. Sie war für mich immer wie eine ältere Freundin, niemals wie eine Mutter. Erst später lernte ich auch die anderen Seiten ihres Lebensstils kennen. Promiskuität, Verschwendungssucht, Arroganz, ein unerträglich kapriziöses Gebaren. Und das alles mit dem Geld meines Vaters oder, wenn Sie so wollen, mit dem Geld meines Bruders und von mir. Und als die Ehe dann schließlich gescheitert war, wurde mir klar, dass ich mich selbstverständlich auf die Seite meines Vaters schlagen würde."

„Das heißt, Sie haben aktuell keinen Kontakt zu Camila Braunfels?"

„Nein, natürlich nicht. Wir befinden uns in einem Rechtsstreit, in dem es um Millionen geht."

„Wie kommt es dann, dass Sie letzte Woche mit ihr in einem Restaurant gesehen wurden?"

Ihre Gesichtszüge schienen zu entgleisen. Für einen Moment konnte ich ein deutliches Zittern in ihrem rechten Mundwinkel sehen.

„Bitte was?"

„Letzte Woche in Bad Krozingen. Ich habe hier ein Foto." Fieker griff in seine Jackentasche, zog das Bild mit den beiden lachenden Frauen hervor und legte es auf den Tisch. Konstanze Braunfels sprang sofort auf und schob dabei den Sessel zur Seite.

„Was wird das hier?“ Sie schrie so laut, dass sich ihre Stimme überschlug. „Ist das ein Verhör? Was fällt Ihnen ein, hier aufzutauchen und mir solche Vorwürfe zu machen?“

„Beruhigen Sie sich, Frau Braunfels. Es wirft Fragen auf, wenn Sie in der Öffentlichkeit mit einer Person gesehen werden, mit der Sie momentan einen viel beachteten, medial begleiteten Prozess führen.“

Sie setzte sich wieder, doch immer noch sichtlich aufgebracht.

„Das Foto sagt gar nichts, es kann Monate alt sein. Sie werden doch nicht irgendeinem Bild glauben. Schauen Sie genau hin, das ist auf einer Terrasse aufgenommen. Wir haben jetzt Herbst, wer sitzt denn da noch draußen?“

„Wie Sie sicher noch wissen, hatten wir Mitte letzter Woche ein paar sonnige Tage. Außerdem haben wir beim Restaurant nachgefragt. Man konnte sich an Sie beide erinnern.“

Ich musste innerlich grinsen. Wenn es darauf ankam, konnte Fieker lügen, ohne rot zu werden. Natürlich hatten wir keine Möglichkeit gehabt, die Echtheit der Zeitangabe zu verifizieren, seit wir das Bild heute Morgen in der Post gefunden hatten. Fieker wusste genau, wann er einen geschickten Bluff anwenden konnte. Dieser hier verfehlte seine Wirkung nicht, Konstanze Braunfels‘ Körperspannung schien sich in nichts aufzulösen.

„Ich kann es immer noch nicht fassen, dass die Polizei mich bespitzelt. Sie werden von meinem Anwalt hören, das sage ich Ihnen.“

„Das wird nicht nötig sein. Das Foto kommt nicht von uns, wir haben es anonym zugeschickt bekommen. Und ich vermute, dass nicht Sie das Ziel der Bespitzelung waren, sondern Camila. Sie waren nur unglücklicher Beifang.“

Konstanze seufzte tief. Sie schien langsam ihren inneren Widerstand aufzugeben und einer Resignation Platz zu machen. Fieker ließ sie nicht vom Haken und redete weiter auf sie ein. „Wir wollen Ihnen helfen. Wer auch immer dieses Foto gemacht hat, könnte dieses an die Presse schicken oder an die Anwälte der Gegenseite. Und dann hätten Sie wirklich ein Problem. Es wäre also besser, mit uns zu kooperieren.“

„Nun gut, ich gebe es zu, ich habe sie getroffen. Das darf Daniel auf keinen Fall wissen, deswegen musste es heimlich geschehen. Das ändert aber nichts an meiner Haltung zu ihr und zu unserem Prozess. Genaugenommen haben wir über den Rechtsstreit und die Erbschaft kein Wort verloren. Wie Sie schon sagten, Herr Fieker, ich teile nicht den Hass meines Bruders. Es war ein rein privates Treffen, ohne Hintergedanken. Auch wenn mir klar war, dass sie mich aushorchen wollte, konnte ich diese Versuche abblocken. Es hat also nichts zu bedeuten.“

„Aber Ihnen ist klar, dass Ihnen dieses Foto schaden kann?“

„Natürlich.“ Sie blickte nervös um sich.

„Um zu beweisen, dass wir es gut mit Ihnen meinen, werde ich dieses Bild zu Ihrer Verfügung hierlassen. Sie können damit machen, was Sie wollen. Wir haben keine Kopie davon, das versichere ich Ihnen."
Ich wunderte mich über diesen Zug. Doch offenbar konnte Fieker damit Konstanze Braunfels in Sicherheit wiegen. Ein kurzes erleichtertes Lächeln huschte über ihr Gesicht, bevor sie wieder, sichtlich bemüht, eine ernsthafte Miene aufsetzte.

Kurz darauf gingen wir wieder durch das kleine Merzhauser Gewerbegebiet zu unserem Wagen.
„Warum haben Sie ihr das Foto gegeben? Ich verstehe diesen Schritt nicht. Es ist ein wichtiges Beweismittel."
Fieker schaute mich von der Seite an. „Ein Beweismittel? Für was denn? Wir ermitteln in einem Mehrfachmordfall, der augenscheinlich nichts mit den auf dem Foto abgebildeten Damen zu tun hat. Ich habe es benutzt, um die junge Frau Braunfels aus der Reserve zu locken, danach war das Bild für uns wertlos. Falls Camila irgendein Spiel mit Konstanze spielt, dann haben wir jetzt ein bisschen für Unruhe gesorgt. Den Laden aufgemischt, wie eine schlecht gestimmte Posaune im Flötenkonzert, wenn Sie so wollen."
Wir hatten das Auto erreicht und ich öffnete die Verriegelung mit der Fernsteuerung. „Sind wir mal ehrlich, Nick, wir treten seit Tagen auf der Stelle. Es mag Aktionismus sein, aber wir müssen jetzt unter jeden Stein schauen, und ich habe immer mehr den

Eindruck, dass sich eine Beschäftigung mit der Familie Braunfels sehr lohnt."

Ich stieg auf den Fahrersitz und ließ den Motor an. Fieker schnallte sich mit einer ausladenden Bewegung mit dem Sicherheitsgurt an. „Ach, Nick, haben Sie Konstanzes Fingerring bemerkt?"

„Nein. Hatte sie einen an?"

„Sie müssen beobachten, Nick. Nehmen Sie auf, was die Menschen Ihnen anbieten. Das ist oft sehr aufschlussreich, so wie Konstanzes Ring. Ein breiter Ring mit einer Doppelaxt."

„Eine Doppelaxt?"

„Genau. Kennen Sie das Symbol?"

„Nein, was sagt es aus?"

„Es ist ein feministisches Symbol, das aber auch in der lesbischen Bewegung genutzt wird."

„Das könnte ein neues Licht auf die Beziehung von Camila und Konstanze werfen. Meinen Sie, die beiden könnten ein Paar sein?"

„Was meinen Sie, Nick? Sie haben Camila erlebt."

Ich erinnerte mich an unsere Episode im Colombi Hotel.

„Ich glaube nicht daran, dass Camila lesbische Beziehungen führt. Ich kann mir aber sehr gut vorstellen, dass sie jede Schwäche oder Gefühlsregung ihrer Mitmenschen zu ihrem Vorteil ausnutzt."

Ehrenstetter Grund

„Fahren Sie näher ran, Nick. Ich bin heute nicht so gut zu Fuß."

Fieker hatte meinen Schulterblick richtig gedeutet, als ich mit unserem Dienstwagen langsam auf den Parkplatz neben dem großen Waldspielplatz zufuhr.

„Ich weiß nicht genau, wo wir hinmüssen", entgegnete ich. „Angelika hat mir etwas von einem Spielplatz im Ehrenstetter Grund mitgeteilt. Das kann ja überall hier im Wald sein."

„Fahren Sie doch einfach mal den Waldweg hinauf", entgegnete Fieker. „Da ich befürchte, dass Roland und seine Mannschaft von der Spurensicherung schon da sind, müssten wir sie leicht finden."

Es war ein warmer Herbsttag, der noch genug Sonne mitbrachte. Die Blätter hingen noch, hatten aber schon eine bräunliche Färbung angenommen. Wir waren vor gut zwanzig Minuten vom Kommissariat in der Heinrich-von-Stephan-Straße aufgebrochen und über das Hexental nach Bollschweil gefahren. Es war jetzt kurz vor zwölf Uhr und die Sonne schimmerte durch das Laubwerk. Ich hatte Fieker auf der Fahrt mit den wenigen Informationen versorgt, die mir Angelika Leibinger heute zwischen Tür und Angel mitgeteilt hatte. Spaziergänger hatten am Morgen im Wald eine Leiche gefunden. Fieker hatte es zuerst abgelehnt, zum Tatort zu fahren, begründet damit, dass wir mit unserem Tuniberg-Fall bereits ausgelastet seien. Schließlich waren wir dann doch zu einer ersten Untersuchung aufgebrochen.

Langsam fuhr ich den gekiesten Weg entlang, bis nach gut dreihundert Metern zwei Einsatzfahrzeuge zu sehen waren.

„Wir sind da, Chef." Ein kurzes Grummeln war die Antwort, als er sich seine Schiebermütze auf die ungekämmten Haare zog. Die frische Waldluft umfing mich, als ich aus dem Wagen ausstieg. Manchmal wunderte ich mich über mich selber. Meine Freizeitgestaltung spielte sich fast nur in der Stadt ab, während die faszinierende Seite unserer Heimat, die unfassbar schöne Natur, immer nur dann für mich relevant wurde, wenn darin eine Leiche gefunden wurde.

„Schauen wir mal, was wir hier haben", sagte Fieker und lief schnurstracks in den Wald hinein. Dass er nicht gut zu Fuß war, war ihm nun nicht mehr anzumerken.

„Wie ich gesagt habe. Die Blauen sind schon da", sagte Fieker, ohne seine Schritte zu verlangsamen. In einiger Entfernung konnte ich ebenfalls mehrere Menschen in blauen Schutzanzügen zwischen den Bäumen erkennen. Roland, der Leiter der Spurensicherung, kam uns entgegen. „Hallo, Bernhard, hallo, Nick. So sieht man sich also wieder. Ist ja noch gar nicht so lange her, dass wir uns am Tuniberg getroffen haben. Dieses Mal ist der Fall eindeutiger, definitiv kein Selbstmord, aber seht selbst."

Fieker ging voran, Roland und ich hinterher. Roland flüsterte mir zu: „Habt ihr den Bericht über die Ermittlungen der Spusi im Fall Nowacky aus Rimsingen erhalten?"

„Ja, haben wir. Liegt aber noch beim Chef auf dem Schreibtisch."

„Es wäre nett von euch, wenn ihr ab und an etwas zurückmelden würdet", flüsterte Roland. Offenbar wollte er nicht, dass Fieker mithörte. „Meine Mitarbeiter machen sich da immer extrem viel Arbeit und von euch kommt da nie etwas zurück, nicht mal eine Eingangsbestätigung."

„Ja, ich werde mal mit Frau Leibinger, unserer Aktenführerin, sprechen. Aber du weißt ja, wie der Chef ist."

Roland seufzte. „Allerdings weiß ich das … Doch jetzt zu den Fakten." Roland erhob seine Stimme wieder. „Heute Morgen gegen acht Uhr haben zwei Studenten eine Leiche gefunden. Sie waren beim Geocaching unterwegs. Das ist ein Spiel, bei dem man mit dem Handy durch den Wald läuft und anhand geographischer Koordinaten irgendwelche versteckten Dinge sucht."

Fieker drehte sich zu uns um. „Das Prinzip ist mir bekannt, auch wenn ich den Reiz darin nicht verstehe. Sind die beiden noch anwesend?"

„Nein, aber die Polizeidienststelle Ehrenkirchen hat die Personalien aufgenommen. Dafür ist die Leiche noch da. Wir haben nichts verändert."

Ein Mitarbeiter der Spurensicherung ging in einiger Entfernung mit einem Metalldetektor durch den Wald, während ein weiterer Kollege den Fundort fotografierte. Auf einem kleinen Campingtisch lagen eine Baumsäge und mehrere Heckenscheren. Zwischen zwei Bäumen hindurch konnte ich einen blauen Plastiksack liegen sehen, dessen untere Hälfte noch in einem ungefähr vierzig Zentimeter tiefen Loch steckte. Der Sack war an der oberen Seite aufgerissen und gab den Oberkörper einer männlichen Leiche frei.

„Ich gehe stark davon aus, dass der Körper, eingewickelt in den blauen Müllsack, in dieser Kuhle vergraben war und von Wildtieren, vermutlich Wildschweinen, ausgegraben wurde", erklärte Roland. „Die haben ein extrem feines Näschen und haben wohl den Sack aufgerissen, um ein bisschen an der Leiche zu knabbern. Wer auch immer den Toten hier loswerden wollte, hat einen schlechten Job gemacht. Diese kleine Grube reicht niemals aus, um einen Körper vor den Tieren des Waldes zu verstecken. Da muss man schon deutlich tiefer graben."

„Erinnert mich an die beiden Toten vom Tuniberg", sagte ich. „Dort hatten die Täter auch einen Plan, um die Morde zu vertuschen, waren dann aber in der Ausführung absolut stümperhaft."

„Es deutet nichts darauf hin, dass das etwas mit den fingierten Selbstmorden rund um die Braunfels-Kliniken zu tun hat", entgegnete Roland.

Fieker schob seine Kappe zurecht und ging einen Schritt auf den blauen Sack zu. „Richtig, deswegen werden Nick und ich diesen Mord nicht selbst bearbeiten, sondern an die Ermittlergruppe Gröber weitergeben. Wir haben mit unserem Fall schon genug zu tun."

„Wie auch immer", fuhr Roland fort. „Um dem Protokoll Genüge zu tun, zeige ich euch trotzdem, was wir hier haben. Wie gesagt, die Leiche wurde von uns nicht angerührt, alles ist so, wie wir die Szenerie vorgefunden haben."

Fieker kratzte sich im Nacken, als er den Körper begutachtete. Vor uns lag ein älterer Mann, grob auf Mitte fünfzig geschätzt, mit welligen dunklen Haaren. Er war mit einem weißen T-Shirt bekleidet, welches aber an der Vorderseite einige Blutflecke aufwies. Im Brustbereich waren drei Einschusslöcher zu erkennen.

„Hast du mal ein Paar Einweghandschuhe?"

Wortlos reichte Roland zwei blaue Plastikhandschuhe an Fieker, der sich diese sofort anzog und sich zur Leiche hinunterbeugte. Mit fast streichelnden Bewegungen wischte er über den Oberkörper des Mannes.

„Definitiv Einschusslöcher. Dieses hier liegt direkt am Herzen." Fieker zeigte auf einen roten kreisrunden Fleck. „Ich gehe davon aus, dass diese Schusswunde die Todesursache war. Die Blutflecke sind relativ klein, was auf einen schnellen Tod hinweist. Das Herz hat noch zwei-, dreimal Blut gepumpt, dann war Schluss. Die Leiche sieht einigermaßen frisch aus. Ich vermute mal, dass es höchstens zwei Tage her ist, dass sie hier abgelegt wurde. Nick, helfen Sie mir mal kurz."

Fieker begann den blauen Plastiksack von der Leiche abzustreifen. Ich ging zu den Füßen und zog ebenfalls an dem Müllsack. Eine Jeans und braune Lederschuhe kamen zum Vorschein. Fieker begutachtete das Gesicht des Toten, fasste den Kopf mit beiden Händen und bewegte ihn leicht hin und her, um den Hals zu begutachten.

Dann drehte er sich zu mir um. „Nick, was halten Sie von dem Gesichtsausdruck des Toten?“

„Nach zwei Tagen lässt sich da nicht mehr viel sagen. Das Gewebe wird schlaff, der Körper fällt in sich zusammen.“ Ich beugte mich über das Gesicht. „Es wirkt sehr angespannt, als ob er unter großem Stress gestorben wäre. Ganz anders als unser Johannes Frick aus dem Weinberg.“

Gemeinsam mit einem Mitarbeiter der Spusi hob ich die Leiche aus dem Erdloch und zog die Plastikplane beiseite, so dass der Körper nun direkt vor uns auf dem Waldboden lag.

„Ich will der Spusi nicht vorgreifen, aber ich vermute, dass der Mann nicht hier erschossen wurde, sondern bereits tot hier abgelegt wurde.“

Fieker deutete auf die Füße. Die weißen Tennissocken zeigten nur leichte Anzeichen von Verschmutzungen.

„Hierhergelaufen ist er wohl nicht. Dazu hätte er Schuhwerk benötigt und seine Socken müssten wesentlich schmutziger sein.“

„Oder seine Schuhe wurden ihm nach dem Mord ausgezogen.“

„Warum sollte das jemand tun, Nick?“ Ich zögerte mit einer Antwort. Die kurze Stille wurde zerrissen, als Roland sich einmischte. „Wir haben alles im Radius von fünfzig Metern abgesucht, doch Schuhe haben wir keine gefunden.“

Ich ging nun in die Knie und schaute mir die Leiche genauer an. Mein Blick fiel auf die Handfläche der linken Hand. „Chef, schauen Sie hier. Die Handfläche.“ Die Innenfläche war völlig zerschnitten, dicke Striemen zogen sich über die ganze Länge der Haut. Das rote Fleisch trat deutlich sichtbar aus den Wunden heraus.

„Dem ausbleibenden Blutfluss zufolge geschah diese Verunstaltung post mortem“, sagte Fieker. „Das Messer scheint nicht sehr scharf gewesen zu sein. Schauen Sie, diese Verletzungen befinden sich auch am Handgelenk.“ Tiefe Schnittwunden waren am oberen Teil des Handansatzes zu sehen. „Lachen Sie mich aus, Chef, aber es sieht fast so aus, als hätte jemand dem Toten die Hand abschneiden wollen.“

„Ich werde Sie nicht auslachen, Nick. Der gleiche Gedanke schoss mir auch durch den Kopf. Aber offenbar hatte der Täter nicht das richtige Werkzeug und ist dann dazu übergegangen, stattdessen die Handinnenseite mit gezielten Schnitten zu zerstören.“

Ich nahm die schlaffe Hand des Toten und betrachtete sie von allen Seiten. „Dann muss irgendetwas Interessantes an der Hand zu finden sein, wenn die Täter diese unkenntlich machen wollten.“

„Womöglich hatte unser Opfer etwas darauf notiert, was die Täter um alles in der Welt beseitigen wollten“, sagte Fieker.

„Hätte man dies nicht leichter abwaschen können? Warum sollte man sich dann die Mühe machen, die Hand abzuschneiden?"

„Das ist zu einfach gedacht, Nick. Um eine Notiz mit einem Kugelschreiber auf einer Handfläche zu beseitigen, brauchen Sie Wasser, Seife, eine Bürste und vor allem ein bisschen Zeit. Dinge, so vermute ich, die der Täter nicht hatte. So liegt es nahe, dass man versuchte, ungeduldig die Notiz aus der Handfläche zu entfernen."

Roland hatte sich nun ebenfalls auf seine Knie begeben, in der einen Hand eine Lupe und in der anderen eine Pinzette haltend. „Dann wollen wir doch mal sehen." Vorsichtig schob er die Hautfetzen der Handfläche mit dem Werkzeug zurecht. „Ihr hattet einen guten Riecher, hier wurde wirklich etwas mit einem blauen Kugelschreiber notiert. Man kann es teilweise noch lesen. Ich kann Zahlen erkennen, möglicherweise eine Telefonnummer. Die erste Ziffer ist zerstört, doch gehen wir mal davon aus, dass es die Null ist. Weiter geht es dann mit … Moment …" Roland blickte angestrengt durch seine Lupe. „Die Forensik kann das sicher besser rekonstruieren als wir hier, doch ich meine ‚339' zu erkennen. Wenn das stimmt, hätten wir schon mal die Vorwahl erkannt. ‚0339', wo auch immer das ist."

Ich stand auf und blickte Fieker an. Auch dieser erhob sich nun und zog sich grübelnd die Schieberkappe tiefer ins Gesicht. „Wir wissen, wo das ist. ‚0339' ist die Vorwahl von Neuruppin in Brandenburg. Genau der Ort, aus dem Johannes und Markus Frick stammten."

Roland blickte uns von unten an. „Ach, tatsächlich? Was für ein Zufall!"

„Ich glaube schon lange nicht mehr an Zufälle. Habt ihr die Taschen durchsucht?"

„Wie gesagt, Bernhard, wir haben alles so gelassen." Fieker wartete keine Antwort ab, sondern griff, ohne zu zögern, in die Hosentaschen des Toten. Nachdem er die Hand leer wieder herausgezogen hatte, klopfte er die Beine der Leiche ab. „Die Täter haben sicher die Taschen geleert, bevor sie die Leiche abgelegt haben, aber ein genaueres Suchen lohnt sich oft." Fieker war nun bei den Füßen angekommen und befühlte intensiv beide Fußsohlen, wie bei einer Reflexzonenmassage. Plötzlich erhellte sich seine Miene. Mit schnellen Griffen zog er die Socken von den Extremitäten und legte zwei bleiche Füße frei. Ein kleiner, gefalteter Zettel kullerte in den Waldboden, der aus einem der beiden Kleidungsstücke gefallen war. Fieker nahm das Stück Papier, entfaltete es, warf einen kurzen Blick hinein und reichte es mir herüber. „Schauen Sie, Nick. Das wird Ihnen gefallen."

Ich nahm den Zettel an mich und konnte die Zahlen ‚402299.659 5318241.902' erkennen. Sie waren in einer krakeligen Schrift auf ein Stück Papier geschrieben, das von einem größeren Blatt abgerissen worden war, die Tinte eines Kugelschreibers leicht verlaufen. „Ich fasse es nicht, schon wieder diese Ziffern. Das sind dieselben Zahlen, die wir auf dem Zettel von Johannes Frick gefunden haben. Es muss eine Verbindung zwischen den dreien geben."

„Das sehe ich auch so“, sagte Fieker. „Der Leichenfund wird nicht an eine andere Ermittlergruppe abgegeben, er gehört zu unserem Fall. Wir haben es hier mit einer Mordserie zu tun. Das macht die Arbeit nicht leichter, setzt es uns doch gewaltig unter Druck.“ Er machte eine kurze Pause, nahm einen tiefen, geräuschvollen Atemzug, bevor er fortfuhr. „Wer weiß, wann unsere Täter das nächste Mal zuschlagen. Die Morde an Johannes Frick, dessen Zwillingsbruder und Sabine Nowacky hängen eindeutig mit dieser Leiche zusammen. Etwas verbindet diese Taten miteinander.“

„Dazu müssen wir erstmal wissen, wer dieser Tote hier ist.“

„Da bin ich ganz zuversichtlich, Nick. Sie werden sich da gleich morgen dransetzen. Vermisstenregister und so weiter. Ansonsten das übliche Prozedere, Forensik, Bericht der Spurensicherung. Und vor allem … prüfen Sie eventuelle Verbindungen zur Braunfels-Klinik.“

Lothar (Dezember 1951)

Wilhelm Braunfels griff nach der Grubenlampe, die in einem Regal bereitstand. Lothar, sein Sohn, stand direkt hinter ihm.
„Folge mir. Es ist an der Zeit, dass ich dich einweihe. Du bist jetzt fünfundzwanzig Jahre alt. Alt genug, um die ganze Wahrheit zu erfahren."
„Was meinst du damit, Vater?"
Lothar Braunfels, ein schlaksiger junger Mann mit braunen Locken, hatte sich nun ebenfalls eine Grubenlampe aus dem Regal genommen.
„Du wirst es sehen. Ich hatte die Hoffnung, dass ich es nicht so weit kommen lassen müsste, aber die Zeichen der Zeit stehen schlecht für aufrechte Nationalsozialisten wie uns. Diese herrliche Idee geht zu Grunde und dunkle Zeiten stehen uns bevor, Lothar. Die Feinde Deutschlands haben die Schwäche des deutschen Volkes ausgenutzt und sich des Reiches bemächtigt. Der Führer tot, die Elite des Staates hingerichtet. Nur Menschen wie wir bleiben übrig, um diese edle Flamme weiterzutragen. Ich habe wenig Hoffnung, dass ich es noch erlebe, dass wir zu den wahren Idealen zurückkehren werden, aber ich glaube daran, dass du und deine Generation es schaffen werdet, den Plan unseres Führers von einer Welt unter deutscher Führung zur Vollendung zu bringen. Du musst mir versprechen, dass du alles tun wirst, was dazu nötig ist. Versprichst du mir das?"

„Ich verspreche es dir, Vater. Doch wie kann ich das
tun?“

„Ich habe nach wie vor einflussreiche Freunde, die die
nationalsozialistische Idee weitertragen werden. Diese
werden dir und deinen Mitstreitern zur Seite stehen. Auf
sie kannst du dich verlassen, jederzeit. Sie bleiben
unserer Sache treu und werden sich nicht von den
Feinden vereinnahmen lassen.“

Wilhelm schaltete seine Grubenlampe an.

„Ich weiß, dass ich mich auf dich verlassen kann. Ich
habe dich immer im Geiste unserer Sache erzogen. Ich
werde dir nun etwas zeigen, was deine ganze
Aufmerksamkeit erfordern wird. Doch du musst mir
versprechen, dass du niemandem davon erzählst. Auf
jeden Fall nicht, solange unser geliebtes Deutschland
unter der Knute dieser verdammten Bonner
Judenrepublik steht. Wenn die Zeit reif ist und das
deutsche Volk sich erhebt und wieder zu den wahren
Werten zurückkehrt, kannst du das Geheimnis lüften.
Sollte es auch zu deinen Lebzeiten nicht vorbei sein,
gebe ich dir die Aufgabe, dies an deine Kinder
weiterzugeben. Du bist verheiratet und deine Frau
erwartet ein Kind von dir. Erziehe deine Nachkommen
im nationalsozialistischen Geiste, dann werden sie dir
auch folgen und bereit sein. Komm mit, Lothar.“

Nun schaltete auch Lothar seine Grubenlampe an und
blickte einen langen Gang hinunter. Sein Vater drehte
sich nicht mehr um, als er langsam im dunklen Stollen
verschwand.

Bayreuth

„Und jetzt ganz vorsichtig, langsam …" Ich hatte die hintere Tür des Taxis geöffnet und griff sachte nach Melanies Unterarm.

„Nein, lass mich los, ich versuche es alleine. Du reißt sonst zu sehr an mir herum."

Der Taxifahrer hatte den kleinen Rollkoffer aus dem Kofferraum gehoben und schaute in die Luft, als ob er nicht wirklich dazugehören würde. Melanie war jetzt ausgestiegen und stand leicht gebeugt neben dem Fahrzeug. Ihre Schultern waren mit einem festen Verband bandagiert, so dass die Bewegungsfreiheit ihres Oberkörpers immer noch sehr eingeschränkt war. Ihre Körperhaltung erinnerte mich an Boris Karloffs berühmte erste Schritte aus dem Horror-Klassiker ‚Frankenstein'. Ich bezahlte den Taxifahrer, der wortlos in sein Fahrzeug stieg und uns alleine in der Emmendinger Straße zurückließ. Ich zog meinen Rucksack auf den Rücken und schnappte mir Melanies Rollkoffer. Wir hatten beschlossen, dass ich die nächsten Tage bei ihr auf der Couch schlafen würde, um ihr im Alltag helfen zu können. Vorsichtig geleitete ich Melanie die steile Treppe des Altbaus hoch und schloss die Tür zu ihrer Wohnung auf. In dem engen Flur angekommen, zog ich ihr die Strickjacke aus. Im Wohnzimmer wartete bereits eine Armada aus Geschenken und Blumensträußen auf sie, die aus dem gesamten Kommissariat für Melanie gespendet wurden und die ich gestern auf dem Couchtisch drapiert hatte.

„Ach, wie nett“, entfuhr es ihr. „Ihr habt alle an mich gedacht?“ „Klar, es kam ordentlich was zusammen, als Angelika in den anderen Abteilungen für dich gesammelt hat. Du bist sehr beliebt. Die Kollegen dachten, du wirst die nächsten Tage nicht einkaufen können, deshalb haben sie an alles gedacht, was man so braucht, wenn man die Wohnung nicht verlassen kann.“ Von Olivenöl über Toilettenpapier bis zu Tütensuppen war alles vorhanden. „Und schau mal hier, das Allerbeste.“ Ich zeigte ihr eine Bananenstaude, auf die mit Tesafilm eine Postkarte geklebt war. Ich riss diese ab und hielt ihr die beschriebene Seite unter die Nase. „Für die Vitamine. Bernhard Fieker.“ Melanie stieß ein kurzes lautes Lachen aus. „Der Chef schenkt mir Bananen. Da hat er aber genau das getroffen, worauf ich jetzt Lust habe. Manchmal ist sein Pragmatismus doch ganz nützlich.“

Melanie hatte sich vorsichtig in einen Sessel gleiten lassen und für einen kurzen Moment ein schmerzverzerrtes Gesicht gezeigt. Ich legte den Rollkoffer auf die Couch und zog den Reißverschluss auf.

„Nick, hast du an die Fische gedacht?“, sagte Melanie plötzlich mit einer erschrockenen Stimme.

„Klar, wenn du dich jetzt umdrehen könntest, würdest du sehen, dass es den dreien bestens geht.“ Hinter ihrem Sessel befand sich auf einer Kommode ein kleines Aquarium, in dem drei Goldfische schwammen. „Platon, Sokrates und Aristoteles haben dich bestimmt vermisst. Weitere Fische befinden sich in deinem

Tiefkühlfach, ich habe dieses mit Fischstäbchen, Fertiglasagne und ähnlichem Fastfood gefüllt. Es soll dir an nichts fehlen."

„Ich dachte eigentlich, du kochst die nächsten Tage für mich?"

„Ich glaube, das willst du nicht wirklich. Aber Angelika hat sich bereiterklärt, morgen Abend vorbeizukommen und dir etwas Ordentliches auf den Tisch zu stellen. Ich hingegen sorge für deine Unterhaltung." Ich zeigte auf einen Stapel Blu-Rays, die neben den anderen Utensilien auf dem Couchtisch lagen. ‚Avatar‘, ‚Dr. House‘ und alle Harry-Potter-Filme waren dort aufgebahrt. Melanie rümpfte die Nase. „Das ist jetzt nicht das, was mir als Filmunterhaltung vorschwebt. Ich hatte dich doch gebeten, ‚Der Pferdeflüsterer‘ und ‚Grüne Tomaten‘ zu besorgen."

„Nur über meine kalte, steife Leiche, meine liebe Melanie."

„Das war ja klar, typisch Mann. Fürs Erste würde es mich unterhalten, wenn du hier ein bisschen aufräumen könntest. Kannst du das tun? Und etwas zu trinken wäre nicht schlecht. Hast du mir Bier besorgt?"

„Klar, Hefeweizen alkoholfrei, wie von dir bestellt."

„Du bist ein Schatz. Wenn ich dich nicht hätte …"

Ich zögerte kurz mit einer Antwort, dieser Satz war das einer Liebeserklärung Nächste, das ich bisher aus Melanies Mund gehört hatte.

„Außerdem muss hier Ordnung sein, wenn du die nächsten Tage auf der Couch übernachtest. Ich brauche mit meinen Schulterbandagen Bewegungsfreiheit im

Bett, da ist leider kein Platz für dich. Kein Bettgeflüster die nächsten Tage. Ach, und bring mir eine von Fiekers Bananen.“

Ich stellte einige der Lebensmittel in der kleinen Küche ab und griff nach der heutigen Ausgabe der ‚Badischen Zeitung‘. Sofort fiel mir eine Schlagzeile ins Auge: ‚Mordserie im Breisgau‘.

„Ach du meine Güte, das hat uns gerade noch gefehlt.“

„Was ist denn los?“, rief Melanie aus dem Wohnzimmer.

„Unser Fall wird in der Zeitung breitgetreten, Fieker wird toben.“

„Gab es denn schon eine Pressekonferenz?“

„Ja, gestern. Fieker war aber nicht beteiligt. Gebelhoff würde sich lieber ein Bein absägen, als Fieker einen Satz in ein Reportermikrofon sprechen zu lassen.“

„Das kann man ihm ja nicht verübeln, so unberechenbar, wie der Chef sich manchmal gibt.“

Ich schlug die dritte Seite auf und überflog den Artikel.

„Lies doch mal vor.“

„… hält eine mysteriöse Mordserie im Breisgau die Polizei in Atem. Oberkriminalrat Frank Gebelhoff von der Freiburger Kriminalpolizei bestätigte in der Pressekonferenz, dass in drei Fällen Morduntersuchungen laufen. Die Polizei gehe von einer Serie aus …“

„Eine Serie? Das hat der echt gesagt?“, fragte Melanie.

„Auch wenn das der Wahrheit entspricht, hält man das unter Verschluss. Was für ein Anfängerfehler.“

Ich las weiter. „… bei den Toten handelt es sich um zwei Männer und eine Frau. Das erste Mordopfer war Patient der Braunfels-Klinik, das zweite Opfer war Angestellte derselben Klinik …“

„Na super“, unterbrach ich meine Lesung. „Jetzt wird auch Daniel Braunfels toben.“

„Wenn die Öffentlichkeit involviert ist, kann es schnell unangenehm werden. Was ist jetzt mit meinem Bier und der Banane?“

„Kommt sofort! … zum jetzigen Zeitpunkt gibt es noch keine Erkenntnisse, Gebelhoff ruft aber die Bevölkerung auf, Ruhe zu bewahren …“

Ich stellte Melanie eine Flasche Bier auf den Tisch.

„Du bist ja putzig. Wie soll ich die Pulle denn mit meinen bandagierten Schultern aufkriegen?“

Ich faltete die Zeitung zusammen und legte sie auf den kleinen Couchtisch.

„Entschuldigung, ich war ganz in Gedanken. Sehr unklug von Gebelhoff, von einer Mordserie zu sprechen. Das bringt zu viel Aufmerksamkeit und erschwert unsere Arbeit. Es macht es nicht einfacher, wenn uns die Öffentlichkeit auf die Finger schaut.“

Ich öffnete die Flasche und setzte die Öffnung an ihren Mund. Ein lautes Prusten war die Folge. „Langsam! Nicht so schütten, ich bin doch kein Siphon, in den man einfach so Zeug eingießt. Das Füttern musst du noch lernen.“

„Beruhige dich, diese Situation ist auch für mich neu. Außerdem kann ich mich heute nicht konzentrieren. Dieser Fall wird langsam richtig unangenehm.“

„Was macht denn die Leiche aus dem Ehrenstetter Grund? Der wievielte Tote war das jetzt?"

„Der vierte, wenn man Markus Frick aus Heidelberg dazuzählt. Er wurde wahrscheinlich identifiziert, eine Suche in der Vermisstendatenbank hat einen vielversprechenden Treffer ergeben."

Melanie nahm jetzt einen vorsichtigen Schluck aus der Flasche. „Das ging ja flott. Irgendwelche Besonderheiten?"

„Nicht wirklich. Ein gewisser Hans-Jörg Koller aus Nürnberg. Seine Familie hat ihn als vermisst gemeldet und da die körperlichen Charakteristika zusammenpassen, befindet sich sein Sohn auf dem Weg nach Freiburg, um die Leiche zu identifizieren."

„Aus Nürnberg, sagst du? Schon wieder ein Ortsfremder. Ihr seid euch sicher, dass die Todesfälle zusammenhängen?"

„Es sind viele kleine Einzelheiten, die die Fälle miteinander verbinden. Und genau das macht es so geheimnisvoll. Fieker ist überzeugt, dass es sich um eine Serie handeln muss."

„Dann würde ich an deiner Stelle den Weg mitgehen. Der Alte hat einen siebten Sinn für Verbrechen."

Mittlerweile hatte ich das Blatt wieder aufgeschlagen und überflog den Lokalteil. Ein unvorteilhaftes Foto von Camila sprang mir sofort ins Auge.

„Ach, schau an, nicht nur wir stehen in der Zeitung. Auch Camila Braunfels hat einen eigenen Artikel. Vermutlich geht es um den Erbstreitprozess."

„Camila Braunfels?", fragte Melanie. „Ist das nicht diese neureiche Tante von der Privatklinik? Die in der Innenstadt ihren Chauffeur mitten in Unterlinden parken lässt und sich dann weigert, die Strafzettel zu bezahlen?"

„Ja, genau die. Ich habe sie kürzlich getroffen, und stell dir vor, sie hat mich angebaggert."

Ein eisiges Blitzen aus Melanies Augen war die Folge. „Ach ja? Und wann wolltest du mir das erzählen?"

„Beruhige dich, das war völlig harmlos." Ich beschloss, den kurzzeitigen Blackout mit dem Kuss nicht zu erwähnen. „Sie hat mich in ihr Hotelzimmer gelotst, indem sie mir Infos über unser weibliches Mordopfer versprochen hat. Ich bin dann gleich abgehauen, als mir klar wurde, was die wirklich wollte."

„Ich finde schon, dass du mir das hättest erzählen müssen."

„Es war keine böse Absicht dabei. Außerdem weißt du, dass an dich nicht eine andere Frau der Welt rankommt."

Ein geflötetes ‚Pfff' war die Antwort. „Du brauchst jetzt gar nicht rumzuschleimen. Ich möchte nur darüber Bescheid wissen, was mein Freund mit fremden Frauen anstellt."

„Nichts stelle ich an. Und schon gar nichts mit einer Schabracke wie Camila Braunfels."

Ich überflog den Artikel, in dem es tatsächlich um den Erbstreit ging. Im Großen und Ganzen deckten sich die Angaben mit den Ausführungen von Daniel Braunfels. Ein Detail erregte jedoch meine Aufmerksamkeit.

„Das ist interessant. Hier steht, es gibt ein Gutachten über die Nazivergangenheit der Braunfels', welches aber von der Familie bisher zurückgehalten wird. Robert Braunfels hatte verfügt, dass es nach seinem Tod der Öffentlichkeit zugänglich gemacht werden soll."

„Was da wohl drinstehen mag?", fragte Melanie. „Man hört da einiges. Sogar von alten Gaskammern in der Merdinger Klinik ist die Rede."

„Das sind doch Ammenmärchen. Die Standorte der ehemaligen Euthanasie-Anstalten sind gut dokumentiert."

Ich hielt Melanie eine Banane vor den Mund. Sie biss ab, was sie aber nicht daran hinderte, mit vollem Mund weiterzusprechen. „Einen Grund muss es doch haben, wenn so ein Gutachten zurückgehalten wird."

„Der junge Braunfels steckt in einer Zwickmühle. Wird das Testament seines Vaters durchgesetzt, bekommt seine Stiefmutter kein Geld, er muss aber die Veröffentlichung des Gutachtens hinnehmen. Wie auch immer es ausgeht, eine Kröte wird er schlucken müssen."

„Wann wird denn das Urteil erwartet?"

„Davon steht hier nichts, aber du als Beamtin weißt ja selber, wie langsam die Mühlen des Staatsdienstes mahlen."

Wenig später saß ich an meinem Schreibtisch im Kommissariat und hielt in beiden Händen jeweils einen laminierten Zettel, worauf zweimal die gleichen Zahlen standen. Links die Notiz, die uns damals von Sabine

Nowacky überreicht wurde. Ein kleiner quadratischer Notizzettel, abgetrennt von einem handelsüblichen Block. In der anderen Hand der abgerissene Fetzen eines karierten Blattes, leicht gräulich und verknittert, den Fieker in der Socke unseres Mordopfers aus dem Ehrenstetter Grund gefunden hatte. „Was sind das für Zahlen, verdammt nochmal?", murmelte ich leise vor mich hin. Ich legte die Notizen neben die Tastatur auf meinem Schreibtisch. Auf beiden Zetteln waren die rätselhaften Zahlen mit Hand geschrieben, allerdings war auch ohne graphologisches Gutachten zu erkennen, dass es sich um zwei komplett verschiedene Schriftbilder handelte. Nachdem ich Melanie in ihrer Wohnung alleine gelassen hatte, wollte ich den Tag nutzen, um für mich die Ereignisse zu strukturieren, die seit dem Fund der weiteren Leiche vor drei Tagen über uns hereingestürzt waren.

Ich wurde vom lauten Öffnen der Bürotür aus meinen Gedanken gerissen, Fieker stand im Türrahmen. „Ich habe Herrn Koller dabei, kommen Sie in den Besprechungsraum?" Ohne ein weiteres Wort der Erklärung verschwand er im Flur. Ich ergriff mein Tablet und ging ihm hinterher. An der Tür zum Konfi stand ein blonder Mann, geschätzt Mitte dreißig, der mich freundlich anlächelte. Dem Namen nach musste dies der Sohn unseres Toten sein. Fieker machte keine Anstalten, uns einander vorzustellen, so ergriff ich die Initiative und reichte ihm meine Hand zum Gruß.

„Wir kommen gerade aus der Rechtsmedizin, wo Herr Koller den Toten eindeutig als seinen Vater identifiziert hat“, eröffnete Fieker das Gespräch.

„Möchten Sie einen Kaffee, Herr Koller?“, unterbrach ich Fieker, dem es wie erwartet an jeglicher Gastfreundlichkeit fehlte. Er ging mit keinem Wort auf meinen Vorstoß ein.

Nach kurzer Zeit saßen wir drei zusammen, jeweils mit dem Getränk unserer Wahl vor uns, und blätterten in den Akten.

„Ich hoffe, Herr Koller, die Identifizierung war für Sie erträglich“, begann ich die Unterredung. „Ich weiß, dass das kein leichter Gang für einen Angehörigen ist.“

„Danke für die Anteilnahme. Herr Fieker hat es mir so angenehm wie möglich gemacht.“

Ich zog unwillkürlich die Augenbrauen nach oben. Nach meiner mittlerweile fast zweijährigen Erfahrung wollte ich mir nur schwer vorstellen, dass Fieker eine sensible und einfühlsame Seite zeigen konnte.

„Herr Koller und ich konnten uns bereits im Warteraum der Forensik unterhalten, deswegen bringe ich Sie kurz auf den neuesten Stand“, sagte Fieker an mich gerichtet. „Es handelt sich bei dem Toten um Hans-Jörg Koller, wohnhaft in Nürnberg, geboren am …“, Fieker linste auf das Formular, das vor ihm lag, „… am 1. Juni 1960. Von Beruf war er Klempner, war aber seit kurzem im Vorruhestand. Herrn Koller war nicht bekannt, dass sein Vater in unserer Gegend weilte, er schließt allerdings aus, dass er Patient der Braunfels-Klinik war.“

„Ich hatte in den letzten Jahren nur oberflächlichen Kontakt mit meinem Vater", sagte Koller und ergriff das Wort. „Er hatte es nicht leicht im Leben und so wuchsen meine Schwester und ich bei unserer Mutter und deren zweitem Mann auf. Der Kontakt blieb erhalten, es war aber immer schwierig mit ihm. Er versuchte uns verzweifelt ein guter Vater zu sein, es wollte ihm jedoch nicht gelingen. Mehrere Gefängnisaufenthalte und seine nie überwundene Alkoholsucht warfen ihn immer wieder zurück. Er lebte in einer anderen Welt, und wir merkten schon als Kinder, dass er uns nicht guttut, doch haben wir nie den Schritt gewagt, den Kontakt abzubrechen."

„Wann haben Sie denn Ihren Vater zum letzten Mal lebend gesehen?", fragte Fieker.

„Das ist gar nicht lange her. Für gewöhnlich war er es, der mich oder meine Schwester einlud. Und meistens sind wir aus einem Pflichtgefühl heraus diesen Einladungen gefolgt, auch wenn es immer wieder anstrengend war, diesen Mann, zu dem wir keinen wirklichen Bezug hatten, in seinem prekären Umfeld zu erleben."

„Gab es irgendwelche anderen Freunde oder Beziehungen?"

„Er hatte vor einem Jahr mal eine Freundin, doch habe ich sie nie kennengelernt. Er hat mir nur mal am Telefon davon erzählt."

„Hat Ihr Vater jemals mit Ihnen über seine Pläne gesprochen, nach Freiburg zu fahren?"

„Ja, tatsächlich. Es ist mir gestern auf der Zugfahrt wieder eingefallen. Er hatte mal vor einiger Zeit erwähnt, dass er gerne nach Freiburg fahren würde. Lassen Sie es mal zwei, drei Jahre her sein. Ich war damals etwas erstaunt, da er sonst nie Anstalten machte, verreisen zu wollen. Ich habe dem daher nie eine Bedeutung zugemessen."

„Hat Ihnen Ihr Vater erzählt, was er hier wollte?", fragte Fieker. Koller zuckte mit den Schultern. „Mehr fällt mir dazu nicht ein. Er kam durch einen ehemaligen Knastkumpel darauf. Ich kann mich da aber auch täuschen."

„Wann war denn Ihr Vater im Gefängnis?"

„In den Neunzigern hatte es angefangen, mit kurzen Gefängnisaufenthalten. Er hatte das Pech, immer an die falschen Leute zu geraten. Mein Vater war kein Schwerverbrecher, kam aber öfter aufgrund schlecht ausgeführter Betrügereien mit dem Gesetz in Konflikt, in die ihn seine scheinheiligen Freunde reingeritten hatten."

„Und dieser Knastkumpel? Was wissen Sie über den?"

„Nein, dazu kann ich gar nichts sagen. Meine Schwester und ich haben immer versucht, dieses Thema großzügig zu umgehen. Wir wollten damit nichts zu tun haben."

„Können Sie uns sagen, in welcher JVA Ihr Vater einsaß?"

„Meine Schwester hatte ihn mal im Aschaffenburger Gefängnis besucht. Ich meine mich auch an Bayreuth zu erinnern. Glauben Sie, das könnte wichtig sein?"

„Das kann man zum jetzigen Zeitpunkt nicht sagen.
Aber da er den Anstoß, nach Freiburg zu reisen,
möglicherweise während seiner Haft bekommen hat, ist
dies für uns durchaus von Interesse."
Mittlerweile hatte sich die Abenddämmerung über
Freiburg gelegt und das große Fenster nach Westen gab
den Blick auf den beginnenden Sonnenuntergang über
dem Rieselfeld frei.
„Eine letzte Frage noch, Herr Koller." Fieker kramte in
seiner Akte, schien etwas zu suchen und flüsterte an
mich gerichtet: „Wo sind denn diese Zettel? Was stand
da nochmal drauf?"
„Hier sind sie." In die vor mir liegende Akte greifend,
zog ich einen der laminierten Zettel heraus. Ich schob
ihn Herrn Koller zu. „Wir haben bei der Leiche Ihres
Vaters diesen Notizzettel gefunden, auf dem zwei
Zahlen stehen. Sagt Ihnen das etwas?"
Koller legte seine Stirn in Falten. „Telefonnummern
vielleicht? Ansonsten wüsste ich nicht, was das für eine
Bedeutung haben könnte."

Als Fieker und ich wieder alleine waren, saßen wir in
seinem Büro. Er an dem völlig unaufgeräumten
Schreibtisch, ich auf einem alten, wackligen Bürostuhl,
der für Gäste bereitstand. Er hatte den Telefonhörer in
der Hand und starrte konzentriert in die Luft. Der
Lautsprecher war auf laut gestellt, so dass ich das
Freizeichen hören konnte. Nach einer gefühlten
Ewigkeit nahm am anderen Ende der Leitung jemand
ab.

184

„Justizvollzugsanstalt Bayreuth, Sie sprechen mit Thomas Kocher. Wie kann ich Ihnen helfen?"

„Guten Tag, mein Name ist Bernhard Fieker von der Mordkommission in Freiburg. Ich hätte gerne eine Auskunft zu einem ehemaligen Insassen Ihrer Anstalt, bin ich da bei Ihnen richtig?"

„Durchaus, um wen geht es denn?"

„Der Name lautet Hans-Jörg Koller. Er muss in den Neunzigern bei Ihnen gewesen sein."

Für eine kleine Weile hörte man ein aufgeregtes Klappern einer Tastatur.

„Positiv. Der Mann war bei uns. 1993 bis 1994 und nochmal 1998. Mehr kann ich Ihnen am Telefon nicht sagen, Sie müssten eine offizielle Anfrage stellen."

„Das reicht mir schon. Aber eine weitere Frage habe ich noch. Gab es einen Insassen mit Nachnamen Frick, Vorname Markus?"

Abermals hörte man das Geräusch einer Tastatur.

„Tatsächlich, Markus Frick, 1997 bis 1999."

Fieker schaute zu mir und hatte ein triumphierendes Grinsen aufgesetzt.

„Können Sie mir sagen, ob die beiden näheren Kontakt zueinander hatten, als Zelleninsassen oder im Arbeitsdienst?"

„Nein, das ist nach so langer Zeit nicht mehr möglich. Und wie gesagt, weitere Auskünfte darf ich Ihnen ohne nähere Prüfung am Telefon nicht geben."

„Ich danke Ihnen sehr, Sie haben uns auf jeden Fall geholfen."

Als Fieker wieder aufgelegt hatte, lehnte er sich entspannt zurück. „Frick und Koller kannten sich vermutlich, das nenne ich doch mal einen Durchbruch. Und wenn Markus Frick in irgendeine unschöne Sache involviert war, ist es durchaus wahrscheinlich, dass sein Bruder Johannes ebenso beteiligt war. Die drei verbindet etwas und irgendjemand wollte sie loswerden. Und so hat er oder sie Johannes Frick am Tuniberg umgebracht und dessen Bruder Markus in der Kurpfalz, beide mit einem schlecht fingierten Selbstmord. Diese Mühe hat er oder sie sich bei Hans-Jörg Koller nicht mehr gemacht. Vermutlich dachte unser Täter, dass dessen Leiche in dem flachen Grab nie gefunden wird. Es wäre auch denkbar, dass er oder sie die Berichterstattung über die Frick-Morde verfolgt und nun keinen Sinn mehr in der aufwändigen Suizid-Maskerade gesehen hat. Ich habe so langsam das Gefühl, dass unsere Täter eine Kontur bekommen, auch wenn wir noch nichts über sie wissen.“

„Wie geht es weiter, Chef?“

Fieker drehte sich mit seinem Bürostuhl leicht zur Seite und tippte mit einem Kugelschreiber gedankenversunken auf die Lehne. „Ich möchte die Braunfels-Klinik nicht aus dem Blick verlieren. Natürlich kann es Zufall sein, dass Johannes Frick dort Patient war, trotzdem scheint diese Klinik eine Rolle zu spielen, auch wenn ich die Tragweite noch nicht einschätzen kann. Ich habe Zugriff auf die Akten der Familie Braunfels im Landesarchiv beantragt und heute die Zugangsdaten bekommen. Das ist alles digital, damit dürfen Sie sich in den nächsten Tagen auseinandersetzen. Ich will alles über die Braunfels-Klinik herausfinden … Geschichte, Familienhistorie, einfach alles."

„Vielleicht haben Sie Glück und das Gutachten über die Nazivergangenheit der Familie Braunfels wird in Kürze veröffentlicht."

„Ich hoffe doch sehr."

„Warum setzen Sie so viel Aufmerksamkeit auf die Braunfels-Klinik? Was macht Sie so sicher, dass sie nicht nur ein zufälliger Tatort ist?"

„Gar nichts macht mich da sicher. Aber wenn Sie immer nur Sicherheit wollen, kriegen Sie nie einen Fall gelöst. In dem Stadium, in dem wir uns jetzt befinden, müssen wir in alle Richtungen schauen. Und davon abgesehen, ist der Werdegang der Familie Braunfels auch sehr interessant."

„Rudi hat mir vor kurzem einiges erzählt. Wirklich eine schrecklich nette Familie. Vor allem der Klinikgründer und sein Sohn waren illustre Gestalten."

„Und noch tiefbraun dazu. Nazis durch und durch. Lothar, das war der Sohn des Gründers, der in den Fünfzigern und Sechzigern die Klinik führte, war da berühmt-berüchtigt. Die Altnazigrößen der ganzen Region sind bei ihm ein und aus gegangen. Es wurde sogar kolportiert, dass er Ende der Achtzigerjahre in einen mutmaßlichen Mord in seinem Umfeld involviert war. Sein Chauffeur kam damals unter seltsamen Umständen ums Leben. Ich meine mal gelesen zu haben, dass er mit schweren Schädelverletzungen in einer Reparaturgrube gefunden wurde. Sehr dubios, aber letztendlich wurde es als Unfall deklariert. Jedoch ist das alles eine Weile her und heute haben wir es mit seinen Kindern und Enkeln zu tun. Den alten Robert Braunfels hatte ich mal kurz bei einem Presseball kennengelernt, das war aber irgendwann in den späten Neunzigern. Eigentlich ein ganz sympathischer Mann. Seinen Sohn Daniel, der heute die Unternehmensgruppe führt, haben wir ja kürzlich kennenlernen dürfen."

„Ich weiß nicht, was ich von Daniel Braunfels halten soll", sagte ich. „Ich kann ihn irgendwie nicht fassen. Er hatte uns nett empfangen, und als er von seiner Familie erzählte, wirkte er durchaus offen und sympathisch auf mich. Als er sich wegen des Streits mit seiner Stiefmutter echauffierte, zeigte er auch eine emotionale Seite. Andererseits verstehe ich nicht, mit welcher Vehemenz er sich gegen die Aufarbeitung der Familiengeschichte sträubt. Auch seine Lauschattacke in der Rezeption, als wir mit Sabine Nowacky sprachen, kann ich nicht richtig einordnen."

„Ich vermute, er ist ein Mensch, der über alles Kontrolle haben will", sagte Fieker. „Ich denke, er hat das von seinem Vater. Dieser hatte sogar die letztendliche Verfügungsgewalt über sein Lebensende beansprucht."

„Meinen Sie, ein Mann wie Daniel Braunfels wäre in der Lage, eine Mordserie zu beauftragen oder sogar selbst durchzuführen?"

„Da werfen Sie Fragen auf, die sich so einfach nicht beantworten lassen. Wenn man einem Menschen an der

Nasenspitze anmerken könnte, ob er zu einem Kapitalverbrechen fähig wäre, bräuchte man uns nicht."

„Was machen wir mit Camila Braunfels?"

„Ich finde es immer noch sehr anmaßend, dass sie wirklich dachte, sie könnte Sie im Colombi Hotel über den Stand der Ermittlungen aushorchen. Für mich hat sie das in den Fokus gebracht. Offenbar hat sie irgendein Interesse daran, genau Bescheid zu wissen. Auch sie werden wir weiter im Auge behalten."

Rene

Der sanfte Easy-Listening-Klang des aktuellen Sam-Smith-Albums perlte aus meinen PC-Boxen, als ich nochmal die Unterlagen zum Mord an Hans-Jörg Koller durchging. Es war bereits dunkel und außer mir und Fieker waren alle Kollegen im Feierabend. In solchen Momenten nahm ich mir die Freiheit und hörte nebenher ein wenig Musik. Es nieselte leicht, so dass sich meine Lust, mich bei diesem Schmuddelwetter auf das Fahrrad zu setzen, in Grenzen hielt. Fieker saß in seinem Zimmer den Gang hinunter, vertieft in irgendwelche alten Bücher. Oftmals blieb er abendelang im Büro und saß über einer Lektüre, anstatt einfach die Texte mit nach Hause zu nehmen und sich dort einen gemütlichen Abend zu machen. Ich hatte mir vorhin einen schnellen Döner am Hauptbahnhof geholt und wollte nun vor dem Heimweg noch einige Dinge recherchieren. Plötzlich hörte ich durch die geschlossene Bürotür das Klingeln eines Telefons. Ich blickte auf die Uhr. Es war kurz nach halb neun, wer rief so spät noch an? Auf dem Display meines Telefons leuchtete die rote LED für Angelikas Apparat auf, die Leitung also, auf der alle eingehenden Anrufe landeten. Ich schaltete die Musik ab und drückte die Raute-Taste und dann neben das blinkende rote Lämpchen, um das Telefonat zu übernehmen.

„Reetmann", meldete ich mich kurz und knapp. Am anderen Ende der Leitung war es zunächst still, lediglich der Autoverkehr einer vielbefahrenen Straße war zu hören. Offenbar kam der Anruf von einem Mobiltelefon. „Wer ist da?", sprach ich in den Hörer und versuchte, dabei möglichst unaufgeregt zu wirken.

„Bernhard?" Eine heißere Stimme drang aus dem Lautsprecher. „Bernhard?"

„Wer sind Sie? Was wollen Sie?", versuchte ich den geheimnisvollen Anrufer aus der Reserve zu locken.

„Ist Bernhard Fieker zu sprechen?" Die männliche Stimme klang leise und brüchig. Sie hatte Probleme, sich gegen das beständige Rauschen des Straßenverkehrs durchzusetzen.

„Wer spricht da? Bitte nennen Sie mir Ihren Namen", rief ich abermals in den Hörer.

„Ich möchte mit Bernhard sprechen, es ist dringend."

Für einen kurzen Moment war das Gespräch unterbrochen, doch dann war wieder das Rauschen der Straße zu hören.

„Hören Sie, wenn Sie mir nicht sagen, wer Sie sind und was Sie wollen, werde ich auflegen."

„Nein, warten Sie. Wenn er nicht zu sprechen ist, dann richten Sie Bernhard aus, dass Rene angerufen hat. Und sagen Sie ihm, dass ich seine Hilfe benötige. Sie haben mich im Visier. Und Bernhard ebenso sowie diesen jungen Kommissar, mit dem er immer unterwegs ist. Bernhard hat Dinge ausgelöst, die weite Kreise ziehen. Mist, ich muss weg, sonst kriegen die mich. Sie sind hier."

„Wer ist hier? Und wo sind Sie jetzt?"

„Die Aladschi-Brüder. Ich bin direkt vor Ihrem Gebäude in der Heinrich-von-Stephan-Straße. Bleiben Sie vom

Fenster weg. Die beiden sind bewaffnet und zu allem fähig."

Für einen Moment saß ich regungslos auf meinem Bürostuhl und schaute aus dem Fenster, Richtung Heinrich-von-Stephan-Straße, in den Freiburger Nachthimmel. Hinten am Horizont konnte ich die Lichter der Hochhäuser von Weingarten erkennen. Eine Ruhe schien über dem Westen der Stadt zu liegen, doch in meinem Kopf rasten die Gedanken hin und her. Ich drückte die Raute-Taste des Telefons und wählte Fiekers Durchwahl. Kurz darauf nahm er ab.

„Ich habe hier einen Rene am Apparat, der Sie dringend sprechen will."

„Ach ja?" Fieker klang überrascht. „Rene Bauer? Was will denn der jetzt zu dieser späten Stunde?"

„Es scheint, er braucht Ihre Hilfe. Und bleiben Sie unbedingt vom Fenster weg."

Ich wartete nicht auf Fiekers Antwort und legte den Hörer auf. Ich ließ mich vom Stuhl gleiten und kroch auf allen vieren zur Tür, wo ich den Lichtschalter betätigte. Sofort verlöschte das Licht in meinem Büro und nur ein schwacher Schein aus dem Flur drang durch die verglasten Wände zu mir durch. Ich konnte hören, wie Fieker im anderen Büro sprach. Auch wenn ich die Worte nicht verstand, erkannte ich doch, dass in seiner Stimme eine Aufregung mitklang. Ich stand langsam auf und ging durch den dunklen Raum zum großen Fenster. Vorsichtig schmiegte ich mich an eine Säule und schaute nach unten. Ich befand mich im dritten Obergeschoss, hatte somit einen guten Blick auf die unter mir liegende Straße. Der Verkehr war auch um diese Uhrzeit noch beträchtlich, der Strom an Fahrzeugen, die von der Bahnhofsachse in die südlichen Stadtteile und Vororte fuhren, schien nicht abzureißen. Direkt gegenüber waren die modernen Häuser des neuen Geschäftsviertels ‚Businessmile‘ zwischen Straße und Gleisanlagen aufgereiht. Vereinzelt brannte auch dort Licht. Ein Mann auf der anderen Straßenseite fiel mir ins Auge. Er stand, nervös an einer Zigarette ziehend, auf dem Gehweg und hielt ein Mobiltelefon am Ohr. Er drehte schnell seinen Kopf hin und her, als ob er die Straße nach einer Gefahr absuchen würde. Ich war mir sicher, dass hier der Anrufer stand, mit dem Fieker gerade telefonierte. ‚Rene‘ hatte er sich genannt. Ich schaute ihn mir nun genauer an, auch wenn es schwer war, in der Dunkelheit etwas Wichtiges zu erkennen. Das künstliche Straßenlicht wurde durch die fallenden Regentropfen wie ein Stroboskop abgelenkt. Ich kniff die Augen zu und fixierte den Mann. Als er sich kurz zur Seite drehte, meinte ich den Fremden zu erkennen, der uns vor zwei Wochen im Supermarkt in Munzingen belauscht hatte. Ich ging zu dem Metallschrank, in dem ich einige wichtige Utensilien aufbewahrte, und griff nach einem Fernglas. Als ich wieder am Fenster stand, war der Mann verschwunden. Ich schaute in beide Richtungen der Heinrich-von-Stephan-Straße, doch der Mann war nicht mehr auszumachen. Dafür konnte ich auf der anderen Straßenseite, etwa dreißig Meter von unserem Gebäude entfernt, Richtung Bahnhof, einen dunklen Lieferwagen erkennen. Für einen kurzen

Augenblick meinte ich das Glimmen einer Zigarette im Innenraum wahrzunehmen. Jemand saß auf dem Beifahrersitz und es schien, als ob er auf etwas warten würde. Nach ungefähr zehn Sekunden konnte ich abermals das schwache Glühen einer Zigarette erkennen. Es saß tatsächlich jemand im Wagen. Ich griff zu meinem Fernglas und nahm das Fahrerhaus ins Visier. Sie hatten sich unter eine Straßenlaterne gestellt, so dass ich zwei Gestalten auf den vorderen Plätzen ausmachen konnte.

„Du glaubst es nicht", fluchte ich leise vor mich hin, als ich die beiden Männer erkannte. Am Steuer saß der bullige Glatzkopf, auf dem Beifahrersitz sein jüngerer Begleiter. Sie hielten die nächtliche Straße im Blick, offenbar auf der Suche nach dem Anrufer. Die ‚Aladschi-Brüder‘ hatte er die beiden genannt. Das war meine Chance. Ohne weiter zu überlegen, ging ich im Dunkeln abermals zum Metallschrank neben der Bürotür und schnallte mir den Gürtel mit dem Pistolenhalfter um. Im fahlen Licht griff ich in die Schublade mit den Patronen und befüllte das Magazin meiner HK P2000 mit ausreichend Munition. Ich schlich vorsichtig zur Tür und betätigte den Lichtschalter. Die Leuchtstoffröhren an der Decke tauchten das Büro in ein kaltes Licht. Ich überlegte nicht lange und rannte aus der Tür in den Flur. Dort kam mir Fieker mit einem erschrockenen Gesichtsausdruck entgegen.

„Bleiben Sie hier. Ich schnapp mir die Typen."

„Nick, nein." Ich hörte nicht auf die Worte meines Chefs und stieß die Schwingtür auf, die in das Treppenhaus führte. Ich sprang die Stufen hinunter und hörte, dass Fieker mir folgte. Mit ein bisschen Glück konnte ich im stockenden Abendverkehr den Wagen und seine Insassen überraschen. Im Foyer angekommen, lief ich an der Pforte vorbei, um den Weg über den Hinterhof zu nehmen. Ich rannte die Ausfahrt entlang, bis ich auf der Heinrich-von-Stephan-Straße stand. Eine grüne Ampelphase sorgte dafür, dass der Verkehr wieder weiterfloss. Der schwarze Lieferwagen hatte nun den Motor angelassen. Ich musste sie stellen, bevor sie davonfuhren. Ich hielt die Hand nach oben und sprang auf die Straße, so dass ein weißer Audi abrupt abbremsen musste. Offenbar hatte er mich zu spät gesehen und setzte nun zu einem wütenden Hupkonzert an. „Halt die Schnauze!", rief ich dem Fahrer zu, doch es war schon zu spät. Die Szene hatte die beiden Männer nun in Alarmbereitschaft versetzt. Ich konnte sehen, wie mich der Glatzkopf aus dem Seitenfenster erschrocken anstarrte. Ein weiteres Auto bremste scharf, als ich auch die zweite Fahrbahn überquerte. Ich wollte mit meiner Pistole auf die Fahrerzelle zielen, doch es war zu spät. Der Motor des schwarzen Lieferwagens heulte auf, als er hinter einem vorbeifahrenden SUV auf die Straße einbog.

Ich hechtete auf eine Straßenrandbegrünung, um nicht vom Wagen erfasst zu werden. Ich war mir sicher, dass die beiden nicht zögern würden, mich über den Haufen zu fahren, wäre es nötig. Für einen Moment lag ich benommen zwischen zwei Sträuchern Kirschlorbeer. Ein leichter Regen hing immer noch über der Stadt und hüllte die Szenerie in einen nassen Schleier. Schnell sprang ich wieder auf und rannte direkt auf die Fahrbahn. Die schnurgerade Heinrich-von-Stephan-Straße, die von der Bahnhofsachse in Richtung Basler Straße führte, war eine der Hauptachsen des Freiburger Straßennetzes. Die hohen Bürogebäude auf beiden Seiten der Fahrspuren gaben dieser Ecke ein urbanes Flair. Hastig blickte ich in beide Fahrtrichtungen und in ungefähr fünfzig Meter Entfernung Richtung Hauptbahnhof konnte ich den schwarzen Lieferwagen in der Blechlawine stehen sehen, darauf wartend, dass sich der Verkehr wieder in Bewegung setzte. Ich überlegte nicht lange und rannte den Mittelstreifen entlang. Das wilde Hupen des entgegenkommenden Verkehrs war die Folge. Nach ein paar Metern setzte sich die Kolonne wieder in Bewegung. Ich rannte weiter in der Fahrbahnmitte, immer den Lieferwagen im Blick. Den Wagen fixierend, gab ich acht, dass ich keinem Auto vor die Kühlerhaube lief. Um zu verhindern, dass die beiden mich im Rückspiegel sahen, wechselte ich auf den Fahrradstreifen. Ein Sportwagen wurde dadurch zu einer Vollbremsung gezwungen, was dessen Insasse mit mehrmaligem Hupen quittierte. Doch ich hatte nur den schwarzen Wagen im Blick. Der Autokorso wurde jetzt schneller und ich ging nun in einen Sprint über. Eine Fahrradfahrerin fuhr gemütlich vor mir her. „Aus dem Weg, Polizei!" Bevor die ältere Frau mit einem nervösen Schulterblick reagieren konnte, hatte ich sie eingeholt. Mein Ellbogen berührte ihren großen Einkaufskorb und sie machte einen ungeplanten Schlenker nach rechts. Ohne mich umzudrehen, rannte ich weiter. In einiger Entfernung konnte ich die Ampel sehen, die die Heinrich-von-Stephan-Straße zur Auffahrt der B31 abgrenzte. ‚Bitte werde rot‘, schoss es in mein Gehirn. Als ob die Verkehrssteuerung mir folgen würde, sah ich, dass die runden Lichter wieder auf Rot sprangen. Durch den dünnen Regen bekamen die Ampellichter eine Corona, so dass sie wie rote Sterne über der Straße erstrahlten. Ich war noch gute zwanzig Meter vom Lieferwagen weg, als dieser plötzlich auf den Fahrradstreifen ausscherte. Sie mussten bemerkt haben, dass ich immer noch hinter ihnen her war. Ein parkendes Auto verengte die Stelle, so dass der Wagen abbremsen musste. Ich wechselte wieder auf den Mittelstreifen und stützte mich auf der Motorhaube einer silbernen Limousine ab. Mein Ziel war die Fahrertür des Lieferwagens, um eine Weiterfahrt zu verhindern. Ich hatte den Wagen erreicht und versuchte, die Tür aufzureißen, doch mein Gegner war schneller. Er stieß die Fahrertür genau in dem Moment auf, als ich sie erreichte. Ich wurde zur Seite geschleudert, fiel auf den harten Boden und für einen kurzen Augenblick nahm ich nur durch einen Schleier wahr, wie ein Auto auf der Gegenfahrbahn eine Vollbremsung hinlegte. Im Liegen bekam ich meine Pistole zu fassen und richtete diese auf das Fahrerhaus. Die Beifahrertür, auf der mir abgewandten Seite, öffnete sich und eine Person sprang heraus. Auch die Fahrertür stand jetzt weit offen und ein Mann stieg hastig aus. Er warf einen kurzen Blick auf mich, bevor er schnell nach hinten zum Heck lief. Es war ein kräftiger kahlköpfiger Mann mit einem dunklen Dreitagebart. Nun war ich sicher, dass es die beiden Männer aus dem Weinberg waren. Ich kam auf die Beine und realisierte, dass ein Passant neben mir stand. „Was ist denn hier los?" „Polizeieinsatz", rief ich ihm zu. Der Mann erschrak sichtlich, als er die Pistole in meiner Hand sah. „Machen Sie Platz, und informieren Sie die Verkehrspolizei." Ich rannte um den Lieferwagen, als ich die beiden Männer zwischen den modernen Bürogebäuden entlangrennen sah. Ich steckte die Pistole in mein Halfter zurück und lief, so schnell mich die Füße trugen. Mir schoss die Verfolgungsjagd am Attilafelsen in den Kopf. Ich hatte keine Zweifel, dass ich es mit denselben Männern zu tun hatte, die Sabine Nowacky in ihrer Badewanne ertränkt hatten. Ich lief an einem flachen Springbrunnen vorbei, dessen Sprinkleranlage bereits abgestellt war. Einer der beiden Männer kam ins Straucheln, als er auf der seifigen Oberfläche des Steinbodens ausrutschte. „Stehen bleiben, oder ich schieße!" Ohne eine Reaktion zu zeigen, rannten beide weiter um die Ecke eines Gebäudes, in dem im Untergeschoss ein kleines Stehcafé untergebracht war. Solange ich sie am Laufen hielt, konnte ich verhindern, dass sie mir in einer dunklen Ecke auflauerten. Sie rannten in eine Gasse, die zu einer Tiefgarageneinfahrt führte. Es gelang ihnen jetzt, ihren Vorsprung zu vergrößern, langsam merkte

198

ich die Anstrengung in meinen Beinen. Ich blieb stehen und zielte auf die Flüchtenden, doch beide waren hinter einer Mauer verschwunden. Ich nahm die Verfolgung wieder auf. Sie rannten einen Zaun entlang, der die ‚Businessmile‘ vom Gleisgelände abgrenzte. Offenbar suchten sie eine Öffnung in der Absperrung, um auf das Bahngelände zu gelangen. Ein Rauschen hinter mir kündigte einen ICE an, der, von Basel kommend, kurz vor dem Hauptbahnhof einfuhr. Dessen Geschwindigkeit war an dieser Stelle bereits stark gedrosselt, doch war er immer noch schnell genug, um ihm nicht in die Quere zu kommen. Dreißig Meter vor mir war der Zaun zu Ende und gab den Weg auf einen Streifen Brachland frei. Die beiden rannten über die Gleise, doch für mich war es zu spät. Der ICE war nun auf meiner Höhe und fuhr in gemächlichem Tempo an mir vorbei. Ich fluchte und schaute an den Wagons entlang, ob sich für mich eine Lücke ergab, um dieses riesige Hindernis zu überwinden. Der Zug fuhr jetzt Schrittgeschwindigkeit, offenbar war Gleis eins noch belegt. In der Mitte des Zuges waren zwei Wagons über eine Mittelpufferkupplung miteinander verbunden. Ich zögerte keinen Augenblick und sprang auf die Vorrichtung. Sie war höher angebracht, als ich vermutet hatte, und ich kam schmerzhaft auf meinen Knien auf. Ich verlor kurz den Halt, konnte mich aber wieder fangen. Es war mein Glück, dass der ICE zum Stehen gekommen war. Für einen kurzen Moment stand ich freihändig auf der Kupplung, bevor ich auf die andere Seite absprang. Ich kam auf beiden Beinen auf. Das benachbarte Gleis war frei und ich ging in die Hocke. Der Regen war jetzt stärker geworden, so dass es mir schwerfiel, in der Dunkelheit die Szenerie zu überblicken. Mehrere abgestellte Regionalbahnen standen auf den Gleisen und behinderten die Sicht. In Richtung des alten Stellwerkes konnte ich zwei Männer erkennen, die quer über die Gleise liefen. Gute fünfzig Meter hinter ihnen nahm ich nun eine dritte Gestalt wahr. ‚Rene‘, schoss es mir durch den Kopf. Offenbar hatte er auch die Verfolgung aufgenommen. Mein unbekannter Schutzengel am Attilafelsen kam mir in den Sinn – sollte das auch dieser Rene gewesen sein? Ich rannte über den Gleiskörper, um die beiden nicht zu verlieren. Sie liefen nun langsamer, offenbar fühlten sie sich in Sicherheit. Soweit ich über die örtlichen Gegebenheiten Bescheid wusste, waren die Zugänge zum Stellwerk versperrt und auch die Gleisanlagen der Höllentalbahn waren mit einem hohen Zaun abgesichert. Zur Basler Straße hin gab es eine Ausfahrt. Ich musste sie einholen, bevor sie diese erreichen konnten. Ich blickte mich nach allen Seiten um, der dritte Mann war nicht mehr zu sehen. Ich hielt die Deckung hinter einem roten Wagon und lief weiter zur Lokhalle, die direkt an einen Gebäude-komplex angrenzte. Vorsichtig tastete ich mich an einer Wand entlang und schaute um eine Ecke. Es war jetzt still, nur der leichte Regen auf den Wagondächern bildete eine permanente Geräuschkulisse. Direkt vor mir konnte ich eine unbesetzte Schiebebühne sehen, die sich vor einem geschlossenen Tor der Lokhalle befand. Eine Nachtleuchte des benachbarten Gleiswerkes hüllte die

Szenerie in ein kaltes Licht. Neben mehreren Hochbehältern konnte ich die beiden Männer erkennen. Sie standen gebückt und einer hielt sich ein Mobiltelefon an das Ohr. Ich war nun knapp zwanzig Meter von ihnen entfernt und konnte sie deutlich wahrnehmen. Beide waren kräftig gebaut, gekleidet in dunkle Lederjacken. Der Größere der beiden stand neben seinem telefonierenden Partner und blickte nervös in die Runde. Ich schaute mich vorsichtig um, wo war der dritte Mann? Ich verließ meine Deckung und ging mit erhobener Waffe auf sie zu. „Keine Bewegung, Polizei!" Für einen kurzen Moment konnte ich das Erstaunen in ihren Augen sehen, offenbar hatten sie gedacht, mich abgehängt zu haben. Der Mann mit dem Telefon ging hinter einer Kabeltrommel in Deckung, der andere hielt einen Revolver in meine Richtung. Ich zögerte nicht und schoss. Ein lauter Schrei gellte mir entgegen, ich musste ihn getroffen haben. Ich drückte ein zweites Mal ab, doch ich verfehlte. Ein weiterer Schuss hallte durch die Nacht, diesmal aus seiner Pistole. Ich schmiegte mich an die Wand der Lokhalle und konnte hören, wie das Projektil wenige Meter neben mir einschlug.
„Bleiben Sie stehen und lassen Sie die Waffe fallen, dann passiert Ihnen nichts. Ich nehme Sie jetzt fest."
Als einzige Antwort hallte abermals ein Schuss über das Gelände. Ich blickte mich nervös um, wo war der Dritte? War es wirklich Rene, mein unbekannter Anrufer, oder wurde ich hier von einem Komplizen in die Zange genommen? Vorsichtig schaute ich um die

Ecke. Zu meinem Glück stand ich in einem wenig beleuchteten Bereich, so dass ich keine Zielscheibe abgab. Der Jüngere von beiden rannte nun hastig zum alten Gleiswerk in Richtung Basler Straße. Ich legte auf ihn an, doch ich war mir sicher, den Mann nicht treffen zu können. Die Option, ihm hinterherzurennen, entfiel, da ich damit rechnen musste, seinem Kollegen vor die Füße zu laufen. Mit einem lautlosen Fluch auf den Lippen ließ ich ihn ziehen. Auf dem Platz vor der Lokhalle war es jetzt ruhig, von dem großen Glatzkopf war nichts zu sehen. Offenbar war er durch meinen Treffer nicht so schwer verletzt, dass er sich nicht mehr fortbewegen konnte. Ich war mir aber sicher, dass er nicht weit weg sein konnte. Ich hielt mich eng an der Wand und bewegte mich um die schützende Häuserecke. Die metallene Tür in die Lokhalle war gute fünf Meter vor mir. Ich konnte nicht erkennen, ob der Glatzkopf auch geflüchtet war oder ob er irgendwo auf mich lauerte. Eine Flucht musste ich um jeden Preis verhindern, die Gelegenheit, einen der Hauptprotagonisten festzunehmen, würde so schnell nicht wiederkommen. Irgendetwas gab mir das Gefühl, dass er in der Lokhalle auf mich wartete. Ich starrte auf die metallene Tür und mein Herz pochte bis zum Hals. Sollte ich diesen Eingang nehmen, wäre ich ihm komplett ausgeliefert. Ich drehte mich um und ging zurück, immer bemüht, keine Geräusche zu verursachen. Auf der Hinterseite war eine rote Regionalbahn geparkt, wie sie üblicherweise auf der Höllentalstrecke unterwegs waren. Das Rolltor in die

Werkhalle stand weit offen. Das war meine Chance, mich unbemerkt in die Halle zu schleichen. Nach ein paar Schritten konnte ich einen Gleiskörper erkennen mit einem Hebekran und einem Graben für Reparaturarbeiten. Von meinem Verfolger war nichts zu sehen. Das große Rolltor ließ fahles Mondlicht und das immer noch leise Prasseln des Regens herein. Ich verschanzte mich hinter einem Stahlschrank und versuchte, meine Augen an das Dunkel zu gewöhnen. Plötzlich konnte ich ihn sehen. Gebückt neben einem Wagon sitzend, starrte er auf die metallene Tür. Sein kahler, durch den Regen nasser Schädel schimmerte leicht im schwachen Licht. Er bewegte seinen Kopf schnell hin und her, offenbar war er ebenfalls nervös. Ich konnte nicht einschätzen, ob er sich nur verstecken wollte, bis die Luft rein war, oder mir wie ein Jäger in einem Hochsitz auflauerte. Wenn unser Verdacht stimmte, hatte ich es hier mit einem vierfachen Mörder zu tun. Ich legte auf ihn an und schrie, was meine Stimmbänder hergaben. „Ich habe eine Pistole auf Sie gerichtet. Schieben Sie Ihre Waffe gut sichtbar von sich weg und stehen Sie langsam auf." Er zuckte kurz zusammen und ließ sich schnell zur Seite abrollen. Von einer Sekunde auf die andere war er aus meinem Sichtfeld verschwunden. Ich blickte angestrengt in die Dunkelheit, weit weg konnte er nicht sein. Offenbar hatte er sich unter den Wagon verkrochen. „Das bringt doch nichts. Ich weiß, dass Sie verletzt sind. Geben Sie auf, damit wir eine Ambulanz rufen können." Mit vorgehaltener Waffe näherte ich mich dem abgestellten

Eisenbahnwagon. „Kommen Sie heraus, es ist jederzeit mit Verstärkung zu rechnen. Es gibt kein Entkommen." Plötzlich hörte ich neben mir ein Geräusch. Ich drehte mich um und konnte gerade noch sehen, wie mein Verfolger vor einer Kabeltrommel stand und auf mich anlegte. Offenbar war es ihm gelungen, unter dem Wagon hindurch auf die andere Seite zu gelangen. Ich hechtete hinter einen danebenstehenden Wagon, als ein Schuss fiel. Mir zog es den Boden unter den Füßen weg, als ich im Sprung zur Seite umkippte und mit dem Hinterkopf gegen den Eisenbahnwagen knallte. Die Waffe glitt mir aus den Händen, als ich versuchte, meinen Fall abzubremsen. Ich blieb wie benommen auf dem Rücken am Boden liegen, versuchte zu erfassen, was gerade geschehen war. Ich konnte es kaum glauben, dass er mich so übertölpeln konnte. Ich tastete hektisch mit beiden Armen auf dem Boden herum, um nach meiner Waffe zu suchen, doch bekam ich sie nicht zu fassen. Der Kahlköpfige torkelte jetzt auf mich zu, in der Hand seine Pistole. Er atmete laut und seine Körperhaltung war verdreht, sein linker Arm seltsam an den Körper gepresst. Offenbar musste ihn mein Schuss in der linken Körperseite getroffen haben. Er kam jetzt näher, immer heftiger atmend, sein Bein hinter sich herziehend. Er hob seine Waffe und richtete diese auf meinen Kopf. Ich konnte nun direkt in sein Gesicht blicken. Eine hasserfüllte, schmerzverzerrte Fratze blickte über das Visier. Ich hielt mir beide Hände vor das Gesicht und konnte nur noch ein lautes „Nein!" schreien. Dann hallte ein Schuss durch die Halle. Wie versteinert lag ich auf dem Boden, auf den Mann starrend, der über mir stand. Sein strenges Gesicht war nun einem tumben Blick ins Leere gewichen und bevor ich verstand, was geschehen war, kippte er zur Seite weg und blieb reglos zwischen meinen Beinen liegen. Ich blinzelte mehrmals, um in der Dunkelheit erfassen zu können, was gerade geschehen war. Erst jetzt begriff ich, dass ich dem sicheren Tod entgangen war. Ein Mann tauchte neben mir auf und kniete sich zu mir herunter. In seiner Hand hielt er eine Pistole. „Geht es Ihnen gut? Sind Sie in Ordnung?" Ich konnte nicht antworten. „Warten Sie", sprach er weiter auf mich ein. „Ich helfe Ihnen hoch, Bernhard und die Verstärkung müssten auch gleich hier sein." Der fremde Mann hatte eine kräftige Figur, eine kurze Raspelfrisur und lebhafte Augen, die auch im Halbdunkel zu glänzen schienen. „Sie müssen Rene sein", sagte ich lallend. Er antwortete mir mit einem kurzen Nicken und half mir hoch. Doch als ich wieder wackelig auf meinen Beinen stand, überkam mich ein plötzlicher Brechreiz, und was Stunden zuvor noch Fleisch an einem sich fröhlich drehenden Spieß gewesen war, ergoss sich nun als heftiger Strahl auf den Boden der alten Lokhalle.

Gut eine halbe Stunde später saß ich in Fiekers Büro auf dem alten, verschlissenen Sessel und hielt einen Kaffee in den Händen. So langsam hörte das Zittern auf, das mich auf dem ganzen Weg von der Lokhalle zurück ins Revier begleitet hatte. Zwei Einsatzkräfte hatten mich mit dem Wagen abgeholt und zurückgefahren. Fieker trat in sein Büro, hinter ihm der fremde Mann, der meinen Gegner ausgeschaltet hatte. Er kam auf mich zu und streckte mir eine große, kräftige Hand zum Gruß hin. „Hallo, Herr Reetmann, sind Sie wieder wohlauf? Mein Name ist Rene Bauer, wir hatten vorhin telefoniert."

„Ich vermute, Sie haben mir in der Lokhalle das Leben gerettet?"

Fieker mischte sich in das Gespräch ein. „Negativ, Nick. Das Magazin Ihres Angreifers war bereits leer. Es wäre Ihnen nicht viel passiert."

„Beruhigen tut mich das nicht." Ich nahm einen kräftigen Schluck aus meiner Kaffeetasse.

„Der Mann hier", fuhr Fieker fort, „der Sie aus diesem Schlamassel geholt hat, ist Rene Bauer, einer der fähigsten Kollegen, die ich in meiner Laufbahn kennenlernen durfte. Doch leider nicht mehr im Dienst." Rene Bauer grinste mich an und ahmte einen militärischen Gruß nach.

„Dann sind Sie der Mann, der im Supermarkt in Munzingen so selbstversunken an den Einkaufswagen herumgespielt hat, dabei aber unser Gespräch mit der Kassiererin belauschte?"

Rene nickte, ohne etwas zu sagen.

„Ich vermute, Sie sind dann auch mein Schutzengel, der den Glatzkopf beim Duell am Attilafelsen unter Beschuss genommen hat?"

„Richtig. Auch das war ich. Als Privatermittler ist es nicht meine Art, mich aktiv in polizeiliche Ermittlungen einzumischen, doch war mir klar, dass Sie Hilfe brauchten."

„Privatermittler, sagen Sie?"

Rene hatte sich nun auf den verschlissenen Sessel neben mir gesetzt, als ihm Fieker ein Glas Wasser eingoss.

„So ist es. Fast fünfzehn Jahre war ich bei der Kripo, bevor es dann vorbei war. Beim Militär würde man sagen: unehrenhaft entlassen. Private Probleme, die Sauferei nicht im Griff gehabt, völlig abgestürzt … und so war ich irgendwann nicht mehr tragbar. Und das war's dann mit Besoldung und Pensionsansprüchen. Aber mittlerweile bin ich mit mir im Reinen und als privater Ermittler unterwegs. So bin ich mein eigener Boss und kann gut davon leben."

„Dann waren Sie der dritte Mann, den ich vorhin auf den Gleisen gesehen habe?"

„Richtig. Ich habe mich im Hintergrund gehalten und wollte erstmal nicht eingreifen. Ehrlich gesagt war ich froh, dass beide mit Ihnen beschäftigt waren und ich aus der Schusslinie war, im wahrsten Sinne des Wortes."

„Warum haben Sie mich vorhin angerufen? Das klang doch sehr verzweifelt."

Rene blickte betreten zu Boden und spielte nervös an seinen Fingern.

„Die beiden hatten mich im Visier, nachdem ich sie nun einige Wochen beobachtet hatte. Sie sind mir auf die Schliche gekommen und dann wurde es brenzlig für mich. Heute waren sie hinter mir her, und da dachte ich, dass ich bei Bernhard in den richtigen Händen bin."

Fieker hatte sich in seinen Bürostuhl zurückgelehnt, der dies mit einem lauten Knarzen quittierte.

„Rene, ich rate dir, uns die ganze Geschichte zu erzählen. Wenn wir dir helfen sollen, musst du alles auf den Tisch legen."

„Bernhard, du weißt, dass ich als privater Ermittler meinen Auftraggebern gegenüber absolute Diskretion wahren muss."

„Darauf können wir keine Rücksicht mehr nehmen. Schließlich hast du in einer Angelegenheit ermittelt, die unsere Mordserie stark tangiert. Im schlimmsten Fall können wir dich auch zwingen, uns alles zu erzählen."

„Ist schon gut, Bernhard, du musst mir nicht mit Beugehaft drohen. Ich weiß, wie der Hase läuft."

„Dann ist ja alles gesagt, Rene."

Für einen Moment hing ein Schweigen im Raum, das geradezu erdrückend war. Fieker sagte kein Wort. Ich spürte, dass er Rene unter Druck setzen wollte. Der nette Plausch unter ehemaligen Kollegen war einer Verhörsituation gewichen. Der Mann, der mir schon zweimal aus der Patsche geholfen hatte, tat mir nun leid.

„Ich war an Camila Braunfels dran", unterbrach Rene das Schweigen.

Fieker beugte sich jetzt interessiert nach vorne. „Dachte ich mir doch, dass diese Familie da mit drinhängt."

„Ich sollte Camila beschatten und etwas über sie herausfinden, was sie im laufenden Erbschaftsstreit beschädigen könnte."

„Wer ist dein Auftraggeber?"

„Bernhard, bitte nicht. Mein Ruf ist erledigt, wenn rauskommt, dass ich bei der Polizei geplaudert habe.“

„Das ist auch gar nicht nötig“, griff ich in den Dialog ein. „Ihr Auftraggeber ist niemand anderes als Daniel Braunfels, der junge Chef der Braunfels-Kliniken.“

„Ihr habt das nicht von mir. Ihr müsst mir versprechen, dass ihr das für euch behaltet.“

„Es tut uns leid, Rene“, fuhr Fieker fort, „aber das können wir dir nicht versprechen. Du genießt Zeugenschutz, doch wenn Daniel Braunfels mit drinhängt, werden wir ihn damit konfrontieren müssen. Was hast du über Camila herausfinden können?“

„Zuerst einmal, dass sie völlig pleite ist. Sie besitzt so gut wie gar nichts mehr. Das wenige Taschengeld, das sie gegen Ende von ihrem Mann bekam, hat für ihren mondänen Lebensstil kaum ausgereicht. Sollte sie den Erbschaftsstreit verlieren, wäre sie komplett erledigt.“

„Robert Braunfels hat sie an der kurzen Leine gehalten?“

„Ja, ziemlich. Ich vermute, der alte Braunfels hatte herausbekommen, dass sie es mit der ehelichen Treue nicht allzu ernst nahm. Eine Beobachtung, die ich bestätigen kann. Ihr Männerverschleiß war doch enorm. Oft hat sie sich mit ihnen in ihrer Suite im Colombi getroffen.“

Rene grinste nun über beide Wangen. Sofort verstand ich, worauf er anspielte. Er war auch der fremde Mann in der braunen Lederjacke gewesen, dem ich bei meinem Treffen im Colombi mehrmals über den Weg gelaufen war.

„Keine Sorge, Herr Reetmann. Die Tatsache, dass sowohl Sie als auch Camila wenige Minuten nach Ihrem Gang in den Aufzug wieder in der Lobby auftauchten, macht Sie unverdächtig."

„Sie haben uns ausspioniert? Es ist kein Geheimnis, dass ich mich mit Frau Braunfels getroffen habe. Und dass ich sie in das Stockwerk begleitet habe, war ein Missverständnis."

„Schon recht, Herr Reetmann. Sie müssen sich vor einem Privatschnüffler nicht rechtfertigen."

Fieker mischte sich jetzt ein, bevor diese Diskussion weiter hochkochen konnte. „Uninteressante Kleinigkeiten."

„Camila hat sich auch öfter mit Konstanze Braunfels getroffen. Ein Foto von solch einem lockeren Treffen hatte ich dir ja zukommen lassen."

„Ich hatte einen kleinen Verdacht, dass das von dir kommen könnte. Und um was ging es da?"

„Jetzt überschätzt du meine Fähigkeiten. Das Gespräch konnte ich leider nicht belauschen, aber alleine die Tatsache, dass die beiden Kontrahentinnen sich zu einer fröhlichen Runde getroffen haben, ist schon bemerkenswert. Man spürte auch, dass die beiden versuchten, möglichst anonym zu bleiben. Dicke Sonnenbrillen, tiefe Hüte … was Frauen halt so machen, wenn sie unerkannt bleiben wollen."

„Aber dir, Rene, entgeht nichts", sagte Fieker mit einem leichten Schmunzeln. „Du weißt doch sicher auch, warum Robert Braunfels seine Frau enterbt hat."

„Ich befinde mich hier natürlich auf dem Pfad der Vermutungen, aber Camilas Lebenswandel war weithin bekannt. Und so hat er sie langsam finanziell ausbluten lassen. Es kam ihr sehr entgegen, dass der Alte das Zeitliche gesegnet hat. Hätte er sich nicht selber erschossen, hätte sie allen Grund gehabt, das selbst in die Hand zu nehmen. Sie wusste zu diesem Zeitpunkt nichts vom geänderten Testament.“

„Ach ja?“, fragte Fieker. „Sie wusste es nicht?“

„Nein, sie hat erst nach seinem Tod Kenntnis davon erhalten. Zumindest wenn man den jungen Braunfelsens glauben kann. Ich hätte zu gerne ihr Gesicht gesehen, als sie es erfahren hat. Gerade noch frischgebackene reiche Witwe, kurz darauf arm wie eine Kirchenmaus.“

„Sei's drum. Offiziell ist uns der Tod des alten Braunfels völlig egal. Uns interessieren zwei tote Zwillinge, eine ertränkte Krankenschwester und ein Toter im Wald mit einer Telefonnummer auf der Handfläche. Und uns interessiert, wie diese beiden Gestalten da mit drinhängen. Du solltest uns jetzt also alles erzählen, was du über die Männer weißt. Und du solltest nichts auslassen.“

„Geht klar, aber seid nicht allzu enttäuscht, es ist nicht viel. Die beiden gehören zu den Aladschis. Ein Albaner-Clan, der in Düsseldorf und Umgebung aktiv ist. Sie sind momentan noch nicht allzu bedeutend und müssen sich gegen die schon länger ansässigen Familienclans behaupten.“

„Organisierte Kriminalität?", fragte Fieker. „Das verkompliziert die Sache doch enorm. Und warum sind sie hier in Freiburg aktiv?"

„Wenn ich das wüsste. Das ist mir auch ein Rätsel, zumal sie bisher noch nicht wirklich in den Vordergrund getreten sind. Ich vermute, eure Abteilung für Organisierte Kriminalität weiß nichts über sie."

Fieker schaute zu mir rüber. „Wäre es möglich", fuhr er fort, „dass sie wegen der Konkurrenz aus Düsseldorf fortmüssen und sich nun eine andere Stadt als Betätigungsfeld suchen? Und diesen Anspruch gleich mal mit einigen Morden unterstreichen?"

Ich nahm den Ball auf. „Eher unwahrscheinlich, wenn man sich die Opfer anschaut, die sie hier hinterlassen haben. Zwei Ortsfremde aus Brandenburg, eine Krankenschwester und ein Knacki aus dem Fränkischen. Das klingt für mich nicht nach einem Bandenkrieg."

Rene Bauer spielte nervös mit einem Kugelschreiber. „Ich gebe Ihnen Recht. Die Aladschis sind zu klein, um sich eine Großstadt zu krallen, deren Pfründe bereits verteilt sind. Außerdem darf man sich das nicht immer so vorstellen, dass es gleich zu Bandenkriegen kommt, wenn ein neuer Clan auftritt. Oftmals arbeitet man zusammen und arrangiert sich. Nein, die Aladschis haben keinen Grund, Düsseldorf zu verlassen, es muss etwas anderes sein, was sie nach Freiburg treibt. Und ich vermute, dass Camila Braunfels dahintersteckt."

Ich blickte zu Fieker. „Daniel Braunfels hatte uns doch von einer heimlichen Wohnung in Düsseldorf erzählt, die Camila unterhalten hat. Und dass es mit ihrem verstorbenen Mann Probleme wegen seltsamer Bekanntschaft gab. Wie hängt Camila mit den … Wie sagten Sie?" „Aladschis", berichtigte mich Rene. „… mit den Aladschis zusammen?"

„Hier bin ich leider noch ziemlich blind. Das Einzige, was ich dazu sagen kann, ist, dass ich in Düsseldorf ein Treffen von Camila Braunfels mit Bybar Aladschi beobachten konnte. Das ist der Neffe des Familienoberhauptes und der Mann, der jetzt tot in der Lokhalle liegt. Auch konnte ich kürzlich ein Telefonat von Camila belauschen. Sie hat mehrmals „Was wollt ihr in Düsseldorf, ich brauch euch hier!" in das Telefon gebrüllt. Aus diesem Kontext habe ich gefolgert, dass den Aladschis klar war, dass sie in euren Fokus geraten sind. Ein Rückzug an die Heimatfront war wohl nicht möglich, offenbar gab es hier noch etwas, was erledigt werden musste. Und so schien es den beiden eine gute Idee, mich auszuschalten. Ich hätte niemals damit gerechnet, dass sie den Mut haben, mich bis vor das Polizeipräsidium zu verfolgen. Es passt aber ins Bild, Bybar Aladschi war absolut skrupellos. Sein Tod wird für einiges Aufsehen in der Düsseldorfer Szene sorgen."

„Wer war der andere?", fragte ich.

„Es ist wohl sein jüngerer Bruder Sandar, aber mit Sicherheit kann ich das nicht bestätigen."

„Auf jeden Fall konnte er flüchten", bemerkte Fieker.

„Ich habe keinerlei Zweifel daran, dass es dieser Bybar Aladschi war, den die Auszubildende beim REWE in Munzingen identifizierte, ebenso bin ich mir sicher, dass es die beiden waren, die aus der Wohnung von Sabine Nowacky gesprungen sind.“

Rene hatte einen Schluck aus seinem Wasserglas genommen und stellte es auf einen kleinen Beistelltisch neben dem Sofa. „Das ist absolut denkbar, die Aladschis sind bekannt dafür, nicht lange zu fackeln. Oftmals werden sie für die Dreckarbeit eingesetzt, wo sich etablierte Familien die Finger nicht schmutzig machen wollen. Besonders Bybar Aladschi war ein äußerst brutaler Mensch. Wenn ihr einen Mörder sucht, seid ihr bei ihm richtig. Gott sei Dank ist er ausgeschaltet und kann kein Unheil mehr anrichten.“

„Allerdings hat er sich auch nicht allzu schlau angestellt. Die fingierten Suizide waren ebenso leicht zu durchschauen wie die schlecht vergrabene Leiche im Wald.“

„Nun ja“, sagte Rene grinsend. „Wenn jemand zu roher Gewalt neigt, ist ihm die Axt oft näher als das Skalpell. Die filigrane Arbeit eines professionellen Hitmans war von einem Dummschädel wie Bybar Aladschi auch nicht zu erwarten.“

Für einen Moment war es ruhig in dem kleinen Büro. Ich spürte jetzt, wie der lange Tag und der nervenaufreibende Abend ihren Tribut forderten.

Wenig später saß ich auf meinem Fahrrad und fuhr über die Wiwili-Brücke in Richtung des Stühlinger Kirchplatzes. Es war mittlerweile halb elf in der Nacht und die Eschholzstraße war jetzt kaum befahren. Ich blickte nervös um mich. Nach dem

Friedrich-Ebert-Platz bog ich in eine Seitenstraße ein, um einen eventuellen Verfolger nicht direkt zu Melanies Wohnung zu führen. In der Emmendinger Straße blickte ich mich noch einmal um, bevor ich mein Fahrrad in den Hinterhof schob. Als ich vor Melanies Wohnungstür stand, spürte ich zum ersten Mal, wie mich die Ereignisse des heutigen Tages mitgenommen hatten. Meine Hände fühlten sich an wie taub, so dass ich kaum den Wohnungsschlüssel aus der Hosentasche holen konnte. Immer wieder schossen mir kleine Erinnerungsfetzen in den Kopf. Bybar Aladschi über mir stehend, mit wutverzerrtem Blick, nichts mehr zu verlieren, den Lauf einer wuchtigen Pistole genau auf mein Gesicht gerichtet. Meine Hände zitterten, als ich den Schlüssel in das Schloss einführte. Ein kleiner Lichtschein kam mir aus dem Schlafzimmer entgegen, offenbar hatte Melanie noch das Nachttischlämpchen an. Ohne ein Wort betrat ich das Schlafzimmer, jeder Schritt schien mir jetzt schwerzufallen.

„Da bist du ja endlich! Wolltest du nicht um spätestens neun hier sein? Ich brauche deine Hilfe, ich komme hier alleine gar nicht klar. Weißt du, wie höllisch schwer es war, mich alleine auszuziehen? Ich habe mich auf dich verlassen und du lässt mich so hängen.“

Ich starrte auf Melanie und suchte nach Worten. Ich wollte etwas sagen, doch irgendetwas hielt mich zurück. In meinem Hals schien sich ein Kloß zu bilden. Melanie hielt in ihrer Schimpftirade inne und schaute mich an. Ich konnte erkennen, dass ihr wütender Blick einem ungläubigen Staunen gewichen war. Und ohne dass ich

in der Lage war, meine Gefühle zu kontrollieren, spürte
ich, wie mir schwere Tränen die Wangen herunter-
rannen.

Kunstfasern und Klemmbrett

Entgegen meiner Stimmung erwartete mich ein schöner milder Herbstmorgen, als ich die Treppe des Fahrradkellers verließ und mich auf den Weg zum Dreisamradweg machte. Heute kam ich zügig durch, so dass ich nur kurze Zeit später am Revier ankam. Ich schob mein Fahrrad in den Hinterhof, wo ich zwei Personen am Hintereingang stehen sah. Ich konnte Camila und einen deutlich übergewichtigen, leicht schmierigen Mann erkennen, vermutlich ihr Anwalt. ‚Wenigstens ist sie der Aufforderung gefolgt‘, dachte ich bei mir. Camila drehte sich zuerst demonstrativ von mir weg. Als ich näher kam, bewegte sie sich doch wieder zu mir und musterte mich abschätzig. Sie trug einen langen, eleganten Mantel. Die Haare hatte sie sich nach oben gebunden und am Hinterkopf mit zwei Holzstäben fixiert. Ich spürte Camilas Absicht, möglichst unauffällig und dezent zu erscheinen, doch wollte ihr das nicht wirklich gelingen. Sie hatte sich die Lippen dunkelrot geschminkt und dicke schwarze Lidstriche aufgelegt. Ihr Veilchen war einigermaßen verheilt, so dass man nur noch einen Hauch von einem Schatten unter dem linken Auge erkennen konnte. Ihr Anwalt, gekleidet in ein viel zu enges Jackett mit einer deutlich zu kurzen Krawatte, die ihm nur knapp bis unter das Brustbein reichte, zog an einer Zigarette. Ich ging, immer noch mein Fahrrad schiebend, an den beiden vorbei. „Guten Morgen“, begrüßte ich den Anwalt. „Ich muss Ihnen leider mitteilen, dass hier auf dem Gelände Rauchverbot herrscht. Sie dürfen hier nicht rauchen. Dort hinten wurde aber eine Raucherzone eingerichtet, da können Sie gerne Ihre Zigarette genießen." Der dicke Mann blies den Rauch des letzten Zuges aus und bemühte sich nicht besonders, die Schwaden nicht in meine Richtung wabern zu lassen. Er fixierte mich mit einem herablassenden und aggressiven Blick. „Und dort hinten im Raucherghetto ist es dann besser?", erwiderte er. „Als ob die Rauchwolken sich dort einsperren ließen. Sie glauben doch nicht im Ernst, dass diese gelbe Bodenmarkierung den Rauch daran hindert, in irgendeine andere Richtung zu wehen?"

Wie ein trotziges kleines Kind führte er schnell seinen Stummel zum Mund und nahm einen festen Zug, ohne den Blick von mir zu lassen. Camila stand unbeteiligt neben uns, als ob sie das nichts angehen würde.

„Sie haben physikalisch gesehen natürlich Recht. Doch ich werde nicht mit jemandem über Logik diskutieren, der sich den Rauch angezündeter Pflanzen in so ein empfindliches Organ wie die Lunge reinzieht. Das ist vergebliche Liebesmüh. Deswegen fordere ich Sie ein weiteres Mal auf, an dieser Stelle das Rauchen zu unterlassen." Mit einem grimmigen Blick nahm er den Stummel aus dem Mund und schnippte ihn neben mir auf den Boden. „Nun gut, wenn Sie unbedingt meinen."

„Ich würde es auch begrüßen, wenn Sie Ihren Abfall nicht auf den Boden werfen würden."

„Blasen Sie sich nicht auf, das ist Papier. Nach zweimal Regen ist das weg."

„Zigarettenfilter bestehen aus Kunstfasern, die halten jahrelang. Genauso gut könnten Sie einen Billigpullover auf die Wiese schmeißen, der ist auch nicht nach zweimal Drüberregnen weg." Ohne weitere Worte öffnete der Anwalt die Tür und ließ Camila zuerst das Gebäude betreten, bevor er ihr hinterherging und im dunklen Treppenhaus verschwand.

„Der Chef ist schon hinten", rief mir Angelika Leibinger entgegen, als ich wenig später einen Blick in Fiekers Büro warf. Sie stand am Fenster und packte die erledigten Unterschriftenmappen auf einen kleinen Wagen. Mit ‚hinten' war der Verhörraum gemeint, der am Ende des langen Ganges lag. Ich drehte mich wortlos um, als Angelika ein „Ach, Nick, warte mal" fallen ließ. Ich blieb stehen und sie kam mit einer ernsten Miene auf mich zu. „Wir haben alle mitbekommen, was vorgestern Abend in der alten Lokhalle vorgefallen ist. Geht es dir gut?"
„Ja, ich komme klar. Das gehört zu unserem Job dazu."
Angelika blickte mich lange an, als wollte sie meine Gedanken direkt aus dem Kopf lesen. Ich spürte, dass sie mir diese gespielte Coolness keine Sekunde lang abkaufte.
„Lass uns mal quatschen bei Gelegenheit. Diese Momente gibt es hier viel zu selten. Wir finden kaum noch zueinander zwischen all den Fällen und Akten. Ich habe gestern Abend lange an dich und Melanie gedacht. Man weiß nie, was man aneinander hat, und irgendwann überrollt einen die Realität wie ein Panzer."

„Der Alltag fängt mich wieder ein, das bleibt gar nicht
aus."
„Wie geht Melanie damit um, dass du beinahe … Du
weißt schon."
„Schwierig. Seit gestern erlebe ich sie völlig anders.
Beim Vorfall am Tuniberg vor einigen Tagen war noch
alles cool. Aber das gestern war eine andere
Hausnummer. Es hätte nicht viel gefehlt. Fast scheint es
mir so, als ob sie sich die Schuld gäbe, was natürlich
völliger Quatsch ist. Sie geht anders mit mir um."
Angelika grinste mich jetzt an. „Warst du schon bei Dr.
Albrecht?"
„Ja."
„Geh da bitte weiterhin hin. Sei nicht so störrisch wie
Melanie damals."
„Keine Sorge, das werde ich. Wozu haben wir denn
unsere polizeipsychologische Unterstützung?"
„Mach das. Verkehrt ist das nicht."
Ich blickte auf mein Handgelenk, merkte jedoch schnell,
dass ich heute Morgen keine Armbanduhr angezogen
hatte. „Ich muss in den Verhörraum, der Chef wartet mit
Camila Braunfels auf mich. Wir nehmen sie gründlich
in die Mangel."
„Ach, das war die Braunfels? Ich dachte doch gleich,
die kommt mir bekannt vor. Und dieser Fummel, nur
vom Feinsten. Achte da mal drauf."
„Ich habe sie schon unten im Hof getroffen, wo ich
ihren peinlichen Anwalt aus der Nichtraucherzone
vertreiben musste. Außerdem weißt du doch, dass ich

mich mit Kleidung nicht auskenne. Teure Klamotten beeindrucken mich überhaupt nicht."

„Melanie soll mit dir nach Zürich zum Einkleiden fahren. Dann merkst du schon den Unterschied."

Ich ging jetzt Richtung Verhörraum. „Für Zürich bin ich doch einige Gehaltsklassen zu tief angesiedelt. Das wird nichts", rief ich ihr hinterher.

Der Verhörraum war ein schmuckloses Zimmer mit einem kleinen Fenster, welches hinten zum Hof zeigte. In der Mitte stand ein alter Küchentisch, auf dem der Hausmeister mit seiner Heißklebepistole ein Standmikrofon befestigt hatte. Unsere ‚Folterkammer', wie Melanie den Raum spöttisch nannte, stand im kompletten Gegensatz zu den abgedunkelten, sterilen Verhörräumen, die man aus den Fernsehkrimis kannte. Auch gab es hier keine spektakuläre Spiegelwand, hinter der weitere Ermittler heimlich dem Lauf der Befragung folgen konnten. Lediglich ein Laptop mit einem Uralt-Betriebssystem, der zum Speichern der Audioaufnahmen diente, stand auf einem Beistelltisch. Als ich den Raum betrat, war die Spannung förmlich zu spüren. Fieker saß auf dem Platz neben der Tür und würdigte mich keines Blickes. Er fixierte sein Gegenüber wie eine Schlange, die vor einem Kaninchenbau sitzt. Unter dem Fenster saß Camila Braunfels, gekleidet in einen eng anliegenden hellbeigen Pullover mit halsfernem Kragen. Neben ihr saß ihr Anwalt, der sichtlich Probleme damit hatte, mit seinem mächtigen Hinterteil genug Halt auf der kleinen Sitzfläche des

Holzstuhles zu finden. Vor sich hatte er eine Ledermappe mit Reißverschluss liegen, in der sich mehrere Papiere stapelten. Camilas finsterer Blick war auf Fieker gerichtet. Obwohl sie mich unten an der Tür noch ignoriert hatte, begrüßte sie mich nun zu meiner Überraschung persönlich, wenn auch mit einem spöttischen Grinsen. „Hallo, Nick!"

„Herr Reetmann, bitte", erwiderte ich.

„Ach ja, ‚Herr Reetmann'?" Sie betonte meinen Namen mit einer übertriebenen Langsamkeit und warf ihren Kopf mit einer arroganten Bewegung nach hinten. „Als Sie mich im Colombi auf mein Zimmer verfolgt haben und ich mich kaum Ihrer unverschämten Avancen erwehren konnte, klang das noch ganz anders."

Bevor ich etwas dazu sagen konnte, ergriff Fieker das Wort. „Keine Psychospielchen, Frau Braunfels. Das gehört hier nicht her."

Der Anwalt erhob nun seinen Kopf. „Gibt es persönliche Verbindungen zwischen meiner Mandantin und einem der beiden Herren?"

„Nein, die gibt es nicht", antwortete ich. „Und es wäre besser für Ihre Mandantin, wenn sie bei der Wahrheit bliebe und hier keine Lügengeschichten auftischte."

Der Anwalt schaute fragend zu Camila hinüber, die ihm mit einer kurzen Handbewegung signalisierte, Ruhe zu geben. Der dicke Mann schien in sich zusammenzu-fallen, als er sich wieder seinen Papieren zuwendete.

„Können wir dann endlich anfangen?", giftete sie zurück. „Ich habe nicht ewig Zeit."

„Das werden Sie uns überlassen müssen", antwortete ich. „Das ist kein netter Kennenlernplausch in der Colombi-Bar, sondern eine Anhörung."

„Das werden wir dann sehen. Was werfen Sie mir denn vor?"

„Von ‚vorwerfen‘ möchte ich nicht sprechen", hakte Fieker ein. „Noch nicht. Vielmehr möchten wir etwas über Ihre Beziehung zu Bybar Aladschi erfahren. Kannten Sie ihn?"

Ein kurzes Schnauben war die Folge. „Oberflächlich. War es das?"

„Nein, Frau Braunfels, das war es noch lange nicht. Uns interessiert, wie die Art Ihrer Beziehung war, wie und wo Sie ihn kennengelernt haben. Und je weniger wir Ihnen aus der Nase ziehen müssen, umso besser ist das für Sie."

Der Anwalt beugte sich zu Camila hinüber. „Sie müssen darauf nicht antworten."

„Doch, ich befürchte, das muss sie", warf Fieker mit einem deutlich genervten Unterton ein. „Ihre Mandantin stand erwiesenermaßen in einem Verhältnis zu einem möglichen Serienmörder. Da stellt sich die Frage nicht, ob sie die Antwort verweigern darf."

Der Anwalt rutschte nun nervös auf seinem Stuhl hin und her, während Camila einige überhängende Strähnen aus dem Gesicht strich. „Fragen Sie", warf sie uns kurz und bündig zu. Fieker nahm ein Notizbuch aus seiner Jackentasche und blätterte bis zum letzten Eintrag, irgendwo in der Mitte der kleinen Kladde.

„Zunächst einmal: Stimmt es, dass Sie eine geheime Wohnung in Düsseldorf unterhalten?"

„Ja und nein. Ich habe dort ein Appartement, aber das ist nicht geheim. Robert wusste davon."

„Wir haben die Auskunft, dass niemand aus der Familie von der Wohnung Kenntnis hatte."

„Das können Sie nur von Daniel wissen." Camila erhob jetzt ihre Stimme. „Was bildet sich dieser Kurpfuscher ein? Nur weil ich ihm und seiner arroganten Schwester nichts davon erzählt habe, heißt das noch lange nicht, dass die Wohnung ‚geheim' ist. Das ist lächerlich."

Der Anwalt bedeutete ihr mit einer schwachen Handgeste, wieder ruhiger zu werden, machte dabei aber ein Gesicht, als ob er gleich mit einem Anschiss rechnen würde. Camila unterbrach ihren Wortschwall und lehnte sich an der Stuhllehne an.

„Ich habe einen großen Freundeskreis in Düsseldorf. Alles Damen aus bester Gesellschaft, und da hielt ich es für sinnvoll, für meine regelmäßigen Besuche eine kleine Wohnung nahe der Königsallee zu mieten."

„Gehörte Bybar Aladschi ebenfalls zu diesem Freundeskreis?"

„Nein, ganz und gar nicht. Ich habe ihn bei einer Vernissage kennengelernt. Er war ein sehr galanter Mann."

„Demnach wissen Sie von seinen kriminellen Aktivitäten?"

„Mittlerweile ja, bedingt durch die Akteneinsicht und die Vorbereitung zu diesem Termin."

„Vorher nicht?"

„Nein. Bybar hatte sich als Geschäftsmann vorgestellt.
Im- und Export hochwertiger Lebensmittel aus der
Balkanregion.“

„Und Sie hatten keinerlei Kenntnis von Verstrickungen
in kriminelle Milieus?“

Camilas Anwalt stöhnte leise auf.

„Natürlich nicht, was denken Sie denn von mir?“

„Zumindest sind Sie einige Male zusammen mit ihm
und seinem Bruder Sandar in Düsseldorf gesehen
worden. Auch wissen wir von Telefonaten, die Sie
offensichtlich mit Mitgliedern der Aladschi-Familie
geführt haben.“

„Das ist … Woher wollen Sie denn das wissen?“

„Wir wissen es einfach.“

„Das kann nur dieser Privatschnüffler sein, den mir
Daniel auf den Hals gehetzt hat.“

„Sie wissen von einem Privatdetektiv? Woher?“

Der Anwalt beugte sich zu Camila und flüsterte ihr leise
ins Ohr. Fieker ließ nicht locker.

„Haben Sie den Aladschis von dem Detektiv erzählt?
Sollten sich diese um ihn kümmern?“

„Meine Mandantin wird Ihnen auf diese
Suggestivfragen nicht antworten. Das sind haltlose
Unterstellungen, auf die wir nicht näher eingehen
werden.“ Schweißperlen bedeckten die knallrote Stirn
des Anwalts.

„Gut, dann ziehe ich die Frage zurück. Aber Sie können
uns doch sicher erzählen, was Bybar Aladschi und sein
Bruder in Freiburg wollten?“

„Das weiß ich nicht, vermutlich waren sie geschäftlich hier. Bybar hat mir seinen Ausflug nach Freiburg zwar angekündigt, doch gesehen haben wir uns nicht. Ich war in diesen Tagen anderweitig eingespannt.“

„Sie schließen es also aus, dass er Ihretwegen nach Freiburg gekommen ist?“

„Auf was wollen Sie hinaus? Dass es eine Liebesbeziehung zwischen uns gab?“

„So weit würde ich nicht gehen. Ich könnte mir vorstellen, dass Sie beide irgendetwas gemeinsam vorhatten und sich daher in Freiburg getroffen haben.“

Der Anwalt hob die Hand. Fieker winkte schnell ab.

„Jaja, ich weiß. Sie halten das für haltlose Unterstellungen. Eine Frage noch, Frau Braunfels. Die beiden Aladschi-Brüder sind stark verdächtig, zwei, vielleicht auch vier Morde begangen zu haben. Haben Sie eine Erklärung dafür?“

„So, jetzt reicht es, meine Herren. Meine Mandantin wird Ihnen keine Fragen beantworten, die ihr irgendeine Mitschuld an kriminellen Machenschaften unterstellen. Ich schlage vor, wir beenden das an dieser Stelle.“ Der Anwalt stand demonstrativ auf, nicht ohne den Stuhl mit einem lauten Kratzen über den Boden zu schieben. Camila blieb sitzen. „Und deswegen haben Sie mich einbestellt? Ist Ihnen das nicht ein bisschen peinlich, meine Herren?“

„Ganz und gar nicht, Frau Braunfels. Im Gegenteil, Sie haben uns sehr dabei geholfen, Licht ins Dunkel zu bringen.“

„Ach ja? Habe ich das?“

„Durchaus.“

„Dann kann ich ja jetzt gehen.“

„Können Sie, aber noch eine letzte Frage.“

Camila verdrehte gut sichtbar ihre Augen. „Wie viele letzte Fragen kommen denn noch?“

Fieker ging nicht weiter darauf ein. „Sie bezeichnen Konstanze Braunfels als die arrogante Schwester eines Kurpfuschers. Wie passt es dann ins Bild, dass Sie sich erst vor wenigen Tagen mit ihr in Bad Krozingen getroffen haben?“

In Camilas Blick konnte ich für einen kurzen Augenblick den Anflug von Entsetzen sehen, bevor sie sich wieder fing. „Jetzt reicht es aber! Meine Privatangelegenheiten gehen Sie gar nichts an. Wenn Sie nicht aufhören, mich zu belästigen, werde ich ganz andere Geschütze auffahren, das können Sie mir glauben.“

„Beruhigen Sie sich, Frau Braunfels“, erwiderte Fieker. „Wir finden es sehr seltsam, dass Sie sich in einem Gerichtsverfahren mit Konstanze und ihrem Bruder befinden, sich aber privat mit ihr treffen. Da kommen mir halt ein paar Fragen. Unter anderem, ob Sie ein Verhältnis mit der offenbar homosexuellen Frau haben.“

Wie von der Tarantel gestochen, sprang sie auf, so dass der alte Stuhl nach hinten kippte. Camila ging einen Schritt auf Fieker zu, in ihren Augen blitzte schiere Wut auf.

„Meine Herren“, griff der Anwalt ein, „jetzt ist es wirklich genug. Meine Mandantin hat Ihnen all Ihre

Fragen zu den Aladschis beantwortet. Das hat nun überhaupt nichts mit Ihrem Fall zu tun. Es reicht jetzt."

„Gut, aber Frau Braunfels soll sich zur Verfügung halten."

Camila schien sich wieder zu fangen. „Keine Angst, ich werde diese Stadt nicht verlassen. Den Gefallen tue ich den undankbaren Kindern meines Ex-Mannes nicht."

Nachdem ich die beiden zur Tür begleitet hatte, schaute ich in Fiekers Büro vorbei. Er saß an seinem Schreibtisch und blätterte gedankenverloren in einem Notizbüchlein. Ohne eine Reaktion abzuwarten, setzte ich mich ihm gegenüber auf einen alten, knarrenden Besucherstuhl. „Und?"

„Nick, wir haben unsere Mörder." Er griff eine Aktenmappe und warf sie mir zu. „Sie brauchen gar nicht zu lesen, was darin steht. Ich sag es Ihnen. Die Projektile, die in Kollers Leiche gefunden wurden, passen zu Bybars Pistole. Damit ist sehr wahrscheinlich, dass wir unsere Toten der Familie Aladschi zu verdanken haben. Und ich gehe noch einen Schritt weiter Camila Braunfels spielt eine entscheidende Rolle."

„Aber unser heutiges Gespräch hat uns in dieser Frage nicht wirklich weitergebracht. Ist sie ein kleines Licht oder die Puppenspielerin, die im Hintergrund die Fäden zieht?", sagte ich.

„Nick, Sie sehen immer nur das Offensichtliche, das ist Ihr Problem, das müssen Sie abstellen. Das Gespräch hat uns sehr wohl weitergebracht. Wie hat denn Camila auf Sie gewirkt?"

Ich überlegte eine Weile, ich wollte nichts Unüberlegtes sagen. „Überheblich, sehr arrogant, aber auch fahrig."

„Wirkte sie in irgendeiner Art und Weise siegessicher?"

„Wenn ich es mir so überlege, überhaupt nicht."

„Ich sehe das genauso, Nick. Sie hat eine Mauer aus Hochmut und Eitelkeit um sich aufgebaut. Doch diese ist nicht hoch genug, um zu verbergen, dass sie extrem nervös ist. Nick, ich sage Ihnen, diese Frau hat Angst, echte Angst."

„Das ist nachvollziehbar, schließlich ziehen wir die Kreise immer enger um sie."

„Nein, da täuschen Sie sich." Fieker richtete sich in seinem Stuhl auf und lehnte sich mit den Unterarmen auf den Schreibtisch. „Sie hat keine Angst vor uns, sie hat Angst vor den Aladschis."

„Meinen Sie wirklich, Chef?"

„Wie wir jetzt wissen, steht Camila Braunfels vor dem Bankrott. Wenn das Privatvermögen ihres verstorbenen Mannes nicht an sie fällt, ist sie pleite. Und das bei ihrem Lebenswandel und dem Selbstverständnis, mit dem sie ihren vergangenen Reichtum präsentiert. Für mich ein ganz starkes Motiv. Und so ist sie vielleicht in etwas reingeraten, was sie nicht mehr unter Kontrolle bekommt."

„Und das zu vier Morden geführt hat?"

„Richtig. Wie auch immer diese Unglücklichen in die Sache hineingeraten sind, am Ende geht es um Geld."

Ich zögerte kurz. „Aber für die Durchsetzung ihrer Erbansprüche hilft es wenig, ein Zwillingspärchen, eine

Krankenschwester und einen Ex-Knacki durch die Aladschis umbringen zu lassen."

„Tatsächlich, das ist die große Unbekannte in der Gleichung. Hierauf muss das Hauptaugenmerk unserer weiteren Ermittlungsarbeit liegen. Was hatte Camila mit ihnen zu schaffen? Das ist die Frage, die wir klären müssen."

Fieker lehnte sich wieder in den Stuhl zurück. „Der Tod von Robert Braunfels war das Beste, was ihr passieren konnte, zumindest nach ihrem damaligen Wissensstand. Sie wusste ja noch nichts von der Testamentsänderung. Hätte sie vollen Zugriff auf das Privatvermögen und den Immobilienbesitz, hätte sie ausgesorgt. Da liegt die Versuchung, etwas nachzuhelfen, schon nahe. Ich würde nicht ausschließen, dass sie beim vorgetäuschten Suizid ihres Mannes irgendwas gemauschelt hat."

„Das kann ich mir nicht vorstellen", warf ich ein. „Ich war damals dabei und habe den Selbstmord mit eigenen Augen gesehen. Ich schließe es aus, dass Dritte ihre Hände mit im Spiel hatten."

„Ich kenne die ganzen Videos, die von dem Vorfall kursieren. Und trotzdem sage ich, dass nicht immer alles so sein muss, wie es zuerst wirkt."

„Wollen Sie andeuten, dass er unter Drogen gesetzt wurde, als er sein Leben beendete?"

„Wer weiß, möglich ist einiges."

„Ich bezweifle das, Chef. Man kann einen Menschen mit K.-o.-Tropfen schachmatt setzen, aber jemanden geradezu fremdzusteuern, hört sich doch sehr nach Dr. Mabuse an."

„Vielleicht war die Waffe des alten Braunfels manipuliert und er wusste nicht, dass sie geladen war?"

„Ist das nicht ein bisschen zu fantastisch? Ein honoriger Mann spielt nicht mit einer Spielzeugpistole vor der feinen Gesellschaft der Freiburger Hautevolee herum, um dann – ‚April, April' – einen lustigen Kasper aus der Tröte springen zu lassen. Außerdem habe ich mit meinen eigenen Augen gesehen, wie sich der alte Braunfels eine Kugel in den Kopf schoss. Ich sehe da absolut keine Möglichkeit für ein Einwirken Dritter."

„Täuschen Sie sich da nicht, die Optionen, andere zu beeinflussen, sind mannigfaltig. Es gibt genug Fälle, in denen Menschen zu schlimmen Taten genötigt wurden."

„Ich bin skeptisch, Chef. Nach allem, was man von Robert Braunfels weiß, stand er mitten im Leben und war ein selbstbewusster und willensstarker Mensch. Außerdem hatte er Camila aus seinem Testament gestrichen, was nahelegt, dass er sich schon emotional von ihr gelöst hatte. Auch konnte ich bei dem theatralischen Selbstmord keine Anzeichen dafür erkennen, dass er unter irgendeinem Bann stand, seien es Drogen oder Hypnose. Es war deutlich zu sehen, wie geschockt Camila in dem Moment war, als der Schuss durch die Halle knallte."

„So was kann man spielen, wenn man ein wenig schauspielerisches Talent hat."

„Ich weiß nicht, das scheint mir doch sehr weit hergeholt."

„Außerdem, Nick, sind Sie sicher, dass der Mann, der auf der Bühne sein Leben aushauchte, wirklich Robert Braunfels war?“

Ich zögerte einen kleinen Moment. Es war ein interessanter Gedankengang, den Fieker hier auftat. Doch ich wischte die Vorstellung von einem inszenierten Schmierentheater gleich wieder weg.

„Natürlich kannte ich Robert Braunfels nur aus der Zeitung. Ich hätte es vermutlich nicht gemerkt, wenn Camila mir da jemand anderes vorgesetzt hätte. Aber es waren so viele alte Freunde und Wegbegleiter anwesend, ich kann mir nicht vorstellen, dass dies unbemerkt geblieben wäre.“

„Aber Sie müssen zugeben, Nick, dass der Gedanke verlockend ist. Camila tötet im Vorfeld ihren Mann mit Hilfe der Aladschis, um dann bei der Geburtstagsfeier einen engagierten Doppelgänger eine zirkusreife Theaternummer mit Kunstblut inszenieren zu lassen. Sie wäre damit aus dem Schneider und könnte das Erbe antreten.“

„Das überzeugt mich nicht, Chef. Das klingt einfach zu weit hergeholt.“

„Ich will Sie auch gar nicht überzeugen, nichts liegt mir ferner. Ich stelle mir vor, was ich gemacht hätte, wäre ich an Camilas Platz gewesen. Nennen Sie es ein Hirngespinst, aber da hat es schon ganz andere Fälle gegeben. Ich würde da gerne dranbleiben, das könnte lohnend sein.“

„Sie wollen den Selbstmord von Robert Braunfels wieder neu aufrollen? Chef, das ist sehr gewagt. Die

Familie ist gerade zur Ruhe gekommen, so langsam wächst Gras über diese Angelegenheit, die Zeitungen schreiben nicht mehr täglich darüber, und jetzt wollen Sie die Leiche wieder ausbuddeln? Sinnbildlich, meine ich natürlich. Sie wollen doch nicht wirklich … ich meine … Robert Braunfels' Leiche exhumieren?"

„Ich denke schon, dass das eine Maßnahme wäre, die Licht in das Dunkel bringen könnte. Wenn unsere Mordserie den Selbstmord des Familienpatriarchen als Ausgangspunkt hat, müssen wir wissen, ob alles so abgelaufen ist, wie es der Öffentlichkeit verkauft wurde."

„Chef, ich denke, da gehen Sie einen Schritt zu weit. Das würde enorm viel Staub aufwirbeln."

„Apropos Staub. Nächsten Donnerstag wird vor der ersten Kammer des Amtsgerichtes das Urteil in Sachen Braunfels gegen Braunfels gesprochen. Ich werde hingehen und mir die Verhandlung anschauen. Kommen Sie mit?"

Der dunkle Flur in der hintersten Ecke des Präsidiums wirkte auf mich genauso wenig einladend wie schon letzte Woche. Ich ging heute zügiger durch den Gang, da ich den Weg zu Dr. Albrechts Zimmer kannte. Dieses Mal war seine Tür offen und er schien bereits zu warten. Er stand am Fenster und goss eine Zimmerpflanze. Als er mich hörte, drehte er sich mit einem freundlichen Lächeln zu mir um.

„Herr Reetmann. Kommen Sie doch herein."

Ich betrat den Raum und steuerte den Sessel an, auf dem ich auch beim letzten Termin saß. Dr. Albrecht schob ein paar Papiere auf seinem Schreibtisch hin und her, schnappte sich ein Klemmbrett und setzte sich in einen Sessel direkt mir gegenüber.

„Wie ist es Ihnen seit unserem letzten Treffen ergangen?"

„Ich habe heute viel zu erzählen. Vorgestern habe ich wieder in den Lauf einer Pistole geblickt."

Für einen Moment fuhr der Schreck in das Gesicht des Psychologen. „Ich hatte mir notiert, dass ich Sie heute fragen wollte, wie Sie mit einer Woche Abstand das Erlebnis im Weinberg beurteilen, doch diese neuen Entwicklungen machen diese Frage überflüssig."

Ich blickte kurz zur Decke und zögerte mit einer Antwort. „Irgendwie kommt mir das Erlebnis vom Attilafelsen wie ein Prolog zum aktuellen Ereignis vor. Auch hier hatte ich hart gepokert, ich hätte die Verfolgung auch abbrechen und auf Verstärkung warten können, doch ich wollte dranbleiben. Und da geht man dann Risiken ein. Zumindest rede ich mir ein, dass ich sowohl gestern wie auch letzte Woche die freie Entscheidung hatte, diese Situationen zu vermeiden oder in die Vollen zu gehen. Ich wollte es ja so."

Ich zögerte eine Weile. „Aber ganz sicher bin ich mir nicht, ob ich mir nur was vormache. Ehrlich gesagt, versuche ich heute, so wenig wie möglich darüber nachzudenken. Ist das schlecht?"

Dr. Albrecht grinste mich an. „Das kann ich nicht pauschal beantworten. Es hängt davon ab, was Ihnen guttut. Es kann bei der Verarbeitung eines traumatischen Erlebnisses helfen, wenn man es in das Alltagsleben einordnet. Es besteht aber auch die Gefahr der Verdrängung. Spielt diese Weinbergepisode in Ihren Träumen eine Rolle?“

„Nein, bisher noch nicht.“

„Das könnte ein Indiz dafür sein, dass Ihr Unterbewusstsein sich nicht heimlich mit dem Ereignis beschäftigt. Wie reagiert denn Ihr Umfeld darauf, was Ihnen geschehen ist?“

„Unterschiedlich. Meiner Familie zuhause in Aalen darf ich das nicht erzählen. Meine Mutter riefe sofort den Innenminister an und ließe mich ins sichere Archiv versetzen, wenn Sie davon erfahren würde. Meine Freundin ging ambivalent damit um. Zum einen war sie natürlich bestürzt, doch da sie selber Kriminalpolizistin ist, hat sie sich eine Professionalität angewöhnt.“

„Sprechen Sie darüber?“

„Eher nicht, derzeit beschäftigen uns andere Dinge.“

„Wie geht Ihr Chef, Herr Fieker, damit um?“

„Gar nicht. Das ist kein Thema, über das man sich mit ihm unterhalten kann. Privates ist für ihn tabu. Ich bin mir sicher, dass er auch nicht darüber sprechen würde, wäre dieses Ereignis ihm passiert.“

„Glauben Sie, dass er Ihnen diese … ich nenne es mal: Trauerarbeit nicht zugesteht?“

Während er mir zuhörte, machte er sich Notizen auf seinem Klemmbrett.

„So weit würde ich nicht gehen. Ich habe den Eindruck, dass er nicht darüber spricht, weil er denkt, dass es ihn nichts angeht. Ich weiß von meiner Freundin, dass Fieker eine Tochter hat, die in der Nähe von Köln lebt und mit der er keinen Kontakt mehr hat. Er hat mir gegenüber nie von ihr gesprochen oder sonstige Andeutungen gemacht."

„Da kann vieles dahinterstecken, schwierig, daraus Schlüsse zu ziehen. Manche Familienangelegenheiten teilt man nicht gerne mit jedem."

„Meine Freundin denkt, dass er nicht darüber spricht, da er etwas zu verbergen hat. Ich bin anderer Meinung. Ich glaube, dass er nichts aus seinem Leben erzählt, da er davon ausgeht, dass es seine Mitmenschen nicht interessiert."

„Interessiert es Sie denn?"

„Irgendwo schon. Schließlich sind wir direkte Arbeitskollegen. Ich verbringe mit ihm mehr Zeit als mit jedem anderen Menschen. Wir sind nach wie vor per Sie, auch wenn das für mich eine weitere Distanz schafft."

Dr. Albrecht machte sich einige Notizen. „Sie würden sich also wünschen, dass Herr Fieker ein bisschen mehr Interesse an Ihrer Person zeigt und daran, was Ihnen in diesem Fall so widerfährt? Ein verständlicher Wunsch, schließlich hat er als Ihr Vorgesetzter eine Verantwortung für Sie."

Ich zögerte eine Weile. „Das können Sie getrost vergessen. Fieker hat seine Chefrolle nie angenommen. Seine Mitarbeiter sind Zuarbeiter, denen er ein angenehmes Arbeitsklima zugesteht, mehr nicht. Ich für meinen Teil kann froh sein, dass ich nun schon seit über einem Jahr mit ihm störungsfrei zusammenarbeite. Die

Legenden über junge Kommissare, die er weggebissen hat, sind endlos."

„Ich habe den Eindruck, Herr Reetmann, dass das Wesen Ihres Chefs Sie deutlich mehr beschäftigt als die Gefahren Ihres Berufes."

Dr. Albrecht verschränkte seine Beine, legte seinen Stift auf die Lippen und zeigte sein mittlerweile typisches Grinsen.

Julia

Gelangweilt in meinem Kaffee rührend, starrte ich auf die Unterlagen, die ich vor mir auf dem Schreibtisch ausgebreitet hatte. Autopsieberichte, Tatortfotos, Protokolle und Ähnliches lagen vor mir, darauf wartend, dass mich ein kluger Gedanke oder eine schnelle Idee ansprang. Ich griff nach der heutigen Ausgabe der ‚Badischen Zeitung‘. Den Lokalteil durchblätternd, sprang mir sofort ein Bild von Camila Braunfels ins Auge. Sie grinste in die Kamera, gekleidet in ein enges Kleid und eine auffällig dicke Perlenkette um ihren Hals. Neben ihr stand ein junger Mann in einem feinen Anzug, ebenso falsch grinsend. ‚Milliardär besucht Freiburg und den Schwarzwald‘ stand unter dem Bild. Ich überflog den Artikel. Timothy McCoven, eine Hightech-Größe aus dem Silicon Valley, war zu Besuch, was der hiesigen Presse anscheinend einen Bericht wert war. Ich hatte schon entfernt von dem Typen gehört. Er hatte in seiner Garage eine App entwickelt, mit der jedermann ganz einfach reale Personen in Videos einbinden konnte. Eine Flut von Fake-Videos in den sozialen Medien war die Folge. Die Politik schäumte, doch die Kids liebten es und machten diesen grünen Jungen zum Milliardär. Er nutzte jede Gelegenheit, sich in den Medien zu präsentieren, und schmiss mit seinem Geld nur so um sich. Kein Wunder, dass eine Camila Braunfels da nicht weit sein konnte. ‚Die bekannte Freiburger Society-Lady Camila Braunfels stellte dem Gast ihre Heimatstadt vor‘, fuhr der Artikel fort. Ich musste an unsere Begegnung im Colombi Hotel denken und fragte mich unwillkürlich, was sie ihm noch alles zu zeigen hatte.

Ein Klopfen an der Tür riss mich aus meinen Gedanken. Als ich mich umdrehte, stand Angelika an der Tür. „Sie ist da.“

Erst jetzt konnte ich sehen, dass hinter ihr jemand zu stehen schien. Der Schatten einer weiteren Person wurde an die gegenüberliegende Wand im Flur geworfen.

„Wer?“

„Euer Besuch!“

„Besuch?“

„Na, euer Besuch aus Heidelberg. Hat der Chef dir nichts davon erzählt?“

Ohne eine Antwort abzuwarten, betrat jetzt eine Frau mein Büro. Sie grinste mich an und ging direkt auf mich zu.

„Herr Reetmann, nehme ich an?“

Für einen kurzen Moment war ich völlig konsterniert. Eine ausgesprochen attraktive Frau, geschätzt Anfang dreißig, mit einem natürlichen Lächeln, einer sportlichen Figur und welligen schwarzen Haaren, die um ihren Kopf zu tanzen schienen, stand nun vor mir. Wie von der Tarantel gestochen, erhob ich mich.

„Ja, Reetmann, äh, Nick. Der bin ich. Ich meine, Sie können gerne Nick zu mir sagen.“

Sie lachte herzerfrischend und warf dabei ihren Kopf leicht in den Nacken. „Hauptkommissarin Julia Elbing aus Heidelberg. Aber natürlich gerne Julia, warum so förmlich?"

So langsam fasste ich mich wieder. Ich hatte mich auf einen langweiligen Büronachmittag eingestellt und nicht mit solch reizendem Besuch gerechnet.

„Wir hatten kürzlich telefoniert. Wegen der Sache mit den Zwillingsbrüdern. Du erinnerst dich?"

„Ja, natürlich. Ich bin erstaunt, Sie … äh … dich hier zu sehen."

„Ich komme wohl überraschend. Dabei hatte ich doch meinen Besuch bei Hauptkommissar Fieker angekündigt. Hat er nichts gesagt? Wir wollten die Übergabe der Ermittlungen abwickeln."

„Nein, das hat er tatsächlich nicht. Aber das ist nichts Besonderes, das kann bei ihm schon mal vorkommen. Er hat viele Stärken, doch Selbstorganisation gehört nicht dazu."

Julia lachte wieder laut auf. Ich musste zwangsläufig mitlachen.

„Sei's drum, ich bin jetzt da. Zum ersten Mal übrigens, ich war noch nie in Freiburg."

„Konntest du schon etwas sehen?"

„Nein, ich bin direkt vom Bahnhof mit dem Taxi hergefahren. Wenn ich gewusst hätte, wie kurz die Strecke ist, wäre ich gelaufen. Ich musste trotzdem fast zehn Euro zahlen, da der Fahrer auf den paar hundert Metern ständig im Stau stand."

„Ja, das ist typisch für uns. Freiburg ist eine überfüllte Stadt. Das gilt auch für die Straßenbahnen und die

Innenstadt am Samstag. Gefühlt leben hier doppelt so viele Menschen, wie diese Stadt tragen kann."

„Na, da bin ich ja gespannt. Ich habe nämlich tatsächlich Sightseeing mit eingeplant."

„Wenn du magst, kann ich dir gerne ein bisschen was zeigen."

Der Satz rutschte mir von der Zunge, ohne dass ich mir Zeit zum Überlegen gegeben hatte. Ich hatte gerade eine hübsche Frau, die ich seit zwei Minuten kannte, zu einem privaten Treffen eingeladen.

„Gerne!", unterbrach sie meine Gedanken. „Vielleicht heute Abend? Kann man irgendwo einen guten Wein trinken?"

Ich dachte an Melanie. Ich hatte ihr versprochen, nicht allzu spät nach Hause zu kommen. Sie war immer noch ziemlich hilflos mit ihren verletzten Schultern und konnte kaum selbstständig ihren Alltag bewältigen.

„Das können wir gerne machen. Ich kenne da einige nette Plätzchen am Münsterplatz."

„Ja, schön. Da freue ich mich drauf."

Ein schlechtes Gewissen machte sich in mir breit. Auch wenn ich es nicht in Worte fassen konnte, zog mich etwas an Julia magisch an. Ihre offene, erfrischende Art gefiel mir. Sie gefiel mir sogar sehr. Bevor ich jedoch den Gedanken weiterspinnen konnte, betrat Fieker mein Büro.

„Frau Elbing, wie schön. Herzlich willkommen bei uns in Freiburg. Hat Herr Reetmann Ihnen einen Kaffee angeboten?"

Ich war erstaunt, mit welchem Charme Fieker die Frau begrüßte. Julia beantwortete die Frage mit einem lachenden „Nein, noch nicht".

„Dann wird er das sicher gleich nachholen. Wie war die Fahrt?"

„Danke der Nachfrage, Herr Fieker." Ich bemerkte, dass sie das ‚ie' lang genug aussprach, um eine peinliche Verwechslung zu vermeiden, doch kurz genug, um es nicht aufgesetzt wirken zu lassen. „Reichlich unspektakulär. Eine normale Fahrt mit dem ICE ohne besondere Vorkommnisse."

Julia griff sich einen schweren Rucksack, den sie im Flur abgestellt hatte, und zog ihn sich über die Schulter. „Wo gehen wir hin?"

Fieker zeigte wortlos in Richtung des Konferenzraums. Julia nickte ihm zu und ging den Flur hinunter. Ich blieb stehen und blickte ihr nach, bis sie im Konfi verschwand.

Als ich wenige Minuten später mit einem Tablett, auf dem ich drei Tassen Kaffee balancierte, den Raum betrat, stand Julia vor dem Schwarzen Brett, an dem ich alle Fakten, Unterlagen und Notizen zum aktuellen Fall angepinnt hatte. Sie drehte sich zu mir um. „Vorbildlich. Alles auf einen Blick, wie man das von einem Fernsehkrimi kennt."

„Mir hilft diese Vorgehensweise dabei, eine Ordnung in das Chaos zu bekommen. Außerdem erleichtert es die Kommunikation im Team. Wenn man hier vor dem Brett zusammenkommt und über offene Fragen spricht, tut man sich doch deutlich leichter." Julia nickte nur und starrte weiter auf die beiden großen, mit Papier behängten Metaplanwände. „Hast du das chronologisch sortiert?“

„Nein, ich habe die Informationen nach den Toten geclustert. Bisher haben wir fünf, Bybar Aladschi mit eingeschlossen.“

Julia zeigte auf ein Bild von Markus Frick. „Da ist ja unser Kandidat. Es wird euch freuen, zu hören, dass der Fall mittlerweile komplett in Freiburg liegt. Ich bin hier, um die offizielle Übergabe zu regeln. Markus Frick gehört jetzt euch, genauso wie sein Zwillingsbruder. Zumal die Indizien erdrückend sind, dass die albanischen Brüder auch hier die Hände im Spiel haben. Doch von vorne. Ich darf mir einen Kaffee nehmen?“

Julia setzte sich wahllos auf den nächsten Stuhl und kramte in ihrem Rucksack, aus dem sie einen silberfarbenen Laptop herausfischte. Mit flinken Fingern stellte sie diesen auf den Tisch und klappte ihn auf. Aus einem Portemonnaie holte sie eine weiße Scheckkarte und schob sie in einen Schlitz auf der Seite des Gerätes. Sie grinste mich an. „Sicherheit geht vor. Nicht auszumalen, wenn der Laptop und die darauf gespeicherten Daten in falsche Hände geraten würden.“

„Benötigst du das WLAN-Passwort?“, fragte ich und wollte gerade aufstehen.

„Um Himmels willen. Ich gehe mit dem Gerät nicht ins Internet. Da sind alle Daten drauf, die ich brauche. Das macht ihr doch bestimmt auch so? Die Datenschutz-richtlinien für digitale Ermittlungsakten sind ja eindeutig.“

Ich schaute zu Fieker rüber, der nicht reagierte und in seinem roten Büchlein blätterte. Julia blickte mich mit einem fragenden Gesicht an.

„Jaja. Natürlich, die Datenschutzrichtlinien", entgegnete ich. Julia berührte mit ihrem rechten Daumen einen Sensor, der mittig auf der Vorderseite des Laptops angebracht war, um gleich darauf einen kurzen Text, hinter dem ich ein Passwort vermutete, einzugeben. „Ist es nicht pervers, dass Herr Fieker in der Fußgängerzone laut aus seinem roten Büchlein vorlesen dürfte, ohne dass es Ärger geben würde, ich aber nicht mal meinen Laptop im ICE anmachen darf, ohne gegen ein Dutzend Datenschutzgesetze zu verstoßen? Unsere Bürokratie ist manchmal echt zum Verzweifeln, besonders wenn es um die Digitalisierung geht."

Ich hatte mich bisher noch nicht wirklich mit Datenschutz auseinandergesetzt. Ich ging zwar nicht fahrlässig mit meinen Daten um, doch hatte ich eher einen intuitiven Zugang zu dem Thema. Ich arbeitete mit dem Computer, wie es mir richtig erschien. Fieker hatte damit kein Problem, da er keine elektronischen Hilfsmittel einsetzte. Selbst sein Diensthandy lag meist nur ausgeschaltet in seiner Schreibtischschublade. Julia schien sich hier deutlich besser auszukennen. Sie blickte zu Fieker. „Ich schlage vor, dass wir chronologisch beginnen. Lassen Sie uns abgleichen, was wir haben, um ein stimmiges Gesamtbild zu bekommen." Ohne eine Antwort abzuwarten, fuhr sie fort. „Johannes und Markus Frick, Zwillingsbrüder, wohnhaft in Neuruppin, Brandenburg. Beide zu Tode gekommen innerhalb von vier Tagen. Die Gemeinsamkeit bei den Fällen ist, dass jeweils ein Suizid arrangiert wurde, der aber mehr als fraglich ist. Kommen wir auf unser Opfer zu sprechen, Markus Frick. Ich möchte Ihnen gerne die Untersuchungsergebnisse übergeben. Herr Fieker, darf ich?"

Fieker wirkte wie aus einem Sekundenschlaf gerissen. „Natürlich. Bitte."

„Wie bekannt, heißt unser Mann Markus Frick. Wie auch bei Johannes können wir von einem fingierten Selbstmord ausgehen. Frick war stark alkoholisiert mit einem Auto auf einer Straße zwischen Walldorf und Sandhausen unterwegs. Die forensische Untersuchung ergab, dass er über mehrere Stunden Getränke mit einem sehr hohen Alkoholgehalt hätte trinken müssen, um auf solch einen exorbitanten Alkoholspiegel zu kommen. Etwas, das von Zeugen, die ihn vor seinem Tod gesehen haben, nicht bestätigt wurde. Unsere Experten konnten keine Hinweise auf Manipulationen an Fricks Fahrzeug entdecken, aber das Baufahrzeug am Unfallort wurde definitiv unsachgemäß bewegt. Das hat uns die Autobahnmeisterei der Kreisverwaltung bestätigt. Außerdem haben wir eine Zeugenaussage eines anderen Verkehrsteilnehmers, der von einem grellen Licht gesprochen hat, welches den Straßenabschnitt für mehrere Sekunden erleuchtet hatte. Wir gehen davon aus, dass der Autofahrer absichtlich in diese Falle gelockt wurde. Sie müssen wissen, dass diese Bundesstraße eher gerade verläuft, eine kaum merkliche Rechtskurve ist eigentlich kein Hindernis.

Doch mit einem hohen Alkoholspiegel, Ablenkung durch Gegenlicht und einer Baumaschine im Weg eine echte Todesfalle."

„Perfide. Und auch riskant", bemerkte Fieker. „Hier müssen einige Faktoren zusammenpassen, wenn der Plan aufgehen soll."

„Offensichtlich ist er aufgegangen. Sonst säße ich jetzt nicht hier. Wenige Stunden vor seinem Unfall wurde Markus Frick noch putzmunter im Garten seiner Pension gesehen, kein Hinweis auf eine Alkoholorgie oder irgendeine Bedrohung durch Dritte. Das stützt unsere These, dass er sich nicht sinnlos betrunken hat, wie es der Alkoholspiegel im Blut nahelegt."

„Konnten Sie irgendwelche Hinweise zum Täterkreis finden?"

„Möglich, vielleicht habe ich da etwas für Sie. Am Unfallort selbst gab es keine brauchbaren Spuren. Doch wurde am Tag nach dem Unfall in die Pension eingebrochen, in der Markus Frick untergebracht war. Ein Zufall womöglich, doch daran glaube ich nicht. Die Einbrecher, wir gehen von zwei Personen aus, scheinen etwas gesucht, aber nicht gefunden zu haben. Die Theke im Eingangsbereich war durchwühlt, obwohl dort nicht mit Wertgegenständen zu rechnen war. Auch wurde das Büro im Erdgeschoss aufgebrochen, der Tresor aber nicht angetastet."

„Vermutlich wollten sie herausfinden, welches Zimmer Markus Frick bewohnte?"

„Genau davon gehe ich auch aus. Doch sie haben umsonst gesucht, diese Information war auf einem passwortgesicherten Computer gespeichert, aber nirgendwo handschriftlich vermerkt. Sie kamen also nicht weiter und haben dann im ersten Obergeschoss, wo sich die Zimmer befinden, wahllos zwei Türen aufgebrochen. Weit sind sie aber nicht gekommen, die Pension war gut besucht, so dass sie kaum die Möglichkeit hatten, unbeobachtet irgendwelche Zimmer zu durchsuchen. Da sie nicht wussten, welchen Raum Markus Frick bewohnt hatte, war ihr Vorhaben zum Scheitern verurteilt."

„Was könnten die Einbrecher gesucht haben?"

„Auch dazu habe ich etwas für Sie mitgebracht, das Sie interessieren dürfte." Julia nahm einen großen Schluck aus ihrer Kaffeetasse, griff die kleine Maus und klickte etwas in ihrem Computer an.

„Ach ja?", sagte Fieker fragend.

„Ich habe alles digital. Wir haben in Markus Fricks Zimmer Unterlagen gefunden, die er in einer Ledermappe hinter dem Fernseher versteckt hatte. Offensichtlich rechnete er damit, dass sich jemand für diese Dokumente interessieren könnte, und meinte sie verstecken zu müssen."

„Was waren das für Unterlagen?"

„Sie werden staunen, es waren Dokumente zu den Braunfels-Kliniken und der Familie Braunfels."

Fieker lehnte sich zurück und sog laut Luft ein. „Schon wieder. Auch sein Bruder trug Schriftstücke bei sich, die auf die Klinik verweisen. Wenn es bisher nur eine Vermutung war, dass diese Morde mit dem Krankenhaus zu tun haben, ist es durch diesen Fund jetzt sicher."

„Die Dokumente sind teilweise harmlos, alte Zeitungsausschnitte, Stammbäume und anderes öffentlich zugängliches Zeugs. Manches ist sehr alt und sicherlich für Historiker interessant. Markus Frick muss das über einen längeren Zeitraum gesammelt haben, falls er der Urheber dieser Sammlung ist. Manche Dokumente aber haben es in sich. Gibt es Hinweise, dass in früheren Jahren in den Braunfels-Kliniken nicht alles mit rechten Dingen zugegangen ist?“
Fieker schaute mich an und ergriff dann das Wort.
„Ja, die gibt es tatsächlich. Allerdings sind es nur Gerüchte. Diese halten sich aber hartnäckig. Man munkelt davon, dass die Braunfels-Kliniken während der Nazizeit in die Aktion T4 verwickelt waren.“
„Die sogenannten Euthanasie-Morde. Bingo, das passt zu dem, was wir gefunden haben.“ Julia drehte den kleinen Monitor zu uns hin und öffnete einen Ordner, in dem mehrere Miniaturansichten eingescannter Akten zu sehen waren. „Ich habe hier einige Dokumente, die genau dieses Thema behandeln. Offensichtlich gab es in den Sechzigern schon mal Untersuchungen, über die sogar der ‚Spiegel‘ berichtete. Ist alles hier gesammelt. Seitenlange Dokumente, manche aus den Vierzigerjahren, offenbar durch den Weltkrieg gerettet.“
Ich stand auf und starrte gedankenversunken auf meine Metaplanwand, die ich in den nächsten Tagen um einige Fakten und Erkenntnisse erweitern würde. Ich drehte mich zu Julia um. „Was hatten Johannes und Markus Frick für ein Interesse, in der Vergangenheit der

Braunfels-Klinik herumzuwühlen? Weder waren beide Reporter noch an historischen Forschungen beteiligt."

„Ganz und gar nicht. Markus war Landmaschinen-mechaniker und Johannes gelernter Koch", ergänzte Julia.

„Vielleicht Erpressung?", warf Fieker in den Raum. „Dann hätten wir auch ein Motiv, warum den beiden jemand nach dem Leben trachtete. Das würde allerdings den jungen Daniel Braunfels in die Schusslinie bringen. Schließlich tut er alles, um diese dunklen Gerüchte unter dem Mantel des Schweigens zu verdecken."

Ich drehte mich um und sah Fieker an.

„Ich weiß nicht, Chef. Wäre er dazu fähig, deswegen einen Mord in Auftrag zu geben? Wegen solch einer alten Geschichte? Sicherlich, sollte an den Gerüchten was dran sein, könnte das unangenehm für das Ansehen seines Unternehmens sein, mehr aber nicht. Einen Mord oder sogar eine ganze Mordserie wäre das nicht wert."

Julia hörte uns nun interessiert zu.

„Und wie passt Camila in das Bild?", fragte Fieker.

„Eigentlich hätte sie ein Interesse daran, der Familie ordentlich zu schaden, wenn sich diese Gerüchte bewahrheiten würden. Warum sollte sie also mit den Aladschis zusammenarbeiten, um die Fricks aus der Welt zu schaffen?"

„Womöglich wollte sie an die Unterlagen kommen und die beiden Zwillinge waren ihr im Weg? Vielleicht hatte sie Hoffnung, etwas Brauchbares in die Hand zu bekommen, um ihren Erbschaftsprozess für sie günstig zu beeinflussen."

„Das sind ziemlich viele ‚vielleicht‘“, warf Julia ein. „Womöglich kann ich ein weiteres ‚vielleicht‘ hinzufügen. Warten Sie mal …“ Sie drehte den Monitor wieder zu sich um und starrte konzentriert auf den Bildschirm. „Sagt Ihnen die ‚Aktion Bernhard‘ etwas?“

„Eine Fälschungsaktion der Nazis während des Zweiten Weltkrieges“, antwortete Fieker. „Im großen Stil wurden Pfundnoten gefälscht, die das britische Finanzsystem aus dem Gleichgewicht bringen sollten. Daran hatte ich auch schon gedacht.“

Ich drehte mich wieder zu meiner Stellwand zurück und links oben im Eck, wo ich die Hinterlassenschaften unseres ersten Opfers angepinnt hatte, lächelte uns ein Geldschein an. Ich nahm ihn ab und rieb ihn prüfend zwischen Daumen und Zeigefinger. „In den Dokumenten, die Sabine Nowacky von Johannes Frick bekommen hatte, war diese alte Pfundnote dabei.“

Julia lehnte sich zurück und verschränkte ihre Arme hinter dem Kopf. Ich konnte erkennen, dass sie dezent durchtrainierte Oberarme hatte. „In den Unterlagen von Markus Frick war ein Artikel über diese ‚Aktion Bernhard‘ vorhanden. Ich kannte den Begriff nicht, aber mittlerweile habe ich ihn recherchiert. Hierfür wurden KZ-Häftlinge eingesetzt, von denen einige nach getaner Arbeit ermordet wurden. Wäre es möglich, dass die Familie Braunfels hier involviert war?“

„Darüber gibt es derzeit keine Hinweise“, sagte Fieker.

„Markus Frick hatte dazu alte Unterlagen, allerdings ohne direkten Bezug zur Braunfels-Klinik. Womöglich war er hier einer Sache auf der Spur?“

„Ein interessanter Aspekt. Er öffnet uns Tore in ganz neue Richtungen."

„Ich bin skeptisch", erwiderte ich. „Ich gehe davon aus, dass mittlerweile erforscht und dokumentiert ist, wo diese Fälscherwerkstätten angesiedelt waren. Auch gibt es solche historischen Scheine heute noch im Überfluss. Achtzig Jahre altes Falschgeld … ich weiß nicht, Chef. Das überzeugt mich nicht."

Ohne darauf einzugehen, sprach er Julia an. „Was haben wir noch?"

„Oh, ich habe noch einiges für Sie. Diverse Notizen auf Fresszetteln wurden in den Unterlagen gefunden. Schauen Sie her, ich habe alles eingescannt." Julia klickte im Sekundentakt durch ein Bilderarchiv, bis Fieker und ich zugleich ein lautes „Stopp!" ausriefen. Julia blätterte wieder ein Bild zurück, bis eine lange Zahlenkette zu sehen war.

„402299.659 5318241.902. Das sind die gleichen Zahlen, die wir sowohl bei Johannes Frick als auch bei Hans-Jörg Koller gefunden haben."

„Irgendwelche Geokoordinaten?", warf Julia ein.

„Anscheinend nicht. Die gängigen Kartendienste geben einen Fehler aus, wenn man diese Zahlen eingibt."

„Haben Sie schon mal die Kommas verschoben? Wenn ich es aus dem Geographieunterricht noch richtig erinnere, sind die Koordinaten zweistellig."

„Ja, daran habe ich auch gedacht. Doch dann komme ich irgendwo am Kaspischen Meer raus. Das bringt uns nicht weiter."

„Da habt ihr ordentlich Ermittlungsarbeit vor euch. Ich habe hier noch eine Sache. Das sieht nach einem Gebäudegrundriss aus. Könnt ihr damit etwas anfangen?"

Ohne zu antworten, griff ich an die Stellwand, wo ich die merkwürdige Zeichnung angepinnt hatte, die wir in Johannes Fricks Unterlagen gefunden hatten. Ich hielt sie neben den Bildschirm. Die Darstellung auf dem Laptop war professioneller gezeichnet, während unsere Skizze wie abgepaust wirkte.

„Wenn ihr mich fragt, zeigt das eindeutig dasselbe Gebäude", sagte ich. „Was auch immer es ist, es scheint wichtig zu sein."

Fieker nahm mir nun den Zettel ab. „Die Räume links und rechts eines langen Ganges. Für mich sieht das wie ein Krankenhaus aus."

„Die Braunfels-Klinik, Chef?"

„Womöglich, das ist schwer zu sagen. Es würde aber in das Bild passen. Das Klinikgebäude scheint eine Rolle zu spielen. Wir sollten es im Blick haben."

„Sie denken an eine Observation?"

„Das ist zum jetzigen Zeitpunkt etwas übertrieben. Aber ich werde den Polizeimeister Wittemann und seine Breisacher Kollegen bitten, das Gebäude in ihre Streife mit aufzunehmen. Wenn jemand hineinwill, der dort nicht hingehört, sollten wir das wissen."

Julia Elbing ergriff nun wieder das Wort. „Eine Sache habe ich noch, dann bin ich tatsächlich fertig mit meiner Übergabe. Es ist etwas Schönes für Sie zum Weitergrübeln, vielleicht eine neue Spur. Markus Frick hatte am Tag vor seinem Tod Besuch von einer Frau. Das haben uns sowohl der Besitzer der Pension als auch zwei der Gäste bestätigt. Sie haben lauthals gestritten, deswegen blieb das nicht unbemerkt.“

„Eine Frau? Camila?“ Ich schaute Fieker an. Julia tippte angestrengt auf ihrer Tastatur. „Ich habe hier eine Phantomzeichnung mitgebracht. Wo ist sie denn? Ach, hier. Die Zeugen haben übereinstimmend erklärt, dass es sich um eine kleine, dickliche Frau handelte.“

„Das ist sicherlich nicht Camila“, entfuhr es mir.

„Sie war offensichtlich Deutsche, optisch eher unauffällig und, wie gesagt, korpulent. Ihre Frisur wird als lang, wellig und blond beschrieben. Hier habe ich die Grafik, schauen Sie.“

Auf dem Bildschirm war eine Schwarz-Weiß-Zeichnung zu sehen, die ein Frauengesicht zeigte. Fieker und ich beugten uns über das Notebook.

„Diese Frau sieht aus wie Miss Piggy. Kein Hals, schwülstige Lippen und eine Nase wie eine Steckdose“, sagte ich.

„Miss Piggy“, wiederholte Fieker. „Das ist nicht sehr nett.“ Offenbar hatte er noch eine Erinnerung an die Schweinemarionette aus der ‚Muppet Show‘.

„Ich weiß, das ist politisch nicht korrekt, aber das war jetzt meine erste Assoziation. Mittlerweile ist die Anzahl der Personen, die in die Ermittlungen miteinbezogen werden, fast unüberschaubar.“ Ich schaute zu Julia hinüber, doch diese schien nicht auf meine Bemerkung einzugehen.

„Das wird immer verzwickter. Nick, da hast du morgen ganz schön was zu tun, meine Unterlagen zu sichten und deine Übersicht hier zu ergänzen. Am besten besorgst du eine dritte Metaplanwand." Julia grinste mich an. Für einen Moment verlor ich mich in ihren Augen. Ich fragte mich unwillkürlich, wann ich zum letzten Mal eine dermaßen attraktive Frau gesehen hatte.

Eine gute halbe Stunde später stand ich im Flur und wählte die Nummer von Melanies Handy. Ich hatte ihr das Mobiltelefon auf einen Fotorahmen montiert, so dass sie möglichst unfallfrei per Knopfdruck ein Gespräch annehmen konnte. Es dauerte eine Weile, bis sie ranging.
„Hallo, Melanie, ich bin's. Ich wollte dir sagen, dass es heute leider doch später wird."
Ein kurzes Seufzen war am anderen Ende der Leitung zu hören.
„Nein, bitte nicht schon wieder. Du weißt doch, wie schwer es mir fällt, alleine zurechtzukommen. Außerdem habe ich heute noch nichts gegessen."
„Kannst du nicht diese Freundin aus dem Yoga nochmal bitten, vorbeizukommen und dir zu helfen?"
„Ach, Nick, das ist einfach nur daneben, dass du so unzuverlässig bist. Was ist denn heute wieder los?"
Ich musste improvisieren, die Wahrheit konnte ich Melanie nicht antun. „Ich habe dir doch von dem Privatdetektiv erzählt. Er braucht dringend unsere Hilfe, wir müssen uns um ihn kümmern."

„Kann das Fieker nicht alleine machen? Er weiß doch, dass du zuhause gebraucht wirst. Gib ihn mir mal, ich möchte mit ihm reden."

Ich drehte mich nun weg. Fieker stand im Gang vor der Tür des Konferenzraums und unterhielt sich angeregt mit Julia Elbing. „Das geht gerade nicht, er ist nicht da. Ich glaube, er wollte noch irgendwas besorgen."

Melanies Stimme trug nun eine gewisse Resignation in sich.

„Und das muss unbedingt heute sein? Wenn ihr das morgen erledigen würdet, könnte ich mich darauf einstellen. Aber so ist es zu kurzfristig."

„Versteh doch, Melanie! Rene Bauer hat mir das Leben gerettet, ich kann ihn jetzt nicht hängen lassen." Ich schloss die Augen und ließ mein Kinn auf die Brust sinken. Ich konnte es selbst kaum fassen, dass ich dieses Argument gebrauchte, um meiner Lüge noch mehr Nachdruck zu verleihen.

„Nun ja, wenn es unbedingt sein muss. Ich werde schauen, dass ich zurechtkomme. Dann muss es wohl so sein. Pass auf dich auf."

„Du auch, Melanie."

Mit einem leichten Seufzen steckte ich das Handy in die vordere Hosentasche. Ich atmete tief durch. Ich hatte gerade meine Freundin dreist angelogen, wie ich den Abend verbringen würde. Sie war normalerweise unkompliziert und hatte nie Eifersüchteleien gezeigt. Womöglich hätte sie es sogar verstanden, wenn ich noch kurz mit einer auswärtigen Kollegin etwas trinken gehen würde. Melanie wusste, dass ich nicht zu vorschnellen, unüberlegten Aktionen neigte. Warum hatte ich es ihr also nicht einfach erzählt? War es, weil ich mir selber nicht sicher war, warum ich unbedingt mit Julia etwas unternehmen wollte?

„Nick, steht unsere Verabredung noch?" Julia stand plötzlich neben mir und riss mich aus meinen Gedanken.

„Sicher, ich bin bereit. Es scheint ein schöner Herbstabend zu werden. Es sieht so aus, als könnte man sogar noch draußen sitzen."

„Ich würde allerdings gerne vorher das Hotelzimmer beziehen. Ich bin in der Marienstraße untergebracht. Laut meiner App ist das nicht weit von hier."

„Nein, wenn wir flott gehen, zwanzig Minuten zu Fuß. Von dort sind wir dann schnell in der Innenstadt. Möchtest du auch gerne was essen?"

„Vielleicht eine Kleinigkeit. Einen Flammkuchen oder so was. Kriegen wir das hin?"

„Natürlich, ich werde mein Fahrrad mitnehmen."

„Super, ich verabschiede mich noch von deinem Chef, dann können wir los."

Kurz darauf gingen wir die Kronenstraße entlang. Julia mit ihrem vollgepackten Rucksack auf dem Rücken, ich mein Fahrrad neben mir herschiebend.

„Du hattest Recht, Nick. Es sieht wirklich ganz danach aus, dass wir einen warmen Herbstabend bekommen. Schön, dass sich Freiburg von seiner besten Seite zeigt, wenn ich schon mal hier bin."

„Dann komm doch öfter mal nach Freiburg."

Julia grinste mich an. „War das eine Einladung?"
Ich antwortete nicht.

„Ich war heute Mittag sehr erstaunt, wie großstädtisch sich Freiburg zeigt. Die hohen Häuser am Bahnhof, die modernen Bürobauten in der Straße bei euch am Revier. Das hat mich doch sehr überrascht."

Ich war erleichtert, dass Julia so geschickt das Thema wechselte. Mittlerweile hatten wir die Kronenbrücke überquert und bogen in die Schreiberstraße ein.

„Nun ja, Freiburg ist eine moderne Stadt, das vergessen manche immer gerne. Mit allen Vor- und Nachteilen, die das Leben in einer Großstadt mit sich bringt."

„Ich hatte nur nicht damit gerechnet, da Freiburg doch sicherlich kleiner als Heidelberg ist."

Ich lachte Julia an. „Da liegst du völlig falsch. Hier leben knapp eine Viertelmillion Menschen. Im weiteren Einzugsgebiet sind wir bei fast einer Million. So klein, wie manche immer meinen, ist diese Stadt nicht."

„Da lag ich aber sehr daneben. In den Medien liest man halt immer von der idyllischen Provinzstadt. Freiburg geht ein Ruf der Gemütlichkeit und Beschaulichkeit voraus."

„Das passt durchaus. Doch trotzdem ist die Gegend auch ein Powerhaus, das schließt sich nicht aus."

„Du hast Recht, vielleicht sollte ich doch mal öfter runterkommen."

Kurze Zeit später waren wir in der Marienstraße angekommen. Ich wartete vor dem Hotel, während sich Julia ein wenig frisch machen wollte. Sie hatte um zehn

Minuten gebeten, und pünktlich nach zehn Minuten trat sie aus der Tür des Hotels. Sie hatte sich eine leichte Strickjacke angezogen und den Rucksack gegen ein kleines Umhängetäschchen ausgetauscht. Mein Fahrrad schloss ich an einen dünnen Baum auf der anderen Straßenseite an. Anschließend gingen wir in Richtung Innenstadt, vorbei am Museum für Neue Kunst, überquerten den Augustinerplatz, bis wir durch Augustiner- und Kaufhausgasse den Münsterplatz erreichten. Das Münster lag in seiner ganzen Pracht vor uns. Der dunkle Sandstein nahm im Licht der untergehenden Sonne eine leicht orange Färbung an.

„Das Münster ist doch um einiges größer als die Heiliggeistkirche in Heidelberg. Sehr beeindruckend. Kann man dort hochgehen?"

„Normalerweise schon, ich befürchte nur, um diese Zeit sind die Türme geschlossen."

„Ich meinte auch nicht jetzt, sondern ein andermal."

„Das kannst du dir für deinen nächsten Freiburg-Besuch aufheben. Fieker zum Beispiel schwärmt immer von den Orgelkonzerten am Samstagvormittag."

Die Tische vor den Kneipen und Restaurants waren gut gefüllt, offenbar waren wir nicht die Einzigen, die den spätsommerlichen Abend noch genießen wollten. Wir sicherten uns Plätze an einem kleinen, abgelegenen Tisch. Nachdem wir uns zwei Viertele Grauburgunder und einen Flammkuchen ‚Schwarzwälder Art' bestellt hatten, nahm Julia einen großen Zug der frischen Luft.

„Schön, dass du noch was mit mir unternimmst. Ich hätte jetzt keine Lust gehabt, heute Abend alleine im

Hotelzimmer zu sitzen und irgendeine dämliche Casting-Show im TV anzuschauen."

„Natürlich, mach ich doch gerne. Nach dem Mittag im Büro mit irgendwelchen toten Zwillingen und Einbrechern ist es erleichternd, einfach mal über was anderes sprechen zu können."

„Fieker ist ziemlich nett. Kommst du gut mit ihm klar?"

„Oh, das kann täuschen. Manchmal kann er ein richtiger ‚Pain in the Ass' sein. Er hat seine Eigenheiten und davon nicht zu wenig. Ich habe im Laufe der Zeit einen Draht zu ihm bekommen. Das Glück haben nicht alle. Die Liste junger Kommissarsanwärter, die Fieker auf dem Gewissen hat, ist lang."

„Und warum gelingt es dir, so gut mit ihm klarzukommen?"

Ich zögerte einen Augenblick.

„Ich weiß es nicht wirklich, ich habe mir da noch keine Gedanken gemacht. Eine Kollegin meinte mal, es liegt daran, dass ich so komplett anders bin als er damals in meinem Alter."

Ich schluckte. Die ‚Kollegin', von der ich sprach, war natürlich Melanie. Ich schämte mich dafür, sie nicht als ‚meine Freundin' benannt zu haben, sondern ihr lediglich den Status einer Kollegin zugewiesen zu haben. Technisch gesehen hatte ich nicht gelogen, aber einen großen Teil der Wahrheit weggelassen. Ich tröstete mich damit, dass meine Verbindung zu Melanie für das aktuelle Gesprächsthema keine Rolle spielte. „Fieker ist ein Einzelkämpfer, eigentlich würde er gerne alles alleine machen. Teamarbeit ist überhaupt nicht sein

Ding. Außer für den Bürokram natürlich, dazu braucht er seine Leute. Er kann froh sein, dass er der Chef ist, das gibt ihm eine gewisse Freiheit, seine Marotten auszuleben. Früher, als er sich fügen musste, war es wohl ganz schlimm mit ihm. Es gibt immer noch Kolleginnen und Kollegen, die heute kein Wort mit ihm sprechen."

„Mitarbeiterführung ist nicht einfach. Auch ich musste durch diese Mühle. Ich war eine der jüngsten Kommissarinnen in unserem Revier und habe es zur Hauptkommissarin gebracht. Dazu noch eine Frau, damit kamen einige nicht klar. Ein gewisser Machismus ist aus manchen männlichen Artgenossen einfach nicht rauszukriegen. Ich denke aber, ich habe es ganz gut gelöst. Ich hatte zu Beginn meiner Tätigkeit einen Oberkriminalrat, der mich da sehr unterstützt hat und in einem Extremfall sogar eine Wegversetzung befürwortet hat, die ich unbedingt für nötig hielt."

Mittlerweile kam der Kellner an unseren Tisch und stellte uns zwei Weingläser und einen Flammkuchen auf einem dünnen Holzbrettchen hin. Wir hatten beschlossen, uns einen zu teilen, Julia befürchtete, dass ein kompletter Flammkuchen für sie zu viel wäre. Ich griff mir ein Stück und biss beherzt hinein. „Die Dinger muss man flott essen. Die werden so schnell kalt mit dem dünnen Boden."

Julia nahm sich ebenso ein Stück, legte dieses aber auf eine Serviette, die sie sich wie einen Tellerersatz zum Mund führte.

„Schmeckt klasse, dieser Schwarzwälder Flammkuchen. Hast du gut ausgesucht, Nick."

„Erzähle weiter. Wie hast du es geschafft, so früh Karriere zu machen?"

„Ich war schon immer eine Streberin." Julia biss von ihrem Stück ab und lachte dabei laut auf. Ein kleines Zwiebelstückchen verirrte sich auf ihre Oberlippe, das von ihr mit einer Ecke der Serviette weggewischt wurde.

„Nein, im Ernst. Irgendwie fiel mir das zu. Ich kam sehr gut durch die Polizeischule und den Anwärterdienst und so war es abzusehen, dass mich mein Weg weiterführen könnte. Und natürlich half auch dabei, dass mein privates Umfeld mitzog."

„Dein privates Umfeld?"

„Ja, zum Beispiel meine Eltern, die mir dabei halfen, eine Wohnung zu finanzieren. Oder mein damaliger Freund, der mich nicht mit einer überhasteten Familienplanung nervte."

„Damalig. Dann gibt es den Freund wohl nicht mehr?"

„Nein, schon lange nicht mehr. Mein Arbeitspensum hat ihn dann irgendwie verschreckt, ich hatte immer weniger Zeit für ihn."

„Ich kann mir nicht vorstellen, dass eine Frau wie du lange alleine bleibt."

Julia biss in ihr Stück des Flammkuchens, ließ den Blick über den Münsterplatz schweifen und schwieg ein paar Sekunden.

„Das sagst du so einfach. Es braucht viel mehr für eine funktionierende Beziehung. Mittlerweile bin ich seit acht Monaten Single, seit mein Ex mit einer blonden Tussi aus dem Fitnessstudio durchgebrannt ist.“

„Habt ihr zusammengewohnt?“

Julia schüttelte den Kopf. „Nein, zum Glück nicht. Ich bin da vorsichtig. Ich habe irgendwie das Talent, nur Idioten anzuziehen.“

„Immerhin bist du heute Abend mit jemandem unterwegs, der kein Idiot ist.“

„Tatsächlich?“ Julia lachte wieder laut auf, so dass sich ein älteres Ehepaar am Nachbartisch zu uns umdrehte. „Das wäre zu beweisen. Immerhin kann ich sagen, dass ich es genieße, mit dir hier zu sitzen. Lass uns darauf anstoßen.“ Julia hielt mir ihr Weinglas entgegen, welches bereits nahezu geleert war. Ich tat es ihr gleich und ein leises Klirren hallte über den Tisch.

„Wenn du dich hier schon so anbietest, dann erzähl doch du mal. Du bist auch nicht gerade jemand, der Probleme beim anderen Geschlecht haben dürfte. Wie sieht es denn bei dir aus?“

Ich nahm einen vorsichtigen Schluck aus meinem Weinglas. Für einen kurzen Moment fiel mir nicht ein, was ich sagen sollte. Dabei wäre es so leicht gewesen. ‚Ich bin seit einem guten Jahr mit meiner Freundin Melanie zusammen.‘ Doch irgendwie wollte mir dieser Satz nicht über die Lippen kommen.

„Das ist alles nicht so einfach. Du weißt ja, in unserem Job kann es schwierig sein, jemanden kennenzulernen.“

„Dann bist du also auch Single? Na, schau mal an.“ Mein Kopf drehte sich. Ich ließ sie gerade in dem Glauben, frei zu sein. Ich hörte eine kleine Stimme in mir flüstern, die mir zu sagen schien, dass ich dabei war, einen Weg zu gehen, den ich bereuen würde. Ich schaute Julia an. Sie grinste mit einem schelmischen Lächeln zurück. Ihre dunklen Locken fielen ihr lässig ins Gesicht, ihre hellen Augen blitzten mit den Bodenscheinwerfern rund um das Münster um die Wette. Ich musste mir eingestehen, dass diese Frau in mir etwas auslöste, das ich schon lange nicht mehr wahrgenommen hatte.

„Dann bist du also auch Single."

Ich klammerte mich an mein Weinglas, als könnte es mir irgendeine Art von Halt geben. Ich konnte es nicht glauben, dass ich sie eiskalt angelogen hatte. Und meine Freundin Melanie noch dazu. „Oder bist du etwa schwul? Würde mich nicht wundern, oft sind die besten Männer der Frauenwelt verschlossen."

„Nein, nein. Keine Angst."

„Ich hoffe, ich bin dir nicht zu direkt. Dieser Wein hat es aber auch in sich, der lockert meine Zunge ganz schön. Ich glaube, ich nehme noch ein Glas."

Nach gut einer Stunde bezahlten wir und verließen den Münsterplatz. Als wir die Schusterstraße entlanggingen, hängte sie sich bei mir ein. „Ich darf doch? Du kennst den Weg besser." Ich sagte nichts, zog sie aber ein wenig zu mir heran. Julia grinste und erzählte eine Geschichte von ihrer kleinen Nichte. Ich hörte kaum zu, zu sehr war ich aufgeregt, mit dieser Frau Arm in Arm durch die Freiburger Altstadt zu spazieren. Ich hoffte, dass uns niemand über den Weg laufen würde, der mich und Melanie kannte. Nicht auszudenken, diese Situation hätte man komplett falsch verstehen können. Oder womöglich richtig? Ich wusste, dass ich in früheren Zeiten ausgetestet hätte, ob heute Abend noch mehr möglich war, doch wagte ich nicht daran zu denken.

Über den Augustinerplatz, vorbei am Adelhauser Kloster, kamen wir schließlich am Hotel in der Marienstraße an. Sie ließ mich los und wir standen an dem Baum, an dem ich mein Fahrrad angebunden hatte.
„Das war ein schöner Abend, Nick. Ich danke dir sehr, dass du mich so nett ausgeführt hast. Und ich bin wirklich froh, dass wir uns mal persönlich kennengelernt haben."
„Ebenso. Als ich heute Morgen das Revier betrat, dachte ich, dass die einzige Frau, mit der ich es heute zu tun bekommen würde, die nervige Camila Braunfels wäre. Ich konnte nicht ahnen, dass der Chef dich eingeladen hatte."
Julia grinste mich an, ohne den Mund zu öffnen, so dass sich an den Wangen kleine Grübchen bildeten. „Sehen wir uns wieder?"
„Natürlich." Wir standen uns jetzt direkt gegenüber, ihr Gesicht war nur wenige Handbreit von mir entfernt.
„Sehen wir uns bald wieder?"
„Sicher, wenn du magst." Ich merkte, wie ich immer leiser wurde.
„Ich hoffe, ich bin dir nicht zu forsch, Nick. Aber ich finde dich irgendwie nett. Ich fände es schön, wenn …"

Ich ließ sie nicht zu Wort kommen. Für einen kurzen Moment verlor ich mich in ihrem hübschen Gesicht, als ich mich nach vorne beugte. Ich konnte einen erstaunten Blick in ihren Augen erkennen, doch als sich unsere Lippen trafen, spürte ich keinen Widerstand. Sie legte ihre Hände um meine Taille und ich tat es ihr gleich. Unser Kuss wurde jetzt intensiver und sie legte ihren Kopf leicht zur Seite. Die Gedanken schwirrten in meinem Kopf umher und schienen nirgendwo Halt zu finden. Ich hatte alles um mich herum vergessen, es gab auf dieser Welt nur noch Julia und mich. Nach einer gefühlten Ewigkeit zog sie ihre Lippen zurück, ohne die Umarmung zu lockern.

„Eigentlich würde ich dich gerne bitten, mit hochzukommen, doch denke ich, dass das eher unklug wäre. Schließlich haben wir uns heute erst kennengelernt. Das verstehst du doch?"

Ich spürte einen dicken Kloß im Hals. „Natürlich, klar. Keine Sache."

Sie küsste mich ein weiteres Mal. Sie stand vor mir und grinste mich an. „Ich habe das noch nie gemacht. Ich meine, einen Mann so zu küssen, den ich erst am selben Tag kennengelernt habe."

„Es gibt für alles ein erstes Mal. Mach dir keinen Kopf darüber."

„Mache ich nicht. Ich freue mich darauf, wenn wir das fortsetzen könnten. Ich will dich so bald als möglich wiedersehen."

„Sicher, wir telefonieren. Du hast ja meine Nummer."

„Nur deine Büronummer. Aber du bist ja immer im Dienst, also jederzeit für mich zu erreichen. Bis dahin werde ich von dem Tag mit dir träumen. Mach's gut, Nick."

„Du auch. Und dir morgen eine schöne Heimfahrt."
Ein weiteres Mal trafen sich unsere Lippen.

Wie benommen saß ich auf meinem Mountainbike und fuhr durch die Stefan-Meier-Straße in Richtung von Melanies Wohnung. Ich spürte noch Julias Lippen auf meinem Mund, irgendein Balsam mit einer leichten Vanillenote hatte sich auf meine Lippen gelegt. Ich würde mir zuhause gleich das Gesicht waschen müssen, sollte Melanie nichts davon merken. Ich wusste nicht, was das alles zu bedeuten hatte. Lag es nur an Julia, dass sie mich so verzaubert hatte? Oder lag etwas mit Melanie im Argen, das ich aber bisher so nie wahrhaben wollte? Julia hatte etwas in mir ausgelöst, das ich so nicht mehr kannte, als ob sie schlafende Hunde geweckt hätte, die ich lieber ganz tief vergraben hätte.

Als ich die Wohnung betrat, war alles ruhig. Melanie war schon zu Bett gegangen. Ich öffnete leise die Tür zum Schlafzimmer und warf einen Blick hinein. Melanie lag auf dem Bauch und schlief fest. Sie hatte noch einen Pulli an, den sie aber nur an einem Arm ausgezogen hatte. Die Jogginghose, die ich ihr heute Morgen angezogen hatte, hing auf halbmast, offenbar war es ihr nicht gelungen, die Hose mit den verbundenen Schultern komplett auszuziehen. Ich würde sie gleich wecken und ihr beim Ausziehen helfen. Ihr Gesicht war zu mir gedreht. Auch wenn ich mir ausmalen konnte, mit welchen Flüchen sie ihre Ausziehversuche begleitet hatte, lag sie jetzt friedlich da. Sie hatte im Schlaf immer so etwas Mädchenhaftes, was mir jetzt besonders auffiel. Ich wusste nicht, ob sie gerade träumte. Ganz sicher wusste ich aber, dass heute etwas geschehen war, das unser beider Leben verändern könnte.

Ich ging in die Küche und fand ein Chaos vor. Eine Sechserpackung Eier lag vor dem Kühlschrank, einige davon waren herausgefallen und zerbrochen. Auf der Spüle war ein Tetrapak Orangensaft umgekippt und eine helle Linie zeigte an, wo der Inhalt seinen Weg in den Ausguss gefunden hatte. Der Apothekerschrank stand offen, anscheinend hatte Melanie irgendetwas herausnehmen wollen. Ich schlussfolgerte, dass die Freundin aus dem Yogakurs nicht aufgetaucht war, um ihr zu helfen. So hatte sie selbst versucht, sich etwas zu essen und sich bettfertig zu machen. Ich fühlte mich elend. An Schlaf war nicht zu denken, auch wenn ich morgen wieder früh rausmusste. So konnte ich die Zeit nutzen, die Küche aufzuräumen. Ich lehnte mich an dem kleinen Küchentisch an, den Melanie noch aus ihrer Schüler-WG gerettet hatte. Ich griff nach einem Stück Brot, welches auf der Küchenzeile lag. Es war mittlerweile hart geworden, doch ohne weiter darüber nachzudenken, biss ich hinein und starrte die weiße Wand an.

Die Gerichtsverhandlung

„Sie haben was?" Oberkriminalrat Gebelhoff stand mit hochrotem Kopf hinter seinem Schreibtisch und richtete seinen rechten Zeigefinger auf Fieker, als wollte er ihn mit einem imaginären Speer aufspießen.

„Ich habe bei der Staatsanwaltschaft beantragt, die Leiche von Robert Braunfels zu exhumieren."

Gebelhoff ließ sich in seinen Sessel fallen und hielt sich die Hände vor das Gesicht. „Ich fasse es nicht, Herr Fieker! Wie konnten Sie nur? Immer wenn ich denke, schlimmer können Ihre Alleingänge nicht werden, setzen Sie noch einen drauf. Die Familie Braunfels ist komplett am Durchdrehen. Der Polizeipräsident persönlich hat mich gerade rundgemacht. Und die Zeitungen schreiben auch schon darüber. Können Sie überhaupt ermessen, was das bedeutet?"

„Für mich bestehen erhebliche Zweifel, dass bei dem Suizid von Robert Braunfels alles mit rechten Dingen zuging. Und deswegen halte ich es als Leiter der Ermittlungen für angebracht, hier nochmal nachzuforschen."

Fieker blieb ruhig, während Oberkriminalrat Gebelhoff wild mit den Händen in der Luft fuchtelte. „Aber doch nicht, indem Sie eine Leiche ausgraben, die seit einem halben Jahr friedlich in der Erde liegt. Was erwarten Sie denn zu finden? Fast der ganze Breisgau hat zugesehen, wie eine Kugel seinem Leben ein Ende gesetzt hat. Und außerdem, Herr Fieker, es geht hier auch um

Einfühlungsvermögen. Und ich bezweifle stark, dass Sie wissen, was Sie da tun."

„Es lag nicht in meinem Sinne, dass das solche Wellen schlägt."

„Das hat es aber, Herr Fieker, und nicht zu wenig. Der Staatsanwalt ist verpflichtet, die Angehörigen über eine mögliche Exhumierung zu informieren. Und die Braunfelsens sind nicht irgendeine Familie."

Fieker blieb weiterhin ruhig. „Darauf kann ich keine Rücksicht nehmen. Das entspricht nicht meiner Rolle als neutraler Ermittler."

Ich hatte mich auf das Besuchersofa gesetzt und dem Treiben aus sicherer Entfernung zugeschaut. Ich verstand Fiekers Motivation zu diesem außergewöhnlichen Schritt nicht. Es gehörte zu seinem Selbstverständnis als Chef, mich nur dann in seine Gedankengänge einzubeziehen, wenn er meine Hilfe brauchte. Als er mir vor wenigen Tagen die Idee einer Exhumierung nahelegte, hatte ich klar meine Einwände formuliert. Einwände, die aber keinen erkennbaren Einfluss auf seine Entscheidung genommen hatten.

„Die Rolle als Ermittler wird bald hinfällig sein. Ich plane, den Fall für abgeschlossen zu erklären. Einer der beiden Täter ist tot, der andere zur Fahndung ausgeschrieben. Mehr gibt es nicht mehr zu tun."

Fieker setzte sich auf und stützte sich mit seinen Händen auf der Sessellehne ab.

„Abgeschlossen? Das können Sie nicht tun, es sind noch so viele Fragen offen."

„Fragen, die Sie offenbar in irgendwelchen Gräbern suchen oder bei Society-Damen, die mit dem Fall so viel zu tun haben wie ich. Nein, Herr Fieker, ich werde dem Treiben ein Ende setzen. Alle diese Todesfälle lassen sich auf diese beiden Brüder aus Düsseldorf zurückführen. Ich habe die Berichte von Herrn Reetmann genau studiert. Die Aladschis wurden als Mörder identifiziert. Bei der Aktion in Niederrimsingen haben Sie die beiden sogar auf frischer Tat ertappt. Damit haben wir die Täter."

„Das wird der Staatsanwalt niemals akzeptieren. Das ist alles so vage." Fieker hatte nun ebenfalls deutlich seine Stimme erhoben. Gebelhoff lehnte sich zurück und verschränkte beide Hände hinter seinem Kopf, als habe er nur darauf gewartet, dass Fieker die Contenance verliert.

„Sei es drum, Herr Fieker. Ich gehe davon aus, dass der Staatsanwalt Ihr Ansuchen mit der Graböffnung ablehnt. Doch ich habe den Eindruck, dass Ihnen nicht klar ist, was das für Sie bedeutet. Der Polizeichef hat mich heute gefragt, ob Sie auf Ihrer Position noch der Richtige sind. So weit ist es schon gekommen, Herr Fieker. Denken Sie darüber mal nach."

Fieker sagte kein Wort, als wir die Treppe nach unten gingen. „Nick, sehen Sie nicht auch, dass die ganze Sache hinten und vorne nicht passt?"

Ich überlegte kurz und atmete tief ein. „Herr Fieker, ich muss Ihnen widersprechen. Ich denke, dass uns diese Exhumierung mehr schadet als nützt. Wir haben uns bei diesem Fall in eine Sackgasse manövriert. Die Täter sind bekannt, aber die große Frage nach dem ‚Warum‘ ist immer noch offen. Wir sind an einem Punkt angelangt, wo es völlig unklar ist, ob wir den Fall abschließen können oder es irgendwie weitergeht. Ich sehe die Gefahr, dass wir wild um uns schlagen, um es mal bildlich auszusprechen. In alle Richtungen ermitteln, ohne Rücksicht auf Verluste. Ich rate Ihnen, die Exhumierung von Robert Braunfels nicht weiterzuverfolgen.“

Fieker öffnete die Glastür, die zu unserer Abteilung führte, und hielt sie mir auf. Er starrte kurz auf den Boden, ich konnte förmlich spüren, wie er sich in seinen Gedanken verlor. Er öffnete seinen Mund, als wollte er mir etwas sagen, doch er blieb stumm. Er kam mir jetzt hilflos vor, er wirkte wie ein alter Mann, der einfach nicht weiterwusste. Ich blickte ihm nach, wie er sich in sein Büro verkroch, wie ein grauer Dachs, der sich nach einer missglückten Jagd in seinen Bau zurückzieht.

Am nächsten Morgen stand ich am Holzmarkt und schloss mein Fahrrad an einem Ständer vor einem Kiosk fest. Ich war pünktlich und so war ich mir sicher, dass Fieker in der Straßenbahn der Linie 3 sitzen würde, die von Richtung Johanniskirche heranrollte. Mein Bauchgefühl täuschte mich nicht. Als ich auf die Haltestelle zuging, konnte ich sehen, wie Fieker aus der mittleren Tür ausstieg. Bekleidet mit seiner Schiebermütze und einer beigen Kunstlederjacke, ging er über die Straße direkt auf das Gebäude des Amtsgerichtes zu.

Ich machte mich bemerkbar und gemeinsam gingen wir zur Eingangstür, vor der bereits eine Menschentraube stand. Von einer Niedergeschlagenheit war nichts mehr zu spüren, vielmehr wirkte er auf mich, als wäre er in verhaltener, aber doch neugieriger Stimmung.

„Was für ein Andrang", sagte ich. „Ob wir hier einen Platz bekommen?"

„Machen Sie sich da mal keine Gedanken. Zum Glück sind wir frühzeitig hier, wir kommen auf jeden Fall rein. Es war klar, dass dieser Prozess die Öffentlichkeit anziehen wird, wenn man Camilas Prominenz berücksichtigt."

Wir stellten uns an und warteten, dass sich vorne an der Tür etwas bewegte. Ich blickte mich um. Die Schlange war mittlerweile gute zehn Meter lang und erstreckte sich auf dem Fußweg entlang der Wallstraße. Mehrere Presseleute mit schwerem Fotogerät um den Hals bevölkerten die Straße, so dass die vorbeifahrenden Autos merklich ihre Geschwindigkeit drosseln mussten. Einige Meter hinter mir konnte ich einen Mann erkennen, der uns angrinste und mir einen kurzen Wink zuwarf. Es war Rene Bauer, der Privatdetektiv, der mich kürzlich aus dieser misslichen Situation in der Lokhalle gerettet hatte. Es erschien mir logisch, dass auch er sich dieses Spektakel nicht entgehen lassen würde.

Nach einer Weile öffnete sich die schwere Holztür und die Menge setzte sich in Bewegung. Wir kamen relativ zügig durch die Personenkontrolle und wurden zur Freitreppe durchgewunken, die in den großzügigen Flur vor dem Verhandlungssaal führte. Oben angekommen,

272

war die breite Doppeltür noch verschlossen und wurde von einem Mann in Uniform bewacht, der stoisch die gegenüberliegende Fensterfront anstarrte. Rene Bauer gesellte sich zu uns. „Mal schauen, was uns Camila für eine Show bieten wird. Die Provinzjournaille ist ja außer sich. Wann sonst gibt es schon mal so ein Spektakel hier in Freiburg?"

Ich wollte gerade zu einer Antwort ansetzen, als es plötzlich laut wurde. Weithin hörbare Schritte und Stimmen drangen vom Treppenhaus zu uns.

„Wenn man vom Teufel spricht …", sagte Rene höhnisch. „Da kommt sie schon mit ihrer Entourage. Aber ihren neuen Milliardärsfreund aus dem Silicon Valley hat sie wohl im Colombi gelassen."

Camila trug ein weißes Kleid, einen sehr auffälligen Hut mit einer breiten Krempe sowie eine Sonnenbrille, die fast das ganze Gesicht verdeckte. Mehrere Männer mit schwarzen Anzügen und ebenso schwarzen Aktenkoffern schwirrten um sie herum, wie ein Schwarm Schmarotzerfische, die aufgeregt um einen dicken Hai herumschwimmen. Camila kam jetzt direkt auf uns zu und verzog dabei keine Miene. Als sie vor Fieker stand, ging alles ganz schnell. Mit einer plötzlichen ausladenden Handbewegung holte sie aus und verpasste Fieker eine Ohrfeige, die durch den ganzen Flur hallte. Er hatte noch versucht, seinen Kopf beiseitezuziehen, doch Camila war schneller gewesen.

„Sie wagen es, das Andenken meines Mannes in den Schmutz zu ziehen?" Camila schrie so laut, dass sich ihre Stimme überschlug. Hinter mir konnte ich eine

Kamera klicken hören, als der Wachmann einen Schritt auf uns zukam, aber dann doch stehen blieb und abwartete.

„Mit Ihrer lächerlichen Exhumierung haben Sie sich ins Aus geschossen, das sage ich Ihnen. Ich werde einen Wirbel machen, dass Ihnen Hören und Sehen vergeht. Das werden Sie noch bereuen."

Fieker blieb ruhig und ließ die Tirade über sich ergehen. Einer von Camilas Begleitern zog jetzt sanft an ihren Schultern, um sie von uns wegzuziehen. Ein weiterer Wortschwall folgte, der teilweise mit spanischen Ausdrücken durchsetzt war. Camila drehte sich von uns weg, nicht ohne sich noch einmal umzudrehen und Fieker die behandschuhte Faust zu präsentieren.

„Welches Temperament die Dame hat", sagte Fieker, während Rene und ich der wütenden Frau überrascht hinterherschauten. „Da merkt man ihre südländischen Wurzeln." Ein paar Mal konnte man noch das Klicken einer Kamera hören, doch Fieker schien davon nichts mitzubekommen.

Wir kamen nicht dazu, uns über diese Szene weiter Gedanken zu machen, da gleich darauf die beiden großen Türen zum Sitzungssaal geöffnet wurden. Langsam und diszipliniert gingen die ungefähr fünfzig Zuschauer in den Saal und nahmen auf den Bänken im hinteren Bereich Platz. Wir setzten uns in die Mitte, von hier aus würden wir einen schönen Überblick über das Geschehen haben.

Nach ein paar Minuten Wartezeit betraten drei Personen den Saal und gingen hinter den breiten, leicht erhöhten

Tisch, der an der Stirnseite des Raumes, direkt unter dem überdimensionierten Landeswappen mit den drei Löwen, aufgestellt war. Eine großgewachsene blonde Frau mittleren Alters nahm in der Mitte des Tisches Platz. Fieker beugte sich zu mir herüber. „Das ist die Vorsitzende Richterin Seitz. Sie ist bekannt für ihre strenge Führung und wird sich nicht auf irgendwelche Spielchen einlassen. Seien Sie gespannt."

Zur rechten Seite unter dem Fenster saßen Daniel Braunfels und seine Schwester Konstanze. Die schlanke, großgewachsene Frau, die ihre Haare streng nach hinten gebunden hatte, verzog keine Miene. Neben den beiden saß ein Mann im schwarzen Anzug und mit dichten blonden Locken, offenbar ihr Anwalt. Daniel blickte nun in den Besucherraum und mir kam es so vor, als verfinsterte sich seine Miene, als er unsere Anwesenheit bemerkte. Auf der linken Seite waren die Plätze noch leer, doch gleich darauf trat Camila Braunfels in den Raum und setzte sich aufreizend behäbig an den langen Tisch auf der Wandseite. Ebenso übertrieben langsam zog sie ihre Sonnenbrille und den Hut aus und legte beides vor sich auf den Tisch. Zwei Männer begleiteten sie, in einem davon erkannte ich den adipösen Anwalt, der vor einigen Tagen beim Gespräch im Revier mit dabei war.

Mit einem dreimaligen Klopfen eröffnete die Vorsitzende Richterin die Verhandlung. „Ich eröffne hiermit den mittlerweile vierten Verhandlungstag in Sachen Braunfels gegen Braunfels. Bitte nehmen Sie in das Protokoll auf, dass sowohl die Antragstellerin, Frau

Konsulin Camila Braunfels, als auch die beiden Antragsgegner, Daniel und Konstanze Braunfels, anwesend sind."

Ich hörte Rene Bauer neben mir leise lachen. „Frau Konsulin, ich lach mich tot", flüsterte er mir zu. „Weiß der Teufel, wo sie diesen lächerlichen Titel herhat. Die Hirnwindung, die das Signal gibt, dass etwas zu peinlich ist, scheint ihr komplett zu fehlen."

„In den bisherigen drei Verhandlungstagen haben wir die Darlegung der Motive der Antragstellerin festgehalten und protokolliert", fuhr die Richterin fort. „Ebenso die Erwiderung der Gegenseite. Ich wollte zu Beginn dieses Verhandlungstages die Beweisaufnahme abschließen, doch vor einer Stunde erreichte mich die Nachricht, dass die Partei der Antragstellerin noch einen Zeugen laden möchte."

Camilas Anwalt stand auf, indem er sich mühsam an beiden Lehnen abstützte. „Euer Ehren, wir beantragen, den Zeugen Dr. Schaible nochmal zu hören." Wie von der Tarantel gestochen, sprang der blondgelockte Anwalt von der Gegenseite auf. „Frau Vorsitzende, wir haben vor zwei Verhandlungstagen ausführlich die Darlegungen von Dr. Schaible zum Gesundheitszustand des Verstorbenen gehört. Die Antragsgegner sehen keinen Anlass, diese Befragung zu wiederholen."

Die Richterin ging nicht weiter darauf ein und drehte sich zu Camilas Anwalt. „Können Sie kurz und zügig begründen, was Sie zu diesem unerwarteten Schritt veranlasst?"

„Gerne, Euer Ehren. Wie wir in den vergangenen Verhandlungstagen ausgeführt haben, zweifeln wir die Rechtmäßigkeit des neu aufgetauchten Testamentes an, welches zu Lasten meiner Mandantin geht. Wir möchten zeigen, dass dieses Testament keine Gültigkeit haben kann, da der Verstorbene beim Aufsetzen nicht mehr Herr seiner geistigen Kräfte war. Frau Braunfels möchte zu Protokoll geben, dass ihr Mann in seinen letzten Lebensmonaten öfter an Erinnerungslücken gelitten hat. Deswegen ziehen wir die Gültigkeit des neuen Testaments in Zweifel."

Fieker flüsterte mir zu. „Ein unerwarteter Schachzug, ein Plädoyer auf geistige Umnachtung. Es würde mich aber wundern, wenn Camila damit durchkäme."

Der Anwalt der Geschwister Braunfels wollte gerade ansetzen, doch die erhobene Hand der Richterin ließ ihn verstummen. Sie machte eine beeindruckende Sprechpause, in der sie Camila und die beiden Herren, die sie flankierten, mit ernster Miene ausgiebig musterte.

„Wenn ich Sie richtig verstanden habe, war es bisher Ihre Strategie, anzuzweifeln, dass das neue Testament von Robert Braunfels geschrieben wurde. Wir hatten sowohl den Notar als auch eine Graphologin hier im Zeugenstand, die Ihre Zweifel diesbezüglich entkräften konnten. Und jetzt plädieren Sie auf eine gesundheitliche Beeinträchtigung? Spielen Sie auf Demenz an? Das ist ein überraschender und heftiger Einwand."

„Sie müssen wissen, dass meine Mandantin viel näher mit dem Verstorbenen in Kontakt war als andere

Beteiligte, zum Beispiel ihre beiden Stiefkinder." Laute Unmutsäußerungen aus der gegenüberliegenden Seite des Raums waren die Folge.

„Und so konnte Frau Braunfels in den letzten Wochen und Monaten einen geistigen Verfall feststellen, der sie die Zurechnungsfähigkeit des Testamentserstellers anzweifeln lässt."

Der Anwalt der Gegenseite war nun aufgestanden. „Frau Richterin, im Namen meiner Klienten beantrage ich, diesen offensichtlichen und auch für Frau Braunfels sehr peinlichen Winkelzug abzulehnen. Der Gesundheitszustand war bisher nicht Gegenstand der Verhandlung, und er sollte es auch jetzt nicht werden. Wenn, dann hätte dieser Aspekt bei der notariellen Beurkundung des zweiten Testaments eine Rolle spielen müssen, aber nicht jetzt."

„Ihr Einwand wird abgelehnt, wir werden den Zeugen Dr. Schaible nochmal hören. Ist er anwesend?"

„Ja, er wartet draußen."

„Gut, dann gibt es keine weitere Verzögerung. Gerichtsdiener, bitten Sie den Zeugen herein."

Ein Uniformierter öffnete eine der vorderen Türen. Nach einigen Augenblicken betrat ein älterer Herr mit einem dunklen Haarkranz den Verhandlungsraum. Der Gerichtsdiener ließ sich von ihm ein paar Papiere zeigen, während er an einem Tisch gegenüber der Richterin Platz nahm.

„Herr Dr. Schaible, zum wiederholten Male haben wir Sie als Zeugen geladen, um einige Fragen der Partei der Antragstellerin zu beantworten."

„Ich möchte betonen, Frau Richterin, dass ich nur unter Protest noch einmal in den Zeugenstand trete. Ich habe meinen Ausführungen von letzter Woche nichts mehr hinzuzufügen."

„Das spielt keine Rolle. Sie müssen die Fragen ehrlich und ausführlich beantworten."

„Natürlich." Dr. Schaibles Kinn kippte resignierend nach vorne. Camilas Anwalt ging um den Tisch und stellte sich dem Zeugen gegenüber, der aber sitzen blieb.

„Wie wir gehört haben, waren Sie seit vielen Jahren der Hausarzt von Robert Braunfels."

„Fünfundvierzig Jahre lang, um genau zu sein. Ich kannte Robert aus dem Studium und so betreute ich ihn bis zuletzt."

„Obwohl Sie seit gut fünf Jahren nicht mehr praktizieren?"

„Das stimmt so nicht. Ich habe meine Praxis in Hochdorf meinem Sohn übergeben, der mich als angestellten Arzt beschäftigt. Dort widme ich mich besonderen Patienten, die mir im Laufe der Jahre ans Herz gewachsen sind."

„Auch Dr. Robert Braunfels?"

„Ja, auch Robert."

„Das heißt also, dass Sie bis zuletzt über den Gesundheitszustand Ihres Patienten Bescheid wussten? Auch über den geistigen Zustand?"

„Natürlich." Der Hausarzt fasste sich jetzt an den Kragen und versuchte, diesen mit einem leichten Ziehen zu lockern. „Wie ich schon dargelegt habe, waren wir seit mehreren Jahrzehnten eng befreundet, mir wäre es aufgefallen, hätte sich eine Demenz angebahnt."

„Sind Sie sich hier wirklich sicher, Dr. Schaible?"

Der Arzt schwieg für ein paar Sekunden, um ein leises „Natürlich" zu nuscheln. Ich warf einen Blick auf Camila Braunfels, die nun ein siegesgewisses Lächeln aufgesetzt hatte. „Wir sind der Ansicht, Herr Dr. Schaible, dass Sie entweder keine Ahnung vom wahren Gesundheitszustand des Verstorbenen hatten oder schlicht und ergreifend das Gericht anlügen. Ist es nicht so?"

Ich konnte von hinten sehen, wie sich der alte Hausarzt nervös durch den Haarkranz fuhr. Der Anwalt der beiden Geschwister war nun wieder aufgestanden.

„Frau Vorsitzende, ich protestiere gegen diese …"

„Abgelehnt." Mit einer Handbewegung zeigte sie auf die linke Seite. „Bitte fahren Sie fort."

Der Anwalt ging zurück zum Tisch, wo ihm sein junger Kollege eine braune Aktenmappe überreichte. Mit einem Griff holte er einige beige Mappen heraus.

„O Gott!" Dr. Schaible schien innerlich zusammenzufallen. Camila grinste nun über beide Ohren, lehnte sich zurück und warf die Beine übereinander. Ihr Anwalt hob die Mappe in die Höhe, was ihn kurzzeitig aus der Puste brachte.

„Uns liegen mittlerweile Informationen vor, die Robert Braunfels' Gesundheitszustand in einem ganz anderen Licht erscheinen lassen."

Der alte Hausarzt rutschte nervös auf seinem Stuhl hin und her. „Robert wollte nie, dass das an die

Öffentlichkeit kommt. Ich habe ihm das Versprechen geben müssen, darüber zu schweigen."

„Das entbindet Sie aber nicht von der Pflicht, vor Gericht die ganze Wahrheit zu sagen", sagte der Anwalt.

„Ich habe immer die Wahrheit gesagt."

„Da sind wir unterschiedlicher Meinung, Herr Dr. Schaible. Einen wichtigen Aspekt einfach wegzulassen, fällt in meinen Augen nicht unter den Begriff ‚Wahrheit'."

Die Richterin ergriff wieder das Wort. „Dürfte das Gericht auch erfahren, um was es geht? Machen Sie es doch nicht so spannend."

„Euer Ehren, uns wurden mittlerweile Informationen zugespielt …"

„Nein, Herr Anwalt. Ich möchte dies aus dem Mund von Dr. Schaible hören."

Für einen Moment lag ein Schweigen im Raum, das erst durch einen tiefen Seufzer des Arztes unterbrochen wurde.

„Frau Richterin, ich möchte betonen, dass es Roberts absoluter Wille war, dass das, was ich Ihnen jetzt sage, im Verborgenen bleiben sollte. Er wollte nicht mal, dass seine Kinder und seine Frau davon Kenntnis bekommen. Weiß der Henker, wie sie es geschafft hat, an diese privaten Unterlagen zu kommen."

Camila quittierte diese Bemerkung mit einem breiten Grinsen. „Als Ehefrau ist es mein gutes Recht, die komplette Krankenakte meines Mannes einzusehen."

„Frau Braunfels, unterbrechen Sie den Zeugen nicht", sagte die Richterin. „Dr. Schaible, bitte fahren Sie fort."

„Danke, Frau Vorsitzende. Ich möchte außerdem betonen, dass dies an der Sache nichts ändert. Robert war bei vollständiger geistiger Gesundheit, als er das neue Testament verfasste."

„Das kann doch stark bezweifelt werden", warf Camilas Anwalt ein.

„Ich ermahne Sie ein letztes Mal. Unterlassen Sie diese Zwischenbemerkungen." Der Anwalt hatte sich wieder hingesetzt und signalisierte mit einer übertriebenen Geste, dass er jetzt beabsichtigte, still zu sein.

„Robert hatte einen Hirntumor. Er hatte vermutlich noch weniger als ein Jahr zu leben."

Fieker beugte sich zu mir herüber. „Was für eine Wendung. Das überrascht mich doch sehr."

Ich antwortete nicht und beobachtete weiter den Hausarzt, der sich jetzt an die beiden Kinder wandte.

„Es tut mir leid, dass ihr das auf diese unwürdige Art erfahren müsst. Euer Vater wollte verhindern, dass ihr mit ihm leidet, wenn ihn diese Krankheit zugrunde richtet."

„Ein Hirntumor, sagen Sie?", fragte die Richterin.

„Ja, ein Glioblastom. Robert klagte über starke Kopfschmerzen und öfter auftretende Schwindel-gefühle. Da habe ich ihm empfohlen, an der Uniklinik ein MRT machen zu lassen. Und da wurde der Tumor dann entdeckt. Er hatte die Größe einer Apfelsine, war also schon im fortgeschrittenen Zustand. Sie müssen wissen, dass Glioblastome sehr schnell wachsen. Zudem saß der Tumor zwischen Occipital- und Parietallappen, also an einer Stelle im Großhirn, wo operativ schwierig

beizukommen ist. Robert wusste, was das heißt. Eine Operation hätte starke Einschnitte in das Sehzentrum bedeutet. Er hat sich dagegen gewehrt, auch wenn ich und der leitende Arzt der Uniklinik ihm gut zugeredet haben. Frau Richterin, Sie kannten Robert Braunfels nicht, er war ein sturer Bock. Wenn er nicht wollte, dann wollte er nicht. Er hat mir versprochen, seine Familie einzuweihen und eine Chemo- und Bestrahlungstherapie zu beginnen. Auch wenn uns beiden klar war, dass dies, wenn überhaupt, nur eine aufschiebende Wirkung haben würde. Er wollte noch seinen siebzigsten Geburtstag feiern. Ich konnte ja nicht ahnen, dass er dort vorhatte, sich mit einer Pistole das Leben zu nehmen. Auch wenn es mir heute logisch erscheint. Robert war nicht der Typ, der sich still in ein Bett legt und auf sein Ende wartet. Er wollte alles selber in die Hand nehmen."
„Und deswegen hat er diesen öffentlichen Rahmen für seinen Suizid gewählt?"
„Das war eher überraschend für mich, passt aber auch ins Bild. Er liebte den großen Auftritt. Es muss ihm eine diebische Freude bereitet haben, seinen Abgang zu planen. Außerdem denke ich, dass er seiner Frau damit eins auswischen wollte. Er wusste, dass sein theatralischer Suizid Camilas gesellschaftlichen Tod bedeuten würde."
Camila stieß ein kurzes, leicht zynisches Lachen hervor.

Ich blickte zu Fieker hinüber.
„Jetzt haben wir die Antwort auf Robert Braunfels' Suizid."

Er beugte sich zu mir herüber. „In der Tat, eine unerwartete Wendung. Ich denke, die Mordtheorie können wir nun verwerfen.“

„Das heißt, keine Obduktion der Leiche von Robert Braunfels?“

Fieker schüttelte den Kopf. „Nein, das Thema ist durch.“

Mir lag ein „Gott sei Dank“ auf den Lippen, doch ich schluckte es hinunter.

Die Vorsitzende Richterin ergriff das Wort. „Wir halten also fest, dass bei den bisherigen Befragungen zu Robert Braunfels‘ Gesundheit nicht die komplette Wahrheit auf den Tisch gekommen ist. Es wird noch darüber zu sprechen sein, dass Sie dem Gericht diesen Fakt verheimlicht haben. Doch darum soll es heute nicht gehen. Wir müssen die Frage klären, ob diese Krebserkrankung eine Auswirkung auf die Zurechnungsfähigkeit des Verstorbenen hatte. Die Verhandlung wird für drei Stunden unterbrochen. Ich bin zuversichtlich, dass wir kurzfristig einen Sachverständigen gewinnen können, der ein bisschen Licht in die medizinischen Zusammenhänge bringen kann.“

Dr. Schaible stand jetzt auf. „Ich sagte vorhin schon, dass der Tumor keinerlei Auswirkungen auf den Geisteszustand von Robert hatte.“

„Ihre Beweggründe mögen ehrenwert sein, Dr. Schaible, doch werden Sie einsehen, dass das Gericht Ihnen nicht mehr das vollumfängliche Vertrauen schenkt. Wir werden jemand anderes hören.“

Fieker und ich verließen das Gerichtsgebäude. Er drehte sich zu mir um und grinste mich an. „Wir haben Zeit bis vierzehn Uhr. Sollen wir etwas essen gehen?"
„Das wäre nicht verkehrt. An was denken Sie?"
„Ich weiß nicht, Nick. Ich bin so selten in der Stadt zum Essen. Ich dachte eher an einen Snack als an eine komplette Mahlzeit."
„Wir könnten es in der Markthalle versuchen, auch wenn diese um die Uhrzeit ziemlich voll sein dürfte. Aber dort gibt es immer etwas Leckeres, wenn Sie ein bisschen wagemutig sind."
„Dann lassen Sie uns gehen."

Kurze Zeit später saßen wir an einem kleinen Tisch in der hintersten Ecke der Markthalle. Wie erwartet, war der Laden gut gefüllt. Touristen und Geschäftsleute aus der Innenstadt nutzten diese Freiburger Institution, um etwas Schnelles zu sich zu nehmen. Ich hatte mich für ein indisches Currygericht entschieden und es mit wackligen Händen zu unserem Tisch getragen, an dem Fieker auf mich wartete.
„Danke fürs Warten, Chef. Die exotischen Gerichte sind hauptsächlich in dem Flur, der runter zur Grünwälderstraße führt." Ich zeigte hinter mich.
„Hier in diesem Bereich gibt es die klassischen Imbissgerichte, Bratwürste, Burger und Artverwandtes."
„Ich schaue mich mal um, ich werde sicher etwas finden. Fangen Sie schon mal an, sonst wird Ihr Eintopf kalt."

Kurz darauf kam er an den Tisch zurück, eine Flasche Mineralwasser in den Händen balancierend. Ich blickte neugierig auf den Teller, auf dem zwei lange Hackfleischstücke an einem Spieß lagen. Dazu eine Menge Reis sowie ein kleines Salatbouquet.

„Das sind Lammspieße vom Perser. Da konnte ich nicht widerstehen. Es hat mich an die Meschoui erinnert, die ich damals auf meiner großen Afrikareise immer gegessen habe. Sehr lecker.“

„Mesch… was? Afrikareise?“

„Ja, meine Tour durch den Schwarzen Kontinent Mitte der Achtzigerjahre. Habe ich davon noch nie erzählt?“

Fieker hatte sich eine Serviette wie ein Lätzchen in den Hemdkragen gesteckt. In dem Moment wirkte er nicht wie ein Abenteurer, der spannende Geschichten aus fremden Ländern zu erzählen hatte.

„Meschoui sind kleine Spieße aus Lammfleisch, die es hauptsächlich in Algerien und Tunesien gibt. Die findet man dort an jeder Straßenecke. Also genau das Richtige für drei Studenten, die mit einem umgebauten Camper unterwegs waren, um den afrikanischen Kontinent zu durchqueren.“

„Sie waren in Afrika? Das hätte ich jetzt nie für möglich gehalten.“

„Aber natürlich. Wir drei waren kurz nach dem Beginn des Studiums. Wir hatten schon während der Schulzeit einen alten Mercedes-Transporter wüstentauglich umgebaut und sind damit losgezogen. Ungefähr fünf Monate waren wir unterwegs. Runter nach Palermo, von dort rüber nach Tunis. Dann durch die Sahara, durch den Dschungel, die Kalahari bis nach Kapstadt. Dort haben wir das Gefährt billig verkauft und sind wieder nach Deutschland zurückgeflogen."

„Das hört sich nach einem großen Abenteuer an."

„Das war es auch. Im Kongo haben wir Diamanten geschürft und in Angola sind wir sogar im Gefängnis gelandet."

„Diamanten? Im Gefängnis?"

„Ja, wirklich. Im Kongo sind wir zufällig in ein Camp von Diamantenschürfern geraten und naiv, wie wir waren, dachten wir, versuchen wir doch unser Glück."

„Und etwas gefunden?"

Fieker grinste. „Nein, im Gegenteil. Die anderen Goldschürfer hatten uns gewarnt, dass diese Region unter Aufsicht eines lokalen Warlords steht und dass die bloße Absicht, ohne dessen Genehmigung zu schürfen, normalerweise auf das Übelste bestraft wird. Nur unserer Hautfarbe hatten wir es zu verdanken, dass sie uns nicht unverzüglich die Hände abgehackt haben. Wir haben uns sofort aus dem Staub gemacht und alles, was einigermaßen wertvoll war, dortgelassen. Mit diesen Leuten ist nicht zu spaßen."

„Heftig. Und die Geschichte mit dem Gefängnis?"

„Da wir vom Kongo aus zu den Victoriafällen wollten, mussten wir ein Stück durch Angola. Dort herrschte damals Bürgerkrieg. Da wir nicht den Umweg über Sambia nehmen wollten, nahmen wir das Risiko auf uns, eine Tagesstrecke durch das Kriegsgebiet zu fahren. Dort wurden wir von einer Splittergruppe der MPLA aufgegriffen. Das war eine kommunistische

Guerillabande, die damals, unterstützt von der Sowjetunion, gegen die Südafrikaner kämpfte. Südafrika hingegen wurde von den USA unterstützt, was diesen Konflikt zu einem Stellvertreterkrieg zwischen den beiden Weltmächten machte. Und wir als Westdeutsche mit Ziel Südafrika gerieten zwischen die Fronten. Die Guerillas beschuldigten uns, westliche Agenten zu sein, und warfen uns in eine Gefängniszelle in einem Provinzkaff. Sie drohten uns mit der Erschießung am nächsten Morgen. Eine sehr ungemütliche Nacht, wie Sie sich denken können. Am nächsten Tag haben sie uns gehen lassen, ohne weitere Erklärungen. Eine sehr einschneidende Erfahrung."

„Kaum zu fassen, was Sie alles erlebt haben. Man weiß doch so wenig übereinander, obwohl man schon so lange zusammenarbeitet."

Fieker antwortete nicht. In der ganzen Zeit, die ich ihn nun kannte, war es äußerst selten vorgekommen, dass er private Dinge preisgab. So wusste ich kaum etwas über ihn, und die Geschichten, die Melanie erzählte, basierten hauptsächlich auf Gerüchten, die zwischen den Damen des Reviers über ihn kursierten.

Mittlerweile hatten wir aufgegessen. Die Markthalle begann sich langsam zu leeren. Fieker blickte auf die Uhr. „Wir müssen wieder rüber ins Amtsgericht. Wenn wir Glück haben, konnten sie kurzfristig einen Sachverständigen finden und wir erleben heute noch einen Richterspruch. Der Ausgang des Verfahrens wird auf jeden Fall Auswirkungen auf Camilas weitere

Schritte haben. Sie sollte sich momentan davor hüten, weiterhin Kontakt zur Familie Aladschi zu halten. Der jüngere Bruder, Sandar, wurde von den Düsseldorfer Kollegen zur Fahndung ausgeschrieben. Er ist jedoch abgetaucht, keine Spur von ihm derzeit."

„Vielleicht heißt das aber auch, dass der Spuk bald vorbei ist. Sandar wird verhaftet, gesteht die vier Morde, und gut ist. Fall abgeschlossen."

„Ist es wirklich so einfach, Nick? Möchten Sie nicht das Geheimnis hinter all dem Unrat aufdecken? Irgendetwas ist hier im Gange, das uns bisher noch komplett verborgen bleibt. Und ich hoffe, dass uns Camila dorthin führt. Ich rechne damit, dass sie einen Fehler macht und irgendeine offene Flanke offenbart. Dazu ist es aber notwendig, dass sie den Prozess verliert. Ohne die Millionen ihres Ex-Mannes ist sie arm wie eine Kirchenmaus. Das könnte sie zu einem Schritt veranlassen, der uns zum Kern dieses Problems führt."

Ich warf einen Blick auf die Uhr meines Handys.

„Oh, wir müssen los! Wir haben uns verquatscht. In drei Minuten geht die Sitzung weiter."

„Das wird eng. Lassen Sie uns gehen."

Als ich den Flur in Richtung Sitzungssaal hinunterrannte, waren die Flügeltüren bereits verschlossen. Fieker war noch hinter mir und keuchte langsam die große Treppe hoch. Ein dicklicher Wachmann versperrte uns den Weg. „Kein Einlass. Tut mir leid. Wenn der Sachverständige der Uniklinik seine Aussage gemacht hat, wird es sicher eine kurze Pause geben, dann können

Sie wieder rein." Mir war klar, dass ein Protest nichts nutzen würde, und ich machte eine Geste mit meinen Armen, als Fieker nun auf uns zuging. Er verstand sofort und bremste seine schnellen Schritte ab.

„Hoffen wir, dass Rene wieder im Saal ist. Er kann uns dann berichten."

Wir warteten gut eine halbe Stunde, bis ein Gemurmel im Saalinnern die anvisierte Pause ankündigte. Die beiden großen Flügeltüren öffneten sich und mehrere Personen strömten aus dem Saal. Aus der vorderen, uns abgewandten Tür konnte ich Camila heraushuschen sehen. Mit hocherhobenem Kopf, steten Schrittes, wieder bekleidet mit dem überdimensionierten Hut und der Sonnenbrille, stöckelte sie den Flur herunter, ihren dicken Anwalt im Schlepptau. Kurz darauf kam uns Rene Bauer grinsend entgegen. „Bernhard, Nick, wo wart ihr?"

„Wir haben uns beim Essen verquatscht und durften nach Beginn nicht mehr in den Saal", sagte ich. „Wir hoffen, du gibst uns ein Update."

„Klar. Auch wenn nicht viel passiert ist, könnte das der Durchbruch sein. Das Gericht hat sich zurückgezogen, das Urteil wird in einer Stunde erwartet."

„Und wie ging es voran?"

„Der Sachverständige war ein Professor Weingärtner von der Uniklinik. Es war viel medizinisches Blabla dabei. Doch die Tendenz war eindeutig. In dem Stadium, in dem sich Robert Braunfels befand, kann von einer geistigen Umnachtung nicht die Rede sein.

Doch es kommt noch besser: Der Professor hatte den alten Braunfels kurz vor dessen Tod bei einer Charity-Gala getroffen und auch mit ihm gesprochen. Er schilderte seine Eindrücke von einem wachen und aufgeweckten Mann. Camilas Anwalt hat ihn in die Mangel genommen, doch konnte er die Tendenz der Aussage nicht mehr in eine andere Richtung lenken. Ich bin mal gespannt, was das Gericht daraus macht."
Daniel Braunfels und seine Schwester kamen aus dem Saal und würdigten uns mit keinem Blick.

Nach einer guten Dreiviertelstunde wurden wir wieder in den Saal gelassen. Ich spürte jetzt eine gewisse Aufregung. Auch wenn ich in diesem Gerichtsverfahren bisher keine Relevanz für unseren Fall sehen konnte, hatte mich Fieker nun angesteckt. Camilas Auftreten würde sich ändern müssen, sollte sie hier heute leer ausgehen. Das könnte einen neuen Wind in die Ermittlungen bringen.
Als die Richterin den Raum durch eine Nebentür betrat, erhob sich der ganze Saal. Nach ungefähr einer Minute, in der die Richter auf dem Podium Unterlagen ausgelegt und hin und her geschoben hatten, ergriff sie das Wort. „Im Namen des Volkes ergeht folgendes Urteil. Der Antrag auf Aussetzung des Testamentes vom Dezember letzten Jahres wird abgelehnt. Das neue Testament von Robert Braunfels behält seine volle Gültigkeit. Das gesamte Vermögen geht an die Kinder des Erblassers, Daniel und Konstanze Braunfels. Seine Witwe, Frau Konsulin Camila Braunfels, erhält den Pflichtteil."

Ein Raunen ging durch den Saal. Daniel und seine Schwester fassten sich bei den Händen und lachten sich an. Mein Blick ging nach links zum Tisch, an dem Camila und ihre Anwälte saßen. Während die beiden Männer angestrengt die Köpfe zusammensteckten und heftig zu diskutieren begannen, saß Camila Braunfels still auf ihrem Stuhl, steif wie eine Steinstatue, den Blick geradeaus ins Leere gerichtet.

Lothar (Februar 1970)

Lothar Braunfels nippte an dem Cognacschwenker in seiner linken Hand und ließ den edlen Weinbrand sanft seine Zunge umschmeicheln. Ein knisterndes Kaminfeuer war die einzige Lichtquelle, die dem geräumigen Zimmer eine gespenstische Atmosphäre verlieh. Niemand außer ihm durfte diesen Raum betreten, nicht einmal sein Personal. Es war sein persönliches Refugium, in das er sich regelmäßig nach einem harten Arbeitstag zurückzog.

Es war nun über zehn Jahre her, dass er die Braunfels-Klinik von seinem Vater Wilhelm übernommen und zu einem bundesweiten Netzwerk an Kur- und Erholungskliniken erweitert hatte. Entgegen allen Widerständen hatte er sein Firmenimperium aufgebaut, auch wenn er sich und seine Arbeit durch liberale Kräfte verunglimpft sah. Es waren schwere Zeiten für Menschen wie ihn. Sein Vater hatte sich seit Lothars Übernahme auf sein Altenteil zurückgezogen und blickte voller Stolz, so war sich Lothar sicher, auf die Leistungen seines Lieblingssohnes. Ein Gefühl, das Lothar in Bezug auf seinen eigenen Sohn nicht erwidern konnte. Robert, sein einziges Kind, war doch sehr aus der Art geschlagen. Er war immer ein schwieriger Junge gewesen, so voller Flausen und wilder Ideen. Lothar hatte das Gefühl, den Jungen formen zu müssen, so wie ihn sein Vater Wilhelm geformt hatte und aus ihm den Mann gemacht hatte, der er heute war. Robert war mittlerweile neunzehn Jahre alt und hatte kürzlich sein

Abitur abgelegt. Er würde Medizin studieren, wenigstens in dieser Frage gab es keine Unstimmigkeiten. Er zeigte auch das nötige Rückgrat, eines Tages die Geschäftsführung eines Klinikkonzerns bewältigen zu können. Doch würde Robert die Kliniken in seinem und Wilhelms Sinne weiterführen? Lothar hatte doch starke Zweifel. Die Braunfels-Kliniken waren ein konservativ geführtes Unternehmen, ganz im Geiste des politischen Ideals, dem sich Lothar immer noch verbunden sah. Doch Robert war anders. Er hatte die liberalen Ideen des neuen Deutschlands aufgesogen und sich somit gegen seinen Vater gestellt. Was manche als einen Generationenkonflikt zwischen Vater und dem heranwachsenden Sohn abtun würden, war für Lothar der Verrat an den Ideen der Familie Braunfels.

Es klopfte. „Herein. “

Die schwere Tür mit dem Holzfurnier öffnete sich und Robert stand im Türrahmen. „Vater, ich möchte dich sprechen. “

Lothar griff den Zigarillo, der in einem Aschenbecher neben dem Cognacschwenker vor sich hin glomm, und nahm einen festen Zug. „Sicher, setz dich. “

„Ich würde es vorziehen, wenn wir uns in einem anderen Raum besprechen könnten. Es ist ja nicht so, dass wir nicht genug davon hätten. “

„Was passt dir denn an diesem Zimmer nicht? “

„Vater, nicht schon wieder diese Diskussion. Tu uns das nicht an. “ Robert blickte sich im Kaminzimmer um. Die bronzene Hitlerbüste, der Hakenkreuzwimpel und die

große Landkarte vom Frontverlauf aus dem Juli 1942 sprachen für sich.

„Setz dich, Robert. Ich spüre, dass du mir etwas Unangenehmes mitzuteilen hast. Da ist es auch egal, in welchem Umfeld dies geschieht."

„Gut, dann bleiben wir. Aber ich werde mich nicht setzen. Ich mache es kurz, Vater. Ich werde das Stipendium der Stiftung Heimatschutz nicht annehmen."

„So?" Lothar schaute über seine Lesebrille hinaus. „Wie willst du dann dein Medizinstudium in Heidelberg finanzieren?"

„Gar nicht, Vater. Ich werde nicht nach Heidelberg gehen. Ich habe die einmalige Chance, an der Columbia University in New York zu studieren. Du weißt, dass mir mein erstklassiges Abitur sehr gute Möglichkeiten bietet, und so ist es mir gelungen, ein passendes Stipendium zu ergattern. Außerdem habe ich noch einiges zur Seite gelegt, was mir Mamas Eltern hinterlassen haben. Ich brauche das Geld deiner Nazi-Freunde nicht."

Lothar drückte den Zigarillo vehement im Aschenbecher aus und sprang aus seinem Sessel. „Das kommt überhaupt nicht in Frage. Das werde ich nicht zulassen, du wirst gefälligst in Deutschland studieren."

„Es wird dir nichts anderes übrig bleiben. Ich werde nächsten Monat abreisen. Es ist bereits alles in die Wege geleitet."

„Und was ist mit dieser Familie? Was ist mit mir? Und der Klinik?"

„Die Klinik und alles, was Großvater aufgebaut hat, ist größer als wir beide. Sie hat ihn und seine unsägliche Vergangenheit überlebt, und sie wird auch deinen nationalsozialistischen Karneval hier überleben. Ja, Vater, ich werde Medizin studieren, und ich werde die Kliniken übernehmen. Doch das wird zu meinen Bedingungen geschehen und ich werde aus unseren Häusern wieder Institutionen machen, für die man sich nicht zu schämen braucht.“

„Wie kannst du es wagen, so mit mir zu sprechen? Dein Großvater und ich, wir ... wir ...“ Lothars Gesicht lief rot an, er rang nach Worten.

„Die Nazizeit ist jetzt seit einem Vierteljahrhundert vorbei“, fuhr Robert fort. „Doch weder du noch Großvater habt jemals etwas dazu beigetragen, die Geschichte der Braunfels-Kliniken aufzuarbeiten. Die Leute sprechen über Gaskammern und Euthanasie-Morde. Doch euch scheint das nicht zu kümmern. Stattdessen feiert ihr seltsame Feste mit euren Altnazi-Freunden und suhlt euch in Zeiten, die Gott sei Dank vorbei sind.“

„Was weißt du schon? Was bildest du dir ein? Es war eine andere Zeit, über die du gar nichts weißt. Du hast kein Recht, darüber zu urteilen.“

„Sei es drum, Vater. Mein Entschluss steht fest. Ich bin alt genug, um mich von dir und den Gespenstern zu verabschieden. Ich werde meine Sachen packen und abreisen. Doch bevor ich mein Studium in New York beginne, werde ich ein Praktikum in Tel Aviv antreten. Ich werde dort in einem Krankenhaus arbeiten.“

„In Israel? Das kannst du nicht ernst meinen?"

„Doch, Vater, sehr ernst. Nach all dem, was unser Land dem jüdischen Volk angetan hat, sehe ich es als meine Pflicht, an …"

Lothar holte aus und versetzte seinem Sohn eine Ohrfeige. „Geh mir aus den Augen. Dass du mir und Großvater das zumuten kannst …"

Robert verzog keine Miene. „Dann sei es so, Vater. Du wirst den Weg, den ich gehen werde, nicht verhindern können. Ich werde ohne dich und Großvater zurechtkommen. Und auch die Braunfels-Kliniken werden nach euch weiter bestehen."

Robert drehte sich ohne ein weiteres Wort um und verließ den Raum. Mehrere Minuten in ein wirres Gedankenlabyrinth versunken, ging Lothar unruhig einige Schritte hin und her, um sich dann wieder in seinen Sessel fallen zu lassen. Er griff nach dem Cognacschwenker, um den kleinen Rest, der noch im Glas war, in einem Zug hinunterzustürzen. Seine Hand zitterte und er wippte unruhig mit seinen Beinen. Ein starkes Gefühl der Einsamkeit erfasste ihn. Verlassen von der Vergangenheit, die ihm so viel bedeutete, und nun auch von seinem eigen Fleisch und Blut. Zum ersten Mal hatte er das Gefühl, dass ihm die Kontrolle über sein Schicksal entglitt. Das flackernde Feuer im Kamin schien sich wild bewegende Schatten an die Wand zu malen. Tanzende Gestalten, die sich in einem ekstatischen Tanz auf dem dunklen Eichenholz räkelten. Er starrte auf die Wand vor sich, als ob er dort auf eine Antwort warten würde. Seine Augen wurden müde und er hatte Mühe, im schummrigen Licht des Raumes die Dinge um ihn herum zu fokussieren. Das hölzerne Furnier vor ihm schien zu verschwimmen und unwillkürlich kam ihm Belšazars Fest in den Sinn. Die Geschichte aus dem Alten Testament hatte ihm als kleinem Jungen sein Nennonkel, ein alter Pastor, oft erzählt. Einzelne Wörter und ganze Sätze kamen ihm wieder in den Sinn. Er meinte den vergorenen Atem des alten Priesters zu riechen, der ihm damals, geheimnisvoll tuend und mit dem Gesicht ganz nah, immer wieder diese Legende erzählte. Im Rausche eines großen Festes war dem babylonischen König eine Schrift an der Wand erschienen, die den Untergang seines Imperiums prophezeite. Jetzt verstand Lothar. Nun konnte er auch durch den Dunst seiner Erinnerungen sein persönliches Menetekel an der verbleichenden Wand lesen. ‚Gezählt, gewogen und geteilt‘. Belšazars Reich wurde auf der Waage gewogen und für zu leicht befunden. Deshalb wurde es geteilt und seinen Feinden übergeben. Ebenso, wie Belšazars Ruhm zerfiel, würde auch Lothars Reich zu Ende gehen. Eine Zeitenwende würde eintreten, wenn er den Chefsessel seines Klinik-Imperiums verlassen würde. Er würde alles Robert überlassen müssen und dem neuen, unseligen Geist, den dieser mit sich bringen würde. Alles, bis auf das Geheimnis, welches er bis heute hütete und das, so war er sich jetzt sicher, er mit in sein Grab nehmen würde.

Von Neuruppin nach Sardinien

„Ach, Nick!", rief es aus Angelikas Büro.
Ich war heute Morgen etwas übereilt von zuhause aufgebrochen und schon auf dem Dreisamradweg hatte mich eine volle Blase drangsaliert. Umso eiliger hatte ich es, meine Tasche in das Büro zu werfen und die Toilette aufzusuchen.
„Was ist denn? Ich habe es eilig."
Angelika schien nicht auf meinen Hinweis einzugehen.
„Heute spät dran? Kommissarin Elbing aus Heidelberg hat vorhin angerufen. Was möchte sie denn von dir? Die Ermittlungen sind doch bereits an uns übergegangen. Kannst du dir darauf einen Reim machen?"
Ich antwortete nicht. Julia …, schoss es mir durch den Kopf. Ein ungutes Gefühl breitete sich in meiner Magengrube aus. Ich wusste nicht, wie ich ihr gegenübertreten sollte. Als ich damals im Gespräch mit ihr Melanie verschwieg, machte ich einen großen Fehler. Einen Fehler, von dem ich keine Ahnung hatte, wie ich ihn wiedergutmachen sollte. Doch musste ich das überhaupt? Schließlich war nicht viel passiert. Was war schon ein Kuss? Außerdem hatte ich Julia nicht aktiv angelogen, sie hatte mir mein Single-Dasein in den Mund gelegt. Und nicht widersprochen zu haben, konnte man mir kaum zur Last legen.
„Nick, hörst du mir zu?"
Angelika riss mich aus meinen Gedanken. „Außerdem hat der Chef schon nach dir gefragt."

Sie blickte mich nun scharf an. „Was ist denn mit dir? Du wirkst so abwesend. Ist irgendwas mit Melanie?“

„Nein, alles gut. Es ist nur …“

„Ja?“

„Es ist nichts.“

Zu Angelikas fragendem Blick hatten sich nun zwei hochgezogene Augenbrauen gesellt. Ich versuchte, das Thema zu wechseln.

„Ist der Chef in seinem Büro?“

Angelika zögerte, bis sie wieder das Wort ergriff. „Ja, er ist hinten.“ Sie drehte sich weg und ging zu ihrem Schreibtisch. Die kurze Ansage zeigte mir, dass sie es aufgegeben hatte, etwas aus mir herauszuhören.

Fieker war in eine Webseite vertieft, als ich sein Büro betrat. „Ach, Nick, da sind Sie ja. Haben Sie eigentlich mal die alten Polizeiakten der Familie Braunfels aus dem Landesarchiv angeschaut?“

„Nein, Chef. Ich wusste nicht, dass der Zugang schon freigeschaltet wurde.“

Fieker klopfte auf seine Tastatur und erweckte dadurch den Bildschirm wieder zum Leben. „Ich habe Ihnen doch den Zugang per Mail weitergeleitet?“

„Nein, ich habe nichts bekommen.“

Fieker murrte kurz in Richtung des Monitors und öffnete das Mailprogramm. Er hielt von Computern äußerst wenig, und so war es immer ein Abenteuer, wenn er um deren Bedienung nicht herumkam.

„Ich dachte, ich hätte Ihnen das geschickt.“ Er öffnete ein Fenster, in dem ein eingescanntes Dokument zu sehen war. „Sei's drum. Ich habe das Material selbst gesichtet und bin auf interessante Dinge gestoßen. Können Sie sich noch an die Gerüchte über Lothar Braunfels erinnern?"

„Den Altnazi? Den Vater von Robert und den Großvater von Daniel und Konstanze?"

„Genau der. Wissen Sie noch, was Rudi Ihnen erzählt hat?"

„Im Moment klingelt nichts."

„Die Mordermittlung, in die er verwickelt war? Der Chauffeur?"

„Ja, jetzt erinnere ich mich wieder. Er wurde mit eingeschlagenem Schädel in der Garage gefunden."

„In der Reparaturgrube, um genau zu sein", sagte Fieker. „Das war 1989 und geschah am Anwesen der Braunfelsens am Tuniberg. Die Schädelverletzungen des Mannes waren unspezifisch. Sie hätten sich sowohl auf den Sturz als auch auf stumpfe Gewalteinwirkung zurückführen lassen können. Lothar Braunfels ist damals in den Mittelpunkt der Ermittlungen gerückt, da Gerüchte aufkamen, dass seine Frau eine Affäre mit dem Chauffeur hatte. Er hatte damit ein starkes Motiv."

„In dieser Familie gibt es immer wieder neue Abgründe zu entdecken. Trotzdem frage ich mich, was dieses Wühlen in der Vergangenheit mit unserem Fall zu tun hat."

Fieker schaute mich von unten an und grinste über beide Wangen. Für einen kurzen Moment wirkte er auf mich wie ein Hamster, der gerade eine Ladung Körner in seinen Mund geschaufelt hatte. Das Blitzen in seinen

Augen zeigte mir, dass er wohl etwas Interessantes entdeckt haben musste.

„Das werden Sie gleich erfahren. Raten Sie mal, wie der Chauffeur hieß.“

Ich zuckte mit den Schultern.

„Der Mann hieß Joseph Frick. Da staunen Sie, nicht?“

Fieker gab sich nicht besonders viel Mühe, diese Erkenntnis dramaturgisch spannend zu verpacken. Trotzdem verfehlte sie ihre Wirkung auf mich nicht.

„Frick? Wie Markus und Johannes? Das ist ja ein Ding. Sie vermuten wohl, dass er der Vater der beiden ermordeten Zwillinge ist?“

„Mutmaßlich eher Onkel oder Großvater oder ein anderer Verwandter. Joseph Frick hatte keine Kinder. Deshalb können wir wohl von einem Onkel-Neffen-Verhältnis ausgehen. Der genaue Verwandtschaftsgrad ist aber auch einerlei. Wichtig ist, dass es offenbar einen Zusammenhang zwischen dem mysteriösen Unfall aus dem Jahr 1989 und den aktuellen Morden an den beiden Zwillingen geben könnte. Es wäre ein extremer Zufall, wenn Johannes Frick genau dort ermordet wurde, wo auch sein Verwandter sein Leben gewaltsam hergeben musste. Nein, das kann mir keiner erzählen. Nick, das ist eine heiße Spur, eine sehr heiße.“

Ich setzte mich nun auf Fiekers Besucherstuhl. „Das fühlt sich tatsächlich so an.“

„Und vor allem kann sich Gebelhoff nicht mehr erlauben, die Ermittlungen einstellen zu wollen. Das kann er vergessen, jetzt geht es erst richtig los.“

Für einen kurzen Moment hüpfte Fieker auf seinem alten Bürostuhl auf und ab wie ein Papagei auf seiner Stange.

„Lassen Sie mich mal spekulieren", warf ich ein. „Der Onkel wird ermordet und seine Neffen setzen es sich als Aufgabe, die Sache aufzuklären."

„Nach über dreißig Jahren? Ich weiß nicht, das scheint mir ein bisschen zu weit hergeholt."

„Das würde ich so nicht sagen. Ein Freund von mir ist Krimiautor, der recherchiert gerade einen mysteriösen Todesfall, der sich in den Siebzigern in seiner Familie am Bodensee ereignet hat. ‚Familiengeschichte' nennt er das."

Fieker hatte sich mit seinem Drehstuhl Richtung Tür gedreht und war einige Sekunden in Gedanken vertieft. „Nein, Nick. Das erscheint mir doch sehr unwahrscheinlich. Und wer sollte die Zwillinge tot sehen wollen, wenn es sich nur um eine harmlose Recherche zum Stammbaum handelt?"

„Vielleicht hat jemand ein Interesse daran, dass der Unfall des Chauffeurs weiterhin ein Unfall bleibt. Und beseitigt deswegen die beiden Neffen, die in alten Vorkommnissen herumschnüffeln."

„Wer sollte das sein? Lothar als Hauptbelasteter ist tot, ebenso sein Sohn Robert. Ihre Überlegungen führen uns zu Daniel und seiner Schwester Konstanze. Meinen Sie wirklich, dass die beiden die Frick-Zwillinge auf dem Gewissen haben, weil diese aus Familiennostalgie ein bisschen recherchiert haben?"

„Wenn Sie es so ausdrücken, klingt das natürlich hanebüchen. Aber vielleicht haben die Brüder die beiden auch erpresst? Sie wissen, dass gerade Daniel sehr erpicht darauf ist, das gute Gesicht der Familie und der Kliniken hochzuhalten."

Fieker starrte an die Decke. „Vielleicht haben Sie einen Punkt, Nick. Wichtiger für uns ist aber, was wir jetzt daraus machen. Haben Sie Vorschläge?"

„Wir sollten Daniel und Konstanze nochmal zu ihrer Beziehung zu den Frick-Brüdern befragen."

„Ich bin mir nicht sicher, ob dabei etwas Verwertbares herauskommen würde. Wenn Ihre These stimmt, werden Sie so nichts erreichen. Und wenn nicht, erst recht nicht. Nein, wir müssen da anders rangehen. Ich denke da an Robert Braunfels' Leibarzt und engen Freund, Dr. Schaible. Wir sollten ihn bei Gelegenheit besuchen. Ich telefoniere nachher mit ihm, vielleicht können wir ihn zu einem kurzen Gespräch außerhalb der Ermittlungsprotokolle überreden. Ansonsten könnte uns Neuruppin zu Hilfe sein. Wir brauchen irgendeinen Hinweis darauf, wie eng Joseph Frick und seine Zwillinge waren. Ich werde mich mit den Kollegen dort auseinandersetzen. Hatte nicht Hauptkommissarin Elbing aus Heidelberg erwähnt, dass sie Kontakt zur Kripo Neuruppin hatte? Haken Sie mal bei ihr nach."

Es dauerte eine gefühlte Ewigkeit, bis ich mich an meinen Schreibtisch geschleppt hatte. Zu sehr ängstigte mich der Gedanke, mit Julia sprechen zu müssen. Andererseits freute ich mich darauf, ihre Stimme zu hören. Doch würde ich nicht darum herumkommen, ihr die Wahrheit zu sagen. Ein gelber Klebezettel, den Angelika an die Unterkante meines Monitors gehängt hatte und auf den die Heidelberger Nummer gekritzelt war, blinkte mich an. Auch wenn ich nicht wusste, wie ich mich ihr gegenüber verhalten sollte, konnte ich dem Gespräch nicht ausweichen. Ich wählte die Nummer, und während das Freizeichen in mein Ohr zu brüllen schien, spürte ich eine seltsame Aufgeregtheit.

„Elbing?"

Ihre Stimme kam mir sofort vertraut vor. Diese hohe, aber angenehme Stimme ließ sofort wieder Julias Gesicht und ihr unwiderstehliches Lächeln vor mir erscheinen.

„Hallo, ich bin's, Nick."

„Nick! Danke, dass du mich zurückrufst." Ihre Stimme schien sich zu überschlagen. „Schön, dich zu hören."

„Du hattest mich gebeten zurückzurufen?"

„Ja, ich hoffe, du hast etwas Zeit. Ich wollte mal hören, wie es so bei dir läuft. Was macht eure Klinik?"

Ich musste kurz grinsen. „Unsere Klinik steht noch. Im Moment passieren um uns herum Dinge, die wir nicht richtig einordnen können. Gestern war der Urteilsspruch im Fall Camila Braunfels gegen ihre Stiefkinder. Sie hatte gegen ein neu aufgetauchtes Testament ihres verstorbenen Mannes geklagt, das sie als Erbin aussetzt. Die Verhandlung war auf jeden Fall sehr unterhaltsam."

„Ja, ich erinnere mich wieder. Ihr hattet mir bei meinem Besuch davon erzählt. Wie ging es aus?"

„Sie hat verloren, mit Pauken und Trompeten. Das neue Testament ist gültig, sie geht leer aus. Das wird spannend, wie sie jetzt damit umgehen wird. Fieker erhofft sich Auswirkungen auf den Fall. Er hält Camila Braunfels für eine zentrale Figur.“

„Ich könnte mir vorstellen, dass dein Chef schon eine Spur hat?“

„Das kann gut sein, ist aber schwer zu sagen. In Fiekers Kopf muss die Hölle los sein, wenn er vor so einem Fall steht. Und nur wenige dieser Gedankengänge dringen dann auch nach außen. Das macht es für mich als Kollegen manchmal eher schwer, ihm zu folgen.“

„Apropos, hast du mal darüber nachgedacht, wann wir uns treffen könnten? Ich kann gerne zu dir nach Freiburg kommen, oder du besuchst mich in Heidelberg. Dann muss ich aber erstmal die Putzfrau bestellen, bei mir sieht es momentan unmöglich aus.“

„Du hast eine Putzfrau?“ Ich versuchte, das Gespräch auf ein anderes Thema zu bringen, auch wenn mir klar war, dass mir das nicht gelingen würde.

„Ja, ich arbeite viel, da bleibt mir nicht immer die Zeit. Wir können uns aber auch in der Mitte treffen. Vielleicht in Baden-Baden.“

„Du, Julia …“

„Da könnten wir eines der Museen besuchen oder auch raus in die Natur.“

„Julia, das wird leider nicht gehen.“

Für ein paar Sekunden war es still am anderen Ende der Leitung.

„Bin ich dir zu schnell? Ich will dich nicht überrumpeln, ich bin nur davon ausgegangen, dass du auch an einem Wiedersehen interessiert bist. Es ist immerhin etwas geschehen zwischen uns, als du mich vor dem Hotel verabschiedet hast.“

„Julia, ich muss dir etwas sagen. Es fällt mir nicht leicht, aber ich denke, es muss raus.“

„Du willst dich nicht treffen?“

„Ich bin in einer Beziehung.“

„Du bist was?“

„Ich weiß, ich hätte es dir sagen sollen, aber irgendwie kam unser Gespräch nicht dorthin.“

„Bitte was?“

Ich merkte, dass Julias Stimme nun bestimmter wurde.

„Wir haben uns am Münsterplatz bei einem Flammkuchen über das Single-Dasein unterhalten, und du meinst, unser Gespräch kam nicht dorthin? Das ist jetzt nicht dein Ernst!“

„Ich weiß auch nicht, was in mich gefahren ist. Es war falsch, ich weiß. Du musst wissen, dass es momentan mit mir und meiner Freundin eher schwierig ist. Und da habe ich es für sinnvoller erachtet, nicht weiter darauf einzugehen.“

„Und wann hattest du vor, mir das zu sagen?“

„Ich habe darüber nicht nachgedacht.“

„Es kam dir nicht in den Sinn, dass ich das gerne gewusst hätte, bevor wir uns vor dem Hotel geküsst haben? Ich will dir jetzt nicht unterstellen, dass du an dem Abend damit gerechnet hast, dass noch mehr geht, aber das Verhalten ist schon richtig mies.“

Für einen Moment war es still in der Leitung und ich wusste nicht, was ich darauf antworten sollte.

„Es ist so, Nick", fuhr sie fort, „dass ich die letzten Tage oft an dich denken musste. Deshalb trifft mich das jetzt schon."

„Ich habe auch oft an dich gedacht. Genau das ist ja mein Problem. Ich bin in einer Beziehung, doch gehst du mir nicht aus dem Kopf. Kannst du ein bisschen nachvollziehen, dass es mir da nicht immer gelingt, rational zu reagieren?"

„Nein, das kann ich nicht nachvollziehen, überhaupt nicht. Und ich finde deine Ausreden gerade ziemlich peinlich."

„Das sind keine Ausreden, ich versuche nur, dir nahezubringen, warum es so ist, wie es ist."

„Weil es so ist, wie es ist? Ist das echt dein Ernst? Und das soll mich jetzt beruhigen? Ich glaube, unser Gespräch ist hiermit beendet. Und am besten auch der ganze Rest. Ich habe genug Scheiße mit Typen wie dir erlebt, da habe ich echt nicht auf dich gewartet."

„Julia, so warte doch."

„Nick Reetmann, du bist ein Arschloch."

Das kurze Knacken, gefolgt vom durchgehenden Freizeichen, fühlte sich für mich an wie eine schallende, gut platzierte Ohrfeige. Als ich den Hörer auf die Basisstation zurücklegte, war mein Seufzen das einzige Geräusch, das im Raum zu hören war. ‚Du bist ein Arschloch', hörte ich Julias Stimme nochmal in meinem Kopf hallen. Ein weiteres ‚Du bist ein Arschloch' folgte kurz darauf, nun allerdings mit dem Klang von Melanies Stimme.

In der Mittagspause blieb ich alleine. Ich lief zur Schnewlinbrücke, um von dort den Fußweg an der Dreisam zu erreichen. Ein Weg, den ich selten ging, verbrachte ich meine Pause doch oft mit Angelika in der Küche oder alleine vor dem Rechner, Nachrichten lesend. Doch heute war mir mehr nach Ruhe und Abgeschiedenheit. Unterhalb des Faulerbads setzte ich mich auf eine freie Bank, eingeklemmt zwischen zwei Bäumen und viel Gestrüpp. Hinter mir rauschte der Verkehr des Zubringers, dessen Lärm mich umgab wie ein urbaner Klangteppich. Ich schloss die Augen und gab mich für eine gefühlte Ewigkeit dem Moment hin, vergeblich versuchend, nicht an Julia zu denken. Wie in einem Halbschlaf huschten Gesichter an mir vorbei, bekannte und unbekannte, wie eine Art Publikum, die mich beobachteten. Camila war dabei, die jungen Braunfels-Geschwister, Johannes Frick, festgebunden an einem Gartenstuhl in einer Winzerhütte, sein Zwillingsbruder, leblos über einem Lenkrad hängend. Sabine Nowacky, in ihrer Badewanne liegend, immer unterbrochen von seltsamen namenlosen Gestalten in Naziuniformen. Hans-Jörg Koller, erschossen in seinem Grab im Wald. Auch die drei Gemälde der Braunfels-Alten kamen mir in den Sinn, Lothar, Robert und Wilhelm. Die Aladschi-Brüder, allen voran Bybar, eine Pistole auf mich gerichtet.

Nachdem ich wieder zu mir gekommen war, blickte ich auf meine Armbanduhr. Knappe fünfzehn Minuten waren vergangen, seit ich mich auf die Parkbank gesetzt und meiner Müdigkeit freien Lauf gelassen hatte. Ich schaute auf das Wasser der Dreisam, das ruhig, aber stetig an mir vorbeizog. Gekommen aus den Hängen des Schwarzwaldes, unterwegs auf seinem Weg in Richtung Rhein.

Als ich in das Büro zurückkam, stand Fieker in der Kaffeeküche und fingerte unbeholfen an der Kaffeemaschine herum. Angelika hasste es, wenn er selbst Hand anlegte, war doch sein Talent, irgendetwas zu verstellen oder kaputt zu machen, mittlerweile legendär. „Ach, Nick!", rief er, als ich mich an ihm vorbeischleichen wollte. „Die alten Polizeiakten der Braunfels' sind wirklich sehr interessant. Vor allem Lothar gibt viel her."
Ich wusste, dass mich Fieker nun vorerst in seiner Gewalt hatte, und so beschloss ich, mir ebenfalls einen frischen Kaffee zu genehmigen. „Lothar, sagen Sie?"
„Neben der Geschichte mit dem Chauffeur ist er noch öfter mit der Polizei in Berührung gekommen. Muss wohl ein gewalttätiger Bursche gewesen sein. Hat nicht nur einmal seine Frau krankenhausreif geprügelt. Er ist aber immer irgendwie mit reinem Fell davongekommen. Und es kommt noch besser! Gegen ihn und seinen Vater Wilhelm wurde in den Fünfzigerjahren ermittelt, weil sie zeitweise Adolf Haas Zuflucht gewährt haben sollen."

„Adolf Haas?" Ich nahm einen Schluck von dem noch viel zu heißen Kaffee.

„Adolf Haas war Lagerkommandant des Konzentrationslagers Bergen-Belsen. Ein widerlicher Mensch. Er konnte nach Kriegsende untertauchen und sich den Alliierten entziehen. Nach ihm wurde Anfang der Fünfzigerjahre gefahndet und da geriet auch die Braunfels-Klinik ins Visier. Die Beweise, dass er eine Weile Unterschlupf bei Wilhelm und Lothar genießen durfte, waren wohl eindeutig. Doch beide waren schlau genug, ihn rechtzeitig wieder loszuwerden. Und auch hier sind sie damit davongekommen."

„Je länger unser Fall andauert, desto mehr ekelt mich diese Familie an", sagte ich. „Robert Braunfels schien noch der Vernünftigste der ganzen Mischpoke zu sein. Schade, dass er sich eine Kugel in den Kopf schießen musste."

Fieker nippte an seiner Kaffeetasse und versank ein paar Sekunden in seine Gedanken. „Die Vergangenheit dieser Familie und ihres Unternehmens wurde nie wirklich aufgearbeitet. Ich erhoffe mir weitere Erkenntnisse durch das Gutachten. Robert Braunfels hatte es in Auftrag gegeben, es wurde aber nie veröffentlicht. Er hat in dem neuen Testament verfügt, dass dies nach seinem Tod geschehen solle."

Ich nahm meine Tasse aus der Maschine. „Ja, ich erinnere mich wieder."

„Und da dieses Testament nun seine gerichtliche Bestätigung bekommen hat, kommt der junge Braunfels nicht darum herum, es zu veröffentlichen. So ist sein

Erfolg vor Gericht ein bisschen ein Pyrrhussieg, aber er und seine Schwester werden das verkraften, immerhin sind sie Camila los."

„Ich traue beiden nicht über den Weg. Ich kann mir nicht helfen, aber ich finde sie seltsam."

„Wie meinen Sie das, Nick?"

„Es ist nur ein Bauchgefühl, nichts Handfestes. Eine reine Frage der Sympathie. Bei unseren Treffen war Daniel immer der zuvorkommende Sohn, gesprächig und hilfsbereit. Er ist ein Geschäftsmann, der genau weiß, was er tut. Und vor allem weiß er, was er uns erzählen kann und was nicht. Ich halte ihn jetzt nicht gerade für durchtrieben, aber doch für berechnend. Und damit unterscheidet er sich kaum von seinen Vorfahren. Und seine seltsame Schwester kann ich nicht einordnen. Steht irgendwie außen vor, als ob sie mit dem Rest der Familie nichts zu tun hätte, hängt aber doch mit drin. Ich denke da an das Treffen mit Camila bei einem Kaffee, obwohl sie sich mit ihr vor Gericht bekriegt. Eine eigenartige Sache."

Angelika steckte nun ihren Kopf in die kleine, enge Küche. „Chef, Telefon für Sie. Ich stelle es in Ihr Büro."

„Gut. Wer ist es denn?"

„Ein Herr Bauer. Rene Bauer."

Fieker stellte seine halbleere Tasse auf die Spüle. „Kommen Sie mit, Nick. Mal hören, was er uns zu erzählen hat."

Ich nahm auf dem Besucherstuhl Platz, als Fieker eine Taste auf der Basisstation drückte und die Stimme von

Rene Bauer durch das Büro hallte. „Hallo, Bernhard, wie läuft es denn so?“

„Ganz gut so weit. Ich habe dich auf laut gestellt. Nick sitzt hier mit mir im Büro und hört zu.“

„Hallo, Herr Reetmann“, brummte es aus dem kleinen Lautsprecher. Die Klangqualität von Fiekers altem Telefon war eher bescheiden, so dass ich Mühe hatte, alles zu verstehen.

„Wir konnten uns nach der Gerichtsverhandlung gar nicht mehr austauschen“, fuhr Rene fort. „Das Urteil ist heute das Stadtgespräch Nummer eins. Alle reden darüber.“

„Ach ja, ist irgendwie an mir vorbeigegangen“, erwiderte Fieker. Ich blickte auf den Boden neben seinem Schreibtisch, wo der Lokalteil der ‚Badischen Zeitung‘ aufgeschlagen lag. Der Artikel, den Fieker offenbar gelesen hatte, zeigte ein großes Foto der finster dreinblickenden Camila Braunfels.

„Die Frau ist erledigt, aus, finite“, fuhr Rene fort.

„Der Pflichtteil, der ihr zusteht, wird aber auch nicht klein ausfallen. Damit lässt es sich bestimmt aushalten.“

„Diesen Pflichtteil kannst du mal getrost vergessen, der ist schon so gut wie weg. Ich weiß aus den üblicherweise gut unterrichteten Kreisen, dass Camila Schulden im einstelligen Millionenbereich hat. Dieses Geld geht direkt an ihre Gläubiger, Camila ist komplett pleite. Ich bin mir auch sicher, dass Daniel ihr das Wohnrecht im Braunfels-Anwesen am Tuniberg entziehen wird. Das wird ihr endgültig den Boden unter den Füßen wegziehen. Diese Frau ist erledigt.“

„Dann haben die jungen Braunfelsens genau das erreicht, was sie wollten."

„Sehe ich auch so. Und nicht nur sie, auch ich habe mich durch diesen Prozess gesundstoßen können. Dieser Auftrag war doch sehr wichtig für mich, in meiner Branche läuft es nicht immer so bombig. Auch wenn meine Rechercheergebnisse das Urteil nicht ausschlaggebend beeinflusst haben, hat mich der junge Braunfels doch gut entlohnt, ich kann mich nicht beklagen."

„Ich wünschte, wir beide wären noch Kollegen, wir könnten einen wie dich gebrauchen."

„Du kennst ja meine Geschichte, Bernhard. Ich weiß zu schätzen, wie du über mich denkst, aber das System wollte mich nicht mehr. Da musste ich dann halt gehen. So bin ich mein eigener Herr, auch wenn ich euch oft um eure Ermittlungsmöglichkeiten beneide."

„Dafür hast du keinen Gebelhoff, der dir vorschreibt, was du tun und lassen sollst."

„Wie wahr!" Rene lachte. „Er würde mir sicher auch verbieten, mich jetzt mal ein bisschen zurückzuziehen, bis Gras über die Sache gewachsen ist. Einfach mal abtauchen, Urlaub machen und einen Teil von Braunfels' Geld raushauen. Das habe ich mir jetzt verdient."

„Wohin geht's denn?"

„Das behalte ich mal lieber für mich. Schließlich habe ich mich mit dem Aladschi-Clan angelegt. Deshalb soll jetzt erstmal keiner wissen, wohin ich mich verdrücke. Außerdem will ich meine Ruhe, ausspannen, gut leben, abends beim Sonnenuntergang ein Gläschen guten halbtrockenen Vernaccia genießen, nur ich alleine."

„Es sei dir gegönnt, Rene."

„Vor lauter Camila bin ich noch gar nicht dazu gekommen, euch vom Grund meines Anrufes zu erzählen."

Fieker setzte sich nun auf. Renes Stimme quakte weiterhin aus dem klirrenden Lautsprecher.

„Ich war gestern bei Daniel Braunfels, um meine Rechnung vorbeizubringen. Da hat er mir erzählt, dass gestern Abend ein Einbruchsversuch in seiner Klinik stattgefunden hat."

„Ach ja?"

„Ein junger Laborangestellter, der später Feierabend machte, hat beobachtet, wie jemand um den hinteren Teil des Gebäudes geschlichen ist. Er hat ihn wohl aufgeschreckt, so dass der Einbrecher unverrichteter Dinge wieder abgezogen ist. Der Mitarbeiter hatte ihn zuerst gar nicht bemerkt, so dass der Eindringling sich vermutlich in Sicherheit fühlen darf. Daniel rechnet damit, dass er es bald nochmal versuchen könnte, vielleicht sogar heute Nacht. Seid ihr beide gut ausgeschlafen? Das werdet ihr sein müssen, denn das hört sich nach einem Nachteinsatz für euch an."

„Warum hat Daniel Braunfels uns nicht selber Bescheid gesagt?"

„Daniel dürfte nach deinen Exhumierungswünschen nicht besonders gut auf dich zu sprechen sein. Er hat wohl mit der Polizei in Breisach telefoniert, wundert mich, dass die euch nicht informiert haben."

„Ist das das Einzige, was du weißt? Es soll eingebrochen werden? Ist ein wenig dürftig", grummelte Fieker.

„Das ist alles, was ich dir sagen kann. Mach was aus der Info oder lass es." Rene lachte laut auf. „Mach nicht einen auf cool, Bernhard, das nimmt dir keiner ab. Du weißt genauso gut wie ich, dass das ein heißer Tipp ist. Wenn er stimmt, dürfte euch das erheblich weiterbringen oder euch sogar zu den Hintermännern führen. Wenn der Tipp nicht stimmt, habt ihr nichts verloren außer einer vergeudeten Nacht. Was hält dich also auf? Der Hinweis ist auch kostenlos. Du kannst mich höchstens mal zum Essen einladen, wenn Daniel Braunfels' Geld aufgebraucht ist."

Ich beugte mich zur Basisstation hinüber. „Gut, Rene, wir werden mal darüber nachdenken. Du kannst uns gerne mit Tipps versorgen. Bis dahin viel Spaß und erholsame Tage in deinem Exil, wo auch immer es sein wird."

„Mach's gut, Nick. Und du auch, Bernhard."

Fieker lehnte sich in seinem Stuhl zurück. „Ich wünsche dir schöne Tage auf Sardinien."

„Sardinien, was zur Hölle …? Bernhard, wie hast du das jetzt wieder herausgefunden?"

„Der halbtrockene Vernaccia. Du solltest keine Weinsorten erwähnen, die so untrennbar mit einer Region verbunden sind wie dieser Weißwein mit seiner Insel."

„Ach, Bernhard, dir kann man halt nichts vormachen. Mach's gut, alter Junge. Und viel Spaß heute Nacht am Tuniberg."

„Ich glaube nicht, dass wir uns da hinbemühen. Hört sich nicht so vielversprechend an."

„Musst du wissen, bis dann."

Als Fieker das Handtelefon wieder in die Basisstation gestellt hatte, hatten wir beide immer noch ein Grinsen im Gesicht.

„Was für ein Haudegen", murmelte Fieker.

„Was machen wir mit Renes Tipp? Wollen wir das wirklich ignorieren?", fragte ich.

„Natürlich nicht. Wir fahren dort heute Nacht hin. Ich rufe bei der Polizeistation in Breisach an, sie sollen uns mit zwei Kollegen unterstützen. Ich hoffe, Sie haben eine warme Jacke dabei, es könnte kalt werden."

„Das ist mein kleinstes Problem, ich muss Melanie versorgen. Obwohl die beiden Gipsarme jetzt abgenommen wurden, ist sie immer noch sehr gehandicapt. Ich könnte Angelika fragen, ob sie heute Abend bei ihr vorbeischauen kann."

Abseits

Ich stellte den Wagen in der Nähe des Alten
Wiehrebahnhofs in der Urachstraße ab. Ein großes
weißes Haus mit der Hausnummer 29 erwartete uns auf
der anderen Straßenseite. Fieker klingelte und kurz
darauf ließ sich die schwere Tür öffnen, begleitet von
einem leisen Summen. Ein dunkles Treppenhaus mit
einer breiten hölzernen Treppe schien uns in das
Gebäude hineinzuziehen. Kurz darauf öffnete sich eine
Wohnungstür im ersten Geschoss. Eine ältere Frau
lächelte uns freundlich an. „Sie müssen die Herren von
der Kriminalpolizei sein. Kommen Sie herein, mein
Mann ist im Garten und gießt seine Rosen. Er erwartet
Sie bereits."
Wir betraten die gemütliche, aber altbacken
eingerichtete Wohnung. Die Frau führte uns vom Flur in
eine Küche, an deren Kopfende eine Terrassentür offen
stand. Ohne Worte, doch immer noch mit einem
Lächeln zeigte sie auf den geöffneten Gartenzugang. Ich
ließ Fieker den Vortritt, als wir über vier steinerne
Stufen in den kleinen und liebevoll gepflegten Hinterhof
gelangten. Dr. Schaible stand auf einem sorgsam
gekiesten Weg und goss Wasser auf ein Blumenbeet mit
weißen Rosen. Er drehte sich nicht zu uns um, als er das
Wort an uns richtete. „Die Tage werden nun jeden Tag
kürzer, allzu lange werden wir keine Freude mehr an
diesen schönen Geschöpfen haben. Diese Kartoffelrosen
vereinen alles, was einen Rosenliebhaber wie mich
begeistert. Der Ästhet in mir erfreut sich an ihrer

prächtigen weißen Farbe, doch der Hobbygärtner ist glücklich, dass diese Pflanze einen europäischen Winter locker bewältigen kann und im Frühling wieder in neuem Glanz erstrahlt." Jetzt drehte er sich zu uns um. „Interessieren Sie sich für Botanik, Herr Fieker?"

„Ein interessantes Fachgebiet, doch leider fehlt mir sowohl das Wissen als auch der Garten. Ich überlasse Aufzucht und Pflege anderen und erfreue mich daran bei bestimmten Anlässen."

Dr. Schaible hatte nun die grüne Gießkanne beiseitegestellt. Er griff in die Bauchtasche seiner Latzhose und holte eine Gartenschere heraus, mit der er fingerfertig einige vertrocknete Zweige eines Gebüsches abschnitt, welches von dem Mauerwerk in das Beet hing. „Wie kann ich Ihnen helfen? Sie hatten mir am Telefon zugesichert, dass mein unglückseliges Auftreten vor Gericht nicht Thema unseres Gespräches sein würde."

„Nein, das wird es nicht. Auf jeden Fall nicht, wenn Sie es nicht wünschen. Mein Kollege hier, Herr Reetmann, und ich waren Zuschauer im Prozess und ich kann Ihnen versichern, dass Sie in meinen Augen nichts falsch gemacht haben. Auch wenn das Camila und ihre Anwälte anders sehen werden."

Ein verächtliches Prusten war Schaibles Antwort. „Camila Braunfels. Ich habe mittlerweile gelernt, diese unheimliche Frau zu ignorieren. Ich musste lange genug zusehen, wie sie Roberts Leben zur Hölle gemacht hat. Deshalb lässt mich auch ihre Niederlage vor Gericht kalt. Ich fühle mich aber elend, wenn ich daran denke, dass durch mein ungeschicktes Taktieren die ganze

Sache beinahe eine andere Wendung bekommen hätte. Robert hatte mir das heilige Versprechen abgenommen, dass ich niemandem etwas von seinem baldigen Ableben erzählen werde, nicht mal seiner Familie. Daran fühlte ich mich gebunden. Nicht auszudenken, wenn Roberts Krebserkrankung am Ende zu Camilas Vorteil geführt hätte.“

„Das bringt mich gleich zu einer entscheidenden Frage. Offensichtlich wussten Camila und ihre Anwälte über Robert Braunfels‘ Zustand Bescheid. Haben Sie eine Idee, wie diese Information zu Camila gekommen sein könnte?“

„Auf jeden Fall nicht von mir, das kann ich Ihnen versichern. Ich hatte schon lange keinen Kontakt mehr zu ihr. Ich war bis zuletzt mit Robert befreundet, doch da die Ehe seit einiger Zeit zerrüttet war, fiel es mir leicht, seiner Frau aus dem Weg zu gehen.“

Dr. Schaible zog sich die braunen Arbeitshandschuhe aus und legte sie neben sich auf eine kleine Parkbank. „Ich habe aber eine Ahnung. Daniel hatte wenige Monate vor Roberts Tod eine Andeutung gemacht, dass etwas mit dem Gesundheitszustand seines Vaters nicht stimmen könnte.“

„Meinen Sie, er ahnte etwas?“

„Ich denke schon, schließlich ist er ja Mediziner. Auch wenn ich nicht sagen kann, wie weit er Bescheid wusste, ließ sich doch heraushören, dass er an einen Hirntumor dachte. Ich bin nicht näher darauf eingegangen, da ich mich an mein Versprechen gebunden fühlte. Ich halte es aber für völlig ausgeschlossen, dass Daniel es Camila weitergesagt haben könnte. Die zwei waren wie Feuer und Wasser. Auch bevor sie ihre jeweiligen Anwälte in die Arena geschickt haben, war schon lange Funkstille zwischen beiden. Etwas anders sieht es bei Konstanze aus, ihre Verbindung zu Camila konnte ich nie richtig einordnen. Ich halte es für möglich, dass Konstanze diese Information an Camila weitergegeben hat, vermutlich aber ohne Hintergedanken."

Fieker schwieg. Für einen kurzen Augenblick hatte ich den Eindruck, dass er in seinem Kopf einige Gedanken sortierte.

„Eine Frage habe ich aber noch, Dr. Schaible, dann lassen wir Sie wieder mit Ihren Rosen alleine. Wenn Sie Robert aus Studientagen kannten, hatten Sie damals auch Einblick in die Familie Braunfels?"

Schaible zögerte einen Augenblick, bevor er sich auf die hölzerne Parkbank setzte. „Sie erlauben mir, dass ich mich setze? Mit zweiundsiebzig Jahren machen mir doch meine Knie zu schaffen."

Fieker setzte sich ungefragt neben ihn, was Schaible zu einem Schmunzeln veranlasste. Ich blieb vor der Bank stehen.

„Ich hoffe, diese persönlichen Fragen sind Ihnen nicht zu intim?"

„Nein, Herr Fieker. Als Sie mich heute Mittag anriefen, war mir klar, dass ich Roberts Andenken am besten dadurch ehren kann, indem ich Ihnen offen erzähle, was Sie wissen wollen. Keine Geheimnisse mehr. Trotzdem kann ich Ihnen über die Familie wenig sagen. Über seinen Vater Lothar weiß ich nur, was man so aus der Presse kennt. Schon als wir junge Studenten waren, hatte Robert wenig Kontakt zu ihm."

„Hat er mit Ihnen über andere Ereignisse aus seiner Zeit mit seinem Vater gesprochen? Ich denke da an die Episode mit dem Chauffeur."

„Oh ja. Robert war davon überzeugt, dass sein Vater den Mann auf dem Gewissen hatte, auch wenn er genauso wenig Beweise hatte wie alle anderen. Aber er traute seinem Vater alles zu. Die Geschichte mit dem Chauffeur hat Robert nie richtig ruhen lassen, auch weil er vermutete, dass seine Mutter irgendwie darin verwickelt war."

„Bei den damaligen Ermittlungen ging man von einer Affäre der beiden aus."

„Schwer zu sagen, Robert hatte da keinen Einblick. Aber er hat sich dem Chauffeur irgendwie verpflichtet gefühlt. Er hat sogar dessen Familie in den neuen Bundesländern ausfindig gemacht und den Kontakt mit den Nachfahren gesucht."

Fieker schaute mich fragend an. Ich begriff sofort, was diese Aussage für uns bedeutete.

„Wirklich?", fuhr Fieker fort. „Wann war das?"

„Vielleicht vor einem Jahr. Kurz nachdem er seine endgültige Diagnose bekommen hatte. Ich habe ihm davon abgeraten. Ich sagte ihm, er solle keine schlafenden Hunde wecken, doch er wollte nicht hören. Der Chauffeur hatte zwei Neffen. Robert hat aber niemals eine Antwort von ihnen erhalten."

Fieker sah wieder angestrengt zu mir, als wollte er mich
auf telepathischem Wege auffordern, mir jede Einzelheit
des Gesprächs zu merken.

„Wissen Sie, was Robert den beiden geschrieben hatte?“

„Nein, tut mir leid, das entzieht sich meiner Kenntnis.“

Auf dem Weg zurück zum Auto setzte Fieker sein
breitestes Grinsen auf. „Dieser Kurzbesuch hat sich
durchaus gelohnt. Unsere Zwillinge wurden von Robert
Braunfels vor seinem Tod kontaktiert, das ist eine
interessante Entwicklung.“

„In meinen Augen wirft das mehr Fragen auf, als es
beantwortet“, sagte ich. „Johannes und Markus bekommen eine Nachricht von Robert Braunfels. Doch
anstatt diese zu beantworten, nehmen sie den Weg von
Brandenburg ins Badische auf sich. Macht das
irgendwie Sinn?“

„Schwierig. Vielleicht wussten sie etwas, was die
Braunfelsens nicht wissen?“

„Und was könnte das sein, Chef?“

„Wenn wir das wüssten, wären wir doch einige Schritte
weiter. Wir haben heute eine lange Nacht mit der
Observation der Braunfels-Klinik vor uns. Da haben wir
genügend Zeit, darüber nachzudenken.“

Die Hochhäuser von Umkirch hinter uns lassend,
steuerte ich kurze Zeit später den alten Passat Richtung
Breisach. Die Sonne war im Untergehen begriffen und
ein sanft-roter Sonnenuntergang setzte sich über die
Vogesen. Fieker auf dem Beifahrersitz schien davon

nichts mitzubekommen. Entgegen seiner sonstigen Verfassung erschien er mir seltsam unruhig und nervös. Gerade eben hatte er noch in einer Aktenmappe gelesen, ständig kopfschüttelnd die Papierseiten hin und her blätternd.

„Was meinen Sie, Nick? Wie hat Einstein die Schwarzen Löcher entdeckt?", begann er für mich völlig überraschend ein Gespräch.

Ich zögerte kurz. „Ich weiß nicht, mit einem großen Teleskop vielleicht?"

Aus dem Augenwinkel konnte ich ein deutliches Augenrollen wahrnehmen.

„Physik war in der Schule nicht so Ihre Stärke?"

„Nein, tatsächlich nicht. Ich hatte so einen alten Lehrer in Physik. Der ist mal komplett ausgerastet, als ich sagte, dass Newton die Schwerkraft erfunden hat. Der hat sich gar nicht mehr eingekriegt. Ich musste zuhause eine Strafarbeit erledigen, weil er sich so aufgeregt hat."

„Nun ja, Nick. Ihre Aussage war auch reichlich dumm. Naturgesetze werden entdeckt, nicht erfunden. Das würde ja bedeuten, dass es vor Isaac Newtons Lebenszeit keine Schwerkraft gegeben hätte."

„Das war mir dann auch klar. Manchmal sagt man Dinge, ohne groß darüber nachzudenken. Meine Stärken waren immer Sport und Englisch. Ich weiß nicht, warum, Englisch ist mir einfach zugeflogen, und Sport sowieso. Aber Physik und auch Chemie fand ich sehr mühsam."

Mich überkam der Drang, diesen eher unangenehmen Smalltalk zu beenden. Doch spürte ich, dass mich

Fieker nicht aus seinen Fängen lassen würde. Also suchte ich mein Heil in der Flucht nach vorne. „Wie hat denn Einstein die Schwarzen Löcher entdeckt?", fragte ich mit der leisen Hoffnung, ihn zu einem Monolog zu verführen, der mich und meine schulischen Leistungen aus der Schusslinie brachte.

„Auf jeden Fall hat er nicht mit einem Fernglas in die Exosphäre geschaut. Er hat sie auf seinem Papier entdeckt, versteckt in seinen Formeln. Als er seine allgemeine Relativitätstheorie erarbeitet hatte und über den Zusammenhang zwischen Masse und Gravitation nachdachte, war es für ihn die logische Folge, dass es Objekte geben muss, deren Masse so dicht ist, dass sie eine extrem starke Gravitation erzeugen. Seine Berechnungen und Theorien haben es einfach nahegelegt und so hat er diesen für ihn logischen Schluss gezogen, ohne irgendeinen handfesten Beweis zu haben. Nicht anders verhält es sich auch mit der Ermittlungsarbeit. Man geht gedanklich einen Weg, den die bisher beobachteten Fakten nahelegen. Man verfolgt ihn weiter, immer mit dem Gedanken im Hinterkopf, diesen Weg jederzeit falsifizieren oder verifizieren zu können, je nachdem was einem auf dieser Spur alles begegnet, um so die Möglichkeit zu haben, den eingeschlagenen Pfad entweder entschiedener weiterzugehen oder ihn zu verlassen. Sehen Sie den Zusammenhang, Nick?"

Ich nickte kurz, ohne ein Wort zu erwidern.

„Und auch im Falle der Schwarzen Löcher haben sich nach Einsteins Tod die Beweise immer mehr verdichtet, dass seine Schlussfolgerungen stimmen müssen“, fuhr Fieker fort. „Bis 1972, also 57 Jahre nach der Vorstellung der allgemeinen Relativitätstheorie, das erste Schwarze Loch nachgewiesen werden konnte, Cygnus X-1 im Sternbild Schwan. Und so hat sich gezeigt, dass eine Idee, zum Leben erweckt aus einem einzelnen Gedanken, nachträglich ihre Bestätigung gefunden hat.“

„Ich wusste gar nicht, dass Sie sich für Physik und Astronomie interessieren, Chef.“

„Ich interessiere mich für alles, was mit Logik zu tun hat. Die Disziplin, wenn ich es mal so nennen darf, ist für mich einerlei.“

„Aber Einstein passt zu Ihnen, Chef. Ich kann mir nicht vorstellen, dass Sie sich für Fußball oder etwas ähnlich Profanes interessieren würden.“

Fieker starrte mich von der Seite über seine Lesebrille hinweg an. „Profan? Nick, haben Sie schon mal ein Fußballspiel beobachtet?“

„Ja, natürlich. Auf Süd im Europa-Park-Stadion.“

„Nein, das meine ich nicht, Nick. Ich meine, richtig beobachtet. Ein Fußballspiel im TV zu verfolgen ist eine gute Übung für Hirn und Verstand. Das Spiel ist denkbar einfach, ein Ball muss in eines der beiden Tore. Doch die Tatsache, dass es nicht nur eine Person ist, die diese Aufgabe zu lösen hat, sondern eine arbeitsteilige Gruppe, erzeugt Myriaden von Möglichkeiten. Und nicht nur, dass die gegnerische Mannschaft genau dies verhindern muss, sie muss gleichzeitig ebenfalls den Ball im Tor unterbringen. Das ist hochkomplex, komplexer als Schach. Man hat es nicht mit Holzfiguren zu tun, sondern mit Menschen, die jeder für sich individuelle Fähigkeiten oder Tagesformen haben. Das erweitert den Spielraum der Möglichkeiten doch enorm."

„Sie können mir nicht erzählen, dass Sie tatsächlich Fußball schauen. Das kann ich mir beim besten Willen nicht vorstellen. Dazu wirken Sie auf mich viel zu intellektuell."

„Das widerspricht sich nicht, Nick. Für mich ist es ein Vergnügen, vor dem Fernsehgerät zu sitzen und die nächsten Spielzüge zu antizipieren. Das ist der perfekte Denksport."

„Trotzdem bin ich ziemlich geplättet, dass ich hier tatsächlich über Fußball mit Ihnen spreche."

„Verstehen Sie mich nicht falsch. Es geht mir nicht um eine Fußballkultur, es geht mir nur um das Spiel und seinen taktischen Ereignisraum. Und wissen Sie, Nick, was ich an diesem Spiel am meisten schätze?"

„Nein, sagen Sie es mir."

„Das Abseits."

„Das Abseits?"

„Ja, das Abseits. Das Fußballspiel hat nämlich einen systemimmanenten Webfehler. Da die Tore maximal weit auseinanderstehen, wäre es im Sinne beider Teams, den Ball um jeden Preis schnell nach vorne zu schlagen, um Kraft und Wegzeit zu sparen. Doch die Abseitsregel verhindert dies. Bevor das Spiel unansehnlich wird, wird es unterbrochen. Eine geniale Sollbruchstelle, die die Erfinder dieses Spieles hier eingebaut haben. So etwas fasziniert mich ungemein. Man hat einen Satz von Regeln und damit muss man arbeiten. Genau wie Einstein und seine Schwarzen Löcher, um wieder auf das Eingangsbeispiel zurückzukommen. Er hat sich ein System aus Regeln aufgebaut und festgestellt, dass dieses Dinge wie Schwarze Löcher zulässt. Und daran können wir Ermittler uns ein Vorbild nehmen. Einer Spur konsequent nachzugehen, solange sie zu den beobachtbaren Fakten passt. Das gilt auch umgekehrt, man muss eine Spur begraben, wenn sie ins Leere führt. Sagt Ihnen der Begriff ‚Äther' etwas?"

„Das habe ich tatsächlich schon gehört, kann es aber gerade nicht zuordnen."

„Das ist ein schönes Beispiel für einen Holzweg. Die Wissenschaft ging früher davon aus, dass das Licht aus Teilchen besteht, es also wie Schallwellen ein Trägermedium benötigt. Bei Schallwellen ist dies die Luft unserer Atmosphäre. Da es aber auf dem Weg von der Sonne zur Erde keine Luft gibt, musste man eine andere Substanz postulieren, die das Licht zu uns trägt. Und da hat man sich den Äther ausgedacht, so wie Einstein seine Löcher. Eine irgendwie geartete Materie, die uns alle umgibt, aber nicht direkt zu sehen oder zu spüren ist. Nur hat sich beim Äther jedoch gezeigt, dass diese angenommene Substanz sich mit anderen physikalischen Gesetzen beißt. Und da man nie irgendeinen Beweis dafür finden konnte, hat man die Idee des Äthers fallen lassen. Damit hat man sich die Chance offengehalten, die wahre Natur des Phänomens Licht zu erkennen. Ein stures Festhalten an nicht verifizierbaren Konzepten wäre da sehr hinderlich gewesen. Die Wissenschaft und kriminalistische Ermittlungen haben doch so viel gemeinsam."

Mittlerweile waren wir in Merdingen angekommen. Ich parkte auf dem kleinen Parkplatz neben der Kirche St. Remigius, wo wir uns mit Polizeimeister Wittemann von der Dienststelle in Breisach verabredet hatten. Ein stilles ‚Gott sei Dank, endlich sind wir da' schoss mir durch den Kopf. Wittemann und zwei Kollegen warteten bereits auf uns. Alle drei waren in Zivil unterwegs, keine Spur von einem verräterischen Einsatzfahrzeug. Nach einem kurzen Händeschütteln stellte uns Wittemann die beiden Kollegen vor. Der jüngere war ein durchtrainierter, großgewachsener Endzwanziger, der andere ein älterer Mann mit einem auffälligen Schnauzer und einem angedeuteten Vokuhila.

„Meine Herren", begann Fieker seine Ansprache, „ich danke Ihnen für die Zusammenarbeit. Wir haben einen ernstzunehmenden Hinweis darauf, dass heute in der Braunfels-Klinik eingebrochen werden soll. Erst gestern gab es einen Einbruchsversuch, und da ich vermute, dass die Einbrecher es eilig haben könnten, rechne ich mit einem weiteren Versuch in dieser Nacht. Da wir Zusammenhänge mit der Ihnen bekannten Mordserie annehmen, ordnen wir dem Einbruch höchste Wichtigkeit zu. Wir wissen nicht, um wie viele Personen es sich handelt, auch nicht, ob sie bewaffnet sind. Ich möchte Sie auffordern, sich auf keinen Fall in Gefahr zu begeben. Sollten wir es wieder mit den

Aladschis zu tun bekommen, ist äußerste Vorsicht geboten. Sie haben alle Ihre Funkgeräte griffbereit. Benutzen Sie bitte die Ohrhörer anstatt der Lautsprecher. Wir werden stets in Kontakt bleiben, aber bewahren Sie Funkdisziplin."

Wittemann breitete ein DIN-A4-Blatt mit einer gekritzelten Zeichnung auf der Motorhaube unseres Fahrzeugs aus. „Ich habe hier eine Skizze des Klinikgeländes. Erlauben Sie mir, einen Vorschlag zur Position der Beobachtungsposten zu machen?"

„Bitte sehr", sagte Fieker, begleitet von einer Handbewegung.

„Wir sind zu fünft", fuhr Wittemann fort. „Das erlaubt uns, das Gelände weiträumig zu überwachen. Wenn wir uns an diesen Stellen positionieren, sollten wir einen guten Überblick haben." Er zog einen Filzstift aus der Jackentasche und malte beherzt fünf Kreuze auf die Skizze, angeordnet um ein trapezförmiges Gebilde. „Ich vermute, dass die Einbrecher von oben, also vom Tuniberg, kommen werden, deshalb sollten drei von uns sich am hinteren Bereich, dem Altbau des Gebäudes, verschanzen." Er deutete wortlos auf seine beiden Kollegen. Etwas zögernd zeigte er dann auf mich. „Für diese Position hier habe ich an Sie gedacht, Herr Reetmann." Er tippte auf ein Kreuz oberhalb einer Böschung.

„Geht klar", antwortete ich. „Hauptkommissar Fieker und ich vertrauen Ihrer Ortskenntnis."

„Gut. Ich werde mich hier an der Straße Richtung Ortsmitte aufstellen. Herr Fieker, ich schlage vor, dass

Sie sich auf diesem Höhenweg positionieren. Dort haben Sie den Haupteingang im Blick. Sie können sich in den Wagen setzen. Dann wird die Warterei ein wenig komfortabler."

„Nichts da", erwiderte Fieker. „Ich werde genauso im freien Feld arbeiten wie Sie auch."

„Gut, meine Herren, dann wissen Sie Bescheid. Herr Fieker, noch ein abschließendes Wort?"

„Ich muss nicht erwähnen, dass Sie bitte alle verräterischen Aktionen wie Rauchen oder Ähnliches zu unterlassen haben. Sollten Sie austreten müssen, sagen Sie Ihrem Positionsnachbarn Bescheid, damit dieser Ihren Bereich mit überwachen kann. Wenn sich bis Sonnenaufgang nichts getan hat, brechen wir die Aktion ab. Ich wünsche Ihnen alles Gute."

Die Sonne war untergegangen, als ich meine Position einnahm. Ich steckte mir das kleine Ohrteil in die Muschel und meldete mich per Funk über den Broadcast, so dass mich die anderen vier Teilnehmer ebenfalls hören konnten. Ich hatte von hier aus den hinteren Teil des Altbaus der Braunfels-Klinik im Blick. Es war eine sternenklare Nacht, so dass es mir nicht schwerfiel, auch Details des Geländes vor mir zu überblicken.

Ich setzte mich in eine Rebgasse, die nach unten in Richtung des Ortes verlief. Ich machte mich auf eine lange Nacht gefasst. Glücklicherweise hatte ich nicht oft solche Einsätze. Es war weniger die verschenkte Nacht, die man eigentlich lieber zuhause schlafend im Bett verbracht hätte, als vielmehr die endlose Langeweile – wie sediert dumpf in die dunkle Gegend starrend, auf der Suche nach etwas, von dem man nicht weiß, was es ist und ob es überhaupt passiert. Melanie musste öfter nächtliche Observationen durchstehen, entsprechend öde war der Tag danach. Den halben Tag im Bett verbracht, aber doch nicht richtig ausgeruht. Frühstück und Mittagessen zu den unmöglichsten Tageszeiten, wie bei einem Jetlag nach einem Überseeflug. Melanie hatte mittlerweile die Strategie entwickelt, die Nacht einfach durchzumachen und den nächsten Tag zu begehen, als ob nichts gewesen wäre. Sie war dann zwar den ganzen Tag müde, kam jedoch nicht aus dem Rhythmus.

Melanie … Ich musste an Melanie denken. Wir waren vor gut einem Jahr in diese Beziehung hineinge-schlittert, ohne genau zu wissen, wohin sie uns führen sollte. Es begann als Freundschaft, wurde dann aber Liebe. Eine Konstellation, die ich vorher so nicht kannte. Bisher hatte ich Beziehungen zu Frauen geführt, mit denen ich mir von Anfang mehr als eine Freundschaft vorstellen konnte. So wie bei Julia …

Julia kam mir in den Sinn. Sie hatte mich von Anfang an bezaubert, mit ihrem Lächeln, ihrem selbstbewussten Auftreten trotz einer angenehmen mädchenhaften Art. Würde es Melanie nicht geben, hätte ich keine Sekunde gezögert, mit Julia etwas zu beginnen. Doch nun war ich zwischen zwei Frauen gefangen, ohne zu wissen, wohin mich der Weg führte. Ich war es Melanie schuldig, ihr von meinem Konflikt zu erzählen, dazu war Julia schon zu wichtig für mich geworden. Selbst wenn ich von ihr nie mehr etwas hören sollte. Ich musste an einen alten Freund aus der Jugendzeit denken. Dessen Vater hatte, von der Familie unbemerkt, drei Jahre lang eine Freundin in einer anderen Stadt. Er hat das eiskalt durchgezogen, immer riskierend, dass seine Familie daran zu Grunde geht. Es beruhigte mich fast, dass ich dazu niemals fähig gewesen wäre. Ich würde eine Entscheidung treffen müssen, das war ich allen Beteiligten und auch mir schuldig. Fieker und seine Schwarzen Löcher kamen mir in den Sinn. Ich wusste nicht viel darüber, doch der Gedanke, dass es dort oben etwas gibt, das alles verschlingt, was in seine Nähe kommt, hatte fast etwas Beruhigendes. Ein Tor ins Nichts, in dem alles, was uns hier beschäftigt, keine Rolle mehr spielt. Ich lehnte mich zurück und betrachtete den Sternenhimmel. Die klare Nacht gab den Blick auf tausende Lichter frei, die oben am Firmament über mir funkelten. Unzählige Sonnen, die schon längst verglüht waren, ihr Licht aber noch unterwegs auf dem Weg zu uns. Ich fixierte einen fernen Stern und hielt ihn fest in meinem Blick. Was das wohl für ein Gestirn sein mochte? Ich schaute mich um. Das Gebäude lag still und friedlich vor uns, der alte Teil mit den kleinen Giebeln und den Fachwerkanmutungen sanft an den Hang des Tunibergs geschmiegt, der neue Gebäudeteil mit seinen modernen Glasfassaden in Richtung des Dorfes ausgerichtet. Ein leichter, angenehmer Wind blies durch die Rebgassen, begleitet vom Rascheln der Grasbüschel.

Plötzlich schien es mir, als hätte ich ungefähr zwanzig Meter entfernt von mir eine Bewegung wahrgenommen. Ich zog die Beine an und starrte konzentriert nach unten, wo der Weinberg auf die Terrassen des Altbaus traf. Und tatsächlich sah ich eine graue Gestalt durch das Gebüsch schlüpfen. Sofort hörte ich ein Rascheln in meinem Ohrhörer. Der Stimme nach musste es der ältere Kollege mit dem Schnauzer sein. „An alle, Person am hinteren Teil des Gebäudes gesichtet. Ende."
Gleich darauf meldete sich Fieker. „An alle, auf keinen Fall Zugriff. Wie viele Personen sind zu erkennen?"
„An alle, ich sehe eine Person, die gerade auf die Veranda läuft. Ende", flüsterte ich leise in mein handtellergroßes Gerät. „An alle", antwortete der Kollege, „die Person scheint alleine zu sein. Wie sieht es bei euch am Vordereingang aus? Ende."
„An alle." Ich erkannte die Stimme von Polizeimeister Wittemann. „Hier vorne ist alles ruhig, keine Menschenseele zu sehen. Wir können von einem Einzeltäter ausgehen. Haltet die Augen auf. Ende."
„Nick, Sie folgen ihm in das Gebäude. Halten Sie ihn so lange hin, wie es möglich ist. Wir müssen herausfinden, was er in der Klinik will. Die anderen bleiben außerhalb und ziehen den Ring enger. Herr Wittemann, wenn Nick nach fünf Minuten nicht wieder herauskommt, folgen Sie ihm in das Gebäude."
Ich wunderte mich nicht besonders, dass Fieker die Funkregeln nicht weiter beachtete.
„An Fieker, geht klar, Ende", hörte ich Wittemann in meinem Ohr klingeln, als ich mich langsam auf den

Weg zur Terrasse machte und dabei den Gurt meines Pistolenhalfters löste. Der Terrassenbereich des hinteren Teils des Altbaus war von einem ungefähr einen Meter hohen Mäuerchen umgeben. Dahinter kauernd, sah ich, dass die Gestalt langsam an der Häuserwand entlangging, offenbar auf dem Weg zu einem Einstieg. Die Zielstrebigkeit ließ mich vermuten, dass der Einbrecher wusste, wo er hinmusste. Ich konnte nun erkennen, dass die Person eine schwarze Skimaske trug und einen länglichen Gegenstand, wahrscheinlich eine Stabtaschenlampe, in der Hand hielt. Ihr Gang war leicht watschelnd, im fahlen Sternenlicht konnte ich das deutliche Übergewicht des Eindringlings ausmachen. Auf der linken Seite des Gebäudes war eine Kellertreppe zu erkennen, die in das Untergeschoss führte. Langsam ging die Gestalt die Treppe hinunter. Ich nutzte die Gelegenheit und schlich, mich immer hinter der Mauer haltend, näher an die Stufen heran. Ein leises, gedämpftes Klirren war nun zu hören. Offenbar war die Scheibe der Kellertür mit einem Kissen oder dicken Tuch fixiert worden, bevor sie eingeschlagen wurde. Langsam öffnete sich jetzt die Tür und die Gestalt schlich hinein. Kaum dort angekommen, ging nun der Lichtstrahl der Taschenlampe an. Ich wartete kurz, ob die Person wieder den Rückweg antrat, doch das Licht verschwand im Innern des Gebäudes. Ich sprang über die kleine Mauer und rannte zur Treppe. Leise schlich ich hinunter und schaute in den Raum hinter der geöffneten Kellertür. In einiger Entfernung konnte ich noch den Lichtschein der Lampe sehen, der sich aber von mir entfernte. Vorsichtig zwängte ich mich durch die Tür und versuchte, nicht auf die Glassplitter zu treten. Ich hatte eine kleine Taschenlampe in der Hosentasche, doch ich zog es vor, sie auszulassen. Nach wenigen Augenblicken hatte ich mich an die Dunkelheit des Kellergewölbes gewöhnt. Ich ging zur Öffnung, die auf einen Flur hinausging, und streckte vorsichtig meinen Kopf um die Ecke. Offenbar war hier unten nur Stauraum zu finden, es machte auf mich nicht den Eindruck, dass hier Patientenzimmer oder Behandlungsräume untergebracht waren. Der lange Flur mit den Räumen links und rechts erinnerte mich stark an die Skizze, die wir bei den Frick-Zwillingen gefunden hatten. Offenbar war hier unten etwas zu finden, das es wert war, in einer gekritzelten Zeichnung festgehalten zu werden. Was es auch war, der Einbrecher war auf der Suche danach und würde mich nun dorthin führen. In einigen Metern Entfernung konnte ich die Gestalt wahrnehmen, die mit ihrer Taschenlampe in die Räume hineinleuchtete. Dahinter war ein breiter Treppenaufgang zu sehen, der vermutlich nach oben in den Neubau führte. Der Eindringling machte aber keine Anstalten, den Weg hinauf zu nehmen. Stattdessen öffnete er eine weitere Kellertür und leuchtete in den Raum. Als er wieder einen Schritt zurücktrat, hielt er die Taschenlampe in meine Richtung, den Flur hinunter. Um nicht vom Lichtstrahl erfasst zu werden, duckte ich mich schnell weg. Ich ergriff meine Pistole, ich musste nun für alles gewappnet sein. Ich konnte allerlei Gerümpel erkennen, welches kreuz und quer im Flur verteilt war. Europaletten, Kisten und weiterer Plunder standen, teilweise ordentlich an die Wand gelehnt, dort herum. Ich hörte nun laute Poltergeräusche aus einem Kellerraum, offenbar begann der Eindringling damit, Gegenstände zu bewegen. Ich näherte mich langsam dem Raum, meine Waffe im Anschlag. Im fahlen Licht konnte ich neben mir eine fensterlose Kammer erkennen, die bis unter die Decke gekachelt war. Drei Duschvorrichtungen waren auf jeder Seite an der Wand montiert. Mir kamen unwillkürlich die Schauergeschichten über die Gaskammern in den Sinn, die in alten Erzählungen die Runde machten. Ich schlich weiter bis zu dem Raum, aus dem ein hektischer Lichtkegel nach draußen auf den Flur drang. Ich blickte vorsichtig um die Ecke und konnte nun die schwarzgekleidete Gestalt sehen, wie sie sichtlich bemüht einen Schrank zur Seite schob. Die angeschaltete Stabtaschenlampe lag auf dem Boden, der von dem faden Licht erleuchtet war. Ich konnte einen alten Kellerraum erkennen, der offenbar als Aufbewahrungsort für allerlei Gerümpel diente. Der Eindringling schien etwas zu suchen, dessen war ich mir nun sicher. Schwer atmend beugte er sich über einen Stapel dicker Bretter und versuchte diesen zur Seite zu schieben. Offenbar fühlte er sich unbeobachtet und schien in seine Arbeit versunken zu sein. Ich beschloss, nun einzugreifen. „Hände über den Kopf und vorsichtig zu mir umdrehen." Ich richtete die Pistole auf die Gestalt und schaltete meine Taschenlampe an, die ich in der anderen Hand hielt. Ein schriller Schrei war die Folge, offenbar hatte ich dem Eindringling den Schreck seines Lebens verpasst. Ich blickte auf zwei weit aufgerissene Augen, die durch den Sehschlitz einer Skimaske zu sehen waren.

„Hände über den Kopf, habe ich gesagt", rief ich nun mit einer deutlichen Bestimmtheit. Im Licht der Taschenlampe sah ich die zitternden Arme hochgehen.

„Kriminalpolizei Freiburg. Ich nehme Sie hiermit fest. Sie haben das Recht, die Aussage zu verweigern. Sind Sie bewaffnet?"

Ein heftiges Kopfschütteln war die Folge.

„So, jetzt langsam die Maske abziehen, aber ganz sachte."

Eine Hand griff an den unteren Saum der Skimaske und zog diese nach oben. Schulterlange, wellige blonde Haare kamen zum Vorschein. Als die Maske vom Kopf gezogen war, erkannte ich das ängstliche, leicht dickliche Gesicht einer Frau in den Vierzigern. Ich leuchtete immer noch in das Gesicht der zitternden Frau, die nun merklich anfing zu schwitzen. „Hören Sie, ich war nur auf der Suche nach ein bisschen Bargeld. Das ist alles ganz harmlos. Ich wollte weder etwas zerstören noch jemandem Schaden zufügen, das müssen Sie mir glauben."

„Ich werde nun meine Waffe herunternehmen", sagte ich. „Ich rate Ihnen, keine Dummheiten zu machen. Drehen Sie sich um und nehmen Sie die Hände auf den Rücken." Ich nahm die Handschellen vom Gürtel und ergriff die speckigen Armfesseln der immer noch heftig atmenden Frau. „Alles Weitere können Sie uns auf dem Revier erzählen. Ich hoffe, Sie kennen eine interessantere Geschichte, denn die Suche nach Bargeld nehme ich Ihnen nicht ab. Warum sollten Sie sonst hier in diesem Gerümpel herumwühlen?" Ich leuchtete mit meiner Taschenlampe auf den Stapel Bretter neben uns. Plötzlich ging die Frau einen Schritt nach hinten und brachte mich aus dem Tritt. Die Handschellen glitten mir aus den Händen und ich wurde mit voller Wucht gegen den Türrahmen gedrückt. Ich verlor den Halt und fiel gegen ein Holzregal, das meinen Sturz abbremste. Die Einbrecherin lief schnell an mir vorbei. Ich versuchte, sie mit meinen Beinen zu Fall zu bringen, doch ich konnte sie nicht erreichen. Sie rannte auf den Flur und warf mit einem lauten Knall die Tür zu. Als ich aufsprang und nach meiner Taschenlampe suchte, hörte ich draußen ein lärmendes, schleifendes Geräusch. Ich ergriff die Türklinke und versuchte, die Tür nach außen zu öffnen, doch offensichtlich war es ihr gelungen, irgendein Hindernis vor die Tür zu schieben. Mit einem lauten Fluch griff ich nach dem Funkgerät. „Nick an alle, Nick an alle", rief ich in das Mikrofon. Erst jetzt merkte ich, wie angespannt ich war. Es fiel mir schwer, gegen meinen rasselnden Atem anzukämpfen. „An alle, Zugriff sofort! Sie konnte mir entkommen. Es ist eine Frau, blond, leicht adipös, vermutlich unbewaffnet. Sie befindet sich noch im Untergeschoss des Gebäudes, ist aber auf dem Weg nach draußen. Ende."

Ein Rauschen war die Antwort.

„Nick? Wir sind unterwegs." Ich konnte Fiekers Stimme erkennen. „Wo sind Sie jetzt?"

„Noch unten im Keller, ich komme gleich nach oben.“
Für einen kurzen Moment realisierte ich, wie dumm ich
mich hatte hereinlegen lassen. Ich hatte die Kraft dieser
leicht tumb wirkenden Frau völlig unterschätzt.
Mit voller Wucht warf ich mich gegen die Tür und es
gelang mir, die Tür einen Spalt zu öffnen. Eine
Europalette war genau vor die Tür geworfen worden
und hatte sich mit der gegenüberliegenden Wand
verhakt. Es gelang mir, mich durch den schmalen
Schlitz in den dunklen Flur zu zwängen. Ich ärgerte
mich über die wertvollen Sekunden, die verflossen,
während ich über die zersplitterte Holzpalette stieg. Ein
Rauschen in meinem Kopfhörer kündigte eine
Funknachricht an. „An alle. Ich habe Blickkontakt.“ Ich
meinte die Stimme des Kollegen mit dem Schnauzer zu
erkennen. „Eine Frau läuft über die Terrasse.“
„Das ist sie“, rief ich in das Funkgerät. „Zugriff sofort!“
Hinter mir sah ich nun eine hektische Taschenlampe
durch den Flur leuchten. „Nick, da sind Sie ja.“ Ich sah
Fieker, von der Haupttreppe kommend, auf mich
zugehen. „Kommen Sie, sie darf uns nicht nochmal
entwischen. Sie ist der Schlüssel zu unserem Rätsel, wir
müssen sie fassen, koste es, was es wolle.“
In meinem Kopfhörer konnte ich nun den schweren
Atem des Kollegen erkennen. „Sie flieht in den
Weinberg. Ich habe die Verfolgung aufgenommen, auch
wenn ich sie gerade nicht sehen kann. Sie kann aber
nicht weit sein, bitte dringend um Unterstützung. Ich
sichere die Straße in die Reben ab. Moment, was ist
das?“ Für mehrere lange Sekunden war nur ein Knistern

zu hören. „Da kommt ein Fahrzeug, das hat gerade noch gefehlt. Und mit was für einer Geschwindigkeit, was soll denn das? Nein, bleiben Sie … ich sagte, Sie sollen anhalten. Hören Sie … NEINN.“

Ein lauter Knall peitschte durch mein Ohrteil. Fieker schaute mich an und für einen kurzen Moment blieben wir wie in Schockstarre stehen. Fieker gewann seine Fassung wieder und rannte an mir vorbei, die zersplitterte Palette mit einem kurzen Sprung hinter sich lassend. „Es wurde geschossen. Kommen Sie, Nick!“

Ich lief ihm schnell hinterher und hatte ihn nach wenigen Schritten eingeholt. Wir rannten in den kleinen Waschraum, durch den ich und die Einbrecherin den Keller betreten hatten. Ich sprintete über die Terrasse und übersprang die kleine Mauer. Ich achtete nicht mehr auf Fieker hinter mir. Ohne zu wissen, wo sich die Frau befand, lief ich nach oben zur Straße. Der Schuss, den ich durch das Funkgerät gehört hatte, hallte noch in meinem Kopf nach. Vorsichtig ging ich auf allen vieren durch das Gebüsch, darauf bedacht, nicht gesehen zu werden. Als ich aus meiner Deckung heraus nach oben zur Straße blickte, fuhr langsam ein schwarzes Auto ohne Beleuchtung an mir vorbei. Ich ließ mich sofort wieder in das Gebüsch fallen. Von meiner Position hatte ich keine Chance, einen Blick in das Wageninnere zu werfen oder das Nummernschild zu erkennen. Ein leises Schnurren, offenbar von einem Elektromotor, war das einzige Geräusch, das die Szenerie begleitete. Vorsichtig kroch ich aus dem Gestrüpp und konnte nun in gut dreißig Metern Entfernung die Einbrecherin auf der

Straße stehen sehen. Offensichtlich wartete sie auf das Auto. Als das Fahrzeug auf ihrer Höhe war, kam es sanft zum Stehen. Ich stand auf, um einzugreifen. Hinter mir konnte ich Wittemann und seinen jüngeren Kollegen erkennen. Ich lief nach vorne, immer das Auto im Blick. Offenbar hatte mich die Einbrecherin nicht gesehen. Sie stand neben der Fahrerseite, den Kopf zum Fenster hinuntergebeugt und wild gestikulierend. Plötzlich hallte ein weiterer Schuss über den Weinberg. Ich zuckte zusammen und ging in Deckung. Als die Einbrecherin nach hinten wegkippte, gab das Auto Gas und preschte mit quietschenden Reifen davon. Für einen Moment war ich in Schockstarre. Bevor der Wagen schnell um die Kurve bog, gingen die Rücklichter an, wie ein höhnischer Gruß zum Abschied. Ich schlug mit der Faust auf den asphaltierten Boden und schrie ein lautes „Scheiße!" in den Nachthimmel. Fieker lief nun an mir vorbei, das weiße Licht seiner Taschenlampe stets auf den leblosen Körper der Einbrecherin gerichtet. Hinter mir konnte ich Wittemann und seinen jüngeren Kollegen laut rufen hören, auch wenn ich nicht verstand, was sie sagten. Ich fasste mich wieder und ging Fieker hinterher. Er hatte sich zu der Frau hinuntergebeugt, die neben einem kleinen Abwassergraben am Fuße einer Rebgasse lag. Ich kniete mich ebenfalls neben ihm nieder. „Sie lebt noch!", rief ich aus. Obwohl ich der Frau nicht direkt ins Gesicht leuchtete, konnte ich doch deutlich ihre weit aufgerissenen Augen sehen. Sie rang, heftig atmend, nach Worten, während eine massige Blutfontäne aus ihrer Halsschlagader pumpte.

„Wir müssen die Wunde abbinden, sofort!", rief ich, als ich hastig meine Jacke auszog.

„Sie … Sie … Braun…" Unter lautem Röcheln kämpften sich die Worte aus ihrem Mund. Fieker hatte ihr nun die Hand auf die Stirn gelegt. „Halten Sie durch, wir holen Sie hier raus. Rettung ist unterwegs."

„Braun… Sie …"

Ich hatte nun mein Hemd ausgezogen und kniete mich neben sie, um ihr den Ärmel um die Gurgel zu binden. „Der Mörder hat nur den Hals getroffen, wir können Sie noch retten!" Sofort waren meine Hände voller Blut und der dünne Stoff hatte sich schnell vollgesogen. Ein heftiges Atmen begleitete ein letztes Pumpen, dann war es ruhig. Fieker atmete tief durch. „Lassen Sie es gut sein, Nick, es ist zu spät. Der Blutverlust war einfach zu groß, wir können nichts mehr für sie tun." Ich rollte mich zur Seite und kam auf der kühlen Erde zu sitzen. Ich atmete heftig und ließ meinen Blick in die Ferne schweifen. „Wenn es mir dort unten im Keller gelungen wäre, sie ordentlich zu verhaften, wäre sie noch am Leben."

„Machen Sie sich keine Gedanken, Sie sind nicht der erste Polizist, dem ein Einbrecher entwischt ist."

„Sie war schon fast in meinem Gewahrsam. Ich hatte die Handschellen bereit, als sie mich überwältigen konnte. Ich habe die ängstliche, dickliche Frau total unterschätzt."

„Jetzt ist keine Zeit für Schuldzuweisungen. Wir sind es ihr schuldig, ihre Mörderin dingfest zu machen. Ich nehme an, Sie konnten das Nummernschild ebenfalls nicht erkennen?“

Ich schüttelte den Kopf und setzte ein „Nein“ hinterher.

„Ich denke, das brauchen wir auch gar nicht. Ich kann mich täuschen, aber ich bin mir sicher, dass ich Camilas Auto erkannt habe.“

„‚Sie, Braunfels‘ waren ihre letzten Worte.“ Ich atmete heftig aus. „Camila also. Ich hatte eine Ahnung, dass wir es nochmal mit ihr zu tun haben würden. Auch wenn ich ihr einen so kaltblütigen Mord nicht zugetraut hätte.“

„Unterschätzen Sie niemals einen Menschen mit Macht, der dabei ist, diese für immer zu verlieren. Camila steht mit dem Rücken zur Wand, ihr ist alles zuzutrauen. Außerdem passt es ins Bild, ich gehe davon aus, dass unsere anderen Morde ebenfalls indirekt auf ihr Konto gehen.“ Fieker war jetzt wieder aufgestanden. „Wir müssen ihre sofortige Verhaftung veranlassen. Ich werde das Revier verständigen, sie sollen heute Nacht noch zugreifen. Doch zuerst müssen wir nach Wittemann und seinen Kollegen sehen.“

Wir liefen beide die Straße oberhalb der Klinik entlang. Fieker hatte inzwischen mit seinem Diensttelefon den Notarzt verständigt, auch wenn wir wussten, dass die Einbrecherin nicht mehr zu retten war. Ich konnte beim Aufgang zur Terrasse Wittemann ausmachen. Er stand auf der Straße, mit seiner Taschenlampe in die Ferne

leuchtend. Sein jüngerer Kollege saß auf einem Mauervorsprung und hatte sein Gesicht in die Hände gelegt. Hinter mir konnte ich Fieker hören, der offenbar mit der Einsatzzentrale telefonierte, um die Verhaftung von Camila Braunfels zu veranlassen. Als ich näher kam, sah ich einen leblosen Körper auf dem Asphalt liegen. Wittemann schaute mich mit einem apathischen Blick an. „Er ist tot. Einfach so."
Ich sagte kein Wort. Vor uns lag der ältere Kollege auf dem Rücken, die Arme seltsam verdreht. Ich konnte eine deutliche Blutlache erkennen, die sich um seinen Kopf gebildet hatte. Die Stille am Weinberg war nun fast unerträglich, ich konnte den tiefen Schmerz spüren, den seine Kollegen empfinden mussten.

Wir verbrachten die Nacht auf dem Tuniberg und niemand dachte daran, nach Hause zu gehen. Notärzte, Leichenwagen, Spurensicherung und Forstbeamte bevölkerten bald die Straße. Ich saß auf der kleinen Treppe, die runter zur Terrasse der Klinik führte, als hinter mir die Sonne aufging. Ich war nicht in der Lage, einen klaren Gedanken zu fassen. Mir fiel ein, dass ich morgen einen Termin bei Dr. Albrecht hatte. Fast fühlte ich eine Erleichterung, zu wissen, dass ich mit den Ereignissen der Nacht nicht alleine bleiben würde. Fieker erschien hinter mir und setzte sich neben mich. „Es ist, wie ich es mir gedacht habe, Camila ist nicht auffindbar."
„Das passt natürlich perfekt ins Bild."

„Rudi und seine Leute haben sie zuhause am Gut Hohenberg nicht vorgefunden. Auch im Colombi ist sie nicht abgestiegen. Sie wird ab heute zur Fahndung ausgeschrieben. Die Kollegen in Düsseldorf sind informiert."

„Ich kann es nicht verstehen, dass diese Frau so kaltblütig mordet. Sicherlich, sie ist ein Eisklotz, was ihr öffentliches Auftreten betrifft, aber zwei Personen erbarmungslos zu erschießen, hätte ich ihr niemals zugetraut."

„Bisher ist sie nur eine Verdächtige. Wir haben sie beide nicht erkannt und prinzipiell kann jeder hinter dem Steuer gesessen haben."

„Der jüngere der Aladschi-Brüder?", fragte ich.

„Sie meinen Sandar? Möglich, auch wenn es mir äußerst unlogisch erscheint. Da der ältere Bruder Bybar tot und Sandar zur Fahndung ausgeschrieben ist, sollte er kein Interesse daran haben, noch weiter in das Fadenkreuz zu geraten. Wir müssen Camila finden, und zwar lebend. Sie ist der Schlüssel zu dem Rätsel, welches wir zu klären haben."

„Das Gleiche könnten wir auch über unsere Einbrecherin sagen, wenn sie denn nicht tot wäre. Sie hat irgendetwas gesucht, und wir werden nie erfahren, was es war. Oder wer sie war."

„Sagen Sie das nicht, Nick. Das können Sie nicht wissen. Wir werden herausfinden, was sie suchte, da bin ich mir sicher. Zumindest, wer sie war, ist schon bekannt."

Ich stutzte. „Wirklich?"

„Ja sicher, haben Sie sie nicht erkannt? Sie hängt im Besprechungszimmer an Ihrer Pinnwand."

„Miss Piggy!", rief ich aus. „Die unbekannte Frau, von der Julia erzählte. Die sich in Heidelberg mit Markus Frick vor dessen Tod getroffen und sich lauthals mit ihm gestritten hatte!"

„Genau, sie ist es. Sie hätte uns so viel zu erzählen gehabt. Deshalb bin ich mir sicher, dass ihr Tod kein Zufall ist. Jemand hatte Interesse daran, dass wir nicht erfahren, was die Frau … wie sagten Sie, Miss Piggy … hier wollte. Doch ich bin sicher, der Kreis zieht sich enger. Wir werden bald erfahren, wer die unbekannte Tote ist und wie sie mit den Frick-Brüdern und Hans-Jörg Koller verbandelt ist."

Die Sonne war mittlerweile aufgegangen, und wie zum Hohn der nächtlichen Ereignisse kündigte sich ein schöner klarer Tag an. Über die Dächer von Merdingen hinweg konnte man bis zu den Vogesen sehen. Fieker stand auf und streckte sich, als ob er gerade aus dem Bett gekrochen wäre. „Ich habe Daniel Braunfels telefonisch benachrichtigt, er müsste mittlerweile hier sein. Lassen Sie uns gehen."

Kurze Zeit später betraten wir den Trakt zur Vorstandsetage. Die Mitarbeiterin im Vorzimmer war noch nicht anwesend. Die Glastür zum langen Gang war offen, deswegen traten wir ein. Wir gingen den kleinen Flur hinunter, an dessen Ende die drei Gemälde der Braunfels-Ältesten hingen. Dort wartete Daniel auf uns.

„Guten Morgen, die Herren, ich bin gleich hierher-
gefahren, als mich ihr Anruf erreichte. Das ist ja
schrecklich, Sie müssen mir unbedingt alles erzählen.
Kommen Sie doch herein.“
Fieker war jetzt vorangegangen. Er blieb vor Daniel
stehen und blickte zur Wand. Ich stand direkt hinter
ihm.
„Natürlich halten wir Sie auf dem Laufenden. Ich bin
gleich … ich meine … einen Moment.“ Fieker stockte
und fasste sich an die Stirn. „Mir ist so seltsam … ich
…“ Bevor ich begriff, was geschah, sah ich Daniels weit
aufgerissene Augen. Fieker kippte zur Seite, seine Beine
schienen ihn nicht mehr zu halten. Mit der Wucht seines
Körpers schlug es ihn genau auf das mittlere Gemälde.
Seine Hände suchten nach Halt, als sie den Rahmen des
Bildes zu fassen bekamen und diesen von der Wand
rissen. Fieker sackte auf den Boden, das mächtige
Gemälde mit sich ziehend.
„Er hat einen Schwächeanfall“, rief Daniel. „Ich hole
Hilfe.“ Er lief in sein Büro und hastete zum
Schreibtisch. Ich kniete mich neben Fieker, der sich
immer noch an dem Bilderrahmen festzuhalten schien.
„Wasser“, hauchte er mir entgegen. Ich ging ebenfalls in
Daniels Büro, der aufgeregt hinter seinem Schreibtisch
stand und mit jemandem telefonierte. „Wasser!“, rief ich
ihm zu, wobei er wortlos auf den kleinen Besuchertisch
zeigte, auf dem eine Flasche Mineralwasser und zwei
Gläser standen. Ich schenkte ein Glas ein und ging
zurück in den Flur, wo Fieker noch immer neben dem
heruntergefallenen Gemälde lag. Er war bei

Bewusstsein und so kniete ich mich neben ihn und hielt ihm das Glas vor den Mund. Er hob den Kopf leicht nach oben und nahm einen kleinen Schluck. „Es tut mir leid, Nick. Mein Kreislauf hatte mich im Stich gelassen."

„Machen Sie sich keinen Kopf, Chef. Das passiert den Besten. Es war eine lange Nacht, das stecke auch ich nicht einfach so weg. Können Sie sich aufsetzen?"

„Ich versuche es, auch wenn ich noch ein bisschen schwach auf den Beinen bin."

Als Fieker im Flur saß, kam Daniel aus seinem Büro. „Es kommt gleich Hilfe. Glück im Unglück, dass Ihnen das in einem Krankenhaus passiert ist."

„Machen Sie sich bitte keine Umstände. Ich hatte nur einen kleinen Schwächeanfall. Die Zeiten, in denen ich eine Nachtschicht einfach so durchgestanden habe, sind wohl vorbei. Es geht gleich wieder."

Fieker stand langsam auf. Ich griff ihm unter den Arm, um ihm auf die Beine zu helfen.

„Was mir größere Sorgen macht, Herr Braunfels, ist, dass ich das Porträt Ihres Großvaters von der Wand gerissen habe. Das Gemälde ist intakt. Zum Glück habe ich nichts beschädigt. Das wäre mir sehr unangenehm gewesen."

„Machen Sie sich keine Sorgen, Herr Fieker. Die Bilder haben nur einen ideellen Wert. Da ist nichts, was sich nicht reparieren ließe."

Am anderen Ende des Flurs betraten zwei Sanitäter in orangen Uniformen den Korridor. Sie öffneten einen mitgebrachten Koffer und holten ein Stethoskop und mehrere Tücher heraus. Während sie Fieker vorsichtig in das Büro und zur Besuchercouch trugen, ging ich zu Daniel.

„Ich muss zugeben, dass ich ein bisschen verstimmt war wegen Ihrer Idee mit der Exhumierung meines Vaters", sagte Daniel. „Aber das ist jetzt vergessen."

„Ich nehme an, Herr Fieker hat Ihnen am Telefon geschildert, was sich diese Nacht in dem Gebäude abgespielt hat?"

„Ja, er sprach von einem Einbrecher und zwei Morden oben auf dem Landwirtschaftsweg. Einer davon war ein Polizist?"

„Ja, es kam tatsächlich zum Schlimmsten. Ein Kollege aus Breisach wurde erschossen. Kopfschuss."

„Mein Gott, das ist ja furchtbar. Und der Einbrecher?"

„Ist ebenfalls tot. Es war eine Frau. Das bringt mich gleich zu meiner Frage. Ich konnte sie unten im Keller des Altbaus stellen, bevor sie mir entwischte. Haben Sie eine Idee, was sie dort gesucht haben könnte?"

Daniel zuckte mit den Schultern. „Nein, nicht im Geringsten. Sie müssen wissen, dass wir es öfter mit Einbrüchen zu tun haben. Offenbar denken manche Diebe, in einem Krankenhaus gibt es irgendetwas Wertvolles zu holen. Es kam auch schon vor, dass irgendwelche Wagemutigen in den Keller eingestiegen sind, um nach den angeblichen Gaskammern zu suchen. Das ist völlig hirnrissig, aber leider nicht aus der Welt zu kriegen."

„Warum sollte man das tun?"

„Offenbar versprechen sich manche eine Story, die man teuer an die Presse verkaufen kann. Es ist nicht von der Hand zu weisen, dass einige Leute ein Interesse daran haben, solche Gruselgeschichten über unsere Klinik zu verbreiten. Diese Gerüchte kennen Sie sicher auch."
„An denen natürlich nichts dran ist."
„Natürlich nicht!"

Wenig später ging ich mit Fieker zum Auto, das immer noch neben der Kirche im Ortskern von Merdingen stand. Polizeimeister Wittemann und sein Kollege hatten das Gelände bereits verlassen. Fieker schien es wieder besser zu gehen, auch wenn er noch ein bisschen wacklig auf den Beinen war. Wir stiegen in den Wagen ein.
„Haben Sie ein Lineal dabei?", fragte Fieker.
„Ein Lineal?" Ich war sehr erstaunt über diese Frage.
„Einen Zollstock, ein Maßband, Geodreieck, irgendetwas zum Abmessen."
Ich griff in die Jackentasche zu meinem Handy. „Ich habe hier eine App, die ein Lineal simuliert."
„Eine App? Was es nicht alles gibt. Geben Sie mal her."
Ich öffnete eine kleine App, die neben Kompass, Taschenlampe und Taschenrechner auch ein Lineal zur Verfügung stellte. Ich reichte das Handy zu Fieker rüber und zu meinem Erstaunen begann er die Länge seiner Finger auszumessen. „Vierzehn Zentimeter Abstand von der Daumenspitze zum Zeigefinger, ich hätte mit weniger gerechnet." Ohne Blickkontakt reichte er mir das Mobiltelefon rüber. „Wäre es Ihnen möglich, mich

direkt nach Hause zu bringen? Es macht keinen Sinn mehr, erst noch ins Revier zu fahren. Ich bin aber telefonisch zu erreichen."

Ich steckte mein Handy in die Jackentasche zurück. „Warum vermessen Sie Ihre Hand?"

„Sollten Sie auch mal tun. Außerdem sollten auch Sie nach Hause ins Bett", antwortete Fieker, als er sich anschnallte. „Sie sollten sich ausruhen, die nächsten Tage könnten turbulent werden."

„Lange werde ich mich aber nicht hinlegen können. Heute Mittag kommt meine nervige Schwester mit meinem Neffen zu Besuch. Da ist an Ruhe nicht zu denken."

Flori

„Hallo, kleiner Bruder." Annika betrat meine Wohnung und hauchte mir einen angedeuteten Wangenkuss über die Schulter. Rechts und links schleppte sie zwei Einkaufstaschen, die sie in meinem Flur abstellte. Hinter ihr betrat Florian, mein sechzehnjähriger Neffe, die Wohnung. Erst da fiel mir auf, dass ich ihn nun schon seit vorletztem Weihnachten nicht mehr gesehen hatte.

„High five, Bro!", rief ich ihm zu und hielt ihm meine geöffnete Hand hin, die er mehr oder weniger gelangweilt abklatschte. Seit mein Noch-Schwager bei einem Tag der offenen Tür des Südwestfunks eine blonde Regieassistentin kennengelernt und ihretwegen Hals über Kopf meine Schwester und den gemeinsamen Sohn verlassen hatte, war Annika alleinerziehend. Florian trug die typischen Utensilien der heutigen Jugendlichen. Baseballkappe, weite Hosen und einen leicht protzigen Gürtel. Ich warf einen Blick auf die beiden Stofftaschen, die Annika in den Flur gestellt hatte. „Meine Güte, was hast du denn da eingekauft?"

„Ach, alles Mögliche. Staubsaugerbeutel, meine Gesichtscreme mit Schneckenschleim und ein paar Klamotten für Flori. Wenn ich schon meinen kleinen Bruder in Freiburg besuche, verbinde ich das natürlich mit einem Einkaufsbummel." Sie warf einen Blick um die Ecke in die Wohnküche. „Bist du alleine? Ich habe gehofft, heute mal deine Melanie kennenzulernen. Beim

Achtzigsten von Onkel Jürgen hattest du sie ja zuhause gelassen."

„Ein riesiges Familienfest auf der Schwäbischen Alb schien mir nicht der ideale Anlass, um Melanie in die Familie einzuführen."

„Verständlich, Nick. Ich hätte sie trotzdem gerne kennengelernt. Wie ich sehe, hat sie auf die Ausgestaltung deiner Wohnung keinen großen Einfluss, das sieht hier doch sehr studentenmäßig aus."

„Was hast du erwartet? Einen Laufstall für unsere gemeinsamen Kinder?"

„Quatschkopf. Nein, aber hier und da ein Blümchen."

„Wenn du Melanie kennen würdest, wüsstest du, dass Veilchen und Stiefmütterchen nicht ihr Interessensgebiet sind. Zurzeit ist es eher schwierig. Aber kommt doch erstmal rein. Wie läuft's denn so, Flori? Was macht die Schule?"

„Ach, in der Schule läuft's super", fiel ihm Annika ins Wort, bevor Florian überhaupt den Mund aufmachen konnte. Eine nervige Eigenschaft, die Annika von unserer Mutter übernommen hatte. „Besonders in den Naturwissenschaften ist er ziemlich gut. Was für ein Wunder, wenn du dich daran zurückerinnerst, wie mies ich in Mathe war. Flori, du hast doch erst letzte Woche eine Eins für dieses Informatik-Referat bekommen, mit diesem Hexensystem, wie hieß das nochmal?"

„Hexadezimalsystem, Mama."

„Ja, genau. Ich sag ja immer, Flori, solange es in der Schule läuft, ist alles gut mit uns."

„Trotzdem habe ich die Sneaker nicht bekommen, in dem Laden beim Rathaus", murmelte Florian vor sich hin.

„Zweihundert Euro für ein Paar Turnschuhe haben wir im Moment einfach nicht übrig, das musst du einsehen." Annika strich ihrem Sohn über die Mütze, der sich leicht wegdrehte. „Vielleicht zu Weihnachten."

Schnell räumte ich ein paar Unterlagen des aktuellen Falls zur Seite, die ich achtlos auf dem Sofa verteilt hatte.

„Flori, ich habe leider keine PlayStation oder Ähnliches, womit du dich beschäftigen kannst, daher könnte es eher langweilig werden. Wir gehen aber nachher in die Maria Bar, da gibt's geile Burger, da ist auch was für dich dabei."

„Ach, passt schon, Nick. Hast du WLAN?"

„Ja klar, das Passwort muss ich irgendwo hier haben."

Ich wühlte in den Unterlagen, die ich gerade auf einen kleinen Beistelltisch gelegt hatte.

„Ist das ein Toter?", rief Florian plötzlich. Mir war ein Bild des toten Johannes Frick aus einer hellbraunen Aktenmappe gerutscht.

„Ja, tatsächlich, das ist ein Mordopfer."

„Krass, darf ich mal sehen?"

„Lass das, Flori, das geht dich nichts an", unterbrach ihn Annika.

„Deine Mutter hat Recht, das sind vertrauliche Unterlagen in einem Fall, in dem wir gerade ermitteln. Aber andererseits ist mittlerweile so viel in der Presse veröffentlicht worden, dass es da kaum noch echte Geheimnisse gibt.“

„Die Mordserie mit den Toten im Weinberg?“, fragte meine Schwester. „Davon liest man auch bei uns in der ‚Schwäbischen Post‘. Und da bist du an der Aufklärung beteiligt? Die Zeitung schrieb irgendwas mit alten Naziverbindungen, Euthanasie und so weiter.“

„Die Zeitungen schreiben viel zu viel. Tatsache ist aber, dass wir nicht wirklich weiterkommen. Wir drehen uns irgendwie im Kreis. Diese Nacht hatten wir einen Einsatz, der ziemlich aus dem Ruder gelaufen ist. Ich werde auch heute nicht alt. Wenn ich nachher wieder zuhause bin, werde ich tot ins Bett fallen. Aber lass uns über was anderes reden.“

Bevor ich meinen Wunsch zu Ende bringen konnte, hatte Florian schon begonnen, in den Unterlagen zu blättern.

„Und wo ist das hier?“ Florian hielt den kleinen laminierten Zettel mit den rätselhaften Zahlen in die Luft.

„Das ist auch so ein Rätsel. Dieser blöde Zettel bereitet mir schlaflose Nächte. Der ist aber streng geheim, eigentlich darfst du ihn gar nicht sehen.“

„Und wo ist das?“

„Wir wissen nicht, was es bedeutet. Vielleicht ist es aber nur Gekritzel.“

„Habt ihr noch nicht nachgeprüft, wo das ist? Das würde ich an eurer Stelle mal machen.“

Florian drehte den Zettel in der Hand hin und her.

„Für mich sieht das wie Geokoordinaten aus. Ich war mal mit Kumpels beim Geocaching, so richtig mit GPS-Empfänger, da haben wir das benutzt.“

„Daran habe ich auch schon gedacht, doch ohne Ergebnis. Google Earth spuckt immer ‚Falsche Eingabe‘ aus.“

Florian kicherte nun laut vor sich hin. „Ja, das ist doch klar. Du musst die Zahlen vorher umrechnen.“

„Umrechnen?“ Obwohl ich zuvor das Gefühl hatte, dass mir gleich die Augen zufallen, war ich jetzt hellwach und bis in die Haarspitzen gespannt. „Flori, sag bloß, du weißt da was drüber?“ Ich hatte jetzt alles um mich herum vergessen, auch, meiner Schwester einen Kaffee anzubieten. Florian drehte den Zettel nochmal zwischen seinen Fingern. „Es gibt so viele Möglichkeiten, Koordinaten zu schreiben. Die gebräuchlichste Schreibweise ist die Angabe in Grad und Minuten. Damit arbeiten die Kartendienste im Internet. Dies hier sind aber Koordinaten, die die Erdoberfläche in Zonen aufteilen. Das frisst Google Maps nicht.“

Ich merkte nun, dass Florian ebenfalls von einer Abenteuerlust gepackt war. „Lass uns das mal umrechnen. Im Internet gibt’s Seiten, die das können. Hast du einen PC da?“

Ich starrte meinen Neffen wie entgeistert an. Wenn das, was er mir soeben wie nebenbei erzählt hatte, etwas mit unserem mysteriösen Zettel zu tun haben sollte, würde das einen bahnbrechenden Durchbruch bedeuten.

„Mensch, Flori. Das, was du mir gerade erzählst, gibt dem ganzen Fall einen völlig neuen Schwung.“

Ich sprang auf und rannte ins Schlafzimmer. Als ich um die Ecke schoss, dachte ich darüber nach, dass es doch keinerlei Grund zur Eile gab, doch der Ausblick auf einen möglichen Durchbruch ließ mich alle Gemütlichkeit vergessen. Ich schnappte mein Notebook, trug es zurück ins Wohnzimmer und stellte es vor uns auf den kleinen Wohnzimmertisch. Nach dem Hochfahren startete ich den Internetbrowser. Annika stieß einen lauten, provokanten Seufzer aus. Ich kannte das von früher. Wenn sie nicht im Mittelpunkt stand, bekam sie schnell schlechte Laune.

„Was muss ich da jetzt eingeben?", fragte ich.

Florian fummelte vor meinem Bildschirm herum und zeigte auf das Adresseingabefenster des Browsers. „Googel mal!"

„Was gebe ich jetzt am besten ein?"

„Gib mal her", sagte Florian und zog den Laptop zu sich her, ohne meine Antwort abzuwarten. Er tippte schnell einige Wörter in das Textfeld der Suchmaschine, um dann auf eine Seite zu gelangen, die mehrere Eingabefelder umfasste. Er blätterte nach unten und wackelte mit seinem Zeigefinger vor einer Zeile herum. „Hier steht ‚UTM', das ist es. Gib den Zettel mal her." Mit schnellen Fingern gab er die Zahlen in zwei Textfelder ein. „Das sind die Werte für Osten und Norden. Das ‚E' und das ‚N' haben sie auf dem Zettel weggelassen, sonst hättet ihr das gleich gemerkt."

„Sicher. Dann hätten wir das gemerkt", flüsterte ich mit der Gewissheit, dass diese Information an unserer Wissenslücke auch nichts geändert hätte.

„Als Quadrat nehme ich 32U, das deckt den größten Teil von Deutschland ab.“

Florian klickte auf einen grauen Knopf und sofort erschienen zwei Koordinaten im bekannten Gradmaß. „48°0‘36 und 7°41‘24“, rief er. „Damit muss man doch was anfangen können.“ Er öffnete Google Maps und tippte die Werte in ein Suchfeld ein. Bevor ich kapierte, was vor sich ging, poppte plötzlich eine Satellitenaufnahme auf dem Bildschirm auf.

„Wir haben es, ich fasse es nicht. Flori, du bist Gold wert. Was haben wir an dem Zettel herumgerätselt!“

Auf dem Bildschirm hatte sich die Ansicht der trögen grauen Eingabefelder nun in die grün-braunen Terrassen des Tunibergs verwandelt. Ein gelbes Symbol markierte eine der unzähligen Trassen des Weinberges und wirkte wie ein Aufkleber, den jemand auf eine Satellitenkarte geklebt hatte. Ich griff nach der Maus und zoomte den Bildausschnitt größer. „Das ist ganz in der Nähe der Braunfels-Klinik.“ Ich schob den Kartenausschnitt ein bisschen hin und her.

„Was befindet sich dort?“, fragte Florian. „Könnte das der Teil sein, wo sich früher die Gaskammern befanden?“

„Gaskammern?“, rief Annika. Flori und ich gingen nicht auf sie ein.

„Und du bist dir sicher, dass es genau dieser Ort ist, auf den sich die Zahlen beziehen? Da ist kein Irrtum möglich?“

„Eigentlich nicht, du hast ja zugeschaut, was ich gemacht habe.“

„Ich kann es kaum fassen, ich muss sofort meinem Chef Bescheid geben."

„Und was ist mit uns?", warf Annika ein. „Du hättest mir einen Kaffee anbieten können."

„Ja natürlich. Kommt sofort. Ich bin ein bisschen durch den Wind, du hast keine Ahnung, was dein Sohn gerade herausgefunden hat."

„Du meinst, dann lohnt es sich doch, dass er Tag und Nacht vor dem Kasten sitzt?"

„In diesem Falle ganz sicher. Flo, du solltest mal über eine Laufbahn als Computer-Forensiker bei der Kriminalpolizei nachdenken."

„Echt? Was macht man da so?"

„Verbrecher und kriminelle Machenschaften im weltweiten Netz entlarven. Spionage verhindern, Waffenhandel aufdecken, Kinderpornoringe zerschlagen."

„Nick, dafür ist er noch viel zu jung!"

Ich verdrehte die Augen. „Natürlich nicht jetzt. Später, nach einem Informatikstudium zum Beispiel."

„Das hört sich spannend an", unterbrach Florian seine Mutter, während ich eine Tasse Espresso aus meiner Maschine herausplätschern ließ.

„Informatiker verdienen in der freien Wirtschaft besser, deswegen bleiben solche Stellen oft unbesetzt. Aber man hat einen sicheren Job und, was auch wichtig ist, man kämpft für die gute Sache. Ich lass euch mal alleine, ich muss mal schnell meinen Chef anrufen." Ich konnte meinen Neffen noch „Cool" sagen hören, als ich mich mit dem Mobilteil des Telefons ins Schlafzimmer zurückzog. Mit einem Druck auf die 7 rief ich die Kurzwahl direkt zu Fiekers Privatanschluss auf. Ein kurzes „…er" war zu hören. Fieker hatte die Angewohnheit, schon seinen Namen zu sagen, bevor er die Sprechmuschel richtig zum Mund geführt hatte.

„Hallo, Chef, ich bin's, Nick. Geht es Ihnen wieder besser? Ich hoffe, ich habe Sie nicht geweckt."

Ein kurzes „Nein" war die Antwort.

„Sie werden es kaum glauben, aber ich habe das Rätsel mit dem Fresszettel und den seltsamen Zahlen gelöst."

Für kurze Zeit war ein Schweigen zu hören, das von einem knappen „Wirklich?" abgelöst wurde.

„Wie vermutet handelt es sich um geographische Koordinaten, allerdings waren sie in einem anderen Format notiert."

„Tatsächlich? Ich war schon versucht, den Zettel aus unseren Ermittlungen zu streichen, weil er so überhaupt nirgendwo reinpasste."

„Anscheinend doch. Und jetzt raten Sie mal, Chef, auf welches Fleckchen Erde unsere Zahlen zeigen."

„Irgendwo in der Nähe des Altbaus der Braunfels-Klinik."

Für einen Moment blieb mir wieder mal die Spucke weg. „Aber woher wussten Sie …"

„Ich wusste es nicht", unterbrach er mich. „Aber es erscheint mir völlig einleuchtend. Ich habe immer mehr das Gefühl, dass das Rätsel der ganzen unseligen Geschichte in diesem Gebäude zu finden ist. Unsere Einbrecherin, die irgendetwas dort gesucht hat, dieser ominöse Zettel … Ich glaube, es geht hier schon lange nicht mehr darum, jemanden zu finden, sondern etwas. Nick, wir haben es hier mit einer waschechten Schatzsuche zu tun."

„Eine Schatzsuche? Was könnte das sein?"

„Wenn wir das wüssten. Ich werde mich auch mit Mutmaßungen zurückhalten. Nach meinem Fehlgriff mit der Exhumierung des alten Braunfels ist es besser, wenn ich nicht allzu forsch auftrete."

„Wie geht es jetzt weiter?"

„Halten Sie sich morgen bereit, wir werden dem Tuniberg und der von Ihnen gefundenen Position einen Besuch abstatten."

Ich ging zurück in meine Wohnküche und stellte das Mobilteil wieder auf die Basisstation.

Florian sprang mir gleich entgegen, er hatte jetzt denselben forschen Blick, den er im Grundschulalter immer gehabt und den ich in dem Vollpubertierenden verloren geglaubt hatte. „Und, was sagt dein Chef?"

„Er meint, dass wir die Schaufeln rausholen und morgen mal an der Stelle nach einem Schatz buddeln."

„Ja? So richtig mit Einsatztruppen, Hubschrauber und allem?"

„Truppen gibt es bei uns nicht, das nennt man Einheit. Und Hubschrauber … Von was träumst du nachts? Die Realität besteht aus einem alten, in die Jahre gekommenen VW Passat B8."

Annika hatte nun ihren Espresso ausgetrunken, aber den Amaretto liegen gelassen, den ich ihr dazugelegt hatte.

„Ich weiß gar nicht, warum ich so einen schlauen Sohn habe, obwohl er damals im Geburtskanal stecken geblieben ist. Das muss er auf jeden Fall von unserer Seite der Familie haben. Sein Vater und dessen bucklige Mischpoke aus der Vorderpfalz können damit nichts zu tun haben.“

Annika stand nun auf und schaute im Raum umher.

„Können wir bald gehen, ich habe langsam Hunger?“

„Ja, wir brechen jetzt auf, der Burgerladen wartet auf uns. Doch vorher müssen wir noch in der Rathausgasse vorbei.“

„Am Rathaus?“, fragte Annika. „Was wollen wir denn dort?“

„Ist doch klar“, sagte ich. „Als Dank für die Ermittlungshilfe kaufe ich meinem Lieblingsneffen ein Paar Sneaker.“

48°0'36" 7°41'24"

„Und, hat die Presse schon Wind von Camilas Verschwinden bekommen?", begrüßte mich Rudi, als ich am nächsten Tag im Revier einlief.

„Ich weiß es nicht, ich habe noch nicht in die Zeitung geschaut."

Zusammen gingen wir in die kleine Küche. Ich stellte eine leere Tasse unter den Kaffeeautomaten und drückte den Knopf für ‚Flat White'. Rudi griff sich eine bereits gefüllte Tasse, die auf der Anrichte stand.

„Natürlich ist der Polizistenmord am Tuniberg heute das Thema Nummer eins. Glücklicherweise hat sich der Bericht mit Mutmaßungen und Gerüchten zurückgehalten. Keine Rede von der Braunfels-Klinik oder den bisherigen Morden. Und auch kein Wort über Camila."

„Zum Glück. Das können wir momentan überhaupt nicht gebrauchen. Außer einem hochverdächtigen und verschwundenen Sandar Aladschi aus Düsseldorf haben wir nicht viel."

Rudi nippte gedankenversunken an seiner Tasse.

„Ich möchte nicht wissen, was die Journaille mit Camila anstellt, wenn das alles ans Licht kommt."

„Momentan wird nur nach ihr gesucht. Sie ist eine Verdächtige, nicht mehr. Wir haben keine Beweise, dass es wirklich ihr Auto war, das wir vorgestern Nacht dort gesehen haben. Deshalb hoffe ich, dass es erstmal ruhig bleibt." Ich nahm meine Tasse und lehnte mich an die

Küchentheke. Rudi setzte sich an den kleinen Tisch, der an der Wand stand.

„Sie wird schon selber für Aufruhr sorgen, du kennst doch ihren Drang, die Öffentlichkeit zu suchen."

„Zumindest aktuell ist sie nicht aufzufinden. Auch dir ist es gestern nicht gelungen, sie festzunehmen."

Rudi zögerte kurz. „Ja, das hatte ich mir einfacher vorgestellt. Nachdem mich Bernhard frühmorgens angerufen hatte, bin ich mit zwei Kollegen zum Gut Hohenberg gefahren. Aber nichts, das Vögelchen war ausgeflogen. Wir haben eine ihrer Bediensteten aus dem Bett geklingelt, die uns versichert hat, dass Camila schon seit einigen Tagen dort nicht mehr aufgetaucht ist. Das gleiche Spiel im Colombi Hotel. Niemand hat sie in den vergangenen Tagen gesehen, vor gut einer Woche ist sie zum letzten Mal dort abgestiegen. Auch zusammen mit diesem Milliardär wurde sie nicht mehr gesichtet."

„Du meinst diesen Internet-Heini? Ist der immer noch in Freiburg?"

„Mittlerweile wieder. Keiner weiß, was er hier will."

„Das soll derzeit nicht unsere Sorge sein. Ist Fieker schon da?"

„Ja, er ist in seinem Büro. Weißt du eigentlich, was er mit den Niederlanden zu tun hat?"

„Den Niederlanden? Nein, keine Ahnung."

„Angelika hat mir erzählt, dass er heute Morgen einen Anruf aus Amsterdam erwartet hat."

Ich zuckte mit den Schultern. „Erstmal werden wir heute an den Tuniberg fahren. Ich habe mittlerweile die

Bedeutung der Zahlen auf dem kleinen Zettel geknackt. Es sind Koordinaten, die auf einen Ort auf dem Tuniberg verweisen."

„Und was hofft ihr dort zu finden?", fragte Rudi.

„Irgendeine Antwort auf das Riesenchaos, dem wir jetzt schon zu lange hinterherlaufen. Mittlerweile haben wir sechs Tote, darunter einen Polizist. Wir müssen endlich Licht ins Dunkel bringen. Die Öffentlichkeit erwartet Antworten."

„Vergiss Gebelhoff nicht. Der ist momentan gar nicht gut auf Fieker zu sprechen."

„Damit soll dieser sich auseinandersetzen. Das ist nicht meine Baustelle." Ich nahm den letzten Schluck aus der Tasse und stellte sie in die Spüle. Ich wusste, dass Angelika ausflippen würde, war sie doch sehr erpicht darauf, dass jeder sein Geschirr anständig in die Spülmaschine einräumte. Doch heute war mir nicht danach.

Kurze Zeit später saß ich in dem alten Passat auf dem Weg entlang der Opfinger Straße Richtung Tuniberg. Fieker neben mir schien heute irgendwie ruhelos zu sein.

„Vorhin hatte ich das Gutachten zur Nazi-Vergangenheit der Braunfels-Kliniken auf dem Schreibtisch."

„Und?"

„Ich habe es in einem Rutsch durchgelesen. Hochinteressant, Nick. Und auch verständlich, dass Daniel nicht wollte, dass das Gutachten an die Öffentlichkeit kommt. Auch wenn letztendlich nur das bestätigt wird, was man schon seit Jahren weiß. Wilhelm Braunfels und sein junges Unternehmen waren komplett in die Parteistruktur eingebunden. Bemerkenswert auch, wie viele Nazigrößen dort ein und aus gegangen sind. Wilhelm Braunfels' Klinik war so etwas wie das Lieblings-Sanatorium für alles, was in der NSDAP Rang und Namen hatte. Das Internet spuckt interessante Details aus, wenn man die Namen bei … wie heißt das … Google eingibt. Da bekommt man ein gutes Bild, mit wem sich Wilhelm Braunfels damals umgeben hat."

Nach einer ereignislosen Fahrt durch den Mooswald hatten wir Opfingen hinter uns gelassen und fuhren in Richtung Wippertskircher Hof.

„Haben Sie etwas von Polizeimeister Wittemann gehört?", setzte ich das Gespräch fort.

„Ja, ich habe heute Morgen mit ihm telefoniert. Schlimme Sache. Der Kollege, der gestern ermordet wurde, hinterlässt eine Frau und zwei erwachsene Töchter."

„Wissen Sie, wann die Beerdigung ist?"

„Diese ist noch nicht angesetzt. Eine der Töchter studiert im Ausland. Sie muss erst anreisen."

„Aus Amsterdam?", fragte ich.

Fieker schwieg. Er schien in tiefe Gedanken versunken. Ich musste an unser Mittagessen kürzlich in der Markthalle denken, als er völlig überraschend von seiner aufregenden Afrikareise als Student erzählt hatte. Ein seltsam intimer Moment, den er seinem Umfeld nicht oft zugestand. War es doch Normalität, dass er mit seinen Gedanken alleine bleiben wollte.

Nach wenigen hundert Metern hielt ich innerhalb einer kleinen Senke, die unterhalb des Westrandes des Tunibergs lag. Wir stiegen aus und ein kalter herbstlicher Wind pfiff uns entgegen. Ich zog meinen Kapuzenpulli an, den ich auf den Rücksitz gelegt hatte. Fieker setzte sich seine Schiebermütze auf den Kopf, stellte sich auf den asphaltierten Weg neben dem Auto und blickte in die Ferne.

„Haben Sie irgendwelche Geräte dabei?“, unterbrach Fieker die Stille.

„Welche Geräte?“

„Wir müssen schließlich die Koordinaten finden, die wir suchen.“

„Dazu brauchen wir keine Geräte. Ich habe den Zettel und mein Handy dabei, das reicht völlig. Auf Google habe ich mir vorhin genau angeschaut, wo wir hinmüssen. Dort starten wir dann unsere Suche.“ Ich griff zu meinem Mobiltelefon und schaltete die Ortskennung an. „48 Grad 0 Minuten 36 Sekunden Breite und 7 Grad 41 Minuten 24 Sekunden Länge“, flüsterte ich leise vor mich hin. „GPS hat einen mittleren Fehler von ungefähr neun Metern, wir werden den Ort also nicht genau finden können. Es sollte für unsere Zwecke aber reichen.“ Ich ging den asphaltierten Weg weiter, der entlang eines großen Rebgebietes verlief, immer das Handydisplay im Blick. Fieker ging mir hinterher. In den Reben vor uns standen mehrere

Personen, die mit den Rebstöcken beschäftigt waren. Ein älterer Mann schaute neugierig zu uns herüber, als er einen kleinen Ast mit seinen behandschuhten Händen festhielt und mit einer großen Zange abzwackte. Die Sonne blendete ein wenig, so dass ich mich umdrehen musste, um dem Handydisplay etwas Schatten zu gönnen.

„Und?", fragte Fieker.

Ich verließ den asphaltierten Weg und ging ein paar Schritte in die Reben hinein. „Hier muss es sein, das sind die Koordinaten."

Fieker stemmte seine Hände in die Hüften und blickte um sich. Ich stand zwischen zwei großen Rebfeldern in einer kleinen Kuhle, die sich gut zehn Meter in den Berg hineinschob, wie ein leergelaufener gerader Kanal, der plötzlich an einer Wand endete. Der hintere Teil des Grabens lag gute drei Meter unterhalb der Höhe der umliegenden Felder, als ob jemand aus Versehen eine nutzlose Furche in den Berg gefräst hätte.

„Sind Sie sicher, dass wir hier richtig sind?", fragte Fieker.

„Ganz sicher. Es sei denn, die Zahlen auf dem Zettel erzählen uns schon wieder irgendwelchen Blödsinn."

Mittlerweile war der ältere Mann, der gerade noch in den Reben gearbeitet hatte, neben Fieker aufgetaucht. Er trug einen blauen Arbeitsanzug und hielt eine große Zange in der Hand. Fieker drehte sich zu ihm um. „Guten Tag, was macht die Weinlese?"

Der Mann grinste uns an. Ich schätzte ihn auf Ende sechzig. Offenbar kam ihm ein bisschen Abwechslung neben der anstrengenden Arbeit sehr entgegen.

„Ich bin ganz zufrieden. Dadurch, dass die Trauben immer früher reif werden, können wir auch zeitiger herbsten. Das letztjährige Weinfest in Merdingen war das erste, auf dem wir Wein desselben Jahres ausschenken konnten. Das gab es vorher noch nie. Das ist der Klimawandel, den spürt man bis in die kleinste Traube."

Fieker zeigte auf die massive Zange. „Was stehen jetzt noch für Arbeiten an?"

„Ich und meine Leute beschneiden die Rebstöcke, damit sie nächstes Jahr wieder Früchte tragen können. Wenn die Trauben abgeerntet sind, ist deswegen die Arbeit noch nicht beendet. Das gehört zu unserem Beruf."

„Dann gehören Ihnen diese Reben?"

„Richtig." Er zeigte mit der freien Hand um sich. „Von dort unten … den Weg hier hoch … bis dort oben. Sie brauchen eine solche Fläche, wenn Sie einen guten Ertrag haben wollen."

„Dann sind wir ja bei Ihnen genau richtig aufgehoben." Fieker zog seinen Dienstausweis aus seiner Tasche und hielt ihm diesen unter die Nase. „Ich bin Hauptkommissar Fieker von der Kriminalpolizei Freiburg, das ist mein Kollege Kommissar Reetmann. Sind Sie bereit, uns ein paar Fragen zu beantworten?"

Der Mann stutzte kurz. „Polizei? Derzeit ist ja eine Menge los hier bei uns am Tuniberg. Erst vorgestern

Nacht gab es wohl eine Schießerei dort drüben, oberhalb der Klinik."

„Haben Sie davon etwas mitbekommen?"

„Nein", sagte der Mann. „Unser Hof ist in Gündlingen, da kriegen wir sowas nicht mit. Aber mein Nachbar hat es mir erzählt. Sie können mich gerne fragen, schließlich habe ich den anderen auch Auskunft gegeben."

„Den anderen?"

„Ja, das war vor gut zwei Wochen. Da stand so ein großer Mann genau an der Stelle, an der Sie jetzt stehen, und hat mich über meinen Weinberg ausgefragt." Fieker schaute mich von der Seite an.

„Und vor einer Woche war da diese Frau, die die gleichen Fragen gestellt hat. Das kam mir schon ein bisschen seltsam vor. Aber ich habe mir nichts Besonderes dabei gedacht."

„Können Sie uns den großen Mann und die Frau genauer beschreiben?"

Er zögerte einen Moment. „Der Mann war wie gesagt sehr groß und hatte leicht wirres graues Haar, wie so ein verrückter Professor aus Hollywoodfilmen, wenn Sie verstehen, was ich meine. Er war nicht von hier, das hat man beim Sprechen erkannt."

„Und die Frau?"

„Das war so eine Blonde, ein bisschen dick. Sie hatte einen fränkischen Dialekt. Das erkennt man sofort, die sprechen alle Buchstaben so weich aus und betonen dafür das ‚R'." Er versuchte, das R zu rollen, was ihm nicht wirklich gelang. Ich hatte inzwischen mein Handy herausgeholt. Die wichtigsten Fotos der Pinnwand im Besprechungsraum hatte ich abfotografiert und im Handy gespeichert. Ich hielt ihm die Phantomzeichnung der Frau unter die Nase.

„Das ist sie“, rief er fast freudig aus. „Diese Locken erkennt man sofort wieder.“

„Was wissen Sie über diese Frau? Hat sie Ihnen etwas über sich erzählt? Vielleicht ihren Namen?“

Er schüttelte den Kopf. „Nein, nichts dergleichen. Nur eine Sache war komisch.“

„Ja?“ Fieker kniff nun die Augen zu, da die Sonne ihm ins Gesicht schien.

„Als sie wieder wegging, ist sie in ein Auto eingestiegen, das dort drüben stand.“ Er zeigte mit seiner Zange die Straße hinunter. „Darin saß ein Mann, den ich aber nicht sehen konnte. Ich habe nur an der Stimme erkannt, dass es ein Mann war, denn die zwei haben sofort angefangen zu streiten. Das Auto war aber zu weit weg, so dass ich nichts verstehen konnte.“

„Haben Sie ein Kennzeichen erkannt?“, fragte ich ihn. Abermals schüttelte er den Kopf. „Nein, tut mir leid, ich konnte nicht ahnen, dass das wichtig werden würde.“

Ich hielt ihm abermals mein Handy vor das Gesicht, diesmal mit dem Foto des toten Johannes Frick auf dem Display. „Ist das der große Mann?“, fragte ich ihn. Er nickte heftig. „Ja, ganz sicher, das ist er. Ist er tot?“

„Ja, leider. Er wurde oberhalb von Waltershofen in einer Winzerhütte gefunden.“

„Ach Gott, davon habe ich gelesen. Und das war dieser Mann?“

Ich packte das Handy wieder in die Bauchtasche meines Hoodies. „Jawohl, das war er. Und wenn die Kollegen aus Breisach bei ihrer Befragung gleich auf Sie gestoßen wären, wären wir heute deutlich weiter mit unseren Untersuchungen."

Er runzelte die Stirn, da er meine Bemerkung nicht einordnen konnte.

„Doch kommen wir mal zum wichtigsten Punkt. Was wollten die beiden denn von Ihnen wissen?", fragte Fieker.

„Der Mann wollte sich mit mir über diese Reben unterhalten. Er stellte Fragen, die ich nicht richtig deuten konnte, ich erkannte aber, dass er mich über die Besitzverhältnisse dieses Grundstückes ausfragen wollte. Er ging davon aus, dass das Gebiet immer noch den Braunfels' gehört. Die Frau war da schon direkter. Sie fragte mich, ob es hier irgendwo einen Bunker aus den Weltkriegen gibt. Sie erzählte, dass sie sich für Militärgeschichte interessiere."

„Und gibt es solch einen Bunker?", fragte Fieker.

„Nein, natürlich nicht. Niemand hätte einen Schutzbunker auf einem Berg gebaut."

Fieker blickte mich enttäuscht an.

„Aber ich habe beiden dann vom alten Stollen erzählt."

„Ein Stollen?" Fieker schien hellwach.

„Ja. Genau hier, wo wir jetzt stehen." Er zeigte in den Graben hinein. „Bis in die Siebzigerjahre gab es hier einen Stollen, der in den Berg hineingehauen war. Ungefähr zehn Meter lang, Sie können ihn hier noch erkennen. Als mein Vater dieses Grundstück den

Braunfels' abgekauft hat, hat er den Stollen abdecken lassen. Geblieben ist dieser Graben."

„Was können Sie uns darüber erzählen?"

„Er war mit einem rostigen Eisengitter verschlossen. Als Kinder haben wir es geliebt, hier zu spielen. ‚Die Teufelsgrotte' haben wir das Loch immer genannt. Wir haben uns weiß Gott was ausgedacht, was dadrin versteckt war. Die Gerüchte über die ehemaligen Gaskammern in der Braunfels-Klinik waren ja damals noch sehr lebendig. Da geht die Phantasie von Kindern ganz eigene Wege. Mein Vater hat uns verboten, hier zu spielen, da der alte Braunfels, Lothar, es nicht gerne gesehen hat."

„Was geschah dann mit dem Stollen?"

„Lothar Braunfels hat seine Reben am Tuniberg verkauft, das hat sich wohl nicht mehr gerechnet. Mein Vater hat dann dieses und ein anderes Grundstück oberhalb von Tiengen gekauft. Der Stollen wurde ausgeräumt und dann abgerissen. Wie sich gezeigt hat, war nichts Besonderes drin, nur Gerümpel. Mein Vater hat zusammen mit dem Chauffeur vom alten Braunfels das Zeug in die Klinik gebracht."

„Können Sie uns mehr darüber sagen? Wo in der Klinik wurde das Gerümpel hingebracht? Wie sah es aus?"

Er zuckte mit den Schultern. „Da kann ich Ihnen nicht helfen. Ich war nicht dabei und mein mittlerweile verstorbener Vater hatte keine Details erzählt. Kurz darauf wurde der Chauffeur tot aufgefunden, das war dann das Tagesgespräch hier oben. Da war der Stollen kein Thema mehr."

„Eine letzte Frage noch. Haben Sie das, was Sie uns gerade berichteten, auch den beiden Personen erzählt?"

„Ja, so ähnlich. Beide hatten aber nicht so konkrete Fragen wie Sie. Der grauhaarige Mann hat mich über den toten Chauffeur ausgefragt. Er wusste wohl schon etwas Bescheid, woher auch immer. Ich konnte ihm nichts Neues sagen, außer dass damals das Gerücht rumgegangen ist, dass der Chauffeur eine Affäre mit Lothar Braunfels' Frau hatte."

In der Zwischenzeit hatte ich mit meinem Handy ein paar Fotos vom ehemaligen Stollen gemacht. Ich lief die zehn Meter in den Graben hinein und konnte mir nun gut vorstellen, dass sich hier ein unterirdischer Gang in den Berg gegraben hatte. Fieker hatte sich von dem Mann verabschiedet und ging auf mich zu. „Wir können aufbrechen, wir haben alles gehört, was wir wissen müssen. Es ärgert mich, dass wir erst jetzt hierhergekommen sind. Unsere Opfer haben etwas gesucht, was sie hier in dem alten Stollen vermutet haben. Und alle mussten für diese Suche mit dem Leben bezahlen. Die Frick-Zwillinge, die blonde Einbrecherin und deren Bekannter Hans-Jörg Koller."

„Koller? Die Leiche, die wir im Ehrenstetter Grund gefunden haben?", fragte ich.

„Ja, ich bin mir ziemlich sicher, dass er der Fahrer des Wagens war, mit dem sich die blonde Frau vor den Augen des Winzers gestritten hat. Beide schienen aus Franken zu kommen, ich vermute, dass sie sich gekannt haben und gemeinsam hergekommen sind."

„Vielleicht die Ex-Freundin, von der uns sein Sohn erzählt hat?"

„Möglich. Trotzdem konnte sie einige Tage nach dem Fund seiner Leiche seelenruhig einen Einbruch durchziehen. Sie hat die richtigen Schlüsse gezogen und ist davon ausgegangen, dass das Gerümpel aus dem Stollen irgendwo im Keller der Klinik gelandet ist und noch dort liegt."

„Was könnte das sein? Was haben sie alle gesucht?"

„Das gilt es herauszufinden, dann haben wir diesen Fall gelöst. Ich spüre, dass sich der Kreis enger zieht. Langsam breitet sich diese Geschichte wie ein Teppich vor mir aus. Doch lassen Sie uns fahren, mir wird es hier zu kalt."

Ich stellte mein Fahrrad im Hinterhof in der Emmendinger Straße ab. Ich hatte mit Melanie ausgemacht, dass ich nach der Arbeit bei ihr vorbeischauen würde. Die hölzernen Treppen des kleinen Treppenhauses hinaufhastend, übersprang ich jede zweite Stufe. Melanie hatte die Tür geöffnet und begrüßte mich mit einem müden Blick. Ihr Gips war mittlerweile abgenommen, auch wenn ihr die Bewegung der Oberarme noch schwerfiel. In wenigen Tagen würde sie wieder mit ihrem Dienst beginnen können. Ich wusste, dass sie sich danach sehnte, endlich wieder aktiv sein zu können.

„Komm rein", sagte sie leise und zog die Tür auf. „Willst du was essen? Ich habe einen Nudelauflauf in den Ofen geschoben."

Ich spürte einen Kloß im Hals und die Stimme schien mir zu versagen. Ich wusste, dass ich Melanie von Julia erzählen musste, ich sah keine andere Möglichkeit.

„Nein danke, auch wenn ich weiß, dass dein Nudelauflauf lecker ist. Ich wollte gar nicht so lange bleiben."

„Nicht? Ich habe mich auf einen gemeinsamen Abend eingestellt."

„Melanie, ich muss mit dir reden."

„Das hört sich ernst an. Komm erstmal rein."

Ich ging an ihr vorbei und betrat das kleine Wohnzimmer. Sie kam hinter mir her. Ich drehte mich zu ihr herum. „Hör zu, Melanie. Ich habe mich jetzt ein paar Tage vor dem Gespräch gedrückt, doch bin ich es dir schuldig, dir reinen Wein einzuschenken."

Sie zeigte mit ihrer Hand auf den Sessel, in den ich mich sogleich fallen ließ.

„Ich habe schon seit ein paar Tagen gedacht, dass irgendetwas mit dir ist. Du warst so abweisend und zurückgezogen." Sie setzte sich jetzt ebenfalls auf ihr Sofa. „Geht es um unsere Beziehung?"

Ich war erstaunt, wie ruhig und gefasst Melanie mir gegenübersaß. Ich hatte sie bisher als Frau erlebt, die eine kleine Mücke an der Wand oder ein klingelnder Wecker zur Raserei bringen konnte.

„Ich weiß nicht, ob es um unsere Beziehung geht. Es geht aber um uns. Du musst wissen, dass ich daran festhalten will, auch wenn es dir wie Hohn vorkommen mag."

„Es gibt eine andere Frau?"

Ich schwieg und blickte betreten auf den Boden. Melanie atmete tief ein und streckte ihren Oberkörper. Für einen kurzen Moment schien sie ihre Fäuste zu ballen.

„Kenne ich sie? Warst du schon mit ihr in der Kiste? Und wie stellst du dir das auf der Arbeit vor?"

„Sachte. Es ist nicht so, wie du denkst, auch wenn ich die Situation schon schlimm genug finde. Es ist unsere Kollegin aus Heidelberg, die ich vor ein paar Tagen im Revier kennenlernen durfte. Und nein, es lief nichts zwischen uns. Aktuell herrscht auch Funkstille, ich weiß nicht, ob wir uns jemals wiedersehen werden. Aber die Tatsache, dass ich eine andere Frau interessant finde, obwohl ich dich als Freundin habe, macht mich fertig."

„Irgendwie habe ich damit gerechnet, dass das eines Tages passiert. Als ich letztes Jahr einfach so mit dir Schluss gemacht habe, habe ich dir wohl das Gefühl gegeben, dass ich es nicht ernst meine. Wir haben unsere Beziehung mit angezogener Handbremse begonnen, und ich für meinen Teil habe das nie ändern wollen. Gestern war deine Schwester zu Besuch und ich habe keinerlei Anstalten gemacht, die Chance zu nutzen, jemanden aus deiner Familie kennenzulernen."

„Mach dir keine Vorwürfe, Melanie. Es ist ganz alleine meine Schuld. Ich verstehe auch nicht, wie Julia so eine Wirkung auf mich haben konnte."

Melanie hob schnell die Hand, ohne mich dabei anzuschauen. „Ich will keinen Namen wissen. Diese Frau soll für mich eine Fremde bleiben."

„Vielleicht bleibt sie das auch für mich. Ich weiß nicht, was die Zukunft bringt. Aber ich möchte, dass du weißt, dass ich niemals etwas hinter deinem Rücken angestellt hätte. Ich würde nichts tun, was dich verletzt."

Ich schaute hilflos im Raum umher. Die Worte blieben mir in der Kehle stecken. Ich hatte das Gefühl, die Situation mit jedem weiteren Satz zu verschlimmern.

„Melanie, ich will dich nicht verlieren, aber ich muss herausfinden, was mit mir los ist. Ich muss mir darüber klar werden, was mich zu … du weißt schon … hinzieht."

„Hast du Chancen bei ihr?"

„Ich glaube schon. Aber das ist jetzt nicht wichtig."

„Wahrscheinlich hast du recht. Es geht nicht um sie. Es geht um dich, du musst wissen, was oder wen du willst. Ich kann dir aber nicht versprechen, dass ich auf dich warte, Nick."

„Das ist nur fair."

„Ich brauche jetzt erstmal den Abend für mich. Du wolltest ja nicht lange bleiben."

Melanie stand auf und ging in die Küche. „Was bin ich froh, dass ich bald wieder arbeiten gehen kann. Mir fällt hier die Decke auf den Kopf, und dann noch das. Ich brauche dringend Abwechslung. Möchtest du wirklich nichts von dem Nudelauflauf mitnehmen?"

Ich stand ebenfalls auf und zögerte kurz. „Bist du dir sicher, dass du mir den Gefallen noch tun willst? Ich hätte mir sonst auf dem Weg einen Döner mitgenommen."

„Komm schon, ich pack dir was ein. Aber wenn du nicht hinschaust, werde ich dir kräftig reinspucken." Sie begleitete den Satz mit einem lauten Geräusch aus dem Rachen. Ich musste grinsen, das war so typisch für sie. Egal, wie sehr mir Julia gefiel, ich wollte mir nicht vorstellen, diesen Gegenpol zu verlieren.

Auf dem Heimweg fuhr ich mit meinem Fahrrad die Sautierstraße entlang. Es war bereits dunkel geworden und ich hatte für die hereinbrechende Kühle der Nacht ein viel zu dünnes Jäckchen an. Ich fühlte mich seltsam gelöst, auch wenn ich wusste, dass meine Probleme durch dieses Gespräch nicht erledigt waren.

Nach wenigen Minuten erreichte ich mein Zuhause am Schlossbergring. Mir wurde immer mehr bewusst, in was für einer hässlichen Ecke von Freiburg ich wohnte. In früheren Zeiten muss der Fuß des Schlossberges eine wunderschöne Gegend gewesen sein, mit Gasthäusern, alten Villen und Felsenkellern, in denen Bier ausgeschenkt wurde. Obwohl vom Weltkrieg verschont, hatte dann der Autowahn der Sechzigerjahre diese Ecke in eine autogerechte Einöde verwandelt. Früher oder später würde ich mir eine neue Wohnung suchen, doch war dieses Vorhaben in Freiburg schnell zum Scheitern verurteilt, war doch der Wohnungsmarkt völlig überrannt. Ich schob mein Fahrrad in den Hinterhof, um es wie jeden Abend am Geländer zum Kelleraufgang abzuschließen. Ich war noch in Gedanken versunken, als ich hinter mir ein Geräusch wahrnahm. Ich drehte mich schnell um. Einige Mülltonnen waren am Ausgang des Hinterhofes drapiert, offensichtlich hatte sie der Hausmeister für die morgige Abholung bereitgestellt. Jetzt konnte ich dort im Dunkeln eine Gestalt erkennen, die hinter einer Mülltonne hervorkam. Sie ging langsam mit kurzen Schritten auf mich zu. Instinktiv griff ich zu meinem Gürtel, doch die Dienstwaffe lag sicher im Schrank in meinem Büro.

„Herr Reetmann?" Eine leise, fast klagende Stimme drang zu mir herüber.

„Ja?" Mein Körper war nun angespannt, ich musste auf alles gefasst sein. Das fahle Licht einer Straßenlaterne in der Konviktstraße drang zu uns durch und hüllte die unwirkliche Szenerie in ein seltsames Zwielicht.

„Bitte helfen Sie mir. Ich habe solche Angst."

„Wer sind Sie? Bleiben Sie stehen." Ich meinte das dünne Stimmchen einer Frau zu erkennen. Ohne auf mich zu hören, kam die Gestalt weiter auf mich zu.

„Sie sind mein letzter Ausweg. Bitte helfen Sie mir."

Die Person stand nun gute zwei Meter vor mir. Und jetzt konnte ich sie im matten Licht erkennen. Vor mir stand Camila Braunfels, ungeschminkt, mit zerzausten Haaren und einer viel zu engen Jacke.

Lothar (Oktober 1989)

Die Grillen zirpten nicht mehr, nicht um diese Jahreszeit, da die letzten Reben abgeerntet waren und die Trauben in die Winzerkeller gefahren wurden. Der Wind schlich leise über den Tuniberg, die Kälte des Hochschwarzwaldes mit sich tragend. Lothar Braunfels blickte sich noch einmal um, über den Vogesen war eine glutrote Sonne im Untergehen begriffen. Er betrat das Gelände des Gutes Hohenberg durch einen kleinen Hintereingang, der von den angrenzenden Reben zum Wirtschaftstrakt des Anwesens führte. Er hatte einen Spaten bei sich, das ideale Werkzeug für seinen Zweck. In der Garage brannte noch ein schwaches Licht. Dort würde er Joseph Frick antreffen, diesen widerlichen Menschen, den er als Chauffeur angestellt hatte und der ihm in nur zwei Jahren zur Last geworden war. Er hasste alles an diesem Mann, seine Überheblichkeit, seine joviale Art, seine übertriebene Arroganz. Dazu war er hinterhältig und unehrlich. Lothar hatte schon lange das Gefühl, dass Joseph ihn bei jeder Gelegenheit bestahl.

Er ging zum alten Gebäude, dessen Gemäuer mit dickem Efeu behangen war. Er musste sich von der Seite anschleichen, Joseph durfte ihn nicht sofort sehen. Ein ängstliches Eichhörnchen kletterte vor ihm auf einem dicken Ast entlang.

Seine Familie hatte – für ihn völlig unverständlich – weniger Berührungsängste mit dem Chauffeur. Sein Sohn Robert verstand sich gut mit ihm, auch wenn seine

Stelle als Assistenzarzt derzeit keine Besuche am Tuniberg im elterlichen Haus zuließ. Aber Robert hatte noch nie ein Gefühl dafür entwickeln können, was es heißt, einer angesehenen Familie anzugehören, und welche Verpflichtungen dies mit sich bringt. Freundschaften mit dem Fußvolk und anderen nicht standesgemäßen Personen waren seinem Sohn nie schwergefallen.

Mittlerweile konnte er Geräusche aus dem Holzschuppen hören, der neben der Garage angebaut war. Zu Joseph Fricks Aufgaben gehörte auch die Instandsetzung und Wartung von Lothars Fahrzeugsammlung aus den Dreißigerjahren. Er hatte sich drei Oldtimer zugelegt, darunter ein Mercedes-Benz 540K Cabriolet, wie es auch der Reichsmarschall Hermann Göring gefahren hatte. Joseph machte sich immer über diese Leidenschaft lustig, nur eine von vielen Respektlosigkeiten, die er sich ihm gegenüber herausnahm. Und dabei war die Affäre mit seiner Frau noch nicht mal die größte davon. Lothar war sich sicher, dass Joseph mit ihr vor einiger Zeit eine Liebschaft begonnen hatte. Es war ihm egal, seine Frau war ihm mittlerweile völlig fremd geworden. Sollte sie tun und lassen, was sie wollte, doch unten in den Dörfern wurde bereits getuschelt.

Lothar hatte sich nun an die Holzhütte herangeschlichen. Ein kleines Transistorradio lief auf voller Lautstärke, was es ihm leicht machte, unbemerkt an Joseph heranzukommen. Ein altes Moped stand vor der Hütte. Es gehörte Markus, einem der beiden Neffen des

Chauffeurs. Diese waren gestern hier gewesen. Ein Zwillingspärchen, denen Lothar erlaubt hatte, ab und an ihren Onkel zu besuchen und bei ihm zu übernachten. Zwei widerliche Achtzehnjährige, laut und unverschämt. Er konnte nicht verstehen, dass Joseph Frick den engen Kontakt mit den beiden Halbstarken und Kleinkriminellen hielt und ihnen ständig Briefe schrieb. Schon jetzt war abzusehen, dass aus den beiden nichts Vernünftiges werden würde. Genauso wie aus ihrem Onkel.

Lothar hielt nun den Spaten fest in der Hand. Er würde dem Treiben seines undankbaren Chauffeurs heute ein Ende setzen, das war gewiss. Doch nicht die Affäre mit seiner Frau hatte für Lothar das Fass zum Überlaufen gebracht. Vielmehr war er darüber besorgt, dass Joseph Frick dabei war, in Details aus seinem Leben herumzuschnüffeln. Nachbarn berichteten ihm, dass er öfter am Stollen oben im Weinberg gesehen wurde, dass er sich nach dessen Inhalt erkundigte, dass er Nachforschungen anzustellen schien. Joseph suchte etwas und Lothar musste verhindern, dass er es fand. Auch wenn das Gesuchte schon vor über einem Jahrzehnt aus dem Stollen geholt und sicher in den Kellern des alten Klinikgebäudes versteckt wurde, bereitete ihm die Schnüffelei oben am Weinberg doch Sorgen. Er würde sein Geheimnis mit ins Grab nehmen und durfte es sich nicht von Joseph Frick entreißen lassen.

Lothar war nun zur offenen Garagentür gelangt und spickte in den Innenraum. Joseph stand mit dem Rücken zu ihm direkt neben der unbedeckten Reparaturgrube. In der Hand hielt er einen Gegenstand, welchen er gedankenversunken mit einem Tuch sauber rieb. Der Zeitpunkt konnte nicht besser gewählt sein. Lothar zögerte nicht lange und betrat mit festen Schritten die Garage. Joseph hatte ihn nun gehört und drehte sich um die eigene Achse. Sein arroganter Blick wechselte sofort zu einem blanken Entsetzen, als er den erhobenen Spaten in Lothars Hand wahrnahm. Bevor er seine Arme zum Schutz erheben konnte, hatte ihn die stumpfe Seite an der rechten Kopfseite getroffen. Lothar hatte mit aller Kraft ausgeholt, wie ein Tennisspieler, der einen schnellen Ball mit voller Wucht zurück über das Netz befördern will. Ein kurzer, erstickter Aufschrei war das einzige Geräusch, das neben dem plärrenden Radio zu vernehmen war. Joseph lag vor ihm am Boden, ein Rinnsal aus Blut floss von der offenen Kopfwunde am Kinn entlang. Das Zucken der Augenlider zeigte Joseph Fricks Todeskampf an. Lothar holte zu einem zweiten Schlag aus. Er achtete penibel darauf, exakt dieselbe Stelle zu treffen. Der Kopf rutschte leicht nach hinten. Lothar wartete ein paar Sekunden, bevor er sich zu dem Chauffeur hinunterbeugte. Er schaute in das Gesicht des Mannes, in dessen Zügen immer noch die Überraschung abzulesen war. Kein Blinzeln oder Zittern war zu sehen, es bestand kein Zweifel, der Mann war tot. Lothar schob ihn zur Reparaturgrube, wo der Körper wie ein nasser Sack in die Öffnung plumpste. Eine kurze Blutspur war am Rand der Grube zu sehen, Lothar würde sie nachher wegwischen und mit

Terpentin und Bleichmitteln unsichtbar machen. Er schaute nochmal in die anderthalb Meter tiefe Öffnung im Boden der Garage. Joseph Frick lag dort unten, genauso wie Lothar ihn gerade hinuntergeworfen hatte. Es war perfekt, in einer Stunde würde er die Polizei benachrichtigen. Er hätte sich über die Radiomusik gewundert, hätte nachgeschaut und die Leiche gefunden. Offenbar sei der Mann während der Arbeit in die Grube gestolpert und vorwärts mit dem Kopf aufgeschlagen. Er nahm den blutverschmierten Spaten und trat vor die Hütte. Es war keine Menschenseele zu sehen, sein Plan ging vollkommen auf. Er lief wieder an der efeubehängten Mauer entlang, zurück zu dem Eingang am Weinberg, durch den er gekommen war. Nachdem er den Spaten neben sich gelegt hatte, kramte er eine fast leere Packung Roth-Händle aus seiner Hosentasche. Während er sich die Zigarette mit einem Feuerzeug anzündete, blickte er nach oben, wo er erst jetzt den klaren Sternenhimmel über sich wahrnahm. Er nahm einen ersten festen Zug und fixierte einen hell leuchtenden Stern am Firmament. Er dachte an den toten Körper, der dort hinten in der Garage lag, aus der immer noch die penetrante Radiomusik über das Gelände drang. So würde es jedem ergehen, der sich zwischen ihn und sein Geheimnis stellte.

Berta

Als wir die Tennenbacher Straße an der Ostseite der Freiburger Justizvollzugsanstalt entlanggingen, stand die Sonne hoch im Süden. Am Eingang des Untersuchungsgefängnisses konnten wir bereits eine Traube Reporter ausmachen. Offenbar hatte sich schon herumgesprochen, welcher illustre Gast derzeit in dem weißen Anbau residierte. Fieker ging schnellen Schrittes in das Gebäude, anscheinend konnte er es kaum erwarten, das Verhör mit Camila zu beginnen.

Als wir die üblichen Formalien hinter uns gebracht hatten, wurden wir von einem Justizbeamten in einen karg eingerichteten Raum geführt. An einem Tisch in der Mitte des Zimmers saß Camila Braunfels. Der Beamte verließ den Raum und verschloss ihn von außen. Das Tageslicht drang durch ein vergittertes Fenster zu uns. Camila war kaum wiederzuerkennen, sie war ungeschminkt und hatte ihre langen dunklen Haare zu einem Pferdeschwanz zusammengebunden. Ein unscheinbarer hellblauer Pullover, der völlig in Kontrast zu ihrer sonstigen Garderobe stand, war eine optische Abwechslung zu den grauen Wänden des Besprechungsraums. Was mich aber am meisten überraschte, war die Tatsache, dass sie uns ein kurzes Lächeln schenkte, als wir auf den beiden Stühlen ihr gegenüber Platz nahmen.
„Wie geht es Ihnen, Frau Braunfels?", begann Fieker das Gespräch.

„Den Umständen entsprechend. Auch wenn ich mir nie hätte träumen lassen, dass ich einmal im Gefängnis landen würde, hatte ich doch eine ruhige Nacht."

„Momentan sind Sie nur in Untersuchungshaft, das kann sich also schnell wieder ändern."

Ich holte ein Diktiergerät aus meiner Umhängetasche und legte es auf den Tisch. „Ich muss Sie darauf aufmerksam machen, dass wir das Gespräch aufzeichnen werden. Haben Sie keinen Anwalt dabei?"

Camila schüttelte den Kopf. „Nein, den kann ich mir nicht mehr leisten. Sollte es zu einem Verfahren gegen mich kommen, werde ich auf einen Pflichtverteidiger zurückgreifen müssen."

„Nun gut, Frau Braunfels. Warum haben Sie sich gestern Abend den Behörden gestellt?"

„Weil ich Angst hatte, echte Angst um mein Leben." Camila atmete tief durch. „Ich werde Ihnen alles erzählen, was Sie wissen wollen. Nur Sie können mir jetzt noch helfen, Herr Fieker. Mein Leben ist in Gefahr."

„Vor wem haben Sie Angst?"

„Die Aladschis haben es auf mich abgesehen. Ich weiß, dass ich die Nächste bin."

„Was macht Sie da so sicher?"

„Sandar, der jüngere Bruder, hat mich angerufen und nach Düsseldorf bestellt. Ich bin mir bewusst, was das bedeutet. Ich weiß zu viel und deshalb wollen sie mich aus dem Weg räumen. Außerdem gibt er mir die Schuld am Tod seines Bruders. Ich habe Geister gerufen, die ich nicht mehr bändigen kann. Wenn Sie nach den

Hintergründen für die Morde suchen, die uns hier in den letzten Wochen beschäftigt haben, so spiele ich darin leider eine unrühmliche Rolle. Auch wenn ich das alles so niemals wollte."

Fieker runzelte die Stirn.

„Wollen Sie ein Geständnis ablegen, dass Sie die Frick-Zwillinge, Sabine Nowacky sowie Hans-Jörg Koller und seine Partnerin ermordet oder deren Mord beauftragt haben?"

Sie schüttelte energisch den Kopf. „Nein, so einfach ist es nicht. Und doch bin ich mitschuldig."

„Das müssen Sie uns genauer erklären."

„Ich musste diese Zwillinge loswerden, und so habe ich die Aladschis um Hilfe gebeten. Ich habe Bybar in Düsseldorf kennengelernt und ihm Geld angeboten. Doch habe ich nicht damit gerechnet, dass sie die beiden gleich ermorden würden."

„Das klingt reichlich naiv."

„Ich dachte, dass ich Bybar und seinen Bruder im Griff hätte, doch ist mir die ganze Situation entglitten. Sie haben die Angelegenheit auf ihre eigene Art und Weise geregelt, und ehe ich michs versah, war ich ihre Komplizin. Der Tod dieser Krankenschwester hat mir so leidgetan, ich konnte es nicht fassen. Doch als ich Bybar zur Rede stellen wollte, wurde ich selbst Opfer eines Wutausbruchs."

„Das blaue Auge bei unserem Treffen im Colombi?", fragte ich.

Camila blickte betreten zu Boden und nickte nur.

„Die beiden waren nervös, weil die Polizei so schnell vor Ort war und überall Bybars Phantombild aushing. Sie haben mich genötigt herauszufinden, was die Polizei weiß, deshalb kam es zu unserem Treffen im Colombi Hotel, das für mich eher peinlich endete."

„Vorgestern wurde Ihr Auto am Tatort oberhalb der Braunfels-Klinik gesehen. Zwei Morde wurden vom Fahrer dieses Wagens begangen. Herr Reetmann und ich waren vor Ort."

„Damit habe ich nichts zu tun. Ich bin seit Tagen auf der Flucht. Ich habe keinen Zugriff mehr auf meine Wohnung oder mein Auto. Wer auch immer in dem Wagen saß, er hatte ihn sich einfach genommen. Ich war es nicht, das müssen Sie mir glauben."

„Das wird Teil der Untersuchung gegen Sie sein. Sie sagten, die Aladschis haben Ihnen dabei geholfen, die Fricks loszuwerden? Wie ist das zu verstehen?"

„Da muss ich ein bisschen ausholen. Ich hoffe, Sie haben Zeit mitgebracht?"

Fieker zuckte mit den Schultern. „Sie haben alle Zeit der Welt."

„Ich erzähle Ihnen jetzt eine Geschichte, die nur meine engste Familie kennt und die ich hoffte für immer vergessen machen zu können. Es ist nicht vorzustellen, was die Presse damit anstellen würde."

Sie blickte im Raum umher und seufzte tief.

„Mein echter Name ist nicht Camila. Ich wurde als Berta Albarez geboren, eine Tochter bitterarmer Bauern aus der spanischen Provinz La Mancha. Meine Eltern kamen ums Leben, als ich sieben war. Wie sich

herausstellte, hatte mein Vater vor seinem Tod seinen Hof und alles, was dazugehörte, an einen Großgrundbesitzer vermachen müssen. Also auch mich. Und so kam ich dann zu Don Alberto, wie ich ihn immer nennen musste. Und da begann meine Leidenszeit. Er hatte sein Vermögen während der Franco-Zeit gemacht und konnte es auch behalten, als das Regime abgelöst wurde. Ich wurde dem Küchenpersonal zugeordnet und wie eine Magd behandelt. Einen Schulbesuch gab es für mich nicht, denn kurz darauf wurde ich dessen gewahr, wozu er mich in Wirklichkeit brauchte."
Camila schwieg kurz, bevor sie weitersprach.
„Das erste Mal vergewaltigte er mich, als ich zehn Jahre alt war. Und von da an war mein Leben die reinste Hölle. Ich habe mich dafür verflucht, dass ich ein hübsches Mädchen war. Ich habe mir so sehr gewünscht, dass ich ihm nicht mehr gut genug wäre und er mich nicht mehr anfassen würde. Die Señora, seine Frau, hat mich gehasst, weil sie wusste, was ihr Mann mit mir tat. Und so hat sie mich bei jeder Gelegenheit geprügelt, bis ich fast tot in der Ecke lag. Wenn Don Alberto seine Gelage mit ehemaligen Parteigängern feierte, wurde ich als besonderes Geschenk herumgereicht. Mit dreizehn wurde ich dann schwanger. Ein Problem, das von der Señora mit einem alten Kleiderbügel gelöst wurde, während zwei Landarbeiter mich auf dem Küchentisch festhielten. Seitdem kann ich keine Kinder mehr bekommen. Und so ging mein Martyrium weiter, bis ich eine junge Frau war. Mit

siebzehn Jahren gelang es mir dann, Rache zu nehmen. Ich wusste, dass auf den Wiesen rund um das Gut Schierling wuchs, und ich kannte auch dessen Wirkung. So habe ich diesen heimlich gesammelt und in der Küche einen Sud damit zubereitet. Bei einem Familienfest habe ich das Gift dann in die Gemüsebrühe getan. Da sowohl Don Alberto und seine Familie als auch das Personal davon gegessen haben, richtete ich ein wahres Massaker an. Ich werde den Moment nicht vergessen, als ich im Speisesaal stand und dem alten Mann beim Ersticken zuschauen durfte. Ich konnte an seinem Blick sehen, dass er wusste, wer ihm das angetan hatte, als er in seinem Erbrochenen lag und mit weit aufgerissenen Augen krepierte. Dreizehn Menschen starben an diesem Abend.

Unglücklicherweise musste ich fliehen, da den Behörden schnell klar wurde, wer dahintersteckte. So kam ich unerkannt nach Madrid und lernte dort eine junge Ärztin kennen, die mich unter ihre Fittiche nahm. Da ich ihr meinen Namen nicht sagen wollte, hat sie mich einfach Camila genannt. Dabei bin ich bis heute geblieben. Dort habe ich dann Robert kennengelernt. Und allen Unkenrufen zum Trotz, ich habe ihn geliebt. Er war so anders als die Männer, die ich vor ihm kennenlernen musste. Und natürlich war auch der Gedanke, dass ich die Identität als Berta Albarez, die gesuchte Mörderin, ablegen und mein Leben als Camila Braunfels in Deutschland weiterleben konnte, sehr verlockend. Das will ich gar nicht verschweigen. Und so haben wir noch in Madrid geheiratet. In Freiburg angekommen, bin ich auf viel Ablehnung in Roberts Umfeld gestoßen. Doch ich wusste, dass es das Leben ist, das ich mir ausgesucht habe und für keinen Preis der Welt wieder hergeben würde. Und so hat mich aller Widerstand nur härter gemacht."

„Wusste Robert Braunfels von Ihrer Vergangenheit als Berta … Wie war der Nachname?"

„Albarez. Ja, er wusste jedes Detail. Deshalb hat er auch noch zu mir gehalten, als es schwierig wurde zwischen uns. Irgendwie hat er in mir das kleine verwundete Mädchen gesehen, eine Seite meines Lebens, die ich selber aber komplett abgelegt habe."

„Und die nun im Begriff war, wieder an die Oberfläche gezerrt zu werden durch die Fricks und Koller?", führte Fieker die Gedanken fort.

„Sie sagen es. Irgendwie müssen sie von meiner Vergangenheit Wind bekommen haben und wollten mich anscheinend erpressen. Das konnte ich nicht zulassen. Die Vergiftung dieses Monsters und seiner verfaulten Sippe ist das Größte, was mir im Leben gelungen ist. Ich lasse mir das von niemandem kaputt machen und schon gar nicht werde ich mich als Berta Albarez nach Spanien ausliefern lassen. Als dann noch dieser Koller und seine dicke Freundin auftauchten und mir ebenfalls hinterherschnüffelten, bekam ich wirklich Panik. Ich musste reagieren und so habe ich Bybar Aladschi um Hilfe gebeten. Eine Überreaktion, wie ich heute weiß."

„Lassen Sie uns nochmal bei den Opfern bleiben. Die Fricks haben Sie also kontaktiert, um Geld zu erpressen."

„Nein, so direkt haben sie das nicht getan. Aber es lag auf der Hand, was sie wollten."

„Was macht Sie da so sicher?"

„Mir wurde es zugetragen."

Fieker blickte schnell zu mir herüber.

„Das heißt, Sie wussten nicht sicher, dass die Opfer hinter Ihnen her waren? Sie haben diese den Aladschis zum Fraß vorgeworfen, nur weil Ihnen das jemand erzählt hatte?"

„Wenn Sie das so formulieren, hört sich das ein wenig einfältig an, doch war meine Quelle absolut vertrauenswürdig."

Fieker legte seine Stirn in Falten. „Wer ist diese Quelle?"

Camila zögerte.

„Frau Braunfels, es ist wichtig, dass Sie uns die Wahrheit sagen. Wer hat Ihnen eingeredet, dass die Fricks und die beiden anderen für Sie gefährlich wären?"

„Sie war es. Konstanze, meine Stieftochter."

Für einen Moment lag ein Schweigen in dem kleinen Raum, bis Fieker wieder das Wort ergriff.

„Dann, so vermute ich, war es auch Konstanze, die Ihnen vom Hirntumor ihres Vaters berichtete?"

„Sicherlich. Der alte Schaible, Roberts Leibarzt, hatte sich wohl verquatscht. Und natürlich hat sie es mir sofort erzählt. Konstanze hielt immer zu mir, auch als sie sich der Form halber ihrem Bruder anschließen musste."

„Eine heimliche Komplizin also", sagte Fieker. „Wenn Sie da mal nicht auf das falsche Pferd gesetzt haben, Frau Braunfels."

Als wir das Gebäude verließen, schwieg Fieker. Ein kurzes „Und, was meinen Sie, Chef?" meinerseits zerriss die Stille.

„Sie hat uns die Wahrheit erzählt, aber zugleich auch die Unwahrheit."

„Wie meinen Sie das?"

„Ich nehme ihr die bedrückende Geschichte ihrer Kindheit ab, doch habe ich starke Zweifel, dass die Fricks oder Koller irgendein Interesse daran hatten. Das ist mir doch sehr weit hergeholt. Camila ist ebenfalls ein Opfer, wenn auch ihre Dummheit sie dazu gemacht hat. Sie ist auf eine Lüge hereingefallen, anders lässt sich das für mich nicht erklären."

„Eine Lüge, die ihr von Konstanze Braunfels, ihrer Stieftochter, eingeredet wurde?"

„Danach sieht es aus."

„Warum hätte sie das tun sollen?"

„Das gilt es herauszufinden. Beweisen können wir ihr noch nichts, aber ich werde der Dame auf den Zahn fühlen, und zwar bald und gründlich." Fieker schaute auf seine Armbanduhr. „Ich habe einen Termin im Mercure Hotel am Karlsbau. Können Sie mich auf dem Rückweg dort absetzen?"

„Natürlich. Was gibt es dort?"

„Ich habe einen Termin mit zwei Bekannten, die zurzeit in Freiburg sind. Wir wollen etwas besprechen und gut zu Mittag essen."

„Das hört sich nach einem interessanten Nachmittag an. Ich habe ebenfalls noch einen Termin, auch wenn dieser nicht ganz so lustig wird wie Ihrer. Dr. Albrecht, der Polizeipsychologe, wartet auf mich."

Fieker nickte. „Machen Sie das unbedingt."

Leicht verwundert starrte ich Fieker an. „Ich hätte jetzt mit Widerspruch Ihrerseits gerechnet. Schließlich haben Sie sich erst neulich darüber lustig gemacht, dass ich eine Fortbildung zur Vernehmungstaktik besucht habe."

„Aber das können Sie doch nicht vergleichen, Nick. Ich maße mir an, bei der Polizeiarbeit den richtigen Weg zu kennen. Doch würde ich das niemals tun, wenn es um das Innenleben eines anderen Menschen geht. Dieser Blick ist mir verstellt und es wäre übergriffig, die Art, wie ich mit solchen Dingen umgehe, auf andere zu übertragen. Kommen Sie, mein Termin wartet."

Wortlos stieg ich in das Auto ein. Zu gerne hätte ich gewusst, wie Fieker mit den psychischen Höhen und Tiefen des Polizeiberufs zurechtkommt, doch war mir klar, dass ich darauf keine Antwort erwarten durfte.

„Aber verplaudern Sie sich nicht, es könnte sein, dass wir heute nochmal nach Merdingen müssen."

„Zur Braunfels-Klinik?"

„Vielleicht später mehr, ich muss vorher noch ein paar Dinge klären. Halten Sie sich bereit und lassen Sie das Handy an."

Dr. Albrecht schien wie immer in bester Laune zu sein. Das obligatorische Klemmbrett auf seinen verschränkten Beinen, einen gelben Stift in den Händen haltend, grinste er mich neugierig an.

„Was gibt es bei Ihnen Neues, Herr Reetmann?"

„Ich weiß gar nicht, wo ich anfangen soll. Ich bin gerade dabei, meine Beziehung den Bach runtergehen zu lassen, bei einem Einsatz wurde ein Kollege aus Breisach erschossen. Und über alldem steht mein Chef, der mir irgendwie vermittelt, dass er den Fall mittlerweile gelöst hat, wobei ich nicht die geringste Ahnung habe, was er damit meint und was er vorhat."

„Das ist eine Menge."

„Ich komme mir wie ein Arschloch vor, doch gleichzeitig ohnmächtig, nutzlos und dumm. Alles auf einmal. Ich bin irgendwie zur Untätigkeit verdammt, doch wenn ich etwas tue, mache ich es mit Sicherheit falsch."

In der Gesäßtasche spürte ich ein Vibrieren. „Mist, mein Handy klingelt. Ich glaube, da muss ich ran."

Dr. Albrecht ließ sich dabei nicht von seiner guten Laune abbringen. „Denken Sie daran, wenn Sie einen Gesprächstermin bei mir haben, sind Sie vom Dienst freigestellt. Sie müssen das Gespräch nicht annehmen."

„Ich wollte das Handy auf lautlos stellen, habe aber irgendwie den Vibrationsalarm erwischt. Es tut mir leid." Mittlerweile sah ich im Display, dass es Fieker war. Ich stand auf und ging vor die Tür, nicht ohne Dr. Albrecht mit Fingergesten anzuzeigen, dass ich den Anruf keinesfalls ignorieren durfte.

„Ja?", sprach ich in das Telefon.

„Fieker hier. Sind Sie abkömmlich?“

„Ich bin gerade mitten in der Sitzung.“

„Egal. Machen Sie sich auf den Weg nach Merdingen zur Braunfels-Klinik. Ich werde dem bösen Spiel heute ein Ende setzen. Können Sie in dreißig Minuten dort sein?“

„Ich versuche es. Soll ich Sie irgendwo einsammeln?“

„Nein, wir fahren mit dem eigenen Auto. Bis gleich.“

Ein penetrantes Tuten sagte mir, dass Fieker aufgelegt hatte, ohne ein weiteres Wort abzuwarten. Ich streckte meinen Kopf zurück in Dr. Albrechts Zimmer. „Es tut mir leid, ich muss leider abbrechen. Mein Chef scheint irgendetwas am Laufen zu haben.“

„Rufen Sie mich bitte morgen wegen eines Ersatztermins an.“

„Mache ich bestimmt. Ganz sicher.“

Dr. Albrecht winkte mir kurz hinterher, als ich die Tür schloss und, ohne den Umweg über mein Büro zu nehmen, nach unten zum Parkplatz ging.

Der Honigtopf

‚Losing My Religion' von R.E.M. plärrte aus dem Autoradio, dessen Senderwahl ich auf einen Oldie-Sender und dessen Lautstärke ich auf fast maximal eingestellt hatte. Ich genoss es, ohne Fieker unterwegs zu sein, als ich auf der Bundesstraße an Umkirch vorbeifuhr. Es war bereits Nachmittag und ich ließ nochmal das Gespräch mit Camila am heutigen Morgen in meinem Inneren Revue passieren. Die Straße nach Breisach war relativ leer, in einiger Entfernung konnte ich einen silbernen Daimler erkennen, der langsam auf der rechten Spur fuhr. Als ich dem Wagen näher kam, konnte ich ein gelbes Nummernschild ausmachen. ‚Vermutlich Niederländer', kam es mir in den Sinn. Ich musste unweigerlich grinsen, schossen mir doch sofort einige Wohnwagenwitze durch den Kopf. Ich setzte den Blinker und zog nach links. Beim Überholen wagte ich einen Blick in den Wagen. Drei Männer saßen darin, einer hatte auf dem Rücksitz Platz genommen. Aus dem Augenwinkel konnte ich erkennen, dass es Fieker war. Mein Erstaunen war groß, so dass ich nochmal einen kurzen Blick über die rechte Schulter warf. Tatsächlich, es war Fieker, der seelenruhig auf der Rückbank saß und sich in einem holländischen Wagen nach Merdingen transportieren ließ. Die beiden Männer auf den Vordersitzen konnte ich nur kurz erkennen. Sie schienen mittleren Alters zu sein und blond. Rudi hatte mir gestern von einem Telefonat aus den Niederlanden erzählt, welches Fieker geführt hatte. Ich setzte den Überholvorgang fort, drosselte aber die Geschwindigkeit wieder, um in der Nähe des Wagens zu bleiben.

Als wir in Merdingen einfuhren, war das Auto direkt hinter mir. Durch den Rückspiegel konnte ich nun einen besseren Blick auf die beiden Männer bekommen. Der Fahrer schien ein jüngerer Mann zu sein, vielleicht mein Alter. Sein Gesicht wurde von einer dunklen Sonnenbrille bedeckt. Der Mann auf dem Beifahrersitz war etwas älter, großgewachsen und trug einen schwarzen Anzug mit einer dunkelblauen Krawatte. ‚Kriminalpolizei Amsterdam‘, kam es mir in den Sinn, auch wenn ich mir auf diesen Besuch keinen Reim machen konnte.

Auf dem Parkplatz der Braunfels-Klinik angekommen, parkte ich einige Meter neben dem holländischen Wagen. Fieker stieg aus und blickte fröhlich grinsend in den Himmel. Die beiden Männer waren nun auch ausgestiegen, wobei der jüngere zum Kofferraum ging und dort eine große Tasche, ähnlich einem Medizinerkoffer, herausholte. Fieker winkte mir zu, als ich auf die Gruppe zuging. Dann drehte er sich zu den beiden Männern.

„Meine Herren, darf ich Ihnen meinen Mitarbeiter Nick Reetmann vorstellen? Er trägt einen großen Anteil an der Auflösung dieses Falles.“

Verwundert reichte ich den beiden nacheinander meine Hand.

„Das sind Herr Steter und sein Mitarbeiter Herr Hoekstra aus Amsterdam. Ich habe sie gebeten, mich zu begleiten, da ich ihre Hilfe benötige. Kommen Sie, dort drüben sehe ich Wittemann.“

Am Eingang zum Anbau des Klinikgebäudes stand Polizeimeister Wittemann aus Breisach mit zwei seiner Kollegen in Uniform. Den jüngeren der beiden kannte ich bereits von unserem nächtlichen Einsatz. Fieker ging auf den Polizeimeister zu. „Herr Wittemann, wie geht es Ihnen denn?“

„Den Umständen entsprechend. Die Arbeit muss weitergehen, auch wenn es uns allen auf dem Revier schwerfällt.“

„Vielleicht ist es ein kleiner Trost, wenn ich Ihnen sage, dass Sie heute dem Mörder Ihres Kollegen die Handschellen anlegen dürfen. Folgen Sie mir, die jungen Braunfels‘ erwarten uns schon.“

Zu siebt betraten wir das Gebäude und Fieker machte keinerlei Anstalten, sich an der Pforte vorzustellen. Wir gingen quer durch das Foyer und steuerten das Treppenhaus an, das in die Chefetage führte.

„Meine Herren, ich schlage vor, wir nehmen die Treppe. Das sind zwar vier Stockwerke, doch wir sind ja alle gut zu Fuß.“

Ich ging neben Fieker das sterile weißgestrichene Treppenhaus hoch.

„Ich traue diesem Haus keinen Meter über den Weg“, flüsterte er mir zu. „Ich betrete hier sicherlich keinen Aufzug mehr.“

„Sie machen es aber spannend. Was erwartet uns hier?“

„Wenn ich das nur selber wüsste. Das wird jetzt entweder ein großer Moment oder das Peinlichste, was mir in meiner Karriere bisher passiert ist."

Einer der beiden Polizisten hielt uns die metallene Feuertür auf, durch die wir den Verwaltungstrakt betraten. Die Sekretärin winkte uns wortlos durch, als wir in den Flur zu Daniels Büro gingen, vorbei an den beiden Besprechungsräumen und den Porträts der verstorbenen Firmenpatriarchen. In der Sitzecke standen Daniel Braunfels und seine Schwester Konstanze und schienen auf uns zu warten. Daniel schaute uns erstaunt, aber freundlich an, während uns seine Schwester mit einem finsteren Blick musterte.

„Herr Fieker, ich freue mich, Sie zu sehen", begann Daniel das Gespräch. „Ich bin aber doch erstaunt, dass Sie so vehement auf einem sofortigen Besuch bestanden haben. Außerdem sehe ich, dass Sie ein großes Aufgebot mitgebracht haben. Ich verstehe das nicht."

Nun ging seine Schwester auf uns zu. „Meinen Sie nicht, dass ich Besseres zu tun habe, als zu einer weiteren nervigen Befragung nach Merdingen zu kommen? Sie haben Camila verhaftet, was wollen Sie mehr? Lassen Sie den anständigen Teil der Familie Braunfels in Frieden und tun Sie Ihre Arbeit."

„Genau deshalb bin ich hier. Und ich beginne gleich mit dem Wichtigsten. Frau Braunfels, ich verhafte Sie wegen der Morde an einem Polizisten und einer noch unbekannten Frau sowie der Auftragsmorde an Johannes und Markus Frick, Sabine Nowacky sowie

Hans-Jörg Koller. Herr Wittemann, bitte nehmen Sie Konstanze Braunfels fest.“

Für einen kurzen Moment hätte man eine Stecknadel fallen hören können, nur Wittemann ging mit schnellen Schritten zu Konstanze und zog ihre Arme nach hinten. Erst als das deutliche Klicken der Handschellen zu hören war, schien sie aus ihrer Schockstarre zu erwachen. „Sind Sie noch bei Trost? Was fällt Ihnen ein? Lassen Sie mich sofort los!“

„Nichts dergleichen werde ich tun, Frau Braunfels. Ich empfehle Ihnen, sich hinzusetzen. Das könnte jetzt ein bisschen dauern.“

„Meine Schwester?“, warf Daniel ein. „Aber, Herr Fieker, das kann nicht Ihr Ernst sein?“

„Oh doch, Herr Braunfels. Ich habe mir das viel zu lange angeschaut. Es ärgert mich gewaltig, dass ich so lange im Dunkeln getappt bin, wo doch nun alles so klar vor mir liegt.“

„Sie haben keinerlei Beweise“, murrte Konstanze.

„Beweise werden wir bekommen, seien Sie sich da mal sicher. Schmauchspuren an Ihren Händen, Ihre Spuren in Camilas Auto. Wir werden alles finden, was wir brauchen.“

„Warum hätte meine Schwester das tun sollen? Was ist der Grund dafür?“

„Diese Frage ist berechtigt, Herr Braunfels. Und sie ist auch ehrlich, denn ich bin mir sicher, dass Sie mit der ganzen Sache nichts zu tun haben. Es war alleine der mörderische Plan Ihrer kleinen Schwester. Sie haben keine Ahnung vom dunklen Geheimnis Ihrer Familie.

Zu sehr haben Sie sich auf das Hier und Jetzt und den Erfolg des Unternehmens konzentriert. Ihre Schwester war da anders, sie wusste, dass sich hier etwas verbirgt, das sie unbedingt haben wollte."

Der Blick von Konstanze Braunfels verfinsterte sich jetzt zunehmend.

„Ihre Familiengeschichte ist ja wohlbekannt und leider auch deren dunkle Seiten. Sie wissen das, auch wenn Sie es nicht immer wahrhaben wollen. Ich war mir schnell sicher, dass Ihr Urgroßvater Wilhelm in fragwürdige Machenschaften mit den Nazis verwickelt war. Die Gaskammern, von denen immer die Rede war, habe ich aber ausgeschlossen. Die Tötungsanstalten der Euthanasiemorde sind gut dokumentiert, wir wüssten das bereits, sollten hier Vergasungen unschuldiger Menschen stattgefunden haben. Nein, es war etwas anderes, was Ihr Urgroßvater und nach ihm Ihr Großvater Lothar vor der Öffentlichkeit verbergen wollten. Dummerweise kam aber der Chauffeur Ihres Großvaters, Joseph Frick, hinter das Geheimnis. Ich bin mir sicher, dass er deswegen sterben musste, vermutlich ermordet von Lothar persönlich. Danach hätte Lothar das Rätsel mit ins Grab genommen, nicht einmal Ihr Vater Robert oder Ihre Stiefmutter Camila haben etwas geahnt. Doch zu dumm, dass Joseph Frick vor seinem Tod seinen beiden Neffen gegenüber Andeutungen gemacht hat. Und so waren Sie es nicht alleine, Frau Braunfels, die den richtigen Riecher hatte."

Konstanze Braunfels saß mit den hinter ihren Rücken gefesselten Händen auf dem Sofa, den Oberkörper nach vorne gebeugt, und machte dabei ein Gesicht, als hätte sie Fieker sofort anspringen wollen.

„Ihren Plänen lief es völlig zuwider, dass Ihr Vater kurz vor seinem theatralischen Selbstmord die beiden Neffen des ermordeten Chauffeurs kontaktiert hatte. Und ohne es zu ahnen, hatte er damit die sprichwörtlichen schlafenden Hunde geweckt. Diese Männer wussten von ihrem toten Onkel, dass es hier etwas zu holen gab, und machten sich dann auf den Weg in Richtung Breisgau. Ebenso wie der Knastkumpan Hans-Jörg Koller, mit dem Markus Frick eine Zeit lang gemeinsam in der JVA Bayreuth saß, und dessen … ich vermute ehemalige … Lebensgefährtin. Und dieses Gewusel konnten Sie, Frau Braunfels, überhaupt nicht gebrauchen. Sie wollten in aller Seelenruhe das Geheimnis lüften und plötzlich tauchten von überall fremde Menschen auf, die Ihnen in das Handwerk pfuschten. Sie mussten diese beseitigen, natürlich ohne selbst in die Schusslinie zu geraten. Was lag da näher, als die Kontakte Ihrer Stiefmutter zur Düsseldorfer Unterwelt auszunutzen? Und so haben Sie Camila diesen Bären aufgebunden, dass diese Personen hinter ihre Vergangenheit in Spanien gekommen wären. Dann nahm alles seinen Lauf, genau wie von Ihnen geplant. Camila glaubte Ihnen diese hanebüchene Geschichte und schickte die Aladschis los, um die Fricks und Koller loszuwerden. Dass diese auch vor Mord nicht zurückschreckten, konnte Ihnen nur recht sein. Ich denke, wir werden noch sehen, dass Sie den Aladschis über den Umweg Camila auch Geld in Aussicht gestellt haben. Während also die ganze Welt dachte, dass Sie mit Ihrer Stiefmutter im Streit lägen, haben Sie sich bestens mit ihr verstanden, um der naiven und verängstigten Frau Ihr Gift ins Ohr zu träufeln. Doch spätestens nachdem mein Kollege Reetmann den älteren der beiden Brüder aus dem Verkehr hatte ziehen können, war den Aladschis das Pflaster in Freiburg zu heiß. Und so mussten Sie das letzte der vier Opfer, die uns noch unbekannte blonde Frau, selber aus dem Weg schaffen. Sie waren schon zu tief drin, als dass Sie das jetzt noch aus der Hand geben konnten. Und so war mit den letzten Worten der sterbenden Frau nicht Camila gemeint, sondern Sie."

Ich blickte mich im Raum um. Daniel Braunfels stand wie versteinert mit einem leeren Glas in der Hand neben dem Besprechungstisch. Polizeimeister Wittemann und seine Kollegen standen in der offenen Glastür, die zum Flur hinausführte. Die beiden Niederländer hatten auf dem Sofa Platz genommen. Fieker stand neben Daniel und schien sich jetzt warmgelaufen zu haben. Konstanze Braunfels saß auf dem Sessel, immer noch die Hände hinter dem Rücken mit den Handschellen fixiert.

„Das ist Bullshit, was Sie hier erzählen. Das wird Ihnen noch leidtun. Was sollte ich denn für ein Motiv haben, diese Menschen zu beseitigen?"

Fieker drehte sich mit einer schnellen Bewegung um.

„Herr Wittemann, würden Sie mir den Gefallen tun und mir das mittlere der drei Porträts hereinbringen? Das, auf dem Lothar Braunfels zu sehen ist?"

Der Angesprochene ging in den Flur und hob das Gemälde leicht an, um es dann sanft aus seiner

Verankerung in der Wand zu lösen. Die Umstehenden machten ehrfürchtig Platz, als Fieker auf den großen Besprechungstisch zeigte, der in der Mitte des Raumes stand. Als das Gemälde auf dem Tisch lag, versammelten sich die Anwesenden um das hölzerne Möbelstück. Nur einer der beiden Polizisten blieb bei Konstanze Braunfels stehen, die, sitzend auf dem schwarzen Ledersofa, ihren Hals reckte, um einen Blick auf das Geschehen werfen zu können. Ein Raunen ging durch die Gruppe, als Fieker ein kleines Taschenmesser zückte. Er griff das Gemälde und drehte es auf den Rücken.

„Sie müssen jetzt stark sein, Herr Braunfels. Ihrem Großvater geht es nun an den Kragen. Zumindest sprichwörtlich."

Fieker rammte das Messer in die linke untere Ecke des Rahmens und drehte die Klinge energisch hin und her, bis das Holz mit einem lauten Knacken zersplitterte. Die Prozedur wiederholte er an der anderen Ecke, bis er ein großes Stück Holz in der Hand hielt, das ein Teil des Rahmens gewesen war. Mit einem kräftigen Ruck schob Fieker die Längshölzer des Rahmens beiseite. Eine dünne Sperrholzplatte war auf der Rückseite angebracht. Fieker hob sie leicht an und grinste über beide Wangen. „Ich wusste es. Ich wusste es einfach. Herr Steter, würden Sie mal einen Blick darauf werfen? Haben wir, was wir wollen?"

Steter ging an den Tisch und schob das dünne Sperrholz beiseite. Ein hell schimmerndes, aber etwas kleineres Gemälde kam darunter zum Vorschein. Es zeigte den

Oberkörper einer altertümlich gekleideten Frau, die im Profil zu sehen war und einen großen steinernen Topf in den verschränkten Händen hielt.

„Mein Gott, Herr Fieker, Sie hatten Recht. Es ist es wirklich! Es ist ein Wunder.“

Fieker starrte auf das Bild. „Das ist das Objekt, um das es hier geht. ‚Die Magd mit dem Honigtopf‘ von Pieter van Leuveren. Ein Meisterwerk der flämischen Renaissance-Malerei, vermutlich aus dem Jahr 1440 oder 1442. Geschätzter Schwarzmarktwert gute dreißig Millionen Euro.“

Vom Sofa drang plötzlich ein verzweifelter Schrei zu uns. Konstanze Braunfels schrie und zappelte wie ein kleines Mädchen, der man ihre Lieblingspuppe weggenommen hatte. Sie trampelte mit ihren Beinen auf den Boden und schüttelte ihren Kopf hin und her. Fieker ging nicht darauf ein, er starrte weiter auf das freigelegte Gemälde, das vor uns lag. „Ist sie nicht wunderschön? Schauen Sie sich diese kunstvollen Linien an, die absolute Vollkommenheit im künstlerischen Ausdruck. Diese perfekte Technik der Ölmalerei und den einzigartigen Blick auf den menschlichen Gesichtsausdruck. Nach achtzig Jahren hat die Welt sie wieder. Was für ein stolzer Moment.“

Hoekstra, der jüngere der beiden Niederländer, hatte seine Tasche auf einen Stuhl gestellt, schob die Schnallen beiseite und öffnete sie. Mehrere Tuben, Röhrchen und kleine Werkzeuge kamen zum Vorschein.

„Herr Hoekstra wird jetzt einige Voruntersuchungen durchführen, um die Echtheit des Gemäldes zu verifizieren. Auch wenn ich überzeugt bin, dass es daran keinen Zweifel gibt. Ich habe Herrn Steter gebeten, heute dabei zu sein, um mir bei der Identifizierung der ‚Magd mit dem Honigtopf‘ zu helfen. Sie müssen wissen, Herr Steter ist Chefkurator des Rijksmuseums in Amsterdam. Also jenes Museums, wo dieses Meisterwerk rechtmäßig hingehört und auch, da bin ich mir sicher, bald wieder hängen wird. Dankenswerterweise sind die beiden gestern sofort aufgebrochen, als ich ihnen telefonisch von meinem Verdacht berichtete.“

Fieker drehte sich zu Konstanze Braunfels um. Diese hatte sich wieder beruhigt, obgleich immer noch heftig atmend, Fieker aus tränenunterlaufenen Augen von unten anschauend, das verschmierte Make-up über ihre Wangen rinnend.

„Ihr Bruder hatte uns erzählt, dass Sie Kunstgeschichte studiert haben. Daher wusste ich, dass Sie genug Sachkenntnis hatten, um zu wissen, was Sie suchen mussten. Doch Sie hatten keine Ahnung, wo das Stück zu finden sein wird. Ebenso wie Ihre Opfer tappten Sie im Dunkeln. Hätten Sie geahnt, dass Sie jedes Mal, wenn Sie Ihren Bruder besuchten, in nur wenigen Zentimetern Abstand am Objekt Ihrer Begierde vorbeiliefen, die Sache wäre leichter für Sie verlaufen.“

Konstanze atmete heftig. „Dazu haben Sie kein Recht. Das Gemälde gehört mir, nur mir alleine. Niemand kann es mir wegnehmen. Unsere Vorfahren wollten, dass ihre Kinder es bekommen und kein bescheuertes Museum irgendwo im Niemandsland.“

„Ihre Vorfahren Wilhelm und Lothar waren Diebe und Menschenfeinde, gewöhnen Sie sich daran. Sie hatten niemals das Recht, das Bild an sich zu reißen. Ich habe in letzter Zeit viel gelesen über Ihre Familie, wobei mir auch das von Ihrem Vater in Auftrag gegebene und kürzlich veröffentlichte Gutachten geholfen hat. Ihr Urgroßvater Wilhelm hatte während des Krieges illustre Gäste, allen voran Arthur Seyß-Inquart, Reichskommissar der Niederlande, und seine Gesellen. Ein weiterer Name fand meine Aufmerksamkeit. Eberhard von Künsberg, Leiter des Sonderkommandos Künsberg, einer NS-Organisation, die im großen Stil Kunstwerke aus Museen und Privatsammlungen plünderte. Da kam mir der Gedanke, dass Wilhelm Braunfels in den Kriegswirren ein oder mehrere Gemälde zur Aufbewahrung übergeben wurden. Mit dieser Annahme habe ich als Hypothese weitergearbeitet und vieles fügte sich dann zusammen. Ich gehe davon aus, dass Wilhelm die Beutekunst versteckt hielt, auch als der Krieg verloren war. Er hat nur seinen Sohn Lothar eingeweiht, der dann das Gemälde in einem Stollen am Tuniberg lagerte. Dort hat es auch dessen Chauffeur, Joseph Frick, vermutet, der sich die Koordinaten des alten Stollens notierte. Koordinaten, die dann die Runde machten, wie wir jetzt wissen. Zuerst bei seinen Neffen, dann vermutlich über den Umweg JVA Bayreuth zu Koller und seiner Bekannten. Keiner konnte sich wirklich einen Reim darauf machen, genauso wenig wie wir. Mir war nur klar, dass Lothar das Gemälde nicht im Stollen gelassen haben konnte, zumal er das Grundstück

später verkauft hat. Er musste es irgendwo verstecken, wo es nicht gefunden werden konnte, auch nicht zufällig. Also packte er es in eines der Gemälde, die von ihm und seinem Vater angefertigt wurden. Es spricht für seine Überheblichkeit, dass er ausgerechnet sein eigenes Ebenbild auswählte. Bei unserem ersten Besuch habe ich einen genauen Blick auf die drei Gemälde geworfen. Eigentlich wollte ich nur die Maltechnik begutachten, doch konnte ich damals schon erkennen, dass auf Lothars Bildnis eine minimale Erhebung auf der Oberfläche zu sehen war. Zuerst habe ich mir keine weiteren Gedanken darüber gemacht, doch als mir klar war, dass unser gesuchter Schatz ein Gemälde sein könnte, habe ich dem Umstand eine Bedeutung zugemessen. Als wir dann schließlich vor drei Tagen hier in diesem Büro zu Gast waren, ließ ich es darauf ankommen. Ich fingierte einen Schwächeanfall und riss dabei Lothars Bildnis von der Wand. Während sich alle rührend um mich kümmerten, gelang es mir, das Gemälde eingehender zu untersuchen, und tatsächlich konnte ich ein weiteres Papier ertasten."
Ich lachte nun laut auf, so dass sich Daniel und die Polizisten zu mir umdrehten. Die beiden Niederländer standen gebeugt über das Gemälde und schienen in eine andere Welt abgetaucht zu sein. Ich hätte Fieker umarmen können, aber hatte auch gleichzeitig Lust, ihm eine Kopfnuss zu verpassen. So unverschämt und genial erschien mir seine kleine Scharade.
„Es gelang mir auch, mit meinen Fingern die Ausmaße des versteckten Gemäldes abzuschätzen."

Ich musste an die Szene im Auto denken, als mich Fieker nach einem Lineal fragte, um seine Finger zu vermessen.

„Nach einer Recherche in Datenbanken, die verschollene Kunstschätze aufführen, und Rücksprache mit Herrn Steter vom Rijksmuseum in Amsterdam kamen wir dann zur Erkenntnis, dass es sich um die ‚Magd mit dem Honigtopf‘ handeln könnte. Das Bild wurde während der deutschen Besatzung aus einem Museum gestohlen und, wie wir jetzt wissen, von Seyß-Inquart bei Wilhelm bis zum erhofften Endsieg versteckt. Der geschätzte Schwarzmarktwert liegt bei dreißig Millionen Euro, aber wenn Konstanze Braunfels nur ungefähr die Hälfte dafür bekommen hätte, wäre sie eine gemachte Frau gewesen. Obwohl Sie wirklich genug Geld haben, Frau Braunfels, scheint Ihre Gier unendlich zu sein. Ich bin überzeugt, dass Sie auch schon einen Käufer gefunden hatten. Unser Internet-Milliardär wird übrigens gerade jetzt von meinem Kollegen Rudi Orlacher verhört, ich bin mir sicher, er hat Interessantes zu berichten. Solche Menschen hängen sich gerne gestohlene Kunstwerke in den Keller. Ich denke, es ist das Gefühl, etwas Verbotenes im Besitz zu haben, das diese Leute antreibt. Aber das soll nicht meine Sorge sein. Ich bin sicher, die Bundesregierung wird die ‚Magd mit dem Honigtopf‘ ohne Umwege an die niederländische Regierung übergeben.“

Herr Steter und sein Kollege drehten sich nun zu uns um. Hoekstra hatte eine Arbeitsbrille aufgezogen und ein Wattestäbchen in der Hand. Steter ging jetzt auf uns zu und ich konnte erkennen, dass er Tränen in den Augen hatte. „Es besteht kein Zweifel, Herr Fieker. Es handelt sich um das Original."

Fieker drehte sich zur Gruppe. „Meine Herren, ich denke, wir sind hier fertig. Wir haben, was wir wollten. Werfen Sie nochmal einen Blick auf dieses schöne Gemälde. Ich vermute, wenn Sie es das nächste Mal bewundern wollen, werden Sie dafür Eintritt bezahlen müssen."

Ich nutzte die Gelegenheit und ging zum Besprechungstisch, wo das Gemälde vor mir lag. Es würde sicher noch einige Restaurationsarbeiten benötigen, bis das Bild wieder der Öffentlichkeit gezeigt werden könnte. Ich hatte nie einen Bezug zur bildenden Kunst und der Gedanke, mir Ölgemälde in einem Museum anschauen zu müssen, war mir immer ein Graus. Doch jetzt, da ich dieses Bild vor mir sah, spürte ich eine tiefe Ergriffenheit. Die weichen Züge der Magd mit dem Honigtopf schienen mich in ihren Bann zu ziehen. Die behutsamen Konturen, die ein flämischer Maler vor fast sechshundert Jahren auf eine Leinwand gezaubert hatte, schienen mit mir zu sprechen. Sieben Menschen mussten wegen dieses Gemäldes ihr Leben lassen, eine weitere Person würde für lange Zeit hinter Gittern bleiben müssen. Für einen kurzen Moment kam mir der Gedanke, dass sich das Bild gut in der kleinen Küche unserer Abteilung machen würde, und sei es nur als Erinnerung an den gelungenen Abschluss dieses Falls. Ich musste grinsen, als ich Fiekers Hand auf meiner Schulter spürte. „Nick, wir sollten jetzt gehen. Wir müssen Konstanze Braunfels zeitig im Gefängnis abgeben. Um das Bild kümmern sich Herr Steter und sein Kollege. Ich denke, wir werden wieder von ihnen hören."

Kühle Brise

Der Wind hatte merklich angezogen, als wir die imposanten Türme des Rijksmuseums in Amsterdam in der Ferne sahen. Eine kühle Brise, die auch für Mitte Januar an der Grenze des Erträglichen war, schob sich über die große Stadt. Ich hatte Fieker zu einem Spaziergang entlang der Spiegelgracht überreden können, war doch unser Hotel in Fußnähe zum berühmten Museum im Süden der Amsterdamer Innenstadt. Ich zog meine Jacke zu, unter der das Jackett unangenehm verrutschte. Fieker trug einen dunkelblauen Anzug, den er sich von Angelika hatte besorgen lassen. Wir schlenderten an der Gracht entlang und hatten noch reichlich Zeit bis zum offiziellen Termin. Viele Menschen waren trotz der Witterung unterwegs und man hätte meinen können, dass es ein normaler Tag in der niederländischen Metropole sei. Nur die umfangreiche Beflaggung am anderen Ufer vor dem Gebäude des Rijksmuseums zeigte, dass heute dort etwas Besonderes passieren würde.

Ich musste an die Ereignisse im letzten Herbst denken. Das Auffinden der ‚Magd mit dem Honigtopf‘ hatte für weltweite Schlagzeilen gesorgt. Für einen kurzen Moment waren der Tuniberg und Freiburg in den Mittelpunkt des Weltgeschehens geraten. Von der ‚New York Times‘ über den ‚Spiegel‘ bis zum ‚Guardian‘ hatten die wichtigsten Medien den sensationellen Fund tagelang zum Aufhänger gemacht. Fernsehteams aus aller Welt hatten den Tuniberg bevölkert. Fieker selbst lehnte jede Interviewanfrage kategorisch ab, lediglich die obligatorische Pressekonferenz mit Gebelhoff hatte er über sich ergehen lassen. Daniel Braunfels war da schon auskunftsfreudiger, um seine Klinik in das beste Licht zu rücken, allerdings ohne seine Schwester mit nur einem Wort zu erwähnen. Konstanze saß immer noch in Untersuchungshaft, trotz der erdrückenden Beweise hatte sie noch kein Geständnis abgelegt. Im Tatfahrzeug hatte man ihre DNA gefunden, ebenso hatte der Internet-Milliardär gestanden, von Konstanze kontaktiert worden zu sein. Camila hatte sich vollkommen aus der Öffentlichkeit zurückgezogen, dank ihrer Mithilfe konnten die Düsseldorfer Kollegen Sandar Aladschi verhaften. Meine Beziehung mit Melanie lag nach wie vor auf Halde, auch nach einem Vierteljahr ging mir Julia noch nicht aus dem Kopf.

Mittlerweile hatten wir den Vorplatz des Rijksmuseums erreicht. Der Platz war großräumig abgesperrt und von Dutzenden von dunkel gekleideten Sicherheitskräften bevölkert. Mehrere hundert Menschen hatten sich hinter den Barrieren versammelt. Die Regierung der Niederlande hatte die offizielle Vorstellung des restaurierten Bildes zum Anlass genommen, den ganz großen Bahnhof aufzufahren. König Willem-Alexander hatte als Schirmherr der Veranstaltung sein Erscheinen angekündigt und die Aufgabe übernommen, Fieker den Ritterorden von Oranien-Nassau zu verleihen, das höchste Ehrenabzeichen, welches Nichtstaatsbürgern verliehen werden konnte. Zu meiner Überraschung hatte

Fieker der Zeremonie zugestimmt, auch wenn ich wusste, dass er von Empfängen, Königshäusern und Ähnlichem nichts hielt. Mir kam der Gedanke in den Sinn, dass er die Gelegenheit nutzen wollte, sich von seiner ‚Magd mit dem Honigtopf‘ zu verabschieden. Ich hatte in den letzten Wochen eine nicht greifbare Emotionalität verspürt, wenn Fieker von dem Kunstwerk sprach. Obwohl er nie ein Interesse daran gehabt hatte, sein Büro mit schmückenden Bildern zu dekorieren, hatte er sich von Steter ein Poster mit dem Abbild des Gemäldes schicken lassen, das er neben seinem Schreibtisch, für alle sichtbar, hinter Glas an der Wand montierte.

„Schauen Sie, es geht los“, riss mich Fieker aus meinen Tagträumen. „Da vorne kommt ein Konvoi, das wird der König sein.“

Die Menge setzte sich jetzt in Bewegung und die Fotografen brachten sich am roten Teppich in Stellung. Wir standen ungefähr zwanzig Meter entfernt von der Szenerie. Eine der schwarzen Karossen blieb am Ende des Teppichs stehen und ein Sicherheitsbeamter öffnete die hintere Tür. Heraus stieg ein großer blonder Mann, der unschwer als König Willem-Alexander zu erkennen war. Das Volk hinter der Absperrung begann zu jubeln, Unmengen von niederländischen Flaggen und orangen Wimpeln wurden geschwenkt. Der König winkte über sein Autodach in die Menge, während man bis zu uns das künstliche Klackgeräusch der Digitalkameras hören konnte.

„Kommen Sie, Nick. Wir müssen jetzt rein. Wir gehen
über den Seiteneingang in das Gebäude, Herr Steter hat
mir den Weg beschrieben.“
„Ich werde nicht mitkommen, Chef.“
„Nicht?“
„In einer Stunde geht mein Zug zurück nach Deutsch-
land, den will ich unter keinen Umständen verpassen.“
„Das überrascht mich doch jetzt sehr.“
„Ich werde in Mannheim aussteigen und noch nach
Heidelberg fahren, ich habe dort etwas Wichtiges zu
klären.“
„Ich verstehe. Sie müssen tun, was Sie tun müssen.“
„So ist es. Grüßen Sie mir den König, und vor allem …
grüßen Sie mir die Magd mit dem Honigtopf.“
Fieker grinste. „Das werde ich tun. Und Sie grüßen mir
Frau Elbing. Ich wünsche Ihnen alles Gute, aber denken
Sie immer daran: Wecken Sie auf keinen Fall schlafende
Hunde.“

Danke!

Bisher habe ich bei meinen Büchern auf eine Danksagung verzichtet, doch nicht aus bösem Willen, sondern weil ich davon ausging, dass die Leserin oder der Leser nach dem Ende der Lektüre keinen Sinn für weiteres Geplänkel haben wird. Doch zu diesem Werk haben einige Menschen ihr Gutes beigetragen, sodass ich dieses Mal wirklich Danke sagen möchte.

Angefangen bei meinen Schreibfreunden Andre Rober, Christiane Portele und den unzähligen Ritter Sport-Minis, die während des stundenlangen gemeinsamen Schreibens ihr Leben hergeben mussten.

Des Weiteren natürlich meiner Dienstags-Schreibgruppe mit Alexander Grimm, Arne Schneider, Matthias Hiltmann, Luke Wilkins und Sieglinde Gutmann-Flon für manche anstrengende Sitzung, in der Fieker und seine Manierismen auf den Prüfstand gestellt wurden. In diesem Zusammenhang ebenfalls ein Dank an das Team des „Quartier" in Freiburg-Stühlinger, sowie den, als Beilage dargereichten, Karamellkeksen.

Hut ab an Irina Sehling von Textodrom für das Korrektorat.
Danke nochmal an Andre Rober für das tolle Titelfoto und Dirk Pogrzeba für die gelungene Gestaltung des Coverdesigns. Er hat auf dem Cover zwei Eastereggs untergebracht, die in Bezug zur Handlung stehen. Wer

diese findet, und mir auch sonst etwas zu diesem Werk
sagen will, darf mir gerne eine Nachricht schreiben auf
www.jochen-pogrzeba.de.

Danke!